LE SILENCE
DU LOUP

SOPHIE SCHALLINGHER

LE SILENCE DU LOUP

Préface de Frédéric Dard

Suspense

ÉDITIONS DU ROCHER
Jean-Paul Bertrand

© Éditions du Rocher, 1995

ISBN 2-2680 1990-X

PRÉFACE

Les femmes ne seraient-elles pas en train de devenir les championnes du roman policier ? Du moins de ce que l'on continue d'appeler ainsi, mais qui s'est orienté vers l'étrange, l'angoisse, le drame psychologique, au point que notre vénérée grand-mère, la gentille Agatha Christie, n'est plus désormais qu'une brodeuse de napperons pour vieilles ladies émotives.

Derrière le maître incontesté actuel, l'irremplaçable Stephen King, une cohorte de romancières brillantes : Mary Higgins Clark, Patricia MacDonald, P.D. James et quelques autres organisent une véritable concurrence et sont en tête des box-offices.

Étant féministe de vocation, j'aime cette rivalité stimulante, aussi suis-je heureux de présenter au public français une nouvelle magicienne du suspense « qui va faire mal » dans le milieu du polar. Sophie Schallingher nous arrive du Canada armée d'une imagination et d'une plume qui me font augurer une brillante carrière.

J'ai beaucoup apprécié ses personnages et le climat de cette histoire : Alexandra, qui exécute des scènes de chasse et dont les parents se sont tués précisément en allant chasser ; son mari, un psychopathe ; sa maison de Pigeon Hill isolée au bord d'un lac où elle se cache pour tenter d'échapper à la vengeance de son époux ; sa sœur Vicky à la grossesse menacée ; John Kennedy qui n'est pas président des États-Unis, mais vétérinaire ; l'étonnant Louis Talbot, un voleur pas commun ; et surtout, plus inquiétant encore, une maladie de peau à épisodes, annonciatrice de morts violentes.

Avec cet art de l'agencement dramatique qui est la marque des romancières d'outre-Atlantique, Sophie Schallingher nous guide avec sûreté dans son univers implacable ou l'innocence génère l'angoisse.

Le vieux routier du policier que je suis est fier d'accueillir cette brillante recrue à laquelle il souhaite longue carrière, pour notre plus grand bonheur à tous.

Frédéric DARD

À mon père,
artiste, et peintre...

« Le monde est iniquité ;
si tu l'acceptes, tu es complice,
si tu le changes, tu es bourreau. »

Jean-Paul SARTRE

PROLOGUE

L'homme avait de belles mains : longues, fines, soignées. Celles d'un artiste, d'un pianiste même, aurait-on dit en le voyant plier ses doigts puis les tendre devant lui, les écarter et les remuer rapidement pendant quelques secondes, comme s'il voulait en vérifier la souplesse avant de se mettre au clavier. Ce ne fut cependant pas sur les touches d'un piano qu'il fit glisser ses doigts après ce bref exercice, mais à l'intérieur de gants chirurgicaux...

S'étant approché de la femme qui avait pris place sur la chaise, il se pencha vers elle, souriant, rassurant.

— En forme, madame Stevens ?

La patiente lui rendit son sourire. Elle se sentait en confiance. Des trois ou quatre dentistes qu'elle avait connus au cours de sa vie, le docteur Notaro était le seul à ne lui avoir jamais causé la moindre douleur. À avoir su apprivoiser sa peur... Il était si doux, si compréhensif. Et, ce qui ne gâtait rien, terriblement séduisant, songeait-elle tandis qu'elle le regardait, non sans regret, lui cacher par un masque promptement ramené de son cou au bas de son visage une partie de cette séduction.

— Bien, ajouta-t-il en se tournant vers son plateau d'instruments. Maintenant on ouvre grand et on se détend.

D'un mouvement de la tête, il signifia à son assistante d'augmenter un peu le volume de la chaîne stéréo. Il aimait travailler en musique, particulièrement sur des airs d'opéra, et plus encore sur des enregistrements de Pavarotti. Italien d'origine, lui aussi, il avait l'impression en écoutant ce dernier de retrouver la chaleur de son pays qui, dans ce Québec aux interminables hivers où il avait émigré vingt ans auparavant, lui manquait plus qu'il ne voulait bien l'admettre.

Une demi-heure plus tard, la consultation terminée, il retira son masque et, sitôt sa cliente hors de la pièce, sa blouse blanche. Il y avait dans ses gestes de la hâte, de la fébrilité. À son assistante qui s'étonnait de son empressement, il expliqua d'un ton légèrement embarrassé que, n'ayant pas d'autres rendez-vous, il s'en serait voulu de s'attarder alors que c'était aujourd'hui l'anniversaire de son mariage et qu'on n'attendait plus que lui pour le fêter.

En le voyant surgir dans le couloir avec son imperméable sur le dos, la réceptionniste l'interpella :

— Vous nous quittez déjà, docteur Notaro ?

— Oui, je rentre chez moi. Oh ! à ce propos...

Il s'interrompit, avança de quelques pas vers son interlocutrice.

— Si ma femme téléphone, reprit-il à voix basse, soyez gentille de ne pas lui dire que je suis parti. Pour une fois que je peux être là de bonne heure... J'aimerais lui faire la surprise, vous comprenez ? Merci, Marie.

Il appuya son remerciement d'un clin d'œil de connivence, puis, craignant d'être soudain retenu par une urgence, s'élança vers les ascenseurs. Il en sortit avec un bel élan. Un élan tel que, bien après sa sortie de l'immeuble, le concierge en était encore à se questionner sur l'identité de celui qui venait de passer comme une flèche devant lui.

Sur le trottoir, tranquille, content de ne pas avoir été retardé, ni rappelé surtout, il poussa un soupir de soulagement.

L'air lui parut doux, chaud même pour un mois d'avril. Il ne prit toutefois pas le temps d'enlever son imperméable tant il était pressé d'arriver chez lui. Il s'engouffra dans sa voiture et démarra aussitôt.

La Volvo d'un noir brillant, d'une si parfaite propreté qu'elle avait l'air, malgré ses soixante mille kilomètres, de provenir en droite ligne de chez le concessionnaire, se glissa dans la circulation, assez dense à cette heure de la journée, avec force coups de klaxon... Frank Notaro n'était pas à proprement parler quelqu'un de patient. Hors de sa vie professionnelle, il ignorait tout de la juste façon d'affronter les contrariétés : quelles qu'elles fussent, impossible pour lui de passer outre en gardant un minimum de calme ! Obligé de suivre la faible allure qui lui était imposée, il sentit bientôt la colère le gagner. Luttant pour ne pas la laisser totalement l'envahir, il respira à fond, desserra le nœud de sa cravate et s'efforça de penser à autre chose. Peu à peu, les muscles de son visage se décontractèrent. Cette surprise qu'il réservait à sa femme... N'allait-il pas en tirer un grand plaisir ? Alors pourquoi tout gâcher ? Pourquoi ne pas se concentrer uniquement sur ce plaisir ? S'en réjouir, s'en délecter d'avance et oublier tout le reste...

Quand il s'engagea dans la rue où il habitait, il avait non seulement réussi à contrôler son énervement, mais également à arborer un sourire, lequel, au moment où la Volvo ralentit pour se garer finalement le long du trottoir, se figea puis se crispa, avant de disparaître complètement. De voir un véhicule dans *son* allée, devant *sa* maison, stationné de manière à lui bloquer l'entrée de *son* garage, avait suffi... Brusquement, toute la colère qu'il s'était tant efforcé de juguler s'était mise à flamber en lui comme si elle n'avait jamais cessé d'exister.

Les mains crispées sur son volant, Frank jeta au véhicule un regard furieux et jura à voix basse.

Bien sûr, il savait que sa femme avait de la visite cet après-midi-là. Elle le lui avait dit. Simplement, il ne s'attendait pas à ce que le libre accès à son garage lui fût pour autant interdit. Et de ne pouvoir rentrer sa voiture sur-le-champ, comme il avait l'habitude de le faire dès qu'il arrivait chez lui, l'agaçait au plus haut point. Pourquoi Alexandra lui avait-elle permis de s'installer là ? bougonna-t-il intérieurement, rejetant sur son épouse un peu de la fureur qu'il éprouvait envers son visiteur.

Excité comme une puce, il donna un grand coup de klaxon, ne se préoccupant nullement du fait qu'il mettait ainsi en jeu l'avantage de la surprise, après quoi il éteignit le moteur et descendit rapidement de la Volvo. Puis s'en éloigna, à longues enjambées, non sans s'être auparavant assuré qu'elle ne risquait rien : pas d'enfants à bicyclette dans les environs, pas de jeunes à l'air désœuvré, ni d'individus à l'allure louche.

On eût pu croire que, dans l'état de fureur où il était plongé, Frank ne maîtrisait pas plus ses gestes qu'il n'en mesurait la portée. Ce n'était pas le cas ; il avait eu pour refermer la portière derrière lui

15

autant de douceur qu'il en aurait mis à sonder une dent douloureuse. En vérité, même ivre de rage, il ne perdait de cette douceur dans le mouvement que ce qu'il voulait bien en perdre. Il en usait en somme au gré de sa volonté ou de sa fantaisie.

Lorsqu'il eut pénétré à l'intérieur de sa maison cependant, la scène qui s'offrit à ses yeux lui parut si révoltante qu'il ne resta soudain en lui absolument plus aucune envie d'en user, ne fût-ce qu'à dose infinitésimale...

La scène en question n'avait rien d'extraordinaire, mais elle avait, il est vrai, de quoi rendre fou le mari jaloux, possessif, soupçonneux surtout, que Frank pouvait être... Dans le salon, sur le canapé, un homme, une femme — *sa* femme ! Assis l'un près de l'autre. Les yeux dans les yeux. Les mains dans les mains. Paisibles. Souriants.

Manifestement, le couple n'avait prêté aucune attention à son coup de klaxon et ne l'avait pas entendu arriver non plus. C'est du moins l'impression que Frank eut quand, faisant irruption dans la pièce, il les vit tous les deux sursauter et tourner leur regard vers lui.

L'espace d'un instant, Frank dévisagea l'homme en silence. Puis, de but en blanc :

— Hé, Bob... l'apostropha-t-il en pointant un index dans sa direction. C'est bien Bob, ton nom, je ne me trompe pas ?

Robert Harris, aussi surpris que sa cousine dont le visage avait brusquement pâli, s'était levé d'un bond. Il devinait qu'il avait affaire à Frank, dont il ne connaissait, lui aussi, que le nom. Parti vivre en Australie peu avant le mariage d'Alexandra, il avait revu celle-ci trois ou quatre fois au cours des sept dernières années, mais n'avait jamais rencontré son mari. Il ne savait pas grand-chose de lui, sinon qu'il était facilement irritable, une soupe au lait comme on dit, ce qui n'était pas pour le mettre à l'aise, loin de là.

Tout en répondant à la question de Frank par un hochement de tête, il s'avança pour le saluer.

Peu désireux de se montrer aimable, ou simplement poli, Frank dédaigna la main que Bob lui tendait. Il hocha la tête à son tour, comme pour se moquer et, le doigt toujours pointé sur son interlocuteur, il reprit :

— Bon, alors Bob, puisque t'es debout maintenant, et pas trop loin de la porte, tu vas en profiter pour aller changer ta voiture de place, d'accord ? Parce que, telle qu'elle est là, dans l'allée, elle me gêne. Elle me bloque le passage.

Il sourit, puis ajouta :

— Je suis sûr que tu ne voudrais pas être responsable des dommages que pourrait subir ma voiture si je la laissais dans la rue au lieu de la mettre au garage. J'ai raison, non ?

Revenue de la surprise, de la stupeur plutôt, qui l'avait clouée sur place, Alexandra avait fini par quitter le canapé et, pas à pas, s'était rapprochée des deux hommes. La consternation se lisait sur son visage. Tout, dans l'attitude de son mari, la révoltait. Autant le mépris dans sa voix que la défiance dans son regard. Autant la façon, sournoise, dont il avait surgi dans la pièce que celle, malveillante, dont il avait apostrophé son cousin. Ou celle encore, sarcastique, odieuse, dont il venait, l'air de rien, d'inviter ce dernier à prendre congé.

Au risque d'envenimer la situation, au risque également d'attirer sur elle la colère de Frank, elle s'obligea à intervenir. Elle évitait ainsi à Bob, qui sous le coup de l'affront avait serré les poings, de prendre l'initiative : mettre sagement ceux-ci derrière lui ou les envoyer carrément sur la figure de Frank.

— Bon sang, Frank... commença-t-elle.

— Toi, la coupa-t-il, tu ne te mêles pas de ça, compris ?

Gêné pour Alexandra, Bob s'abstint de la regarder. Pendant une seconde ou deux, le temps de se rendre compte en fait que, plus longtemps il resterait sur les lieux, moins il aurait le goût de se retenir de cogner, il fixa le plafond d'un air absent. Sachant que face à un boxeur professionnel de son gabarit, Frank n'avait aucune chance, et ne voulant pas faire de sa cousine une veuve avant le temps en écrabouillant d'un coup, comme une punaise malfaisante, ce petit Italien par trop arrogant, Bob résolut sagement, et rapidement, d'anticiper son départ. Prétextant un rendez-vous, il embrassa Alexandra, la serra dans ses bras tout en lui murmurant à l'oreille de prendre bien soin d'elle, puis, lançant un sec et bref « Salut ! » au maître de la maison, il fila vers la sortie.

17

Le couple le suivit, en silence.

Dans l'entrée, Frank se tourna vers la jeune femme.

— Ne bouge pas de là, lui ordonna-t-il. On a à discuter tous les deux.

Il n'y eut de la part d'Alexandra ni acquiescement ni refus. Elle se contenta de refermer la porte derrière lui. Et, le dos appuyé contre le battant, de fermer les yeux en poussant un long soupir.

— Oh, Seigneur... gémit-elle d'une voix sourde.

Elle ne doutait pas que l'injonction de Frank fût un avertissement. Le « On a à discuter tous les deux » ne signifiait que deux choses : en ce qui *le* concernait, une forte envie de se défouler ; en ce qui *la* concernait, la probabilité, voire la certitude, de lui servir d'exutoire. Et elle n'était pas du tout convaincue d'avoir en elle, cette fois, suffisamment de courage pour affronter ce genre de discussion... genre que Frank qualifiait, par dérision, de bonne séance de dressage.

Lorsque Frank revint dans la maison, la colère qui l'habitait ne s'était pas apaisée. Pourtant, elle ne se voyait pas sur son visage... À peine une légère crispation des mâchoires. Et, dans le regard, une lueur, une étincelle qui aurait tout aussi bien pu être de gaieté que de méchanceté.

Du garage, il était passé par la porte qui donnait directement dans la cuisine. Il était sûr d'y trouver sa femme, affalée sur une chaise, pleurant toutes les larmes de son corps et effrayée, sinon terrifiée.

Il ne se trompait pas quant au lieu où Alexandra avait décidé de l'attendre. Néanmoins, elle n'était ni assise ni en larmes et elle n'avait pas vraiment l'air non plus de quelqu'un en proie à la panique. En l'entendant claquer la porte, elle ne bougea pas... Aucun tressaillement. Tout juste un vague, très vague frémissement.

Frustré du plaisir de la voir sursauter, désarçonné et inquiet surtout de cette inhabituelle impassibilité, Frank ne sut, pendant un moment, quelle attitude adopter. Il croisa les bras sur sa poitrine, s'appuya de l'épaule contre les armoires et la regarda pensivement... Si elle avait l'intention de modifier les règles du jeu, songeait-il, il n'était pas contre. Au contraire. Un peu de changement, une certaine résistance, une révolte, même, ne pouvait que rendre plus divertissante encore cette séance de dressage.

Allez, beauté, retourne-toi... Fais-moi voir ce que tu as dans le ventre.

Ses yeux, mi-curieux, mi-amusés, s'étaient fixés sur la nuque de la jeune femme.

Alexandra respira profondément, posa sur le comptoir le verre d'eau qu'elle avait à la main, puis, lentement, se tourna vers lui. Partant du principe que la meilleure défense est l'attaque, elle lança aussitôt l'offensive.

— Qu'est-ce qui t'as pris, Frank ? Tu as perdu la tête ou quoi ? Non, mais est-ce que tu te rends compte de la manière dont tu as traité mon cousin ? Comme un moins que rien ! Comme le dernier des derniers !

— À moins qu'il n'ait la susceptibilité d'une jeune fille, il s'en remettra très vite, crois-moi, rétorqua-t-il avec un sourire.

Elle haussa les épaules et enchaîna :

— Tu l'as provoqué. Délibérément ! Un boxeur... Seigneur ! Il aurait pu te tuer d'un coup de poing. Tu le sais, ça, non ?

— Ce que je sais, c'est que je n'aimais pas la façon dont il te regardait.

— Quoi ? Oh, bon sang ! Frank... On parle de mon cousin, là, pas d'un inconnu !

— Et alors ? Un cousin, c'est pas un homme, peut-être ?

Se rendant compte qu'elle perdait son temps à essayer de le raisonner, Alexandra pivota sur ses talons et se dirigea rapidement vers le couloir, du côté des escaliers qui menaient à l'étage supérieur.

— Hé ! s'exclama Frank. Où est-ce que tu vas ? Je n'ai pas fini de dire ce que j'avais à dire, moi. Reste-là !... Alex !... Alex !... Aleeex !

Avant qu'il finisse de hurler son nom, Alexandra avait déjà atteint le palier. Prêtant l'oreille, il perçut des pas précipités sur le parquet, au-dessus de lui, puis le bruit d'une porte qu'on refermait sans trop de ménagement.

Elle était partie. Elle avait eu ce culot, fulminait-il tout en arpentant fiévreusement la pièce, ce qui, loin de l'aider à se calmer, décuplait avec la même ardeur tant les battements de son cœur que le rythme de sa respiration ou l'intensité de sa rage.

Absorbé dans ses réflexions, il s'arrêta momentanément près d'une chaise, posa la main sur le dossier... et la retira en jurant.

— Saleté de chat ! Je vais t'apprendre, moi... gronda-t-il à l'adresse du siamois qui, après l'avoir griffé, s'était empressé de quitter le siège où il se trouvait pour se réfugier sur sa natte, au fond de la cuisine.

Tenté sur le coup de le rattraper, de se défouler en lui administrant une de ces raclées qui lui ferait définitivement passer ce besoin, presque quotidien et agaçant à la fin, de lui montrer combien il le détestait, Frank se ravisa. Pourquoi se préoccuper de ce stupide bâtard de Sam, se dit-il, alors qu'il avait tellement mieux à faire là-haut... Tellement mieux, et tellement plus amusant.

Se contentant d'envoyer valser la chaise tout en jetant un regard mauvais à l'animal qui l'observait, ramassé sur lui-même, prêt à parer les coups, Frank marcha vers l'escalier, l'air furibond, prêt, lui aussi, à la bagarre.

Il ouvrit la porte à la volée, après quoi, tranquillement, il franchit le seuil de la chambre, puis s'arrêta.

Alexandra avait enlevé sa jupe, ainsi que son chemisier, et tirait sur le tee-shirt qu'elle venait de passer par-dessus sa tête.

— Qu'est-ce que tu fais ? lui demanda-t-il.

— Tu le vois bien... Je me change.

Elle attrapa son jean sur le lit et commença à l'enfiler.

Frank avança de quelques pas.

— Tu comptes aller travailler, là ? (Il leva les yeux au plafond et poussa un soupir à fendre l'âme.) Ton atelier, tes tableaux, tes pinceaux... il n'y a que ça qui ait de l'importance pour toi, hein ? Ta peinture, et ton chat ! Ton cher Sam ! Le reste, moi en l'occurrence, tu t'en fous.

— Tu dis n'importe quoi, protesta Alexandra dans un souffle.

— Ah oui ?

Il s'interrompit, chercha à croiser son regard qu'elle s'obstinait à lui dérober, puis enchaîna :

— Alex, est-ce que tu as une idée de la raison pour laquelle je suis rentré de bonne heure, aujourd'hui ?

Il lut dans ses yeux qu'elle avait une réponse, *la* réponse, mais préférait la garder pour elle. Il soupira à nouveau.

Sûr de la déstabiliser tout en tournant la situation à son avantage, il tenta de la convaincre qu'elle avait tort de se montrer si méfiante, alors que lui n'avait à son endroit que de bonnes intentions... Tout ce qu'il voulait, prétendit-il avec aplomb, c'était uniquement passer une soirée en amoureux. Fêter leur anniversaire de mariage en allant dîner au restaurant.

— Frank, notre anniversaire de mariage, c'était il y a deux semaines. De plus, on n'a pas fêté le dernier, ni celui d'avant... Pourquoi fêterait-on celui-là ?

— Parce que j'en ai envie ! Alors, tu vas mettre ta plus belle robe et...

— Frank, je t'en prie, le coupa-t-elle. Cesse de nous jouer la comédie. Tu n'as pas envie de sortir. Moi non plus, d'ailleurs. La vérité, la vraie raison pour laquelle tu es rentré plus tôt que d'habitude, c'est que ça t'ennuyait de me savoir avec mon cousin. C'est ta jalousie qui t'a ramené à la maison. Ta maladive possessivité. Rien d'autre !

— Je t'ai dit de mettre ta plus belle robe, répéta-t-il, doucereux, imperturbable, comme si la déclaration d'Alexandra n'avait été qu'un vague soupir, une plainte inaudible.

Nerveusement, Alexandra essayait de fermer son jean dont la fermeture éclair refusait de remonter. Elle leva la tête vers Frank. Il avança d'un pas, puis d'un autre... Ce fut à son sourire qu'elle sut qu'il allait frapper. La gifle qu'elle attendait l'atteignit sur le côté de la tête et lui fit perdre l'équilibre. Le geste avait été tellement rapide qu'elle n'avait pas eu le temps de l'éviter.

Alors qu'elle vacillait sur ses jambes, il l'agrippa brutalement par son tee-shirt et l'attira à lui.

— Tu vas m'écouter, oui ? Tu veux que je t'aide peut-être ? aboya-t-il tout en la repoussant d'une brusque bourrade à l'estomac.

Le souffle coupé, elle tomba sur le sol. Il se jeta sur elle et entreprit aussitôt de lui arracher ses vêtements. Elle se débattit, réussit à lui échapper. Il la rattrapa. La frappa de nouveau. Durement.

De son arcade sourcilière où la peau s'était fendue, le sang coula bientôt sur son visage. En le sentant, Alexandra prit peur et se mit à hurler tout en continuant à lutter contre ces mains qui s'étaient refermées en poings pour mieux lui marteler les côtes.

Frank semblait être sourd à ses cris, mais le feulement qui provenait de l'arrière de la pièce le fit s'arrêter de cogner. Il se retourna.

Sam bondissait déjà vers lui, toutes griffes dehors.

Protégeant sa figure de son bras, il s'empressa, dès que l'animal eut atterri sur lui, de l'immobiliser.

Paralysée de douleur et d'effroi, Alexandra gisait sur le dos. Les paupières closes, elle avait l'air inerte, paraissait avoir perdu toute volonté de résister. De fait, il n'y avait plus en elle que le désir de s'abandonner, de sombrer dans une bienheureuse inconscience.

Au mouvement que fit Frank pour se lever, elle ouvrit les yeux. Et lorsqu'elle le vit raffermir sa prise sur l'échine de Sam, puis commencer à marcher vers la fenêtre, elle sortit aussitôt de son inertie... D'instinct, elle avait deviné son intention.

— Ne fais pas ça, Frank ! Ne fais pas ça... Je t'en prie. Arrête, balbutia-t-elle en se jetant sur le côté et en refermant ses bras sur la jambe qui se trouvait encore à sa portée.

D'une brusque torsion du pied, Frank se libéra et reprit sa marche.

Incapable de se remettre debout, Alexandra se traîna derrière lui et tenta une nouvelle fois de l'empêcher d'avancer, en s'accrochant au bas de son pantalon.

— Arrête, Frank. Je t'en prie... Lâche-le... S'il te plaît... balbutia-t-elle encore.

Il éclata de rire.

— Je vais le lâcher, ma colombe. Ne t'inquiète pas pour ça. Je vais le lâcher... bientôt !

Il riait, riait, comme si jamais plaisanterie ne lui avait semblé plus drôle que celle-là.

Au bout de sa poigne, Sam se tortillait, essayait de lui échapper. L'ayant plaqué contre le mur de toute la longueur de son avant-bras, si violemment que l'animal en était quasi assommé et avait peine à respirer, Frank poussa vers le haut, d'un coup sec, le châssis de la fenêtre à guillotine.

Il se tourna vers Alexandra, la regarda, l'œil moqueur, le sourire narquois, ramper jusqu'à lui... Quelques secondes d'attente. Une attente lourde, silencieuse. Passionnée et passionnante pour lui. Extraordinairement cruelle et angoissante pour elle.

Dans le jardin, juste sous la fenêtre, il y avait une rocaille. Des pierres aux arêtes vives, tranchantes. Voyant déjà la tête de Sam s'y fracasser, Alexandra, folle d'angoisse, fondit en larmes.

— Frank, s'il te plaît, ne le fais pas... Ne fais pas ça, je t'en prie, souffla-t-elle, d'une voix entrecoupée de sanglots, se redressant à demi, s'agrippant d'une main aux vêtements de son mari.

Avec une rare gentillesse, Frank l'aida à se relever. L'appuya contre lui.

— Là, mon petit cœur... dit-il avec autant de douceur dans le ton qu'il en avait eu dans le geste. D'ici, on voit mieux, non ? Je m'en serais voulu, tu sais, que tu manques une miette de ce spectacle.

Et, subitement, il ramena le bras qui retenait Sam devant eux... Le brandit à l'extérieur... Desserra sa prise.

Un miaulement aigu fusa, se perdit dans les airs, assourdi par le hurlement d'Alexandra qui, dans une tentative désespérée de rattraper l'animal, avait failli elle-même basculer dans le vide.

Elle n'eut pas la possibilité de savoir s'il était sain et sauf après sa chute. Avant que Sam n'atteigne le sol, Frank l'avait saisie à bras-le-corps, retournée face à lui, puis poussée vers l'arrière. Poussée jusqu'à ce que sa tête et son torse se balancent dans le vide, et qu'il n'y ait plus que les doigts de Frank, douloureusement refermés sur ses poignets, qui puissent l'empêcher de tomber.

— La seule façon d'aller le chercher, ton chat, c'est de passer par le même chemin, avait-il ricané. Alors, tu choisis, beauté... Ou tu le rejoins, ou tu restes avec moi. Qu'est-ce que tu préfères, hein ? Dis-moi...

Il va me tuer, pensa Alexandra. Il va le faire... Il va me lâcher... Oh, mon Dieu !

— À l'aide ! Au secours, cria-t-elle de toutes ses forces.

Il y eut une secousse dans ses épaules, une traction sur ses bras... Pourquoi Frank la ramenait-il si vite à l'intérieur ? Elle n'eut pas la possibilité, cette fois non plus, de savoir si sa chance tenait au fait que Frank s'était brusquement rendu compte de sa folie ou uniquement à sa crainte que les cris qu'elle poussait ne finissent par alerter les voisins.

Même si elle avait été en état de lui poser la question, ce qui n'était pas le cas, elle n'en aurait pas eu le temps... À peine reposait-elle à nouveau sur ses pieds qu'il l'assommait d'une paire de gifles.

— Ah, tu veux crier ! grogna-t-il. Je vais t'en donner, moi, des raisons de crier.

Un coup à l'estomac l'envoya au centre de la pièce, contre le lit.

Une petite voix dans sa tête s'affolait... *Le prochain coup, tu es morte. Il va frapper de toutes ses forces et te tuer aussi sûrement que s'il t'avait laissée tomber par la fenêtre. Cours, Alex !... Cours !*

Pliée en deux, haletante, elle fonça vers la porte et se jeta dans le couloir. Il la poursuivit, lui saisit la main au moment où elle allait se ruer dans l'escalier. Elle se retourna, tenta de son autre main de se libérer.

— Tu veux descendre, Alex ? Vas-y, mon cœur... Qu'est-ce qui t'en empêche ?

Il eut un rire sinistre.

Ce fut la dernière chose qu'Alexandra entendit avant de plonger dans l'escalier où Frank venait, d'une formidable poussée, de la précipiter.

Elle ouvrit les yeux. Des murs blancs, flous. Un visage, flou, lui aussi.

— Bienvenue parmi nous, dit une voix rieuse, affectueuse... Une voix qu'elle aurait reconnue entre mille.

— Vicky, souffla-t-elle, heureuse de savoir sa sœur près d'elle et déjà rassurée par cette seule présence.

— On peut dire que tu nous as fait une belle peur. Je parle pour moi, bien sûr, et pour mon mari, parce que pour ce qui est du tien...

Alexandra sentit l'angoisse monter en elle.

— Il est là ?

— Non, non, rassure-toi. Je me suis arrangée pour qu'on lui interdise l'entrée de ta chambre, et même celle de l'hôpital. Inutile, sans doute, parce que je n'ai pas vraiment l'impression qu'il aurait le culot de se présenter ici. Pas dans les circonstances présentes, en tout cas. Mais bon... On n'est jamais trop prudent, hein ?

— Merci, Vicky.

— Y a pas de quoi.

Elle eut un large sourire.

— Je suis sûre que tu aimerais avoir des nouvelles de Sam, non ?

Alexandra dressa la tête.

— Il va bien, s'empressa d'ajouter Vicky en la repoussant doucement contre ses oreillers. Un voisin s'en est occupé. Celui-là même
d'ailleurs qui a appelé l'ambulance pour toi. Très gentil, ce monsieur ! Enfin, bref, pour en revenir à Sam, je l'ai vu et je l'ai trouvé en
pleine forme. En meilleure forme que toi, ça, y a pas de doute !

Elle soupira, puis murmura :

— Ah, ma pauvre Alex ! Si tu voyais dans quel état il t'a mise.
Ta figure... Bonté divine ! On dirait qu'un quinze tonnes t'est passé
dessus.

— À part la figure, qu'est-ce qu'il y a d'autre d'amoché ?

— Ben, un bras...

— Cassé ?

— Absolument.

— Quoi d'autre ?

— Des bosses, des bleus un peu partout, trois points de suture
près du sourcil et, euh... oui, une petite hémorragie interne, aussi.

— C'est tout ?

— Seigneur ! tu trouves que ce n'est pas assez ?

— Non... Non, Vicky. Je m'étonne seulement d'être encore
en vie.

Alexandra ne plaisantait qu'à moitié. En plongeant son regard
dans celui de sa cadette, elle y lut la même question que celle qui lui
avait, la seconde d'avant, effleuré l'esprit : « Si tu ne te décides pas
maintenant à quitter Frank, est-ce que tu crois que tu t'en sortiras
encore vivante la prochaine fois ? »

Une semaine plus tard, à sa sortie de l'hôpital où Vicky était
venue la chercher, Alexandra ne se sentait pas très vaillante. L'idée de
se retrouver face à face avec Frank la terrifiait.

— Tu es sûre qu'il ne sera pas à la maison ?

— Sûre ! répondit Vicky en lui pressant la main. Ne t'inquiète pas. J'ai téléphoné à la clinique, ce matin... Il a des rendez-vous toute la journée.

Il y eut quelques secondes de silence, et Vicky reprit :

— Je ne comprends pas pourquoi tu ne portes pas plainte contre lui.

— Pour qu'on le mette en prison quelques semaines, quelques mois ? Pour qu'il sorte de là ivre de rage et n'ait qu'une seule idée en tête : se venger de moi ? Non, non. La meilleure solution, c'est de partir. D'obtenir le divorce le plus rapidement possible et de m'en aller le plus loin possible, c'est tout.

Pénétrer dans sa maison après la scène épouvantable qu'elle y avait vécue l'effraya moins qu'elle ne l'aurait cru.

Elle resta un moment immobile dans l'entrée, à regarder autour d'elle un décor qui ne lui rappelait, de ses six années de vie commune avec Frank, que de mauvais souvenirs. Puis, sentant qu'il valait mieux ne pas s'attarder, elle s'empressa de monter dans sa chambre.

Elles avaient presque fini les valises quand un brusque claquement en provenance de l'entrée les fit toutes les deux sursauter.

— Oh, mon Dieu, gémit Alexandra.

Ses jambes tremblaient si fort qu'elle dut s'asseoir sur le lit pour ne pas tomber.

Vicky mit un doigt sur sa bouche pour lui signifier de garder le silence et marcha rapidement vers la porte. Elle la referma, sans bruit, la verrouilla, appuya son oreille contre le battant et attendit.

La poignée tourna sur elle-même, deux ou trois fois, à la suite de quoi le poing de Frank s'abattit avec force contre le panneau de bois. Réprimant le cri que la surprise avait failli lui arracher, Vicky recula aussitôt de quelques pas.

— Alors, vous l'ouvrez cette porte, oui ou merde ? gronda Frank en frappant à nouveau sur le panneau. Vicky, je sais que tu es là. J'ai vu ta voiture en bas. Ouvre-moi, bon sang ! Je voudrais juste parler à Alex.

— Elle n'est pas là. Je suis toute seule ici.

— Tu mens.

— Non, je t'assure... Alex est encore à l'hôpital. Je suis juste passée prendre quelques affaires pour elle.

— Ah oui ? Pourquoi tu t'enfermes, alors, hein ?

Tandis que Vicky s'efforçait fébrilement de trouver une réponse qui pût le convaincre de repartir, Frank s'était remis à frapper sur le battant. À coups d'épaule ! La porte ne résista pas. Au troisième assaut, elle alla se fracasser contre le mur.

Du seuil de la pièce, Frank inspecta les lieux avant de pénétrer plus avant. Finalement, désignant d'un signe de tête la valise sur le lit, il s'enquit d'un ton passablement ironique :

— Tu vas quelque part, Alex ? Pas facile de se déplacer avec un bras dans le plâtre, hein ?

Puis, sans transition, il se rua vers elle, une lueur meurtrière dans le regard, tout en rugissant :

— Si tu t'imagines que tu vas pouvoir disparaître comme ça, tu te trompes !

Ayant tenté de s'interposer et ayant été écartée avec brusquerie, Vicky s'insurgea :

— Laisse-la tranquille, Frank. Va-t'en !... Va-t'en, ou j'appelle la police.

Il rit, d'un rire mauvais, en accentuant légèrement la pression qu'il exerçait déjà, à deux mains, sur le cou d'Alexandra avant de la relâcher pour ensuite déclarer, d'un ton calme cette fois, détaché, presque léger :

— Tu es à moi, Alex. Tu m'appartiens. L'aurais-tu oublié ? Ne pense surtout pas que le fait de me quitter, de divorcer même, pourra y changer quoi que ce soit.

Sur le palier, il se retourna pour ajouter d'une voix lourde de menaces :

— On se reverra, beauté. Où que tu sois, je te retrouverai, ça, tu peux en être certaine. Je te retrouverai... Et ce jour-là, ce sera ta fête, Alex !

Il disait vrai. Il allait mettre plus d'un an, exactement cinquante-quatre semaines, jour pour jour, à la retrouver, mais il allait la retrouver.

Il en avait la certitude, et Alexandra, elle, une instinctive conviction...

CHAPITRE I

Un an plus tard...

Assise sur un haut tabouret devant le chevalet où reposait une toile qu'elle avait commencée cinq ou six jours auparavant, Alexandra mordillait le bout de son pinceau tout en étudiant d'un œil critique le visage dont elle venait d'esquisser les traits... Un visage maigre, allongé, aux pommettes saillantes et au front fuyant. Un visage d'homme, sans âge et sans âme, sur une tête d'un aspect pour le moins singulier où les yeux et la bouche, trous noirs dépourvus d'expression, ressemblaient à de gros clous profondément enfoncés dans la chair, où le menton de même que le sommet du crâne, exagérément pointus, parfaitement alignés, formaient une ellipse sévèrement aplatie vers le bas et bizarrement constellée de creux et de bosses.

Perdue dans ses pensées, elle s'agita sur son tabouret, retira le pinceau de sa bouche et le fit glisser pendant quelques secondes sur sa lèvre supérieure avant de pousser un long soupir.

Cette tronche qu'il a... Seigneur, on dirait une grosse pigne. Non, pas une pigne. Une morille !

— Hou, la morille ! jeta-t-elle d'un ton railleur, empreint de dépit sinon de dégoût et, curieusement, d'une lointaine, presque imperceptible mais indiscutable, note de défi.

Bien que prononcée à mi-voix, la phrase déchira le silence comme un claquement de fouet.

Du revers de la main, Alexandra essuya une goutte de sueur qui roulait sur sa joue, repoussa nerveusement la mèche blonde aux reflets cuivrés qui collait à son front, puis, se rendant compte soudain tant de la chaleur ambiante que de son inconfort, elle allongea le bras vers une petite table, sur sa gauche, où trônait un ventilateur électrique. Tâtant la base de l'appareil du bout des doigts, elle repéra le bouton de mise en marche et le tourna.

Son regard n'avait pas quitté le tableau. Ne s'était pas détaché une seconde de ce visage d'homme qui exerçait sur elle, sans qu'elle en fût réellement consciente, une forte attraction. Une manière de fascination. Obscure. Morbide. Plus elle le fixait, plus elle sentait grandir en elle un malaise qu'elle n'arrivait ni à définir ni à s'expliquer.

Au bout d'un moment, elle pivota brusquement sur sa droite et se pencha au-dessus de l'établi où elle rangeait avec un soin quasi obsessionnel tout son matériel de peinture. Après s'être débarrassée de son pinceau en le plongeant dans un ancien pot de confitures rempli d'essence de térébenthine, elle s'empara d'une spatule qui jouxtait une trentaine de tubes de couleur, à l'alignement impeccable. Raclant rapidement un épais filet de blanc sur le haut de sa palette, elle l'étala en un mouvement décidé, voire brutal, sur le trou noir des orbites.

Son intention, au départ, était de n'effacer que les traits, mais, en proie à une subite et impérieuse envie de voir disparaître la tête de morille en entier, elle racla à nouveau sa palette, écrasa la pâte huileuse sur la forme elliptique avec une sorte de joie sauvage et se mit à l'étendre à grands gestes saccadés, incohérents.

Elle avait largement débordé la ligne du crâne quand, la main en l'air, la spatule à peine à deux doigts de la toile, elle s'immobilisa tout à coup, comme si un bras invisible avait soudainement bloqué le sien dans son élan.

Déconcertée, un peu effarée, elle laissa retomber sa main le long de sa cuisse, puis ferma les yeux et respira à fond tout en s'efforçant de maîtriser le tremblement qui agitait les muscles de son corps.

Qu'est-ce qui m'arrive ? gémit-elle intérieurement.

Il lui était à ce point difficile de comprendre comment elle avait pu perdre aussi facilement le contrôle d'elle-même qu'elle en était toute chamboulée. Elle ne se rappelait pas qu'une telle chose lui fût jamais arrivée. Elle ne se rappelait pas avoir jamais éprouvé, ni suivi, une telle pulsion, un tel désir de détruire, d'anéantir.

C'est la nervosité... souffla une petite voix à son oreille. Un simple mouvement d'humeur. Rien de plus. Pas la peine de t'en inquiéter. Oublie ça, Alex. Oublie ça !

Nerveuse, elle ?

Oui... admit Alexandra, vrai qu'elle avait les nerfs plutôt à vif ces derniers temps. Était-ce la perspective de sa prochaine exposition qui la mettait dans cet état ? Non... Peut-être...

Le souvenir de celle qui avait eu lieu trois ans auparavant cherchait à émerger du fond de sa mémoire. Elle l'en empêcha. Bloqua aussitôt les émotions. Elle ne voulait pas les revivre. Elle ne pouvait pas.

De peur que la douleur enfouie au plus profond d'elle-même ne se réveille, Alexandra s'interdisait de se rappeler l'événement, de revenir sur cet automne fatidique, cette terrible journée d'octobre où, alors qu'elle aurait dû être tout à la joie de son vernissage, il lui avait fallu affronter la nouvelle de la mort de ses parents : partis tous deux pour un week-end à la chasse au chevreuil, ils n'étaient jamais arrivés à leur campement... L'hydravion qui les y menait avait heurté de plein fouet le flanc d'une montagne !

Ironie du sort ou macabre coïncidence, la chasse constituait justement, cette année-là, le thème de son exposition. Vingt-six tableaux surréalistes représentant, dans des camaïeux de bleu ou de rouge, la chasse sous toutes ses formes : à courre, au vol, en battue, à l'approche, à l'arc, au fusil... Vingt-six tableaux où le regard des animaux traqués reflétait l'angoisse, l'incompréhension. Traduisait d'une certaine façon la profonde aversion que lui inspirait cette activité dont son père, plus que sa mère en vérité, raffolait, la considérant, à ce qu'il en disait, comme le plus passionnant des loisirs.

Dans les mois qui avaient suivi le tragique accident, Alexandra s'était mise à peindre des paysages sauvages, arides, dépouillés, où ne figurait aucun animal, aucun être humain. Souvent insolites, parfois extravagantes, mais toujours empreintes d'une bouleversante mélancolie, toutes ses toiles n'exprimaient depuis lors qu'un sentiment de vide, d'abandon, de terrible solitude.

Alexandra ouvrit les yeux tout doucement, avec réticence, à la manière de quelqu'un craignant de découvrir un désastre.

Au lieu de se réjouir en constatant que les dégâts étaient moins graves qu'elle ne l'avait imaginé, elle murmura d'une voix un peu rauque :

— Je n'aurais pas dû m'y remettre... Je n'aurais jamais dû...

Non, songeait-elle, ce n'était pas, en définitive, la perspective de sa prochaine exposition qui la rendait si nerveuse. Le vernissage était prévu pour le 17 novembre. Elle avait encore six mois devant elle pour s'y préparer... Amplement suffisant comme délai, d'autant que sur la trentaine d'œuvres qu'elle prévoyait exposer, elle en avait à l'heure actuelle une bonne vingtaine de terminées. Non, ce n'était pas de ce côté-là qu'il fallait chercher. En fait, la cause de cet état de fébrilité qui l'habitait depuis plusieurs jours déjà, elle était là, sous son nez, et pas ailleurs !

Alexandra avait raison... En partie. Sa nervosité était en effet intimement liée au tableau qui reposait sur son chevalet. Néanmoins, contrairement à ce qu'elle croyait, celui-ci n'en était pas la cause, mais uniquement la conséquence... Au-delà de l'anxiété engendrée par la scène de chasse qu'elle avait entrepris de composer, il y avait la peur qui, en s'implantant et en se développant au plus profond de son inconscient, avait créé en elle à la fois l'envie et le besoin de revenir à ce thème qu'elle pensait avoir délaissé à jamais. Mais cela, elle ne pouvait pas le savoir. Pas encore. Il était trop tôt. Beaucoup trop tôt !

* *
*

Incapable de continuer à travailler, Alexandra quitta son atelier, non sans avoir au préalable arrêté le ventilateur et ouvert les fenêtres. En général, elle se rendait ensuite directement dans la salle de bains pour prendre une douche. Toutefois, comme elle avait décidé de s'offrir une petite séance de jardinage — mieux valait, à ce qu'il lui semblait, passer ses nerfs sur les mauvaises herbes que sur ses tableaux —, elle descendit aussitôt dans la cuisine.

Après s'être assurée d'un coup d'œil que le répondeur n'avait enregistré aucun message, elle ouvrit le réfrigérateur, tira vers elle l'assiette d'asperges qu'elle s'était préparée pour le déjeuner deux heures plus tôt, et à laquelle elle avait alors à peine touché, puis s'installa à table.

Son repas terminé, elle déposa son assiette dans l'évier et se dirigea droit vers la porte-patio. Elle allait sortir sur la terrasse quand son chat vint se coller contre elle en miaulant plaintivement.

— Qu'est-ce qu'il y a ? Qu'est-ce que tu veux, Sam, hein ? Dismoi... fit-elle en s'accroupissant pour le caresser.

L'animal glissa sous sa main, courut s'asseoir devant le placard à provisions, posa une patte sur la porte et la regarda en émettant un bref « miaou ». Dans ses yeux d'un bleu vif, il y avait le même message que dans les modulations de son miaulement : « Viens, quoi ! Qu'est-ce que tu attends ? »

Alexandra se releva en souriant. Vraiment, il ne lui manque que la parole à celui-là, pensa-t-elle.

À les observer tous les deux, il aurait été difficile de ne pas voir le lien qui les unissait. Quant à savoir de quoi il était fait... Affection, compréhension, complicité ? Oui, il y avait de cela entre eux, et plus encore... « Voilà un fauve qui saura prendre soin de ma petite louve », lui avait déclaré son père — une semaine, tout juste, avant l'accident d'avion, comme s'il avait pressenti l'événement ! — en posant le chaton sur ses genoux. Il avait raison. Nul mieux que Sam ne savait la réconforter, l'apaiser. Il comprenait tout, ce chat, devinait tout. En débarquant dans sa vie, il avait déjà tout compris. Entre autres, qu'elle et Frank Notaro n'étaient pas faits pour vivre ensemble.

Cet homme qui partageait son existence, Sam l'avait détesté d'emblée. Seulement il n'avait eu à le supporter, lui, que pendant quelques mois. Alexandra avait eu à le subir, elle, pendant plus de six ans. Deux mille trois cent soixante-dix-neuf jours exactement, c'était le temps qu'avait duré ce mariage, cette union au cours de laquelle le prince charmant qu'elle avait épousé s'était peu à peu transformé en crapaud. Derrière le mari idéal, tendre et attentionné qu'elle avait connu au début se cachait un être possessif, maladivement jaloux, d'un tempérament hargneux et coléreux, d'une surprenante brutalité, et d'une si parfaite perversité qu'il avait mis plus de trois années à se montrer sous son vrai jour.

Malgré le recul, elle ne s'était toujours pas expliqué ce qui avait pu la pousser à épouser cet homme cruel et retors, avec lequel elle n'avait rien en commun et qui, non content de la maltraiter, critiquait sans arrêt tout ce qu'elle faisait, tout ce qui la passionnait — la peinture, le siamois et l'affection qu'elle éprouvait pour sa sœur étant, dans l'ordre, les sujets sur lesquels il aimait s'exciter...

Alexandra marcha vers Sam tout en se grattant machinalement le bras.

— Alors ? Qu'est-ce que nous avons de bon, là-dedans ? lança-t-elle après avoir ouvert la porte du placard.

Sur la tablette du bas, il y avait un assortiment de nourriture pour chat que Sam renifla pour la forme. En réalité, ce qui l'intéressait se trouvait quelque part au-dessus. Il se dressa donc sur ses pattes postérieures, à la manière d'un écureuil, et allongea le cou en regardant vers le haut.

— Oh ! je vois... Monsieur a envie d'une petite gâterie.

Elle plongea la main dans l'armoire, à la recherche d'un bretzel, sorte de biscuit salé en forme de huit dont Sam raffolait.

— Une moitié seulement, Samy, poursuivit-elle. (Joignant le geste à la parole, elle cassa le biscuit en deux.) Je n'ai pas envie que tu ressembles à une otarie. Tu es déjà assez gros comme ça.

Une lueur d'incompréhension sembla se glisser dans le regard qui se posait sur elle. S'il était costaud, exceptionnellement grand et fort pour un représentant de sa race, sous le poil lustré de ce félin, il n'y avait place que pour du muscle et... un soupçon de graisse. Sam poussa un miaulement aigu, qu'elle traduisit par un « Qu'est-ce que tu racontes ? » indigné, puis, s'étant saisi du morceau qu'elle lui tendait, il courut se réfugier sur sa natte, au fond de la cuisine.

Alexandra le regarda faire d'un air amusé, tendrement moqueur. L'expression donnait à son visage une telle douceur qu'on eût pu se demander en la voyant ainsi pourquoi son père l'appelait « ma petite louve ». En vérité, pour peu qu'on voulût bien s'attarder deux secondes à sonder la profondeur de ses prunelles, la raison en apparaissait aussitôt, claire comme le jour... Ces yeux d'une teinte impossible, ni tout à fait miel ni franchement bruns, avaient la même intensité troublante, et la même couleur d'or fondu, que ceux des loups.

— Bon, d'accord ! Je retire ce que j'ai dit, Sam, déclara-t-elle. Tu n'es pas gros. Enfin, pas trop encore...

Laissant à l'animal le soin de tirer ses propres conclusions, elle se tut et examina son bras qui n'arrêtait pas depuis quelques minutes de la démanger. Là où elle s'était grattée, la peau était rouge et légèrement boursouflée. Comme si elle avait été piquée par un moustique.

Non... Ça ne va pas recommencer... Pas maintenant... !

Pas maintenant ! pensa-t-elle encore avec un serrement de cœur. Pas au moment où elle venait tout juste de retrouver un semblant de calme dans sa vie !

Sam leva brusquement la tête. Un bruit dehors, quelque chose de bizarre, d'anormal, avait attiré son attention. Durant quelques instants, il resta sans bouger, les oreilles tendues, les vibrisses frémissantes. Après avoir lancé un regard interrogateur à sa maîtresse qui, perdue dans ses réflexions, gardait une immobilité de statue, il quitta sa natte et se dirigea lentement vers la porte-patio.

Le grincement de la grille que l'on avait ouverte puis refermée, là-bas, à l'entrée, perça enfin le tumulte intérieur de la jeune femme, ne la tirant de son inquiétude que pour la plonger dans une peur panique.

Sa réaction était compréhensible. Personne n'avait jamais franchi le portail depuis qu'elle habitait cette propriété ; personne n'avait non plus, à son sens du moins, aucun motif de le franchir. Qui ? se demandait-elle. Qui pouvait avoir le culot de s'amener chez elle sans y avoir été invité ? Qui, sinon son ex-mari ?

Alexandra étouffa un gémissement.

Il m'a retrouvée ! Oh, mon Dieu, aidez-moi ! Ayez pitié de moi !

*   *

*

35

Le corps glacé, transi de peur, les mains crispées sur le rebord du comptoir, Alexandra scrutait l'allée à travers la fenêtre de la cuisine. Trop loin encore pour qu'elle pût distinguer nettement ses traits, l'homme qui marchait vers la maison lui parut pendant un long et terrible moment avoir ceux de son ex-mari.

Si tu t'imagines que tu vas pouvoir disparaître comme ça...

Frank Notaro était de cette race d'individus qui n'acceptent pas la défaite, qui ne savent pas lâcher prise.

Tu es à moi, Alex. Tu m'appartiens...

Elle ferma les yeux, puis les rouvrit. Son visiteur s'était rapproché. Pas de beaucoup, mais assez en tout cas pour qu'elle pût cette fois bien voir son visage et se rendre compte qu'elle s'était trompée... Non, ce n'était pas Frank qui s'avançait vers elle.

Merci, mon Dieu, soupira-t-elle intérieurement.

Elle sentit la chaleur revenir dans son corps. Le sang qui avait d'un seul coup reflué vers son cœur circulait à nouveau librement dans ses artères.

Comment avait-elle pu croire une seule minute que ça pouvait être Frank ? Comment aurait-il fait pour trouver sa trace ? Elle avait pris toutes les précautions qu'il fallait. Personne, à l'exception de Vicky et de Malcolm, son agent, ne savait où elle habitait. Alors ?

Un peu honteuse de s'être laissé envahir par la peur, elle s'éloigna rapidement de la fenêtre. Avisant le chat qui lui bloquait le passage devant la porte-patio avec, lui semblait-il, des velléités de chien de garde, elle sourit, amusée, et lui dit :

— Tu t'inquiètes pour rien, Samy. Ce n'est pas Frank...

Puis, le repoussant d'une main câline, elle ajouta :

— D'ailleurs, si c'était lui, tu sais bien que je ne lui ouvrirais pas.

Tu n'aurais pas à le faire, ricana une petite voix intérieure. Il aurait déjà tout défoncé.

Elle inclina la tête, accablée soudain par le poids des souvenirs. Tout en sortant sur la terrasse pour aller au devant de son visiteur, elle s'obligea à fixer son esprit sur une seule pensée, celle à laquelle elle ne cessait de s'accrocher depuis qu'elle vivait là : elle était à l'abri, maintenant. À quelques kilomètres d'un tout petit village calme et paisible, Frank ne risquait pas de la retrouver. L'idée même qu'elle aurait pu se terrer dans un endroit pareil, vivre seule, isolée, à une bonne vingtaine de minutes de marche du voisin le plus proche, ne lui serait pas venue à l'esprit, elle en était certaine. Le cas échéant, il l'aurait de toute façon aussitôt écartée en se disant qu'elle était beaucoup trop peureuse pour ça.

Non, vraiment, elle n'avait aucune raison, ici, de craindre pour sa sécurité... À Pigeon Hill, il ne se passait jamais rien d'extraordinaire et il n'y avait pas de raison que ça change, se rassurait-elle.

CHAPITRE II

Les mains dans les poches, la tête légèrement inclinée de côté, il approchait d'un pas souple, aisé, parfaitement assuré — si totalement décontracté, en fait, qu'on aurait dit le maître des lieux rentrant chez lui après une courte et agréable balade — et il souriait, visiblement heureux de trouver quelqu'un à qui s'adresser. Dans ses jeans délavés, ses baskets et sa chemise blanche aux manches roulées jusqu'aux coudes, il ne paraissait pas avoir beaucoup plus de trente ans et donnait de prime abord une impression de force tranquille... Un curieux mélange de jeunesse, de vigueur et de sérénité.

Du haut de la terrasse où elle l'attendait, Alexandra s'enquit :

— On peut faire quelque chose pour vous ?

— Oui... Euh... Je suis tombé en panne, bredouilla-t-il. (Tout en continuant d'avancer, il désignait d'un geste vague la route masquée par la clôture de bois.) Faudrait que je téléphone au village pour qu'on vienne me remorquer. Si ça ne vous dérange pas...

Il s'était arrêté et levait vers elle un visage aux traits énergiques, qui révélait un caractère à la fois intrépide et un rien ombrageux. Dans ses prunelles d'un bleu intense, saisissant, il y avait une expression indéchiffrable... Une petite lueur qui pouvait aussi bien relever de la malice que de la curiosité.

Troublée, agacée aussi par le sourire qu'il n'avait cessé d'afficher et qui l'habillait soudain à ses yeux d'une insupportable désinvolture, Alexandra fut sur le point de lui mentir en lui disant que son téléphone ne fonctionnait pas.

Si ça ne vous dérange pas... Non, mais, qu'est-ce que vous croyez ? Que je laisse entrer n'importe qui chez moi, peut-être ? protesta-t-elle silencieusement en le toisant d'un air distant.

Comme s'il lisait dans ses pensées, il reprit aussitôt :

— Oh ! je m'excuse. Je ne me suis pas présenté.

Il mit un pied sur la marche pour garder l'équilibre et, dans le même mouvement, se pencha vers l'avant en lui tendant la main.

— John Kennedy, fit-il dans un souffle.

Une brève hésitation, une profonde respiration... Il avait lancé son nom bravement, naïvement, sans préparation, à la manière d'un enfant qui se jette à l'eau pour la première fois.

Il y eut deux ou **trois** secondes de silence pendant lesquelles l'homme au sourire désinvolte épia la réaction d'Alexandra, qui n'en eut aucune, à peine un léger frémissement des narines. Elle tendit la main à son tour en enchaînant :

— Alexandra Harris.

Un type qui porte un nom pareil ne peut pas l'avoir inventé, songeait-elle en le précédant dans la maison, beaucoup moins méfiante déjà qu'elle ne l'était quelques minutes plus tôt. Paradoxa-lement convaincue, aurait-on pu dire, d'être en aussi probe compa-gnie avec un homonyme du célèbre président qu'avec le pape lui-même. Comme quoi, n'en déplaise à monsieur Hugo, il n'y a pas que la poésie dont le pouvoir soit grand sur le peuple...

* *
*

La cuisine était vaste, ensoleillée et chaleureuse. D'énormes poutres en pin, d'un ton plus foncé que celui des armoires, décou-paient le plafond sur toute la longueur de la pièce.

D'un mouvement de la tête, Alexandra désigna le téléphone sur le comptoir après s'être saisie du chat qui n'aimait pas trop qu'on envahisse son territoire et avait tendance à accueillir les visiteurs par de méchants coups de griffes.

Contre toute attente, l'animal resta bien sagement calé dans ses bras quand l'homme le gratifia au passage d'une gratouille sur la nuque. Alexandra n'en revenait pas. Mis à part le fait qu'il s'appelait Kennedy, détail indiscutablement insignifiant pour un quadrupède, fût-il le plus snob des siamois, qu'avait-il de plus que les autres, ce monsieur, pour que son Samy le laissât ainsi poser la main sur lui, sans broncher, sans même baisser les oreilles ?

Elle l'écouta avec plus d'attention qu'elle ne l'aurait voulu expliquer au garagiste où il se trouvait et réclamer l'envoi d'une dépanneuse. De le voir s'appuyer nonchalamment contre le bord du comptoir ne fit qu'aiguillonner le sentiment d'agacement qu'elle éprouvait depuis un bon moment, et elle n'eut plus alors qu'une seule envie : qu'il en finisse avec son appel et s'en aille au plus vite.

John Kennedy nota furtivement quelque chose sur un bout de papier qu'il avait sorti de sa poche, puis raccrocha et se tourna vers elle, l'air hilare et content de lui.

Je ne vois pas, pensa Alexandra avec humeur, ce qu'il y a de si amusant à être en panne au beau milieu de nulle part !

— Si j'osais, amorça-t-il sur le ton de quelqu'un s'apprêtant à lancer une mauvaise plaisanterie, je vous demanderais encore une faveur.

Il paraissait hésiter à poursuivre, si bien qu'Alexandra, pressée de le voir partir, l'encouragea un peu sèchement :

— Demandez toujours. On verra bien.

— Voilà... Si vous aviez un grand bol d'eau...

— Bien sûr, répondit-elle. Pas de problème.

Peut pas boire dans un verre comme tout le monde, celui-là ? pensa-t-elle encore tout en se dirigeant vers l'évier. Elle ouvrait l'un des placards sur sa gauche quand elle l'entendit déclarer :

— Tout bien réfléchi, un seau conviendrait mieux.

Saisissant le regard perplexe qu'elle lui jetait par-dessus son épaule, il éclata de rire.

— Ce n'est pas pour moi, reprit-il, c'est pour mon veau.

— Pour votre veau, répéta Alexandra dont le visage resta de marbre. Très drôle ! Bon, écoutez, monsieur Kennedy, j'ai beaucoup de travail...

Elle marcha rapidement vers la porte de la cuisine tout en le surveillant du coin de l'œil et conclut :

— Alors, j'apprécierais que vous partiez maintenant.

John ne s'attendait pas à une telle réaction. Il demeura un moment silencieux, fixant ses pieds d'un air déconcerté, comme s'il venait de les voir apparaître dans le prolongement de ses jambes. Il bouillonnait intérieurement et se maudissait de sa maladresse. Quel démon avait-il bien pu suivre pour en arriver à présenter les choses d'une façon aussi stupide ? Cette fille lui plaisait, et il s'y était si bien pris qu'il n'avait finalement réussi qu'à l'agacer. Bon sang...

Levant les yeux vers elle, il s'éclaircit la gorge, puis déclara :

— Ce n'est pas une blague. Je vous assure qu'il y a vraiment un veau dans ma voiture.

Comme si elle n'avait rien entendu, Alexandra repoussa le panneau de la porte-patio sur le côté.

— Vous pouvez très bien attendre dehors. D'ailleurs, la dépanneuse...

— La dépanneuse, la coupa-t-il, ne sera pas ici avant au moins une bonne demi-heure. Et ce, dans le meilleur des cas. Il y a eu un accident près de Dunham et ils doivent finir de dégager la route avant de pouvoir s'occuper de moi. (En appui sur une jambe, les mains sur les hanches, il affrontait le regard sceptique de la jeune femme tout en débitant ses phrases posément, calmement, d'une manière très convaincante.) Je ne peux pas laisser mon veau tout ce temps-là en plein soleil. Il faut que je le sorte de la jeep et que je le fasse boire... Vous n'allez tout de même pas me refuser un peu d'eau ?

Il y avait en lui, remarqua Alexandra tandis qu'il lui parlait, quelque chose de fragile, d'étonnamment attendrissant... une sorte de naïveté enfantine assez désarmante.

Elle aurait aimé lui demander, ne fût-ce que par curiosité, pourquoi il se promenait avec un veau plutôt qu'avec un chien ou un chat, mais s'en abstint.

Incapable de supporter plus longtemps l'éclat des yeux bleus qui la fixaient avec insistance, elle pivota sur ses talons sans mot dire et revint vers l'évier. Elle attrapa un seau dans le placard, en dessous, le remplit à ras bord et le lui tendit.

— Merci, fit-il en le lui prenant des mains. Je vous le rendrai tout à l'heure.

— Vous n'avez qu'à le laisser près de la grille. Je le récupérerai dans la journée.

— Je peux vous le ramener, vous savez.

— Non. Ce n'est pas la peine. Près de la grille, ce sera parfait.

Fin de non-recevoir, pensa John, mi-amusé, mi-dépité.

Tu n'as perdu que le premier round, mon vieux, pas le match !

Exact. Il avait, en effet, eu la prévoyance de noter — à tout hasard, bien sûr, et très discrètement — le numéro de téléphone de la jeune femme.

Tout ragaillardi à l'idée qu'il pourrait l'appeler plus tard pour l'inviter à dîner, et ne doutant pas qu'elle accepterait l'invitation, il rétorqua simplement, sans insister :

— Comme vous voudrez.

Il sortit sur la terrasse, s'immobilisa, eut un léger hochement de tête et se retourna lentement.

— Vous ne me croirez peut-être pas, ajouta-t-il, mais c'est la première fois de ma vie que je trouve ça agréable de tomber en panne.

La porte se referma sur un éclatant sourire auquel Alexandra ne prêta cette fois aucune attention.

Elle resta un moment appuyée contre le comptoir, songeuse, puis, mue par une irrésistible impulsion, elle se précipita dehors.

*   *

*

John Kennedy avait déjà parcouru plus de la moitié de l'allée quand Alexandra arriva à sa hauteur. Il fit comme si de rien n'était. Ne la regarda pas. Ne s'arrêta pas. Ne modifia en rien le rythme de ses longues foulées.

Le souffle court, l'esprit submergé par une folle envie, une envie subite et irraisonnée de se cramponner à son bras, ne serait-ce que pour l'obliger à ralentir, Alexandra s'efforçait tant bien que mal de régler son pas sur celui de John. Elle croisa prudemment les mains derrière elle tout en lui jetant des regards de biais et attendit... Il ne pouvait pas ne pas s'apercevoir qu'elle était là, à côté de lui, à trotter comme une dératée. Au troisième coup d'œil, elle se mordit la lèvre de dépit et d'énervement, inspira profondément, puis, d'une voix qui lui semblait étrangement lointaine, lui lança :

— Dites... Ça vous ennuierait de me le montrer ce veau ?

John eut un mal fou à retenir le cri de joie qu'il sentit monter du fond de sa gorge. Une vingtaine de secondes seulement s'étaient écoulées depuis que la jeune femme lui avait emboîté le pas, mais ces secondes lui avaient paru une éternité.

— Non, pas du tout, s'appliqua-t-il à lui répondre le plus naturellement du monde. Je ne vois pas pourquoi ça m'ennuierait.

Il ouvrit la grille qu'ils venaient d'atteindre et s'effaça devant Alexandra avant d'ajouter :

— D'ailleurs, il est tout ce qu'il y a de plus présentable, ce veau. Bien élevé, beau, poli, gentil, propre...

Soulagée, presque détendue, Alexandra se laissa aller à plaisanter.

— Et sobre en plus, enchaîna-t-elle en désignant du menton le seau d'eau qu'il transportait.

— Absolument, fit John d'un ton rieur.

Il aligna rapidement les deux vantaux de la grille, abaissa d'un coup sec le bras de métal qui les maintenait ensemble, puis, dans sa hâte de ramener son regard sur ce qu'il estimait être le plus ravissant visage qu'il eût jamais vu, se retourna aussitôt. Mais Alexandra n'était déjà plus derrière lui. Impatiente, elle, de voir le veau, elle s'était rapidement dirigée vers la voiture garée un peu plus loin, sur le bas-côté de la route.

Elle s'approcha du véhicule — une jeep Cherokee d'un brun qu'elle trouvait abominable. Le siège arrière avait été rabattu pour donner plus de place à l'animal. Les fenêtres, à demi ouvertes. Juste assez pour qu'il pût y passer la tête.

Quand elle posa la main sur le museau frémissant, Alexandra se rendit compte qu'elle n'avait pas réellement cru à cette histoire... Elle s'était attendue à trouver un grand et gros chien. Pas un vrai

43

veau. Elle se tourna vers John qui venait de la rejoindre et lui avoua, de but en blanc :

— Honnêtement, j'étais sûre que vous me bluffiez !

— Ah oui ? Je suis désolé. J'aurais dû vous dire que je suis vétérinaire. Ça vous aurait... euh...

Il cherchait le mot juste, l'expression appropriée... « Rassurée ? » « Convaincue ? » « Apprivoisée ? » Ah, non, surtout pas ce mot-là !

— « Expliqué », lança Alexandra d'un ton qu'elle voulait neutre.

— Oui, « expliqué », répéta John dans un soupir de soulagement.

En se penchant pour déposer son seau d'eau par terre, il lui sourit timidement, puis franchement. Son sourire était une arme redoutable. Imparable. Et, aussi incroyable que cela fût, John n'en savait rien. Persuadé que pour séduire une femme, il fallait seulement se montrer prévenant et attentif, il s'était tout naturellement imaginé que ses conquêtes avaient succombé à ces qualités qu'il s'était employé à développer, alors que toutes, sans exception, avaient craqué à cause de son sourire.

Alexandra ne différait pas beaucoup des autres femmes, et ce sourire juvénile l'aurait également fait craquer s'il n'y avait eu, planant au-dessus d'eux, l'ombre d'un ex-mari qui avait failli la tuer et qui, elle n'en doutait pas, cherchait à la retrouver.

Frank souriait beaucoup lui aussi, et toujours avant de frapper, pensa-t-elle.

— Quelque chose ne va pas ? s'enquit John en voyant les traits de la jeune femme se modifier, son regard devenir fixe soudain.

Elle frissonna, cligna des yeux.

— Non, non. Tout va bien. Excusez-moi. Je pensais à... (Elle regarda le veau dont elle caressait machinalement le museau et trouva aussitôt l'échappatoire qu'elle cherchait.) En fait, je me disais qu'on pourrait le laisser se dégourdir les pattes sur mon terrain en attendant la dépanneuse.

— Moi, je veux bien. Vous êtes sûre que ça ne vous dérange pas ?

— Non, pas du tout, affirma-t-elle. Au contraire.

Elle n'avait pas été tout à fait honnête avec lui, elle en était consciente... La vérité, songeait-elle en le regardant sortir l'animal de la jeep, c'est qu'elle ne désirait pas vraiment le voir rester, mais ne désirait pas non plus rester seule avec sa peur.

CHAPITRE III

La dépanneuse arriva enfin. Non pas au bout d'une demi-heure, mais au bout d'une heure et demie. John et Alexandra avaient profité de l'attente pour faire plus ample connaissance. En vérité, si John s'était suffisamment senti en confiance pour parler autant de son travail que de sa vie privée, allant même jusqu'à plaisanter sur son célibat et sur les joyeuses festivités qui, une semaine auparavant, avaient marqué son quarantième anniversaire, Alexandra, elle, s'était montrée très réservée, laissant tout juste et très vaguement entendre qu'elle était peintre et ne vivait que depuis peu à Pigeon Hill.

Ils s'étaient installés sur les transats de la terrasse et s'y trouvaient encore, discutant de tout et de rien, entre autres du veau que John devait opérer le lendemain et qui, assez mal en point, avait préféré se coucher sur le gazon plutôt que d'y piquer un sprint, lorsque le garagiste était venu leur annoncer qu'il ne réussissait pas à démarrer la jeep et n'avait pas d'autre choix que de la remorquer.

John avait eu l'air embêté... Pas évident, avait-il pensé, que l'homme accepte de les remorquer aussi, lui et son veau. D'autant plus qu'il fallait s'arrêter à la clinique avant de se rendre chez lui. Ce détour ne plairait pas au bonhomme, il en avait bien peur.

Il s'était tourné vers Alexandra pour prendre congé. Il y avait eu un moment de silence pendant lequel elle l'avait regardé, intensément, comme si elle mesurait la hauteur d'un précipice avant de s'y jeter, puis elle avait proposé d'une voix un peu hésitante :

— Je pourrais vous raccompagner, si vous voulez...

45

Agréablement surpris, John avait accepté. Il n'y avait eu, en ce qui le concernait, aucune hésitation. Son désir de rester près d'elle était si grand, si fort, qu'il annihilait toute mise en garde de son instinct.

En y réfléchissant plus tard, John se dirait que c'était à ce moment-là que son destin avait basculé, en se liant à celui d'une femme dont il ignorait encore tout... Une femme qui allait l'entraîner dans une vertigineuse descente aux enfers.

Sur le bord de la route, John observait le départ du garagiste. La dépanneuse à peine engagée sur la chaussée, il s'empressa de rejoindre Alexandra sur la terrasse. Ensemble, ils plièrent et rangèrent les transats, après quoi elle lui demanda de l'attendre...

— J'en ai pour deux minutes, précisa-t-elle en se rapprochant de la porte-patio. Juste le temps de prendre mon sac et de tout fermer.

Livré à lui-même, John se mit à examiner les alentours. Considérant avec curiosité le lac qui, parallèle à la route, bordait tout le côté est du terrain, il descendit vers le rivage. Une barque en fibre de verre, renversée sur le sable, accaparait à elle seule la quasi-totalité de la plage... Si petite celle-là, songea-t-il avec amusement, qu'un bac à sable pour trois bébés n'y tiendrait pas.

Un pied déjà posé sur le dos de l'embarcation, il appuya machinalement le coude sur sa cuisse, se cala le menton dans le creux de la main et laissa son regard errer sur l'eau d'un bleu très sombre. Il eut très vite l'étrange impression d'être en territoire connu, comme s'il était déjà venu au bord de ce lac. Et plus cette impression se faisait précise, plus il sentait monter en lui un sentiment qu'il ne pouvait, qu'il ne voulait plutôt, pas définir.

De toute façon, aurait-il rétorqué à quiconque l'eût contraint à l'instant même de s'expliquer, le mot pour exprimer ce qu'il ressentait n'existait pas dans son vocabulaire. Il l'avait effacé, rayé à jamais de sa vie, le jour où il avait dû rendre une raclée à un « grand » qui avait deux ans de plus que lui, et très certainement le tiers de sa taille et de son poids en plus. Depuis ce jour-là, depuis ses huit ans en fait, il n'avait plus jamais voulu savoir ce que c'était que la « peur ».

Mal à l'aise, John se détourna des eaux sombres et remonta sur le terrain.

Alexandra venait tout juste de verrouiller la porte d'entrée. De la voir marcher vers lui en souriant, belle et désirable, le rassura, chassa son inexplicable malaise.

— Je sors la voiture tout de suite, dit-elle en passant devant lui sans s'arrêter.

Le garage faisait partie d'un autre bâtiment qui se trouvait à une trentaine de mètres de la maison, encore plus près du lac que ne l'était celle-ci. C'était une construction en bois rond, toute en longueur, avec un toit en pente et des lucarnes carrées, que beaucoup auraient aimé avoir pour chalet, pensa John en la regardant.

Le véhicule (exacte réplique de sa propre voiture, à un détail près toutefois : elle n'était pas brune mais rouge, d'un rouge flamboyant !) reculait déjà sur l'allée asphaltée.

— Vous voulez bien refermer le garage ? demanda Alexandra en se penchant par la portière. Je vais vous attendre près de la grille.

John exécuta l'opération demandée en moins de deux et parcourut l'allée au pas de course, pressé de retrouver Alexandra, parfaitement conscient de l'être, mais incapable de maîtriser son impulsion et redoutant le moment, inéluctable, où elle le quitterait pour rentrer chez elle.

Préoccupé par cette pensée qui s'était en peu de temps transformée en une véritable obsession tant il réfléchissait au moyen — tout à fait légal, cela va de soi — de prolonger la présence de la jeune femme à ses côtés, John n'avait prêté aucune attention à la Ford gris pâle qui avait pourtant curieusement ralenti en passant devant la clôture pendant qu'il refermait la grille derrière eux.

Alexandra l'avait vue, et si elle n'avait pas été elle-même particulièrement préoccupée par son bras qui venait subitement de se remettre à la démanger, sans doute lui aurait-elle prêté toute l'attention qu'elle méritait...

* *
*

47

Il avait ralenti à la hauteur du portail, puis avait accéléré pour dépasser la palissade et s'engager, au bout, dans le tournant de la route, après quoi il avait de nouveau ralenti.

Excité, nerveux, Louis Talbot avait du mal à se concentrer et faillit manquer le chemin de terre qu'il cherchait.

Il ne s'était pas imaginé que cette maison qu'il avait repérée quelques jours auparavant était habitée en permanence. La première fois qu'il était passé devant, un samedi matin, il avait remarqué la jeep rouge sur le terrain, mais comme les deux fois suivantes, un mardi et un jeudi, il n'avait vu personne, aucun signe de vie et pas de voiture non plus, il en avait déduit qu'elle appartenait à des gens de la ville qui n'y venaient que le week-end. Sauf peut-être durant l'été et les fêtes de fin d'année, deux périodes propices aux vacances et donc aux plus longs séjours. Mais on était au mois de mai, et au beau milieu de la semaine, en plus ! « Qu'est-ce qu'ils foutent à la campagne, ces cons-là ? » avait-il marmonné lorsqu'il était arrivé en vue de la propriété et y avait aperçu la Cherokee prête à quitter les lieux, puis le couple — lui, occupé à refermer la grille, elle, déjà assise au volant. Cette découverte, inattendue, l'avait autant désappointé que contrarié... La « visite » ne serait pas aussi facile qu'il l'avait cru.

Pourvu que la fille n'ait pas fait attention à moi...

L'avait-elle vu ? se demandait Louis tout en continuant à fouiller la route des yeux. Sans doute que oui. Pourrait-elle le reconnaître ? Pas sûr ! Avec sa casquette enfoncée jusqu'aux oreilles et ses lunettes fumées, sa propre mère ne l'aurait pas reconnu, alors... N'empêche, il n'aurait pas dû ralentir. Parce que la camionnette, ça, elle l'avait sûrement remarquée.

Bordel de merde !... Pouvaient pas se décider à partir à un autre moment ? J'ai pas les moyens de changer de bagnole, moi. Le putain de fric, ça pousse pas sur les arbres !

Il freina brusquement et tourna à droite pour emprunter ce chemin qu'il cherchait et qui s'enfonçait loin dans le bois, en fait jusqu'aux rives du lac privé de la propriété adjacente.

Ayant éteint le moteur, il décida d'attendre encore quelques minutes avant de marcher vers la maison. Il y avait de grandes chances qu'*ils* soient déjà partis, seulement... Bon, mieux valait se montrer prudent, non ?

Il baissa complètement la vitre de sa portière, respira à pleins poumons (il adorait cette odeur pénétrante, propre aux sous-bois) et s'étira longuement en observant les alentours.

Le rideau d'arbres qui l'entourait était suffisamment dense pour que personne ne pût l'apercevoir de la route. Tranquillisé, il sortit son couteau à cran d'arrêt ainsi que le morceau de bois qu'il avait commencé à sculpter de la poche intérieure de sa veste en jean, laquelle, de la même teinte que sa casquette, et que tous ses vêtements d'ailleurs, n'était ni du bleu habituel, ni marron ou verte, mais noire... Une couleur qu'il portait de façon permanente depuis son adolescence, comme un défi constant et inconscient à la condamnation, au rejet, à la mort, et qui reflétait parfaitement, bien qu'à son insu, le côté sombre de son caractère.

D'aussi loin qu'il pouvait se souvenir, Louis avait toujours éprouvé le besoin d'occuper ses mains. Tout le temps, partout, durant ses heures de travail comme durant ses moments de loisir. Quand il n'exerçait pas son habileté manuelle à cambrioler des maisons, il la perfectionnait, pourrait-on dire, en s'adonnant à la sculpture.

Il en avait passé des heures dans sa vie à sculpter, se disait Louis en réfléchissant aux dizaines de figurines d'animaux de toutes sortes entassées dans des caisses ou sur les étagères qui garnissaient l'un des murs de sa chambre. Il en avait gardé beaucoup, mais en avait perdu plus encore... D'innombrables déménagements... Divers séjours en prison... Il en avait donné quelques-unes. Vendu plusieurs aussi. Pas assez pour en vivre, malheureusement, pensa-t-il avec amertume. Parce que s'il avait pu en vivre...

Sans doute aurait-il poursuivi cette pensée par un « J'aurais été connu en tant que sculpteur, pas en tant que voleur » si une éclisse, qu'un mouvement un peu trop appuyé de sa part avait fait voler dans les airs, n'en avait rompu le fil en atterrissant soudainement sur sa joue.

Louis passa le dos de sa main sur sa figure, là où la pointe acérée avait provoqué une sensation de piqûre de moustique, puis jeta un coup d'œil sur sa montre.

— Oh merde ! s'exclama-t-il en constatant avec effarement qu'il y avait déjà plus d'une demi-heure qu'il était là.

Quelqu'un aurait pu le voir... Peut-être qu'*ils* étaient revenus ? Non, il aurait sûrement entendu le bruit du moteur. En tout cas, il lui fallait bouger maintenant. Et vite !

Il remit sa sculpture et son couteau dans la poche de sa veste, remonta rapidement la vitre qu'il avait baissée, puis sortit de la voiture tout en enfilant une paire de gants d'un cuir dont la finesse n'avait d'égale que la souplesse. Gants qu'il portait, à l'instar d'un chirurgien, à chaque intervention, que celle-ci ne fût qu'un banal examen ou, à l'inverse, une sérieuse opération.

Après s'être assuré que les portières étaient bien verrouillées, il quitta le chemin de terre pour s'enfoncer dans les broussailles.

Louis Talbot était ce qu'il serait convenu d'appeler un homme de petite stature : environ un mètre soixante-huit et moins de soixante-cinq kilos. Pas vraiment sportif, mais en forme. Et d'une remarquable agilité. Ce qui lui permettait de se glisser à peu près n'importe où, entre autres dans ce qu'il serait aussi convenu d'appeler une forêt dense. Très dense !

Le dos légèrement courbé, l'oreille aux aguets et le regard attentif, il se faufilait avec autant d'adresse que de rapidité entre les arbres qui, poussant presque les uns sur les autres, avaient l'air d'avoir été plantés par un fou obnubilé par la crainte de laisser trop d'espace entre eux. Il eut tôt fait de parcourir la centaine de mètres qui le séparait de la propriété.

Alors qu'une solide palissade d'une hauteur de deux mètres longeait le côté ouest du terrain, seule une mince et basse clôture en fil de fer en délimitait le côté nord. Louis en fut soulagé. Non pas que l'escalade envisagée plus tôt l'eût découragé, mais la perspective d'une tâche plus facile lui donnait un sentiment de réconfort, incitait sa nature un rien superstitieuse à voir dans cette barrière pour le moins symbolique un signe, une sorte d'heureux présage, garant de l'avenir. Finalement, songeait-il, il avait bien choisi... Rien n'allait l'empêcher de mener son projet à bien.

Fort de cet optimisme spontané, il empoigna les fils de fer à deux mains. Prenant appui à mi-hauteur en immisçant son pied droit dans l'une des larges mailles, il prit son élan et sauta de l'autre côté. Le bruit d'un moteur à proximité accéléra le rythme de son cœur. Accroupi, il attendit que la voiture fût passée avant de se relever d'un bond et de se mettre à courir vers la maison, distante encore d'une bonne vingtaine de mètres.

Une terrasse avec garde ornée de croix de Saint-André prolongeait la maison vers le lac. Ayant franchi la balustrade, Louis se baissa pour passer devant la fenêtre et s'approcha de la porte-patio à pas de loup, en évitant de faire le moindre bruit car il n'était pas certain que la maison fût vide... *Et s'ils avaient laissé la mémé derrière eux, hein ? Ou, pourquoi pas ? une jeune poulette... bien roulée, bien appétissante. Oh, yeah !*

L'image lui plaisait tant qu'elle lui tira un sourire. Sa crise d'optimisme persistait, l'encourageant à croire en la présence, si présence il y avait, bien sûr, de femmes plutôt que d'hommes, ceux-ci étant à son humble avis beaucoup plus difficiles à maîtriser que celles-là.

Le dos collé au mur, Louis se pencha tout doucement de côté et risqua un coup d'œil dans la cuisine... Rien ! Rien d'inquiétant, en tout cas.

Bien qu'il n'y eût aucune ampoule d'allumée, la lumière du jour éclairait suffisamment la pièce pour qu'il pût distinguer les comptoirs, les armoires, et aussi la table dont les pieds, tout comme ceux des quatre chaises autour, s'enfonçaient dans l'ombre. Son regard s'attarda ensuite sur la pièce du fond qui, elle, était baignée d'une vive clarté. Le soleil de cette fin d'après-midi y entrait à flots... Une table encore. D'autres chaises. Une cheminée en pierre. Apercevant le dos d'un fauteuil qui dépassait légèrement du cadre de l'entrée, il nota mentalement : « Salon jouxtant la salle à manger. Bien ! Les chambres doivent être... »

Il n'eut pas le temps d'aller jusqu'au bout de sa pensée. Quelque chose avait brusquement jailli du sol de la cuisine et heurté la vitre avec un « bong » retentissant.

Louis sursauta, poussa un cri étouffé. Puis, se rendant compte que la cause de sa peur n'était qu'un chat :

— Bordel de merde ! Quel con, celui-là, grommela-t-il en considérant d'un air sinistre l'animal qui, dressé sur ses pattes postérieures, griffait rageusement la paroi vitrée tout en montrant ses crocs... redoutables, en dépit de leur petitesse.

Couché sur son tapis, dans la cuisine, Sam avait entendu du bruit sur la terrasse. Il s'était levé et s'était paresseusement étiré avant de

51

se mettre en mouvement. Il s'était avancé jusqu'au milieu de la pièce puis, ayant tout à coup perçu une présence étrangère, il s'était aussitôt aplati au sol. Ramassé sur lui-même, il avait attendu en fixant la porte-patio. Quand la tête de Louis y était apparue, il avait bondi.

Louis prit une profonde inspiration pour chasser les derniers effets de la violente décharge d'adrénaline qui l'avait secoué.

Putain de chat ! Attends un peu que je revienne...

Malgré son désir de repartir au plus vite, il prit néanmoins le temps de bien examiner la porte-patio. Aucun système d'alarme, enregistra-t-il. Pas de morceau de bois ou de fer pour en bloquer l'ouverture. Parfait ! Elle n'affichait pas non plus l'un de ces autocollants que les gens ont généralement la gentillesse d'apposer sur les portes et les fenêtres pour mettre les voleurs en garde. Mais ça ne prouvait rien... *Ils* pouvaient très bien ne pas avoir eu envie d'annoncer la couleur.

Avant de s'en aller, Louis jeta un regard à l'autre bâtiment et en voyant la porte du garage, arriva à la conclusion que les propriétaires des lieux y garaient probablement la jeep plutôt que de la laisser sur le terrain. Sa conclusion ne l'enchantait nullement. Il lui faudrait venir tôt le matin, se cacher, guetter, patienter jusqu'à ce qu'*ils* soient sortis. Or, il détestait se lever de bonne heure. Mais bon, puisqu'il n'avait pas le choix...

De l'autre côté de la clôture en fil de fer, il ramassa deux pierres, en cala une dans le creux de sa main, prit de l'élan et la lança sur la maison. Aucune fenêtre ne perçait le mur nord, et c'était tant mieux. De cette façon, il n'avait pas à craindre de la casser, ce qui aurait été embêtant pour lui... Il voulait juste savoir s'il y avait encore des gens à l'intérieur.

Il compta jusqu'à dix, lança la seconde pierre, puis se jeta à plat ventre dans les broussailles. Après une longue minute d'attente pendant laquelle il ne s'était rien passé d'autre qu'une attaque de moustiques remarquablement affamés, Louis décréta que deux personnes seulement vivaient là : l'homme et la femme qu'il avait vus au bord de la route.

Ce ne fut qu'en remontant dans sa camionnette qu'il se rendit compte que son tee-shirt était trempé de sueur. Cette petite excursion l'avait excité plus qu'il ne l'avait prévu, pensa-t-il. Vivement qu'il arrive chez lui pour se changer. Et se boire quelques bonnes bières aussi, hein, pourquoi pas... Tout ce liquide perdu, ben, fallait bien le remplacer, non ?

Il quitta les lieux en riant doucement, content de lui, de sa plaisanterie, plus content encore que sa journée de travail soit finie, bref, pas mal détendu... Beaucoup plus, en tout cas, qu'il ne l'était en y arrivant.

* *
*

Ils roulaient depuis environ trois minutes, pas davantage, quand John fut pris subitement d'une épouvantable envie de se laisser aller contre l'appuie-tête pour dormir tout son saoul. Il se sentait à plat, complètement lessivé. La chaleur avait déjà bien entamé son énergie, mais l'embarquement du veau à bord du véhicule l'avait achevé. L'animal, bien qu'âgé de trois semaines seulement, pesait presque autant qu'un terre-neuve, et il lui avait fallu toute la puissance de ses muscles, soutenue, préciserions-nous, par une volonté considérable et un orgueil qui ne l'était pas moins, pour soulever la bête.

Déterminée à ne pas se gratter pour éviter que l'irritation ne s'aggrave, Alexandra s'était contentée de mettre un peu de salive sur son bras. À présent, elle sentait que les démangeaisons commençaient à se calmer. De soulagement, elle en poussa un soupir, puis coula un regard vers John qu'elle trouvait anormalement silencieux.

Le voyant dodeliner de la tête, elle sourit.

Alors ? On a du sommeil à rattraper ? Tiens donc... À quoi occupe-t-on ses nuits par chez vous, monsieur le vétérinaire ? On y joue à chat perché ? À saute-mouton, peut-être ?

— Ça va ? demanda-t-elle.

— Au poil ! mentit-il en se redressant sur son siège et en écarquillant ses yeux dont les paupières avaient une nette tendance à vouloir se diriger vers le bas.

Il se frotta la figure des deux mains, puis, les doigts en éventail, se lissa les cheveux.

— Dites-moi, enchaîna-t-il à brûle-pourpoint, vous mettez toujours votre voiture au garage ?

— Pourquoi cette question ?

Pour une obscure raison, Alexandra ne tenait pas vraiment à entendre la réponse. Ne pouvant s'empêcher cependant d'obéir à ce petit démon intérieur, aussi étrange qu'irrésistible, qui voulait la voir asticoter John jusqu'à ce qu'il tourne en bourrique, elle s'empressa d'ajouter, d'un ton simulant un immense intérêt :

— Vous croyez que c'est mauvais pour la carrosserie ?

John posa sur elle un regard perplexe. Son envie de dormir lui était passée aussi vite qu'elle lui était venue. Il s'humecta les lèvres, avala sa salive avec effort, puis se décida à lui répondre en essayant, malgré l'embarras où elle l'avait plongé, de se composer un visage impassible.

— Ce n'est pas pour la carrosserie que je m'inquiète, dit-il un peu gauchement. Non, c'est juste que... eh bien, de garer votre voiture à l'intérieur durant le jour plutôt que sur le terrain, ça donne l'impression qu'il n'y a personne à la maison, vous comprenez ? C'est ce que moi j'ai cru en tout cas quand je suis arrivé chez vous tout à l'heure.

Et alors ? s'exclama silencieusement Alexandra qui n'avait toujours pas envie d'approfondir le sujet. Elle ne désirait d'ailleurs pas davantage connaître la raison de cette réticence. Aussi fit-elle habilement dévier la conversation, de sorte qu'ils la reprirent bientôt pratiquement là où ils l'avaient laissée avant de quitter sa propriété. Ils ignoraient encore tellement de choses l'un sur l'autre qu'il y avait de quoi alimenter cette conversation durant tout le reste du trajet.

Il y avait également de quoi meubler beaucoup d'autres entretiens. Toutefois, en dépit de nombreuses confidences présentes et à venir, certaines de ces « choses » ne seraient curieusement jamais révélées... Quelques-unes, amusantes, sans plus (le fait, par exemple, qu'ils soient nés tous les deux un mercredi), ne le seraient pas, simplement parce que John et Alexandra n'en savaient rien eux-mêmes ; d'autres, importantes en ce qu'elles étaient susceptibles de modifier le cours de leur vie, ne pourraient pas l'être, plus simplement encore parce que le temps allait leur manquer.

En aurait-il été autrement s'ils avaient pu prendre conscience alors, tandis qu'ils bavardaient tranquillement, que leur rencontre était prédestinée ? Peut-être... Sans doute...

Assise au volant de la Cherokee, seule — John était allé installer le veau dans sa clinique —, Alexandra se morfondait tout en ressassant de sombres pensées dont l'objet n'était autre pour le moment que ces démangeaisons qui s'étaient attaquées à son bras. Certes, toute autre personne atteinte de ces mêmes démangeaisons se serait posé des questions quant à leur nature et à leur éventuelle évolution et en aurait éprouvé de l'anxiété. Mais Alexandra, elle, en était effrayée. Elle avait déjà souffert de ce genre d'affection deux fois dans sa vie, et elle n'avait aucun effort de mémoire à fournir pour se souvenir tant du diagnostic assez vague qu'on lui avait servi : « Une maladie nerveuse, sans doute ! », que du pronostic, plus vague encore : « Ça ne devrait pas durer trop longtemps ! » Bien que cette affection n'eût, même vue sous cet angle pas trop inquiétant, rien de très réjouissant, ce n'était pas la perspective d'avoir à l'affronter de nouveau qui générait sa frayeur, mais plutôt le fait de se rappeler, de ne pouvoir oublier, les douloureux événements, la mort de son frère aîné d'abord et celle de ses parents ensuite, qui avaient précédé de quelques jours à peine, les deux fois, sa complète guérison. Sa raison se refusait à établir un lien entre sa maladie et ces disparitions soudaines, brutales. Pourtant une voix à l'intérieur d'elle-même ne cessait de répéter comme une litanie : « Protégez-nous, mon Dieu... Protégez-nous... »

Depuis qu'elle avait quitté Frank, elle vivait dans la crainte qu'il ne finisse par la retrouver. Allait-il lui falloir apprendre à vivre désormais avec celle, en plus, qu'une chose épouvantable n'arrive à sa sœur ? se demandait-elle tout en repoussant cette idée de toutes ses forces. Elle en repoussait l'idée, mais la peur restait là... Elle avait peur pour Vicky. Elle avait peur aussi pour elle-même.

Elle eut un sursaut en entendant la portière de la jeep s'ouvrir brusquement. Perdue dans ses réflexions, elle avait complètement oublié John.

— Ça y est... Le veau est bouclé ! déclara-t-il d'une voix un peu essoufflée en se laissant tomber avec lourdeur dans le siège baquet. (Il avait tiré un mouchoir de sa poche pour éponger son front qui, baigné de sueur, témoignait des efforts qu'il venait de produire.) Bon sang ! heureusement que je n'ai pas à m'en coltiner un comme ça tous les jours. Surtout par des chaleurs pareilles. C'est pas humain.

Il rangea son mouchoir, boucla sa ceinture de sécurité pendant que la jeune femme démarrait, puis, levant la main et pointant un index devant lui, il dit :

— Vous voyez le supermarché là, à droite ? Prenez l'entrée du parking. On va faire demi-tour.

Alexandra acquiesça d'un simple hochement de tête. Elle avait déjà tant de mal à se concentrer, à émerger de ses souvenirs, que parler lui était difficile. Elle effectua la manœuvre en s'obligeant à y appliquer toute son attention.

— Tout droit, maintenant. Jusqu'au bout, précisa-t-il, une fois la voiture réengagée sur la chaussée.

Il souriait béatement aux façades qui défilaient de plus en plus vite — et qu'il ne voyait même plus à force de passer devant tous les jours depuis des années — tout en parlant de choses et d'autres.

Prenant soudain conscience du silence prolongé d'Alexandra (elle n'avait pas dit un seul mot depuis qu'il était remonté dans la jeep), il tourna la tête vers elle. Le regard rivé sur la route, le visage fermé, elle ne prêtait manifestement aucune attention à ses propos.

Un peu étonné, gêné aussi, John s'éclaircit la gorge avant de demander :

— Ça va, vous ?... Pas trop fatiguée ?

— Non, ça va, répondit-elle. Je tiens le coup.

Un demi-sourire sur les lèvres, Alexandra lui avait jeté un bref regard. Tellement bref que John n'avait pas eu le temps d'en saisir l'expression. L'aurait-il pu qu'il n'y aurait lu sans doute que de la tristesse. Il lui manquait encore quelques données pour l'interpréter correctement.

Si faible, si fugace également que fût ce sourire, il était cependant suffisant pour rassurer John, et l'encourager à verbaliser une proposition à laquelle il n'avait cessé de penser tout au long de leur trajet.

— Tiendrez-vous le coup jusqu'à pouvoir dîner avec moi ?...
Ne dites pas non, je vous en prie. Je me sens redevable envers vous.

— Vous ne me devez absolument rien, John, affirma-t-elle avec
douceur sans quitter la route des yeux.

— Vous savez bien que c'est faux. Vous n'étiez pas obligée de me
raccompagner.

Il ne pouvait pas insister, en tout cas pas pour le moment... Ils
approchaient de chez lui et il fallait qu'il lui indique le chemin à
prendre.

Construit vers le milieu du XIXe siècle, le cottage des Kennedy
avait, à défaut d'élégance, énormément de charme avec ses lucarnes
à pignon tronqué et ses deux hautes souches de cheminée. Son toit
en pavillon à pente douce, joliment galbé par le coyau, se prolongeait bien au-delà des murs d'aplomb pour protéger, grâce à de larges
larmiers, le perron-galerie éclatant de blancheur qui courait sur ses
quatre faces. Habillé de briques d'Écosse beiges, il avait pris dans la
lumière du soleil qui commençait à faiblir une teinte un peu rosée.

Alexandra avait arrêté la voiture. Avec admiration et en silence,
les bras appuyés sur le volant, elle contemplait à travers le pare-brise
la propriété qu'elle avait sous les yeux. Impatient d'obtenir une
réponse à sa question restée en suspens, John fut le premier à rompre
ce silence.

— Alors ? fit-il.

— C'est superbe.

— Non, je voulais dire, pour le dîner, vous acceptez ?

Elle eut un rire léger.

— Vous avez de la suite dans les idées, vous ! déclara-t-elle en se
tournant vers lui.

J'en ai à revendre, pensa John en dévorant du regard ce visage un
peu pâle dont il connaissait déjà les moindres détails. Comme s'il lui
était depuis longtemps familier. Était-ce cette pâleur qui, en accentuant la fragilité des traits dessinés tout en douceur, l'attirait, le
séduisait ? Ou ce nez à l'arête fine, parfaitement droite... ce nez dont
les ailes frémissaient dès qu'elle était intriguée ou énervée ? Ou bien

ces cheveux qui tombaient en cascade sur les épaules et ceignaient la tête d'un halo aussi lumineux qu'un sable aurifère ? Ou encore ces yeux, trop grands, d'une étrange couleur, qui en le fixant semblaient lui fouiller l'âme, sonder ses mystères tout en se gardant farouchement de livrer les leurs ? Elle n'était pas jolie, ni même belle... Elle était dix mille fois plus que cela. Il sentait le souffle de la jeune femme lui parcourir le front, les joues, les lèvres, et cette caresse commençait à l'affoler.

— C'est pour quand, cette invitation ? poursuivit Alexandra qui n'avait aucune idée du trouble dans lequel était plongé son vis-à-vis. Pas pour ce soir, j'espère.

Bon sang ! Mais bien sûr que oui ! Absolument !... Il faut que ce soit aujourd'hui ! C'est vital !

— Non... Bien sûr que non, fit John d'un ton aussi naturel que possible.

Il se mit à réfléchir fébrilement. Quand ?... Quand pourrait-il la revoir ? Pas le lendemain, ni le surlendemain. Il avait des obligations auxquelles il lui était impossible de se soustraire. Samedi, alors ?

Alexandra qui l'observait attentivement suggéra soudain, d'une voix où perçait un soupçon de timidité :

— On pourrait se voir samedi, si vous voulez. Sept heures, sept heures et demie, ça vous irait ?

John déglutit rapidement tout en lui lançant un regard étonné.

— Sept heures, ce sera parfait. Je connais un bon petit restaurant italien, *Les Trois Sœurs*, où les escalopes de veau sont fabuleuses. Vraiment à tomber par terre. Vous aimez les escalopes de veau ?

— Eh bien..., commença-t-elle d'un ton hésitant, incapable encore de déterminer s'il plaisantait ou non.

— Excusez-moi, enchaîna-t-il rapidement, j'aurais mieux fait de vous demander plutôt si vous aimiez la cuisine italienne. Parce que si ça ne vous plaît pas, on peut très bien aller ailleurs.

— Non, non. *Les Trois Sœurs*, ça ira. C'est loin d'ici ?

— À cinq minutes. On est passé devant tout à l'heure. Bon, alors je viens vous chercher à...

— Ce n'est pas la peine, le coupa Alexandra qui préférait se garder, à tout hasard, une totale liberté de manœuvre. On peut très bien se retrouver directement au restaurant.

— Mais non ! objecta aussitôt John, d'une manière tout à fait péremptoire. Je vous invite... Normal que je vienne vous chercher !

— J'apprécie votre galanterie John, rétorqua-t-elle avec douceur, mais je ne peux pas accepter... Avez-vous pensé que ça vous obligerait à faire un double aller-retour dans la même soirée ? C'est insensé.

— Ça ne me dérange pas, je vous assure, insista-t-il.

Alexandra poussa un léger soupir.

— Écoutez John, je suis d'accord pour le dîner, pas pour le rallye. Je ne mettrai les pieds dans ce restaurant que si vous me laissez m'y rendre par mes propres moyens.

John secoua un peu la tête, aspira l'air rapidement, puis il tira de sa poche une carte de visite qu'il déposa devant lui, au-dessus de la boîte à gants, en déclarant :

— Prenez toujours mon numéro de téléphone. On ne sait jamais. Vous pourriez changer d'avis.

— N'y comptez pas trop, répliqua-t-elle en riant.

Il y eut un silence, un peu lourd, un peu gênant ; ils ne savaient ni l'un ni l'autre, et pour des raisons différentes, comment se dire au revoir. Ce fut Alexandra qui le rompit.

— Bon... faut que j'y aille, maintenant. À samedi, John.

Il prit la main qu'elle lui tendait avec autant de précaution que s'il s'était agi d'une fleur rare, d'une extrême fragilité, et l'effleura de ses lèvres.

— Vous savez, je suis content que vous ayez accepté cette invitation, murmura-t-il. Vous faites de moi un homme heureux.

J'espère simplement que je ne le regretterai pas, pensa Alexandra tout en lui répondant d'un sourire que démentait imperceptiblement l'expression de son regard.

Frank disait souvent ça lui aussi : « Je suis content... »

Je suis content que tu sois là... Je suis content que tu sois si compréhensive... Je suis content que tu m'écoutes...

La plupart du temps, ces phrases étaient, de la même manière que ses sourires d'ailleurs, se rappelait-elle en frissonnant, un signal, une sorte d'entrée en matière annonçant des colères foudroyantes. Et des coups !

CHAPITRE IV

La jeep se mit à reculer tout doucement. Ce fut le crissement du gravier sous les larges pneus, plus que le mouvement même du véhicule, qui donna subitement un sens concret à l'idée de ce départ que John se refusait encore à accepter.

Debout au milieu de l'allée, les mains sur les hanches, il regardait Alexandra s'éloigner. Ses yeux reflétaient une attention avide, une attente, un espoir... Et plus elle prenait de la distance, plus il se sentait bizarre. Il aurait pu décrire d'une manière assez juste les sensations physiques qu'il éprouvait, mais pas l'émotion qui venait de sourdre en lui et qui, semblable à celle qu'on ressent quand on regarde partir un être cher et qu'on se demande si on le reverra jamais, n'était autre que de la tristesse... Comme pour la peur, il n'existait pas non plus dans son vocabulaire de mots pour exprimer la peine.

Il leva la main pour saluer Alexandra. La jeep se trouvait encore dans son champ de vision quand il cessa brusquement de remuer la main. Quelque chose avait attiré son attention sur la maison d'en face.

La façade en briques rougeâtres et baveuses d'où jaillissait, pareil à une grosse verrue, un balcon en fer avec un pare-soleil en plastique noir était d'une laideur sans nom. John la scruta brièvement. Pour la forme. Juste pour vérifier. Il n'y vit en fait rien de plus que ce qu'il s'attendait à y voir : une silhouette sombre, massive, à moitié dissimulée derrière les lourdes tentures de la fenêtre du haut. Cela suffit toutefois à l'énerver prodigieusement. Sa main retomba lourdement, et il murmura entre ses dents, d'une voix où perçait un agacement certain :

— J'en étais sûr !

Il effectua un demi-tour sur lui-même assez raide, puis, en quatre enjambées non moins raides, il atteignit le perron dont il monta les marches avec une lenteur extrême, comme s'il avait eu du plomb dans ses chaussures.

Lorsqu'il s'empara, sans aucune douceur, de la poignée de la porte, son sentiment de frustration s'était mué en une colère dirigée contre la vieille Martha, qui habitait, à son grand désespoir, la seule et unique propriété à bénéficier d'une vue directe sur la sienne. Sous l'effet de la colère, le visage de l'impulsif vétérinaire était devenu presque aussi rouge que la Cherokee d'Alexandra. Le soleil, en lui chauffant la nuque, lui aurait également fait bouillir le sang qu'il n'aurait pas eu plus belle couleur.

Charles Kennedy lisait tranquillement son journal, comme chaque jour à la même heure. Un rituel qu'il s'obligeait à suivre avec la même rigueur que toutes les autres activités qu'il pouvait se programmer pour s'occuper le corps et l'esprit, de son lever à son coucher.

La retraite n'avait en rien modifié son besoin de se dépenser. Pas plus qu'elle n'avait altéré sa vitalité. Il y avait en lui une énergie farouche, énorme, qui ne manquait jamais de stupéfier ceux qui l'approchaient. Comment un homme d'une si petite stature, si fragile en apparence, pouvait-il contenir autant de vigueur ? En fait, il ne la contenait pas du tout. Il l'utilisait même largement... Natation, ski, randonnée pédestre. Tennis quand John voulait bien lui servir de partenaire, spéléologie quand l'occasion se présentait. Rien ne le rebutait. Rien ne l'effrayait. Rien n'était ni trop fatigant ni trop risqué pour lui. Si la température ne se prêtait à aucun exercice physique, s'il n'avait pas de visite à rendre à l'un des quelques patients qu'il continuait à voir malgré sa retraite (d'avoir cédé officiellement sa clientèle à un autre médecin n'avait pas pour autant éteint la flamme de sa vocation, ni amoindri sa capacité de compatir aux maux d'autrui) et si aucune réunion politique ne réclamait sa présence, il meublait son temps en étudiant la géologie, science pour laquelle il nourrissait une véritable passion.

À soixante-dix ans passés, il avait acquis non seulement une expérience de la vie, doublée d'une certaine philosophie, mais aussi quelques certitudes. L'une d'entre elles étant que pour rester actif et, plus important encore, pour durer le plus longtemps possible, il faut savoir se ménager quelques îlots d'accalmie. En toute sagesse donc, il consacrait généralement ses fins d'après-midi à reprendre des forces... en lisant tranquillement son journal.

Le claquement sec de la porte d'entrée le tira brutalement de la douce quiétude dans laquelle il venait de se plonger.

— À croire qu'elle passe sa vie accrochée à ses rideaux, celle-là, lui lança John du seuil du salon.

La pièce embaumait le tabac de Virginie, et, autour du rocking-chair où se balançait doucement le père Kennedy, des nuages de fumée dansaient sur les derniers rayons du soleil.

Habitué à entendre cette rengaine, Charles n'eut aucun mal à deviner de qui son fils voulait parler. Le sujet ne le passionnait pas vraiment, mais l'occasion d'échapper pour une fois au sempiternel « Tu fumes encore... Tu sais bien que tu ne devrais pas » était trop belle pour ne pas la saisir.

— Qui ça ? La vieille Martha ? s'enquit-il d'une voix faussement distraite.

— Ben, évidemment, la vieille Martha. Qui veux-tu que ce soit d'autre ? soupira John en s'asseyant sur le canapé.

Il croisa les mains derrière sa nuque et reprit :

— Elle a quelque chose de bizarre, cette bonne femme-là. Non mais, tu vas pas me dire...

Sans décroiser les mains, il posa ses avant-bras sur ses cuisses et se pencha vers l'avant, comme pour mieux appuyer son discours.

— C'est quand même pas normal qu'elle soit toujours là, planquée derrière ses horribles draperies noires, à guetter Dieu sait quoi, Dieu sait qui...

Trop nerveux pour rester en place, il se releva et se mit à arpenter le salon tout en continuant.

— Quand je sors le matin, elle est là. Quand je rentre le soir, elle est encore là... Immobile ! Comme si elle n'avait pas bougé de la journée. Bon sang, on dirait une momie sortie d'un film d'horreur.

Il s'était arrêté devant la fenêtre. Tandis qu'il tournait le dos à son père, celui-ci en avait profité pour tirer une bouffée en douce.

Charles grimaça. Sa pipe s'était éteinte et lui laissait dans la bouche un goût âcre. Il toussa le plus discrètement qu'il put tout en camouflant sa grosse bouffarde entre ses genoux, puis enchaîna :

— Et alors ? Qu'est-ce que ça peut bien te faire qu'elle passe son temps à sa fenêtre ?

John se retourna brusquement.

— *Ça me fait* que ça finit par me taper sur les nerfs ! s'emporta-t-il. *Ça me fait* que je ne peux plus bouger le petit doigt sans penser qu'elle a les yeux fixés dessus. *Ça me fait* que j'ai le sentiment d'être surveillé en permanence, et je n'aime pas du tout ça !

Pendant un moment, le père considéra le fils d'un air songeur.

— Que cette chère Martha t'agace au plus haut point, ça, je veux bien le croire, mon garçon. Seulement, de là à te mettre dans un tel état... Tu aurais avalé une surdose d'amphétamines que tu ne serais pas plus excité. Qu'est-ce qui t'arrive ? Toi, tu me caches quelque chose, non ?

John lui jeta un regard pénétrant avant de quitter la fenêtre pour se remettre à faire les cent pas dans la pièce.

— Remarque, continua Charles dont les mains étaient devenues moites à force de serrer la pipe entre ses genoux, tu n'es pas obligé de m'en parler si tu n'en as pas envie.

— Te parler de quoi, au juste ? répliqua John en se demandant pour quelle raison il se sentait si mal à l'aise, comme s'il avait eu tout à coup trente ans de moins et une énorme bêtise à avouer.

— Eh bien, je ne sais pas moi. De ta journée en général. De ce veau que tu devais aller chercher. De ta voiture avec laquelle je présume que tu as eu des ennuis. On pourrait aussi parler de... peut-être de cette *flamboyante* jeep que j'ai aperçue dans l'allée, ou alors de cette blonde *sublime* qui était assise au volant...

John esquissa une moue perplexe. Puis un sourire.

— Tu n'as pas les yeux dans ta poche, toi, hein ?

— Tant que je peux encore m'en servir, je m'en sers ! rétorqua Charles en riant doucement.

Le sourire de John s'élargit.

— Tu devrais fonder un club avec Martha, un club d'espions, et l'appeler « Les Yeux de la Rue » !

Charles haussa les épaules.

Plié en deux par le fou rire qui venait de s'emparer de lui, John se rapprocha du canapé et s'y laissa tomber.

Non sans une certaine impatience, Charles attendit que son fils eût retrouvé un semblant de calme pour revenir sur le sujet.

— Alors ? hasarda-t-il au bout de quelques secondes.

John sortit un mouchoir de sa poche. Comme s'il voulait ménager ses effets, il s'attarda, s'éternisa même, à s'essuyer les yeux et à se moucher avant de répondre :

— Alors, j'avoue que tu me surprends, papa. Malgré ta grande perspicacité, et malgré ta grande expérience des hommes et de leurs maux, tu n'as pas reconnu les signes, c'est évident.

— Les signes ? Quels signes ?

— Ceux qui nous amènent en général à nous dire : « Tiens, celui-là vient de tomber en amour ! »

— C'est pas vrai ! s'exclama Charles, plus déconcerté qu'il ne voulait bien le montrer.

La dernière fois qu'il avait entendu son fils lui confier qu'il était amoureux, songeait-il avec stupéfaction, remontait à des années. Si sa mémoire ne lui faisait pas défaut, le gamin ne devait pas avoir plus de quinze ans.

— C'est tout ce qu'il y a de plus vrai, renchérit John.

Espérant le voir déballer promptement la suite, Charles s'inclina vers lui, tout ouïe, puis, n'obtenant qu'un regard appuyé et pétillant d'amusement, il s'énerva un peu.

— Ben, allez... Vas-y ! Raconte-moi ! l'encouragea-t-il d'un ton plus rude qu'il ne le croyait. Qu'est-ce que tu attends ?

John se leva et se dirigea vers la porte du salon en déclarant :

— Tu sauras tout, je te le promets, mais pas maintenant. J'ai un ou deux coups de fil à donner... Et puis j'aimerais me rafraîchir un peu, prendre une bonne douche. Après, si tu veux...

Sur le seuil, il se retourna, huma ostensiblement l'air de la pièce et ajouta d'un ton anodin — que son père ne manquerait pas, il en était presque sûr, de qualifier de perfide dès qu'il aurait le dos tourné :

— Papa... tu fumes encore, hein ? Tu sais bien pourtant que tu ne devrais pas.

Il était dans le couloir avant que le regard furibond de Charles ne l'atteigne.

*   *
*

Après quelques hésitations, Alexandra avait finalement sorti du réfrigérateur des filets de sole.

Attiré par l'odeur du poisson, Sam ne cessait de lui tourner autour, se frottait contre ses jambes en miaulant comme s'il n'avait pas mangé depuis des lunes.

— Arrête, Samy, tu m'énerves ! s'exclama-t-elle, lasse de ce manège.

Elle regarda l'animal qui venait de s'asseoir à ses pieds et qui la contemplait avec, lui semblait-il, autant d'espoir que d'amour. Les prunelles d'un bleu pur et vif lui rappelèrent si brusquement, si étrangement, celles de John Kennedy, qu'elle pouffa de rire en déclarant :

— Tu sais quoi, Sam ? Il a les yeux de la même couleur que les tiens. Ça t'en bouche un coin, ça, non ?

Le siamois répondit par un miaulement impatient.

— Il n'y a que la bouffe qui t'intéresse, toi, hein ? soupira-t-elle. Bon, d'accord, un petit bout mais pas plus... C'est mon dîner, pas le tien.

Sam prit délicatement le morceau qu'elle lui tendait et courut se réfugier sur sa natte. Alexandra le regarda filer, puis s'absorba dans la préparation de son repas. Elle allait mettre ses filets au four lorsque la sonnerie du téléphone retentit.

Son visage arborait une expression tendrement moqueuse tandis qu'elle reposait le plat sur le comptoir et passait rapidement ses mains sous l'eau froide.

Chère Vicky... C'est pas demain la veille que tu vas apprendre à patienter, toi, hein ?

Quand elle était rentrée une vingtaine de minutes plus tôt, la première chose qu'elle avait faite en pénétrant dans la cuisine avait été de prendre ses messages. Il y avait eu trois appels. Le premier, de Vicky : « Alex, c'est moi. J'ai déjà appelé à trois heures. Ton répondeur n'était pas branché. Il est quatre heures et demie maintenant... Qu'est-ce que tu fabriques ? Lâche un peu tes pelouses et rappelle-moi, c'est important. J'attends ! » Le deuxième, de son agent, Malcolm : « Alex chérie, je voulais juste faire un brin de causette. Tu travailles encore à cette heure-ci ? Bravo ! Formidable ! Écoute mon trésor, je pars pour New York ce soir. Je te rappelle à mon retour, dans une petite semaine... Bisous ! » Le dernier appel était pour le moins bizarre. Elle n'avait rien entendu sur la bande, rien d'autre qu'un long silence entrecoupé de respirations bruyantes, qui lui avait donné froid dans le dos. Se pouvait-il que ce soit... Frank ?

C'était tout à fait le genre de son ex-mari de lui laisser un tel message... Silencieux, lourd d'une menace déguisée, insidieuse, que sa sensibilité et son imagination allaient inévitablement traduire, il le savait, en mille mots tous aussi effrayants les uns que les autres.

Toutes ses peurs étaient revenues d'un seul coup.

Comme on ferme sa porte pour empêcher la bourrasque de dévaster sa maison, Alexandra avait aussitôt verrouillé son esprit, stoppé le flux des images angoissantes qui tentaient de l'envahir et chassé Frank de ses pensées, en se cramponnant à l'idée sécurisante qu'il s'agissait certainement d'une erreur. Un faux numéro. Sans doute quelqu'un de trop timide ou de trop mal élevé pour s'excuser. Ou encore, peut-être, un de ces maniaques du téléphone. Un obsédé sexuel ? Oui... s'était-elle dit, possible, ça aussi.

Envisager une telle possibilité était loin d'être ce que l'on pourrait logiquement appeler une idée « sécurisante », mais, paradoxalement, Alexandra voyait dans cette singulière hypothèse quelque chose de rassurant. Affronter n'importe quoi, à la limite n'importe qui, elle s'en sentait capable. Cela lui paraissait plus simple, plus facile, et surtout moins dangereux que d'avoir à faire de nouveau face à son ex-mari.

La sonnerie retentit pour la troisième fois. Elle attrapa le torchon accroché à la cuisinière et s'essuya les mains tout en se dirigeant vers le téléphone.

C'était un appel de John.

— Je voulais m'assurer que vous étiez bien rentrée.

Oui, elle était bien rentrée. Au fait, comment avait-il obtenu son numéro ? [...] Il l'avait pris chez elle ? Sur le cadran du téléphone ? Tiens donc ! Quoi ? [...] Non, elle n'était pas fâchée, seulement... Comment ? [...] Oui, elle acceptait ses excuses pour le subterfuge employé, mais pas pour le fait qu'elle ait dû lui consacrer presque tout son après-midi... Sincèrement, elle était ravie d'avoir pu lui rendre service [...] Quelle idée ! Pourquoi lui ferait-elle faux bond samedi soir ? Il y avait même fort à parier qu'elle serait là avant lui.

— Chiche ! s'exclama John. Le dernier arrivé offre le digestif.

— Je préfère vous avertir que j'ai des goûts luxueux en matière de digestif. Ça pourrait vous coûter toutes vos économies. Pensez-y... Il n'est pas trop tard pour changer d'idée.

Elle raccrocha sur l'éclat de rire de John. Une franche gaieté l'irradiait de l'intérieur, animait ses traits d'une expression qu'ils n'avaient plus reflétée depuis longtemps.

À peine eut-elle tourné le dos à l'appareil qu'il se remit à sonner.

Vicky ? se demanda-t-elle en attrapant le récepteur.

La voix de sa sœur lui arriva subitement, haute et claire, aussi tranchante que le sabre d'un samouraï, la laissant bouche ouverte sur un « Allô ? » qu'elle n'avait pu formuler qu'en pensée.

— Ben, c'est pas trop tôt ! J'ai dit que j'attendais ton appel, mais quand même ! Est-ce qu'il fallait que je précise que c'était avant d'avoir quatre-vingt-dix ans ?

— Excuse-moi, murmura Alexandra. Je suis rentrée assez tard...

— Assez en tout cas pour que je commence à m'inquiéter, moi, la coupa Vicky. Quelle idée aussi d'aller t'enterrer dans un trou pareil !

En entendant le soupir à la fois impatient et implorant que poussait Alexandra à l'autre bout du fil, elle s'empressa d'ajouter :

— Je sais, je sais ! J'avais promis de ne pas revenir là-dessus. Bon... Comment ça va, toi ? Quoi de neuf ?

— Oh, pas grand-chose, lui répondit Alexandra en s'installant sur une chaise qu'elle avait tirée près d'elle. La routine, le travail... Rien de spécial. Et toi ?

— J'ai plein de nouvelles à t'apprendre, très chère.

La voix était joyeuse, et pourtant... Il y avait en elle une légère, et bien étrange, note d'anxiété.

Alexandra s'enquit prudemment :

— Quelle genre de nouvelles ?

— Surprenantes, Alex ! Vraiment surprenantes.

— Ah oui ? fit-elle platement, cherchant inconsciemment à gagner du temps.

Du temps pour maîtriser sa propre anxiété qui venait de s'éveiller. Du temps pour se préparer à amortir le choc qu'elle appréhendait de recevoir. Du temps pour que la curiosité prenne finalement le pas sur l'inquiétude... La réponse pour le moins ambiguë de sa cadette ne l'avait pas tranquillisée. Au contraire. Le qualificatif « surprenantes » avait désagréablement résonné dans sa tête, lui renvoyant « mauvaises » pour tout écho.

Elle respira à fond et poursuivit :

— Bon, vas-y. Je t'écoute.

— Non, pas au téléphone.

— Comment ça, pas au téléphone ! s'exclama-t-elle.

Elle leva les yeux au plafond, comme pour y trouver une bonne raison de ne pas s'énerver, tout en grattant le dessus de son genou gauche qui s'était mis à la démanger, puis reprit, du ton le plus calme dont elle était alors capable :

— Si j'ai bien compris, va falloir que je me farcisse un petit voyage de deux heures pour tout savoir. C'est ça ?

— Exactement. Alors, quand est-ce que tu viens ?

Discuter de leurs emplois du temps, décider du moment idéal pour l'une comme pour l'autre, leur prit quelques minutes. Vicky n'était pas libre avant le week-end. Alexandra, quant à elle, devait se rendre à Sherbrooke au début de la semaine suivante...

— Pourquoi ne pas faire d'une pierre deux coups ? proposa-t-elle. J'ai rendez-vous mardi avec un encadreur pour...

— Mardi prochain ! l'interrompit Vicky en gémissant de déception. Mais c'est dans six jours, ça ! Bonté divine ! Je ne pourrai jamais tenir le coup jusque-là, moi... C'est bien trop loin !

— Si tu me donnais tes nouvelles tout de suite aussi, au lieu de me faire lanterner...

— Pas question ! À quelle heure tu le vois, ton encadreur ?

— En début d'après-midi. Je devrais être libre vers trois heures. Ça ira pour toi ?

— Personnellement, je trouve que ce n'est pas une heure pour arriver chez les gens, surtout quand on sait qu'on a des tas de choses à se raconter, mais bon... si tu me dis que tu restes à coucher, ça change tout, évidemment.

— Personnellement, je trouve que ce n'est pas une façon de lancer une invitation, mais bon... si tu me promets de préparer un énorme gâteau au chocolat, je ne vois pas pourquoi je dirais non.

Elle avait eu la prudence d'éloigner le récepteur avant d'être assourdie par les éclats de voix enjoués et triomphants qui avaient explosé à l'autre bout du fil. Elle le ramena contre son oreille juste à temps pour entendre Vicky lancer avec précipitation :

— Oh, merde ! J'ai une casserole sur le feu, et elle est en train de déborder... Faut que j'te laisse, Alex. Je t'embrasse. Bye !

Immobile sur sa chaise, le regard rivé sur le téléphone qu'elle venait de raccrocher, Alexandra resta un long moment à réfléchir, à passer en revue les détails de cette conversation. Elle n'avait rien dit, pas un seul mot, elle en était certaine, ni de sa rencontre avec John Kennedy ni de la réapparition, après trois ans de tranquillité, de ses problèmes de peau. Compte tenu de la relation qu'elle entretenait avec sa sœur, compte tenu également de l'intuition dont cette dernière était douée, de la facilité déconcertante avec laquelle elle devinait toujours tout, le fait d'arriver à lui cacher ce genre de choses relevait indiscutablement de l'exploit. Il y avait de quoi pavoiser. Or, le sentiment qu'elle en éprouvait résonnait au fond de son cœur davantage comme un gémissement d'inquiétude que comme un cri de victoire... Tout bien considéré, Vicky l'avait laissée trop facilement s'en tirer. Trop, lui semblait-il, pour ne pas en conclure que ses fameuses nouvelles étaient finalement plus troublantes que surprenantes. Donc, forcément inquiétantes.

Encore six jours d'attente...

Elle tendit impulsivement la main vers le combiné qu'elle empoigna, puis relâcha aussitôt.

Non, vraiment, songeait-elle tout en caressant distraitement le plastique lisse du bout des doigts, ce n'était pas une bonne idée de la rappeler. Ça ne servirait à rien... Elle n'obtiendrait pas plus d'éclaircissements qu'elle n'en avait obtenu cinq minutes avant. Elle le savait. Alors, à quoi bon...

Bon sang, six jours, c'est vrai que c'est long !

Elle n'était plus tout à fait sûre, elle non plus, de pouvoir tenir le coup jusque-là.

CHAPITRE V

Le soleil avait pris l'aspect d'un gros ballon rouge, magiquement suspendu au-dessus de la ligne d'horizon, et donnait au regard d'Alexandra, en se redessinant sur l'émail noir de ses pupilles, une brillance singulière.

Les genoux ramenés près du corps pour servir d'appui à la tasse de tisane qu'elle tenait entre ses mains, la tête renversée contre les coussins du canapé et complètement tournée vers la gauche, du côté de la fenêtre où se déroulait ce spectacle féerique, la jeune femme scrutait l'étonnante sphère écarlate comme si elle avait voulu en découvrir tous les mystères. En vérité, elle ne la voyait pas, ne la voyait plus. Sans s'en apercevoir, elle en avait laissé les contours s'adoucir lentement, puis se fondre et s'étaler, transformer insidieusement la sphère en un gigantesque écran panoramique aux couleurs de feu sur lequel défilaient, pêle-mêle, des images de sa journée, de son passé... de sa vie. Et des visages aussi : aimants, ou simplement obsédants, tel celui de John Kennedy. Il s'était immiscé et installé dans ses pensées avec tant de force qu'elle n'arrivait plus à l'en chasser.

Sur la table de la salle à manger traînaient encore les restes d'un repas auquel elle avait à peine touché. Les filets de sole abandonnés avaient fini par attirer une mouche qui, ayant très mal évalué son approche, avait atterri au beau milieu de la sauce refroidie où elle était en train de se noyer, malgré (ou peut-être à cause) de frénétiques battements d'ailes.

Alexandra paraissait s'être repliée sur elle-même autant physiquement que psychiquement. La tasse qu'elle serrait entre ses mains contenait un breuvage chaud, fumant, mais c'est à peine si elle en

71

sentait la chaleur sur ses paumes. Les notes du concerto de Brahms que diffusait le lecteur de disques compacts s'étaient muées à son oreille en un son « blanc », uniforme, très lointain. Un bienfaisant engourdissement s'était emparé d'elle pour l'envelopper peu à peu dans un cocon de douceur si épais qu'elle avait l'impression d'être en état d'apesanteur, en suspension à la fois dans le temps et dans l'espace. Ce fut un miaulement aigu émis par Sam qui la tira de son douillet refuge. Elle en émergea à la manière d'un nouveau-né venant d'être expulsé, sans préavis et sans ménagement, du nid maternel : avec ahurissement. Au second miaulement, une image fulgurante s'imposa dans son esprit encore un peu brumeux, et elle sentit aussitôt monter en elle une vive culpabilité.

Samy !... Mon Dieu, il doit mourir de faim.

Tout en se demandant comment elle avait pu oublier de lui donner à manger, elle posa précipitamment ses pieds par terre et, dans le même mouvement, sa tisane sur la table basse, devant elle. Journaux et magazines du week-end s'y étalaient en vrac et quelques gouttes renversées dans sa précipitation avaient coulé autant sur ses doigts que sur la couverture d'une des revues qu'elle n'avait pas encore lues. Elle se leva en grommelant contre sa maladresse, puis se hâta vers la cuisine.

Une fois les bols de Sam approvisionnés en eau et en nourriture, elle revint au salon.

Le soleil s'était couché pour de bon, et la mouche s'était noyée... elle aussi pour de bon.

L'esprit ailleurs, préoccupé à la fois par sa conversation avec Vicky et par son genou qui maintenant la démangeait tout autant que son bras, c'est machinalement qu'elle tira les rideaux, récupéra sa tasse de tisane et débarrassa la table des reliquats de son dîner. Elle rangea la cuisine, après quoi elle fit rapidement le tour du rez-de-chaussée pour vérifier la fermeture des portes et fenêtres, puis éteignit tout, à l'exception d'une veilleuse, au-dessus de la cuisinière, et de la lumière extérieure, sous le porche. Ces deux-là, elle préférait les laisser allumées, la nuit. Au cas où...

En regardant sur le terrain avant de monter, elle vit sa jeep dans l'allée, près de la maison, et sourit... Un sourire un peu perplexe. Depuis qu'elle vivait là, elle n'avait jamais omis de rentrer sa voiture au garage. Jamais. Sauf aujourd'hui ! Pourquoi ?

72

Alors quoi ? s'interrogea-t-elle en s'engageant dans l'escalier qui menait à sa chambre. Une simple remarque de ce petit vétérinaire de province avait suffi pour qu'elle change illico ses habitudes ? Dieu du ciel ! Et elle qui s'imaginait en plus ne lui avoir donné aucune chance en s'appliquant à rester tout le temps sur la défensive. Ah oui, ça, pour être fort, il l'était, le John Kennedy... Dangereux ! Si elle ne voulait pas voir également son existence changer illico, elle avait intérêt, samedi soir, à se méfier. À se montrer extrêmement prudente. Plus que ça, même... Carrément paranoïaque. Craindre le pire, comme disait autrefois grand-mère, c'est s'en garantir !

Se préparer pour la nuit lui prit un temps fou. En se déshabillant, elle remarqua sur son genou gauche la même boursouflure rougeâtre que sur son coude... Mauvais signe. Les probabilités d'échapper comme elle l'espérait à cette maladie dont elle redoutait tant le retour lui semblaient tout d'un coup terriblement minces. Ravalant les larmes de découragement qui lui montaient aux yeux, elle se mit à inspecter chaque centimètre de sa peau. L'examen réalisé avec une minutie maniaque, digne d'un entomologiste, dura un bon quart d'heure, l'épuisa, mais au moins la rassura un peu... Aucune autre rougeur suspecte. Elle s'affolait peut-être pour rien, pour quelque chose qui pouvait tout aussi bien être dû à des piqûres d'insectes qu'à une banale allergie, se disait-elle en bandant son coude et son genou après les avoir enduits d'un mélange d'argile et d'huile d'amande douce.

Que ce vieux remède de bonne femme fût capable de stopper les démangeaisons, Alexandra n'en doutait pas. Elle l'avait suffisamment testé pour en connaître l'efficacité. Quant à savoir si les multiples pouvoirs de cette panacée allaient également faire disparaître ces horribles bouffissures, elle préférait pour l'instant éviter de se poser la question. Elle tenait à dormir tranquille.

Ironie du sort, il était déjà écrit, quelque part, qu'elle ne dormirait pas « tranquille ». Certainement pas, en tout cas, au sens où elle l'entendait.

Le fait de s'attarder un moment à la fenêtre pour y inspirer ses trois longues et rituelles bouffées d'air frais avant de se coucher ne lui avait pas procuré l'apaisement habituel... En apercevant, entre deux nuages, le disque laiteux de la pleine lune, elle avait compris qu'il n'y avait guère de chances qu'elle jouisse pleinement des huit heures de repos auxquelles elle aspirait pourtant de toutes les fibres de son corps. Cette nuit-là ne serait pas différente de la dernière nuit de pleine lune, ni de celle d'avant, ni, en remontant jusqu'à son troisième anniversaire, des quelque trois cent quatre-vingts autres dont elle avait, plus ou moins nettement, gardé le souvenir. C'était, d'une manière magique, spectaculaire et on ne peut plus évidente, écrit dans le ciel !

* *
*

Du fond de son lit, alors qu'elle était à deux doigts de s'endormir, Alexandra s'interrogeait le plus sérieusement du monde sur un sujet que n'importe quel médecin ou psychiatre aurait, en la circonstance, considéré comme déplacé, sinon totalement absurde. Quelle était, se demandait-elle, la dose exacte, précise, de somnifères qu'il fallait prendre pour atteindre, sans toutefois le dépasser, une sorte d'état second, catatonique ?... Pour s'anesthésier le cerveau, se le geler complètement, se voir délivrée à coup sûr, en étant tout de suite plongée au plus profond d'une bienheureuse léthargie, de la menace d'un sommeil agité, peuplé de cauchemars dont on n'émerge pas autrement qu'en hurlant et en se débattant, le corps couvert de sueur et le cœur battant la chamade ?

Interrogation en vérité plus absurde que déplacée, et parfaitement inutile puisque sa pharmacie ne contenait rien qui ressemblât de près ou de loin à un somnifère. En revanche... Roulé en boule contre ses pieds, Sam ronflait tout doucement. Le rythme régulier de ses ronronnements avait quelque chose de réconfortant et... d'hypnotique. Alexandra sentit ses paupières s'alourdir. Elle continua pendant quelques secondes à suivre du regard la danse intermittente des rayons de la lune sur le plafond et les murs de sa chambre puis, la fatigue et les ronrons persistants du chat finissant par avoir raison d'elle, elle se tourna sur le côté et ferma les yeux.

Je veux... non... je vais passer une bonne nuit.

Silencieusement, elle se répéta cette phrase encore et encore, lui donnant ainsi, sans le vouloir, des allures de formule incantatoire.

D'abord, se disait-elle, faire le vide dans son esprit. Ensuite, s'efforcer de visualiser des images apaisantes : une plage de sable doré, une verte prairie... Si, comme elle l'avait lu quelque part (ou peut-être entendu, elle ne se rappelait plus trop), certaines personnes arrivaient à orienter leurs rêves, pourquoi pas elle ?

Un vent d'orage s'était levé et faisait tellement de tapage à l'extérieur qu'elle avait du mal à se concentrer sur ses visualisations. Agacée, elle ramena l'oreiller sur sa tête, puis continua : Qu'y avait-il après la verte prairie ? Une falaise ? Non, trop inquiétant, une falaise. On pouvait en tomber. Une forêt ? Non. On pouvait s'y perdre. Alors quoi ? Une maison ?...

Chahuteur et turbulent — comme peut l'être parfois, surtout les vendredis après-midi, une classe d'adolescents ivres de fatigue —, le vent frappait les murs par rafales, heurtait les fenêtres en gémissant, tourmentait le ciel et les arbres en geignant de plus belle, échevelant ceux-ci en s'engouffrant brutalement dans leur feuillage, aveuglant celui-là en poussant malicieusement la masse sombre d'énormes nimbus devant son œil laiteux.

Un claquement sec, extraordinairement retentissant, fit sursauter Alexandra. Elle redressa la tête, tendit l'oreille, retenant instinctivement son souffle, tel un chasseur à l'affût d'un gibier dont il perçoit soudain l'approche.

Ce bruit, elle l'avait probablement imaginé, rêvé, finit-elle par conclure après quelques instants d'une attente aussi angoissée qu'attentive.

Elle reposa sa joue sur l'oreiller, prête à se rendormir.

Le claquement résonna de nouveau.

Repoussant vivement les couvertures, elle bondit aussitôt hors du lit... Il fallait qu'elle aille voir.

Sous la lumière du palier, elle s'arrêta pour écouter.

Dans le silence qui l'entourait, épais, presque palpable, absolu, elle prit très vite conscience du sifflement de sa respiration, et des battements de son cœur aussi, qui s'étaient accélérés et lui marte-laient les tympans de façon, lui semblait-il, assourdissante. Elle en fut à la fois atterrée et effrayée.

Comment prévenir le danger... Tu ne peux même pas l'entendre, lui soufflait méchamment une petite voix intérieure. Pourquoi tu ne te mets pas à claquer des dents en plus, hein ? Comme ça, le tableau serait complet ! Tu vas voir... Il va te tomber dessus sans crier gare, le danger, sans que tu saches ce qu'il est, ni d'où il vient.

Calme-toi... Reprends-toi, bon sang ! Ce n'est pas le moment de perdre les pédales.

Pour retrouver une relative maîtrise d'elle-même, il ne lui fallut pas moins de trois ou quatre longues et profondes respirations.

Une main pressée contre sa poitrine, elle avança jusqu'au bord du palier pour regarder en bas. Tout avait l'air normal. Elle atten-dit encore un peu, pour la forme, pour voir... Au bout d'un moment, comme il ne s'était toujours rien passé, elle se décida à bouger.

Amorçant un retour vers sa chambre, elle fit un pas en arrière. Elle n'eut pas le temps d'en faire un deuxième. La surprise de sentir soudain sur sa peau un courant d'air, étrange, qui avait jailli de la cage d'escalier, la cloua sur place. Elle se mit à frissonner, de froid et de frousse, puis à réfléchir, à toute vitesse, tout en se frictionnant vigoureusement les bras après avoir resserré autour de son corps les pans du long et large tee-shirt rouge qui la couvrait jusqu'aux genoux.

L'air, les claquements... Avait-elle oublié de fermer l'une des fenêtres du rez-de-chaussée ? Non, sûrement pas. Par contre, si elle ne l'avait pas bien fermée... Oui, voilà, c'était ça. Ce ne pouvait être que ça ! Il n'y avait pas d'autre explication possible.

Arrivée au bas de l'escalier, elle leva la main vers l'interrupteur en jetant un coup d'œil circulaire autour d'elle, puis, au moment de l'actionner, se ravisa. L'éclairage diffusé par l'ampoule du palier et par celle de la veilleuse dans la cuisine, bien que faible, suffisait. Elle n'avait pas besoin de plus pour se diriger dans la maison. Inspiré par la logique ou par l'émotion, ce choix de rester dans la pénombre ? Difficile à dire. Chose certaine, il ne résultait pas d'un souci d'économie, mais uniquement d'une volonté de lutter contre cette appréhension qu'elle ne pouvait s'empêcher d'éprouver, bien qu'elle la trouvât parfaitement puérile... Si, comme elle essayait à tout prix de s'en persuader, elle ne risquait rien, ne courait aucun danger, pourquoi céder à la tentation, au stupide réflexe, d'allumer, hein ? Pourquoi ? Pour se prouver à elle-même qu'elle ne croyait pas vraiment à ce discours apaisant et qu'elle avait toutes les raisons au monde d'avoir peur ? Non, non. Pas question ! s'était-elle dit en enlevant aussitôt sa main de l'interrupteur.

Bravement, elle continua à avancer dans le couloir. Ayant atteint le seuil de la cuisine, elle s'arrêta, saisie par le froid d'outre-tombe qui se dégageait de la pièce. La porte-patio était fermée, s'assura-t-elle d'un regard. La fenêtre au-dessus de l'évier aussi. Convaincue par ce bref examen que l'air froid provenait de la seconde fenêtre, celle qui se trouvait au fond, à gauche, derrière les portes à claire-voie de la buanderie, elle s'apprêtait à aller la refermer quand un mouvement au dehors attira son attention. Son sang se glaça dans ses veines. Renforcé, décuplé, aiguisé à l'extrême, le sentiment d'appréhension qu'elle était parvenue à contrôler commença à prendre les couleurs de l'effroi.

Elle demeura immobile. Figée dans l'attente et dans l'angoisse. Incapable de détourner les yeux de la porte, elle guettait fébrilement un autre mouvement tout en essayant de se convaincre que l'ombre qu'elle avait vue était celle d'un animal ou d'une branche...

Qu'est-ce que... Mon Dieu !

Surgissant de l'obscurité, un homme vêtu de noir était apparu sur la terrasse et s'était approché jusqu'à poser ses mains sur la vitre. Il avait la peau d'une blancheur de matin d'hiver et il ruisselait d'eau comme s'il était resté des heures sous la pluie.

Ayant réprimé de justesse le cri qu'elle avait failli lâcher, Alexandra se mit à murmurer d'une voix rauque, incrédule :

— John ?... John Kenne...

La dernière syllabe ne put franchir ses lèvres. Elle n'eut que le temps d'entendre une sorte de froissement avant de se sentir brusquement tirée en arrière par un bras qui s'était noué autour de son cou. Sa frayeur se mua instantanément en épouvante. Le souffle sur sa nuque, le corps qui se pressait contre le sien la terrifiaient, la paralysaient tout autant, et peut-être davantage encore, que ce bras qui la tenait et serrait, serrait...

Elle fut longue à réagir, longue à saisir l'idée qu'il lui fallait se défendre pour ne pas mourir étouffée. Lorsqu'elle l'eut enfin compris, elle poussa son premier hurlement en se lançant aussitôt dans une lutte aveugle, frappant et griffant tout ce qui se trouvait à sa portée.

Pourquoi John ne bougeait-il pas ? se demandait-elle tandis qu'elle l'appelait pour qu'il vienne à son secours. Ne voyait-il pas ce qui se passait ? Ne voyait-il pas qu'elle avait besoin d'aide ? Au fond de ses yeux, une étrange lueur de regret donnait à la jeune femme l'impression que même si la porte avait été ouverte, il serait de toute façon resté là, sur la terrasse, dans une immobilité de statue. Avec l'énergie non plus seulement du désespoir mais d'une colère grandissante, elle continua à se débattre et à hurler :

— John ! John ! Jooohn...

Alexandra se redressa d'un bond.

Haletante, le corps couvert de sueur et le cœur battant la chamade, elle laissa errer sur son lit, qui avait tout d'un champ de bataille, un regard un peu flou où se lisait encore la panique.

Dehors, l'aube d'un nouveau jour tentait de percer les voiles d'un brouillard triste et gris.

Elle se frotta la figure des deux mains puis vérifia l'heure à son réveil : 5 h 12. Elle soupira.

Ça t'apprendra à croire qu'on peut diriger ses rêves, se dit-elle. Tu le savais pourtant que tu ne pourrais pas dormir tranquille...

Un sourire ironique se dessina sur ses lèvres à la pensée qu'un jour peut-être, quelqu'un de plus naïf qu'elle, ou de plus fou, en arriverait à leur intenter un procès, à ces onirologues patentés, pour incitation à la crise cardiaque durant le sommeil.

Ce ne fut qu'en se levant qu'elle songea à John Kennedy. Elle s'étonnait d'avoir rêvé de lui, et s'interrogeait autant sur le comment et le pourquoi de sa présence dans son cauchemar que sur le cauchemar lui-même. Avait-il une signification quelconque ? Oui, il en avait une... mais beaucoup d'eau allait couler sous les ponts avant qu'elle ne la trouve.

* *
*

Le ciel était blafard, et la lumière qui pénétrait dans l'atelier en ce brumeux samedi matin, blafarde elle aussi.

Alexandra leva son regard vers l'horloge murale : 9 h 35. Surprise, elle le ramena sur la toile devant laquelle il lui semblait n'être assise que depuis quelques minutes. Se pouvait-il que plus de trois heures se soient déjà écoulées ? Durant ce laps de temps qu'elle jugeait considérable, elle n'avait pas même réussi à terminer la tête de son personnage, qu'elle avait, il est vrai, recommencée encore une fois... La troisième en moins d'une semaine ! constata-t-elle, mi-déconcertée, mi-démoralisée. Qui plus est, cette maudite tête, bien que refaite, avait encore l'air d'une morille, ce qui suscitait en elle une terrible envie de l'effacer à nouveau. Alors ? Allait-elle se prêter à ce jeu infernal indéfiniment... Travailler sur ce visage qu'elle abhorrait jusqu'à la nuit des temps ?

Le pinceau qu'elle roulait machinalement entre ses mains lui échappa soudain et tomba sur le plancher de bois avec un bruit sec. Elle dut reculer son tabouret, en descendre et se pencher pour le ramasser, puis se rasseoir, mais exécuta tous ces mouvements sans pratiquement cesser de fixer le tableau, sans rompre non plus le fil de sa réflexion. En fait, sans vraiment s'en rendre compte.

Pourquoi s'obstiner ? continuait-elle à se demander. Pourquoi se donner tant de mal ? Pourquoi ne pas jeter carrément ce tableau par la fenêtre, dans le lac, à la poubelle, au feu, n'importe où, mais s'en débarrasser, vite, et passer à autre chose... Laisser tomber, tout simplement ? Tant de questions et si peu de réponses.

Elle n'était plus sûre de rien. Ni d'elle, ni de ce qu'elle faisait, ni de ce qu'elle devait faire. Elle avait le sentiment d'être tombée dans un marécage où elle était en train de s'enliser, de s'être engagée et fourvoyée dans une impasse dont elle ne pourrait plus jamais sortir.

Respirant profondément et fermant les yeux pour ne plus voir les orbites noires, ces gouffres sans fond qui l'effrayaient tout à coup en lui renvoyant une image d'elle-même transformée, réduite en fumée et aspirée entre leurs parois d'entonnoir pour se diluer dans le néant, elle essaya de retrouver son calme, de revenir au point de départ, d'oublier toutes ces questions qui la mettaient dans un insupportable état d'angoisse et de tension. Confus, surchauffé, son esprit commençait à s'alourdir et, telle une soupape de sûreté, freinait le flot de ses pensées, permettant ainsi aux émotions, aux sensations et à l'instinct de sourdre. D'envahir la place et d'y circuler librement.

Alexandra resta un long moment immobile.

Une ombre mauve soulignait ses yeux et accusait, aussi bien que ses traits tirés, la fatigue d'une mauvaise nuit, agitée et trop courte. Comme celle de la veille et de l'avant-veille aussi. Trois nuits de suite qu'elle dormait mal ou pas assez. Que ce fût à cause de l'influence de la pleine lune sur son état d'esprit, de ses démangeaisons qu'elle contrôlait plus ou moins bien, de cette voiture qui le jeudi midi, alors qu'elle se promenait sur le terrain, était passée devant la grille de l'entrée en ralentissant d'une manière suspecte, voire inquiétante, ou finalement des appels anonymes qu'elle avait reçus (quatre en tout depuis le milieu de la semaine), la nervosité et l'anxiété qui l'habitaient avaient fini par détraquer, pour ainsi dire, le rythme de son horloge interne… Elle s'était de nouveau levée à l'aube ce matin-là. Le brouillard, en nappe dense, laiteuse, recouvrait encore le terrain et les arbres, enserrait étroitement le corps de la maison. Seul le sommet de la tour où était niché son atelier en émergeait, telle une tête exsangue d'officiant au-dessus de sa chape.

Lorsqu'elle ouvrit les yeux, quelques minutes plus tard, Alexandra n'avait pas trouvé de réponse à ses questions. Cependant, elle savait désormais qu'elle n'arriverait pas à reléguer cette scène de chasse aux oubliettes. Malgré les difficultés, malgré le désir d'abandonner, elle continuerait à y travailler, à s'y acharner. Quelque chose de puissant, de plus fort qu'elle, l'y poussait. Quelque chose qui ressemblait, plus qu'à un appel urgent ou à un désir irrépressible, à une inexorable obligation.

Comme une loi qui se protège et asservit par la menace de sanctions, cette pulsion impérieuse qui l'animait s'était donné les moyens de la contraindre en éveillant chez elle une crainte sans doute irraisonnée et totalement irrationnelle, mais suffisamment intense pour annihiler toute forme de résistance. Alexandra avait le sentiment de ne pas avoir d'autre choix que celui d'achever ce tableau, quel que soit le temps qu'il faudrait y passer et les efforts qu'il faudrait y mettre. Tenter de s'y dérober, ce serait attirer sur elle pire que la foudre, elle en était convaincue. Était-ce son imagination, sa sensibilité ou une croyance vaguement superstitieuse qui l'en avait persuadée ? Elle n'aurait pu le dire. De toute façon, peu importait. Elle avait entrepris un voyage qu'elle ne pouvait interrompre. Elle avait emprunté une voie où elle ne pouvait plus faire demi-tour.

Elle respira à fond, secoua légèrement la tête, l'air de penser : « Je ne suis pas sortie de l'auberge ! » puis, ayant récupéré sa palette de bois et changé de pinceau pour en prendre un plus fin, elle se remit à travailler.

Il y avait dans ses gestes comme dans son expression une détermination nouvelle... primitive, inapprivoisée, mais solidement ancrée.

CHAPITRE VI

C'est vêtue d'un ensemble en soie sauvage vert foncé, qui lui allait à ravir et qui, plus important encore, couvrait entièrement ses bras et ses jambes, cachant ainsi leurs vilaines marques rouges, qu'Alexandra fit son entrée au restaurant.

En ouvrant la porte, elle avait vérifié l'heure à sa montre : 19 h 15... Elle était, songea-t-elle, largement en avance. Pas de problème.

Une constatation agréable, aussi réjouissante qu'elle puisse être, n'est pas forcément suivie d'une autre qui le soit tout autant. Et la seconde constatation que fit Alexandra ne l'était pas du tout : la fatigue et le stress accumulés pendant la semaine avaient insidieusement attendu, lui semblait-il, ce moment-là pour lui tomber dessus sans crier gare.

Elle recula d'un pas, involontairement, et son dos se heurta au battant de la porte.

Cette chaleur, ce bruit, ces odeurs... Elle sentit la tête lui tourner et se demanda si elle n'allait pas tourner de l'œil.

La journée n'est pas terminée, loin de là... Allons, ma fille, du courage. Secoue-toi un peu, bon sang !

Elle éprouvait soudain à l'idée de cette soirée qui ne faisait que commencer plus d'anxiété que de plaisir. Elle se rendait compte qu'elle n'avait pas vraiment envie de voir John, pas vraiment envie de dîner aux *Trois Sœurs*, pas vraiment envie finalement de se trouver loin de son climat habituel, de l'univers feutré et sécurisant de sa maison, de la douce et amicale présence de son Samy.

Le dos encore collé contre la porte, Alexandra fouilla d'un regard plus circonspect que curieux la demi-pénombre qui l'entourait.

Elle détestait s'aventurer, au propre comme au figuré, en terrain inconnu.

Il y avait tellement longtemps qu'elle n'avait plus mis les pieds dans un restaurant. Normal, songeait-elle, qu'elle se sente à la fois mal à l'aise, presque déplacée, et légèrement déçue. Elle s'attendait à... En réalité, elle ne savait pas trop à quoi. À quelque chose de différent, en tout cas. De plus surprenant que ces lumière tamisées, que cette atmosphère qui, se voulant intime et chaleureuse, lui paraissait de prime abord assez affectée. Si douceâtre et si mielleuse qu'elle hésitait inconsciemment à s'y plonger. Comme une mouche qui aurait deviné d'instinct qu'en pénétrant dans le pot de miel, elle s'y engluerait.

Ayant rapidement examiné la masse de chêne et de zinc du long bar qui jouxtait l'entrée sur sa droite, elle allait tourner la tête vers sa gauche quand le mouvement d'une main, au fond de la salle, capta soudain son attention. L'expression de son regard se modifia brusquement, s'anima d'une lueur d'étonnement. Et de dépit.

Parce que les choses lui convenait ainsi, à aucun moment Alexandra n'avait imaginé que John Kennedy puisse arriver avant elle. Le fait de le voir là, manifestement heureux d'y être, manifestement ravi aussi d'avoir gagné leur pari (ce sourire qu'il arborait comme l'étendard de la victoire était criant de vérité !), indéniablement séduisant en plus, il fallait le reconnaître, dans ce costume bleu marine qu'il portait, l'avait déconcertée certes, mais surtout offusquée... Sa conception toute personnelle de l'équité en avait pris un coup. Après tout le mal qu'elle s'était donné pour être là en avance, ça n'aurait été que justice, ronchonnait-elle silencieusement tout en se dirigeant vers lui, que ce soit elle qui le remporte, ce foutu pari.

Alexandra ne se serait jamais crue capable d'une telle performance, et pourtant, bien avant qu'elle ne touche la main que John lui tendait en signe de bienvenue, elle avait réussi à balayer de son visage toute trace de ressentiment.

Galant homme, John tirait une chaise pour lui permettre de s'asseoir quand, désignant du doigt l'autre chaise, celle qu'il occupait en fait avant qu'elle ne se présente, Alexandra lui demanda d'un ton un peu gêné s'il voyait un inconvénient à ce qu'elle prenne plutôt celle-là.

— Absolument pas, s'empressa-t-il de répondre.

Inattendue et pour le moins insolite, cette requête ne l'avait toutefois ni intrigué ni surpris. John était prêt à accéder à n'importe lequel de ses souhaits, sans broncher, sans hésiter, sans poser la moindre question. L'amour ne rend pas seulement sourd ou aveugle, il gèle aussi le cerveau. Et celui de John l'était déjà à un degré tel que, en exagérant à peine, si Alexandra avait exigé de lui un saut périlleux arrière, il se serait exécuté (c'est bien le mot !) sur-le-champ, avec le même naturel et le même empressement qu'il avait mis à lui offrir sa chaise.

— Merci, John. C'est très gentil à vous.

S'emparant de l'un des menus posés sur la table, elle l'ouvrit grand devant elle... Une manière comme une autre de se dérober à ce regard qui la fixait, lui semblait-il, avec beaucoup trop d'insistance.

Un ange passa. À toute allure.

— Mais de rien, voyons. Ça me fait plaisir, murmura John.

Alexandra leva un œil au-dessus de son menu.

Devinant à son air hilare qu'il s'amusait de son embarras, elle s'apprêtait à rétorquer par un « Je n'en doute pas ! » un peu cynique, quand le serveur apparut brusquement à leur table.

Le temps qu'il leur propose un apéritif et qu'il note leur commande (pain grillé à la toscane et lasagnette au citron pour elle, salade de courgettes au basilic et piccatta de veau au citron pour lui), ne voyant plus l'intérêt de sa répartie, elle y avait renoncé. Plonger à son tour l'impertinent vétérinaire dans l'embarras lui aurait procuré sur le coup une certaine satisfaction, sauf que... s'il y laissait sa mine réjouie pour en arborer une pincée ou renfrognée tout le reste de la soirée, ce n'était pas la peine, pensait-elle.

S'efforçant d'une part d'ignorer sa petite voix intérieure qui s'était mise à ricaner en surenchérissant : « Évidemment que ce n'est pas la peine. D'autant plus que des dîners en tête à tête avec des gueules de raies extra-plates à la Frank Notaro, on connaît déjà, hein ? On sait comment ça tourne... Poltronne, va ! », et d'autre part de rompre le silence qui s'était installé entre eux et menaçait de s'éterniser, elle lança, de but en blanc :

— À propos du veau, j'aurais bien aimé que vous me disiez...

— Ah, ça, le veau, j'adore ! la coupa-t-il. Mais ne me demandez pas de vous expliquer comment ils le préparent, parce que la cuisine, ce n'est pas mon fort, vous savez.

Alexandra éclata de rire.

— Je parlais de votre veau, John, pas de celui qu'on sert ici.

— Oh ! excusez-moi, je croyais que... euh...

— Alors, il va bien ?

— Oui, oui. L'opération s'est bien passée. Il se porte comme un charme.

La conversation retomba de nouveau dans le silence et ce fut au tour de John, cette fois, de le rompre en déclarant à brûle-pourpoint :

— J'avoue que ça m'embête un peu.

— Quoi, donc ? s'enquit Alexandra, plus intriguée que déconcertée par sa déclaration.

— Eh bien, d'être arrivé avant vous, répondit-il. Je ne voudrais pas que vous pensiez que... que je...

— Que vous vouliez gagner le pari à tout prix, et me laisser par conséquent assumer l'odieux de la défaite... Et de la note du digestif aussi, bien sûr. C'est ça ?

Il lui avait ouvert une porte, et elle n'avait pu se priver du plaisir d'en profiter. Elle était même parvenue, malgré l'énormité de sa mauvaise foi, à débiter son propos avec toute l'impassibilité d'un pince-sans-rire. S'avisant de l'air interloqué de son compagnon, elle savoura avec délices un effet dont elle s'était délectée avant même qu'il ne se produisît.

John la regarda un long moment avant de choisir le pied sur lequel il devait danser.

— Non, pas tout à fait, protesta-t-il d'un ton réfléchi.

Le regard toujours plongé dans celui d'Alexandra, il posa ses avant-bras sur la table tout en inclinant son torse vers l'avant, donnant ainsi, du moins le croyait-il, plus de poids à son argumentation, et continua.

— Sincèrement, je ne me rappelais plus trop si on avait dit sept heures ou sept heures trente. Et dans le doute, euh... eh bien, j'ai...

Il se redressa, amorça un soupir, puis un sourire.

— Je n'ai pas voulu, reprit-il, enfreindre mes principes, et ceux de quatre générations d'hommes dans ma famille, en faisant attendre une jolie femme. Voilà !... Bon, maintenant que vous savez tout, je propose qu'on enterre ce pari stupide et qu'on reparte à zéro, d'accord ? Et tant qu'on y est, je propose aussi qu'on adoucisse l'étiquette.

Il avait prévu à ces mots une interrogation muette dans les prunelles dorées. Il eut droit en prime à un haussement de sourcils qui le pressait de s'expliquer et, bien qu'il éprouvât l'envie de rester là à contempler ces sourcils tout son saoul parce qu'il les trouvait expressifs, attendrissants et, pour tout dire, d'une irrésistible séduction, il ajouta :

— Ce serait quand même plus sympathique si on remplaçait le vouvoiement par le tutoiement, non ?

Tendant la main vers l'apéritif qu'on venait de leur servir, il leva son verre et ajouta gaiement :

— Alors, buvons à ce nouveau départ. Au plaisir de se tutoyer et de partager ce dîner... Tchin-tchin !

Le visage détendu, serein, il paraissait si sûr de lui, si plein de confiance...

De cette confiance, songeait Alexandra, les yeux fixés sur les siens, qu'on a dans l'enfance, quand on ne sait pas encore qu'on pourrait être déçu. Elle eut une brève et imperceptible hésitation avant de se joindre à son toast. L'idée d'un nouveau départ, non pas simplement du commencement mais du « recommencement » de quelque chose, éveillait au plus profond d'elle-même une sourde anxiété. Et un curieux regret... Elle aurait aimé que le souvenir de sa vie avec Frank Notaro fût vieux de plus de mille ans.

En y repensant plus tard, elle s'étonnerait de constater à quel point sa mémoire fonctionnait sélectivement, voire affectivement : de tous les détails de cette soirée, elle n'avait fidèlement enregistré que ceux se rattachant précisément à ce moment-là, lequel l'avait profondément remuée. Et à cet autre aussi, qui l'avait, lui, complètement perturbée...

John l'avait raccompagnée à sa voiture. Ils avaient pris congé l'un de l'autre, d'une manière amicale, plus formelle toutefois que chaleureuse, et elle s'apprêtait à monter dans sa jeep quand elle l'avait entendu s'éclaircir la voix, puis lancer dans un souffle :

— Alexandra !

Elle s'était retournée.

Depuis toujours, on l'appelait Alex. Ses parents, sa sœur, son agent, Frank... Pour tout le monde, tout le temps, c'était : Alex. Mais lui, il avait dit : Alexandra. Et dans sa bouche, ce prénom résonnait comme une musique d'une autre époque. Surannée, désuète, prodigieusement romantique.

Encore sous le charme d'un son dont elle découvrait subitement tout l'attrait, toute la douceur, elle avait senti les mains de John se refermer sur ses épaules et, en levant la tête vers lui, elle l'avait vu se pencher sur ses lèvres avec une extrême lenteur. Lorsque sa bouche s'était enfin posée sur la sienne, elle avait eu l'impression d'être précipitée dans le vide et n'avait pu s'empêcher de s'agripper à lui en nouant les bras autour de son cou.

Longtemps après, il avait relâché son étreinte, la laissant le cœur battant et le corps brûlant d'une fièvre qu'elle avait le sentiment de n'avoir jamais connue.

Comment un simple baiser avait-il pu la mettre dans un état pareil ? s'était-elle demandé en scrutant les traits de John comme pour y découvrir la réponse qu'elle cherchait. Un simple baiser... Qui lui avait fait prendre malgré elle ce nouveau départ auquel elle n'avait pas eu réellement envie de trinquer.

De cela, elle n'était pas encore consciente, mais ne tarderait pas à le devenir au cours des semaines qui allaient suivre.

En revanche, elle ignorerait presque jusqu'au bout pourquoi elle redoutait tant ce nouveau départ.

* *
*

Alexandra manœuvrait sa Cherokee comme elle aurait poussé une voiture d'enfant le long des sentiers d'un grand parc : un peu machinalement, tranquillement, sans à-coups. Elle n'était pas pressée, bien qu'elle n'eût encore grignoté que quelques-uns des cent vingt-huit kilomètres qu'elle devait parcourir pour arriver à Sherbrooke. Elle avait une heure d'avance sur l'horaire prévu, alors...

La route était belle et grondait agréablement sous les larges pneus de la jeep qui filait à travers un paysage magnifique auquel Alexandra ne prêtait que peu d'attention, son esprit étant entièrement absorbé par toutes sortes de pensées. Des pensées dont l'objet, pour l'instant, n'était nul autre que ce bon vieux Sam, sans doute parce qu'elle se faisait du souci pour lui. Elle ne s'inquiétait pas pour sa santé. Avec des croquettes en quantité astronomique et de l'eau fraîche à volonté — elle avait pris soin de régler le robinet de la cuisine sur un débit faible mais régulier —, il avait de quoi tenir un siège d'un mois. Non, il ne mourrait ni de soif ni de faim. Peut-être même profiterait-il de la situation pour s'empiffrer, par ennui, par dépit, par esprit de vengeance, aussi. C'était cela, en fait, qui la tracassait : la façon dont Sam allait réagir à son absence, ou plutôt la façon dont il allait s'y prendre pour la punir de cette absence. Peut-être devait-elle s'attendre à ce qu'il monte à l'étage bien que cela lui fût interdit...

— Seigneur, pourvu qu'il ne mette pas les pattes dans mon atelier, commença-t-elle à prier à mi-voix tout en essayant de se rappeler si elle en avait fermé la porte ou pas.

Mange, mon Samy. Mange ! Je m'en fous que tu aies l'air d'une otarie. Je te jure que je vais t'aimer quand même. Mais je t'en prie, je t'en supplie, mon petit minou, ne touche pas à mes tableaux.

— Bon sang ! siffla-t-elle entre ses dents. Quelle idée d'avoir un chat qui déteste les voitures... Pas moyen de partir tranquille !

Pour ne pas s'énerver davantage, elle s'obligea à dévier le cours de sa pensée, qui se fixa aussitôt sur John Kennedy. Il l'avait appelée, cinq minutes à peine après Vicky, le dimanche en fin de matinée. Officiellement, pour prendre de ses nouvelles et parler de ce dîner en tête à tête qu'il avait beaucoup apprécié. Officieusement, pour organiser un prochain rendez-vous. Quand elle lui avait annoncé qu'elle ne serait pas libre avant quelques jours — elle partait pour Sherbrooke le mardi et, d'ici là, elle avait mille choses à faire —, il lui avait semblé tellement triste qu'elle lui avait impulsivement promis de lui donner de ses nouvelles dès son retour. En raccrochant, elle s'était rendu compte qu'elle venait d'être, en quelque sorte, habilement manipulée : non seulement il lui avait suffi de manifester un peu de tristesse pour lui arracher une promesse, mais il l'avait amenée de surcroît à éprouver presque du remords de ne pouvoir lui préciser l'heure à laquelle elle comptait revenir le mercredi. Cela l'avait agacée, et elle s'était fait la réflexion qu'elle se devait dorénavant d'être un peu plus sur ses gardes, parce que pour une fille qui ne voulait pas s'impliquer, elle était plutôt mal partie.

Des images fugitives de sa soirée au restaurant *Les Trois Sœurs* s'étaient mises à défiler dans sa tête et, comme elle était justement en train de se demander par quel miracle elle avait pu rester ce soir-là des heures entières sans ressentir aucune démangeaison, une furieuse envie de se gratter la prit brusquement.

Et dire qu'elle avait eu la naïveté de croire que c'était fini, soupira-t-elle intérieurement en frottant le dessus de sa cuisse gauche qui la démangeait comme si une nuée de moustiques y avaient planté leur dard.

Oui, elle y avait cru... Jusqu'à ce que, le lundi matin, elle se réveille (après une nuit d'enfer au cours de laquelle elle avait essayé de ne pas s'arracher la peau) avec trois nouvelles boursouflures. De sorte qu'elle en était à huit maintenant, et qu'il n'y avait plus aucune raison d'espérer que ça s'arrête là. Au contraire, ça risquait fort de proliférer. À quel rythme, elle n'en savait rien. Pendant combien de temps, ça par contre, elle le savait : six mois. Au minimum ! Et viendrait un moment où elle ne pourrait plus cacher ça à qui que ce soit.

— Bon sang ! siffla-t-elle de nouveau entre ses dents, réalisant soudain que durant son séjour chez sa sœur, elle serait dans l'impossibilité de lui dissimuler son problème de santé.

Alexandra avait beau se creuser la tête, elle ne voyait pas de quelle façon elle pourrait contrer la perspicacité de sa cadette. Et plus elle cherchait, plus elle se sentait crispée, tendue comme une peau de tambour. Au bout d'un moment, s'étant aperçue qu'elle avait les mâchoires douloureuses à force de les serrer, elle inspira profondément pour relâcher la tension tout en s'efforçant d'orienter son esprit sur un sujet moins énervant.

Sans doute parce que sa cadette occupait déjà ses pensées, ce fut tout naturellement sur l'une de leurs récentes conversations téléphoniques que son activité mentale se concentra. Pas sur celle de dimanche, ni sur celle de vendredi soir dont le seul but était de s'assurer qu'elle maintenait son projet de venue à Sherbrooke, mais sur l'autre, celle de mercredi...

Ces grands mystères qu'elle avait faits de ses nouvelles, c'était fou, songeait Alexandra qui se rappelait aussi bien le laconisme des propos entendus que leur ton, légèrement anxieux.

Plein de nouvelles... Surprenantes... Vraiment surprenantes...

De quoi pouvait-il bien s'agir ?

Cette question, elle se l'était posée à plusieurs reprises au cours des derniers jours mais, n'ayant jamais vraiment pris le temps d'en examiner à fond tous les aspects, elle se la posa encore une fois en jetant machinalement un coup d'œil au compteur kilométrique (lequel lui apprit, à son grand étonnement, qu'elle avait déjà effectué plus de la moitié de son trajet).

Quel que soit le contenu de ces nouvelles, raisonnait-elle, il n'était pas forcément, obligatoirement, inquiétant. Vicky ne lui avait pas semblé affligée ou démoralisée. Elle n'avait pas franchement l'air, en tout cas, de nager en plein drame. Cette note d'anxiété qu'elle avait cru percevoir dans sa voix ? Le fruit de son imagination sans doute. Le mauvais décodage de ce qui n'était probablement rien d'autre que de l'impatience, de la fébrilité. Enfin, bon, « plein de nouvelles » donc, c'est-à-dire deux au minimum, peut-être trois, de nature somme toute plutôt heureuse, excitante et, pour le moins, prenante aussi... Elle d'habitude si curieuse de tout, et plus particulièrement de tout ce qui ne la regardait pas, ne se serait pas contenté normalement de ne lui soutirer aucun autre détail d'ordre personnel que ceux concernant son voyage à Sherbrooke. À l'évidence, il lui était arrivé des choses pas ordinaires.

Que pouvait-il se produire de surprenant dans l'existence d'une jeune femme de trente-deux ans, mariée à un homme qu'elle adorait, propriétaire d'une maison où elle paraissait avoir pris racine et directrice adjointe d'un important mensuel de décoration ? Un changement dans sa vie professionnelle (promotion, association, départ... retour aux études ?), dans son apparence (avait-elle fait la bêtise de se teindre en brune ?) ou, chose incroyable mais pas impossible, un changement de résidence... De pays ? Non, quand même pas...

Elle a... euh... adopté un chien. Pfft ! Non, trop ordinaire, ça ! Un petit singe, alors ? Ou un bébé lion, ou un bébé... Un vrai bébé ? Ben non, me semble qu'elle essaierait d'en faire un avant de...

Elle cligna des yeux, avala sa salive avec effort, resserra imperceptiblement ses doigts sur le volant.

Dieu du ciel !... Un bébé ! C'est ça, sa nouvelle surprenante ? Elle est enceinte ?

Comment n'y avait-elle pas pensé plus tôt ? se demanda-t-elle, intuitivement persuadée d'avoir enfin trouvé la clé de tout ce mystère dont sa sœur s'était entourée.

Encore sous le choc de sa découverte, elle mit un certain temps à se rendre compte qu'elle venait d'aborder la banlieue de Sherbrooke. Ne voulant pas courir le risque de se perdre et d'arriver en retard au rendez-vous convenu avec son encadreur, elle s'obligea aussitôt à concentrer toute son attention sur la route.

Ce n'était pas la crainte de s'égarer ou d'emprunter une mauvaise sortie qui la poussait à agir ainsi, mais plus simplement le désir de retrouver un semblant de calme intérieur. En ne se préoccupant exclusivement que de sa conduite et des panneaux de signalisation, elle n'avait plus à penser ni à sa sœur ni à sa probable grossesse... ni à la sourde appréhension qui lui serrait le cœur.

Quelque part, au fond de son subconscient, l'étrange et inexplicable lien entre cette maladie dont elle souffrait et certains événements dramatiques qu'elle avait connus s'était subitement tendu, renforcé, et elle ne tenait pas vraiment à le savoir.

* *
*

L'atelier de l'encadreur se trouvait en plein centre-ville, dans une petite rue à sens unique adjacente à l'artère principale. Alexandra y était déjà venue une fois, trois ou quatre mois auparavant, et se rappelait très bien du chemin à suivre, mais de toute évidence moins attentive qu'elle ne le croyait, elle continua tout droit à un carrefour au lieu de tourner.

Elle fit demi-tour, non sans pester contre sa distraction, trouva rapidement une place pour se garer, puis, avisant le snack-bar au coin de la rue, elle s'y rendit aussitôt. Cette pause café qu'elle s'était ménagée en partant une heure à l'avance, elle sentait qu'elle en avait besoin maintenant, aussi bien pour décompresser que pour se restaurer.

Sa salade et son café à peine avalés, elle quitta les lieux, pressée d'en finir avec son rendez-vous... Plus vite elle ressortirait de là, pensait-elle en s'engouffrant dans l'immeuble où se trouvait l'atelier, plus vite elle saurait si ces fameuses nouvelles étaient seulement surprenantes ou, comme elle le craignait, vraiment inquiétantes.

Grand, mince, le cheveu blond et le regard pénétrant, l'air de ses trente ans tout juste franchis et vaguement insolents, Gilles Lacroix, encadreur de son état, attendait Alexandra avec impatience. C'est en tout cas l'impression qu'il lui donna tant il mit d'empressement à l'entraîner, dès son arrivée, du magasin à l'atelier de fabrication puis, tout au bout de cette enfilade de pièces, dans un bureau à la fois salon et galerie d'exposition.

La longue table sur laquelle l'homme en chemise de soie et pantalon de velours noir avait étalé à son intention un certain nombre de moulures démontrait qu'il avait attentivement suivi leur discussion lors de sa première visite, fidèlement enregistré les spécifications du type d'encadrement qu'elle recherchait et que s'il était prêt à satisfaire tous ses désirs en la matière, il était également prêt à ne pas y mettre plus de temps qu'il n'en fallait.

— Comme vous pouvez le voir, mademoiselle Harris, déclarat-il sans ambages, en balayant l'air d'un revers de main théâtral, je me suis permis de faire une première sélection parmi les modèles qui étaient susceptibles de vous intéresser. Je pense que nous avons là exactement ce qu'il vous faut, non ? Qu'est-ce que vous en dites ?

Pressé, pressant, et un poil suffisant, songea Alexandra qui avait l'impression tout à coup de s'être trompée de bonhomme, de ne pas se trouver en face de celui, prévenant et chaleureux, qu'elle avait rencontré et avec qui elle s'était longuement entretenue.

Surprise et un peu vexée par ses manières qui lui semblaient manquer à la fois de simplicité et d'hospitalité, elle le regarda et eut presque envie de se mettre à le détester. Reportant son regard sur l'échantillonnage qu'il lui montrait, elle lui répondit avec un sourire poli, et sur un ton à peine moins guindé que le sien :

— Si vos prix sont aussi intéressants que ce que vous me présentez, monsieur Lacroix, il faudrait que je sois très difficile, ou très capricieuse, pour que nous ne puissions en arriver très rapidement à une entente.

Elle plongea prestement la main dans son sac qu'elle portait en bandoulière, puis ajouta en lui tendant une enveloppe format lettre :

— Voici la liste des tableaux qui sont prêts à être encadrés. Vous y trouverez tous les détails utiles : mesures, titres, teintes dominantes... J'ai laissé trois colonnes en blanc : une pour les numéros de référence des moulures, une pour les prix et une dernière pour les dates de livraison. (Elle marqua une légère pause, et une lueur narquoise passa dans ses yeux.) Je pense que nous avons là tout ce qu'il nous faut pour nous mettre au travail et régler la question en moins de deux, non ? Qu'est-ce que vous en dites ?

Gilles Lacroix manquait peut-être parfois de simplicité, mais certainement pas d'intelligence, ni d'humour. Il partit d'un grand éclat de rire, franc et spontané.

— J'en dis que vous marquez un point... et que je vous dois toutes mes excuses. Commençons par le commencement, voulez-vous ? Puis-je vous offrir un café, ou quelque chose d'autre ? Si vous aimez le porto, j'en ai ici une excellente bouteille.

Vingt-cinq minutes plus tard, après qu'ils eurent réglé l'un et l'autre, avec une égale franchise et une égale courtoisie, toutes les questions qu'ils estimaient importantes, Alexandra se trouvait de nouveau au volant de sa jeep.

Lorsqu'elle s'engagea dans la longue allée bordée de cèdres blancs au bout de laquelle se dressait, petite mais ravissante, la maison de Victoria (Vicky, pour les intimes) et François Dansereau, Alexandra reçut un choc.

Seigneur Dieu, quelle horreur !

Elle n'y avait pas cru, et pourtant c'était vrai... C'était même d'une éclatante vérité, pensa-t-elle en pouffant de rire, les yeux rivés sur la voiture de sa sœur. La vieille Volkswagen avait en effet carrément changé de look, comme le lui avait dit Vicky. Du bleu sage et sobre qu'elle lui avait toujours connu, elle était passée à une sorte de jaune d'œuf... de poule nourrie au grain, assez étonnant et, à son humble avis, assez affreux aussi.

Le stationnement privé comprenait trois places, et la Volkswagen occupait celle du milieu. Estimant que l'espace qui restait de part et d'autre était un peu restreint pour sa grosse Cherokee, Alexandra opta pour celle de gauche. Elle ne tenait pas à prendre le risque, en repoussant sa portière pour sortir, d'abîmer le « petit serin ».

Avant qu'elle n'appuie sur la sonnette, Vicky avait ouvert la porte à la volée et lui avait sauté dessus, telle la mère sur son enfant dès qu'il revient, le premier jour, de l'école primaire : en l'étourdissant autant de tendres baisers que de folles questions.

Elle l'attendait avec plus d'impatience encore que son encadreur, semblait-il à Alexandra qui, au moment de suivre Vicky à l'intérieur, se demanda s'il y avait plus d'électricité dans l'air ce jour-là que de coutume ou si ce n'était, encore une fois, que le fruit de son imagination...

CHAPITRE VII

La cuisine où elles s'étaient installées toutes les deux n'était pas aussi grande que celle d'Alexandra, mais elle ne manquait ni de charme ni de confort. Le carrelage de terre cuite sur le sol, le bois blond des placards que soulignait un rechampi vert tendre, de même que l'ouverture sur le jardin par une large baie coulissante contribuaient à y créer une atmosphère chaleureuse.

Pour l'instant, l'heureuse propriétaire des lieux s'y déplaçait fébrilement tout en jacassant comme une pie. Sous le regard amusé et intrigué de son aînée, elle était déjà passée deux fois de la table au comptoir, puis du comptoir au réfrigérateur sans autre raison en apparence que celle de dépenser un surplus d'énergie.

Alexandra n'était pas dupe. Bien que sa cadette s'efforçât de lui donner l'impression qu'elle voulait tout savoir sur la façon dont s'étaient déroulés son voyage ainsi que sa visite chez son encadreur, elle la connaissait trop pour ne pas avoir deviné qu'elle écoutait ses réponses d'une oreille distraite.

— Tu vas t'asseoir, un jour, lui lança-t-elle, l'interrompant abruptement dans ses jacasseries, ou tu vas continuer à courir le marathon indéfiniment ?... Me semble que tu commences à manquer de souffle.

Ne se laissant ni démonter ni séduire par cette invitation un peu rude — et plus tordue, lui semblait-il, que subtile — à « se mettre à table », Vicky eut un haussement d'épaules désinvolte, puis un sourire.

— Ben, évidemment que je vais m'asseoir. Qu'est-ce que tu crois ? J'attends juste que tu te décides... Tu ne m'as toujours pas dit ce que tu voulais boire finalement. Alors ?

95

— Aucune idée. Sers-moi la même chose...

— Café ?

— Va pour le café. Mais pas trop fort, d'accord ?

Cinq minutes plus tard, elle avait sous les yeux ce qui représentait sa sixième dose de caféine de la journée et, au lieu de culpabiliser pour cet abus, elle se surprenait à en éprouver une sensation de bien-être. L'odeur du breuvage fumant avait subitement réveillé en elle des souvenirs d'enfance. Des souvenirs joyeux, remplis d'images de petits déjeuners familiaux ensoleillés où les mots se noyaient dans des cascades de rires qui, ayant traversé le temps sans en être altérés, s'égrenaient encore à son oreille.

Assise en face d'elle, Vicky n'avait pu faire autrement que de surprendre son regard, rêveur et distrait, et d'en déduire qu'elle se trouvait ailleurs. Quelque part dans le passé, ou l'avenir, mais de toute façon hors du présent. Se sentant tout à coup exclue, isolée, elle demanda :

— À quoi tu penses ?

— À nous... Aux parents, répondit franchement Alexandra dans son désir de partager ces moments de bonheur retrouvé. Tu te souviens de...

Sa phrase resta en suspens, le temps que Vicky prenne une cigarette, la porte à sa bouche et, changeant manifestement d'avis, la dépose dans le cendrier sans l'allumer.

— Tu viens d'arrêter de fumer, là, ou tu te rationnes ? reprit-elle, le geste ayant, malgré sa banalité, suscité brusquement tout son intérêt.

— Je me rationne, soupira Vicky.

— Tiens, tiens... Serais-tu en train de devenir un petit peu raisonnable, par hasard ?

— Pas vraiment.

— Pas vraiment, hmmm... Serais-tu en train de devenir un petit peu... un petit peu enceinte, par hasard ?

Résolue à jouer le jeu jusqu'au bout, à ne rien montrer ni du plaisir qu'elle y prenait ni de ses efforts pour se composer un masque de sérieux et de tranquille indifférence, Alexandra s'était obligée à garder les yeux baissés.

Une paume fraîche et légère se posa sur le dos de sa main, l'immobilisa, l'emprisonna avec une douceur, une tendresse telle qu'elle s'en trouva soudain toute émue... Et la réponse qu'elle pressentait arriva, docile écho de ses propres mots :

— Un petit peu...

Vicky laissa échapper un bref gloussement, puis enchaîna, très vite :

— Je dirais même un petit peu beaucoup !

Alexandra s'était délectée à l'avance de cet instant où leurs rires se mêleraient, bruyants, complices, inextinguibles. Et pourtant, ce ne fut pas le rire qu'elle attendait qui résonna dans son oreille, mais une plainte sourde, étouffée, suivie d'un bref sanglot. Incapable de parler, incapable de bouger, elle resta là, une main pressée contre ses yeux mouillés de larmes, sous le regard d'une Vicky sidérée, presque pétrifiée, parfaitement immobile et silencieuse.

Vicky mit quelques secondes à revenir de sa stupéfaction.

— Alex ?... Ça ne va pas ? Alex, dis-moi... Qu'est-ce qui se passe ? Qu'est-ce que tu as ? bredouilla-t-elle en se levant pour venir près d'elle.

S'étant agenouillée à ses côtés, elle lui passa un bras autour de la taille et se mit à la secouer tout doucement.

— Hé, continua-t-elle cette fois d'un ton ferme et plus léger, être enceinte n'est pas une malédiction... (Elle soupira.) Seigneur ! Moi qui croyais que tu serais folle de joie.

— Mais *je suis* folle de joie, protesta Alexandra en essuyant du bout des doigts les larmes qui roulaient sur ses joues.

— Bien sûr !

Les lèvres plissées en une moue sceptique, Vicky se releva et lui tendit le mouchoir qu'elle avait sorti de la poche de son jean. Au fond de ses prunelles cuivrées, une petite lueur de malice s'était mise à briller.

— À voir la tête que tu fais, je me demande d'ailleurs pourquoi je me pose la question. Encore heureux que je t'aie annoncé une bonne nouvelle, et pas une catastrophe, hein ? Remarque, les gens qui se roulent par terre en hurlant de rire, ça me fige, moi. Je n'ai jamais su comment on devait s'y prendre pour les consoler.

Alexandra esquissa un sourire. Le propos tendrement moqueur de sa cadette avait eu l'effet escompté, en apparence du moins. Le sentiment d'inquiétude qu'elle éprouvait à l'idée de cette grossesse ne s'était pas envolé. Il s'était simplement tapi en profondeur sous une sorte de bouclier protecteur...

— Tu n'as jamais su non plus comment doser ton café, ironisa-t-elle en se composant pour la forme un air bougon. Regarde-moi ça. (Du doigt, elle pointa sa tasse à moitié vide.) Pas trop fort, dans mon dictionnaire, ça veut dire lavasse, pas mélasse. Tu me donnes de quoi sauter au plafond et tu t'étonnes ensuite que j'aie une drôle de tête.

Dans un mouvement volontaire, naturel mais totalement inattendu, elle se saisit de sa tasse, avala d'un trait le restant du breuvage et, avant que Vicky, dont l'expression paraissait aussi amusée qu'éberluée, pût émettre le moindre commentaire, elle ajouta vivement :

— Patiente encore une seconde ou deux. Je vais peut-être me rouler par terre finalement. Comme ça, tu pourras apprendre l'art de la consolation.

Elle reposa sa tasse et leva les yeux vers Vicky.

— Enceinte... Toi... Seigneur, je n'arrive pas à me faire à cette idée. Combien de temps encore, avant la naissance ?

— Devine.

L'œil moqueur et tendre, Alexandra considéra la silhouette filiforme de sa cadette qui s'apprêtait à reprendre place sur sa chaise.

— À ton tour de taille énorme, je dirais une ou deux semaines.

— Idiote ! s'exclama Vicky en lui lançant sa serviette de table.

Leurs rires bruyants, complices, explosèrent à l'unisson. Et ne tardèrent pas à devenir inextinguibles...

*   *

*

Alexandra avait insisté pour connaître la suite des nouvelles. En vain. Malgré toute sa force de persuasion, elle n'était pas arrivée à convaincre Vicky de persévérer dans ses confidences. « Commence d'abord par digérer la première. Après, on verra », lui avait déclaré celle-ci pour mettre fin à son insistance, en ajoutant que, de toute façon, comme il était presque six heures, elle n'avait plus le temps de discuter... Fallait qu'elle s'occupe du dîner.

Obligée de refouler tant ses questions que sa frustration, d'oublier cette vague et bizarre impression que le plus surprenant restait encore à découvrir et qu'elle avait donc intérêt à prendre des forces avant de l'entendre, elle avait noué un tablier sur ses hanches en demandant simplement ce qu'elle pouvait faire pour aider.

Dix minutes après, une délicieuse odeur d'ail, d'oignon et d'origan flottait dans la cuisine. Debout devant la plaque de cuisson, Vicky remuait sa sauce à spaghettis à l'aide d'une spatule en bois. Une fois satisfaite de la consistance du mélange, elle y plongea le doigt pour goûter, rajouta un peu de sel, remua le tout de nouveau, puis baissa le feu pour laisser mijoter.

— Je sens qu'on va se régaler, lança-t-elle gaiement en sortant une autre casserole pour mettre de l'eau à bouillir.

Levant les yeux de la table où elle s'était installée pour préparer une salade d'endives, Alexandra croisa le regard enjoué de Vicky. Elle lui sourit, puis, à brûle-pourpoint, s'enquit :

— Où est-ce qu'elle est, Sarah ? Ça m'étonne de ne pas l'avoir encore vue. D'habitude, on n'a même pas le temps d'entrer dans la cuisine qu'elle est déjà là, à miauler comme une dingue en croyant que c'est l'heure du repas... Incroyable, cette chatte ! Elle ne pense qu'à la bouffe, comme Sam.

À peine avait-elle fini sa phrase qu'un bref miaulement retentit à la porte donnant sur le jardin.

Assise derrière la moustiquaire, Sarah, superbe jeune persane gris-bleu, bavarde, affectueuse, adorant chasser les souris et, depuis peu, courir le guilledou, attendait patiemment, en se léchant une patte antérieure, que sa maîtresse veuille bien lui ouvrir.

— Quand on parle du loup... Viens-là, mémère. Allez, viens, ma grosse courailleuse, fit Vicky en la laissant entrer.

Elle s'accroupit à côté de l'animal pour le débarrasser des quelques brins d'herbe et brindilles qui s'étaient accrochés à sa fourrure.

— Vilaine fille ! reprit-elle. Toujours à traîner dehors. Comme si tu n'avais pas déjà eu ce que tu voulais, hein ? Je vais finir par t'enfermer dans un placard, un de ces quatre. Ça te calmera, je te le dis, moi !

Alexandra ne comprit réellement le sens des paroles de Vicky qu'après avoir regardé Sarah et remarqué son ventre rebondi. Elle s'esclaffa :

— C'est pas vrai ! Elle est enceinte ? Quoi, elle aussi ?

Vicky acquiesça d'un hochement de tête, suivi d'un soupir, puis... d'un cri de surprise complètement noyé dans le brusque claquement de la porte d'entrée. Pendant que Sarah détalait comme si elle avait le feu aux trousses, elle tourna les yeux vers Alexandra dont le regard reflétait d'une manière éminemment éloquente les pensées sarcastiques qui lui traversaient l'esprit. Elle ne lui donna aucune chance de les formuler.

— Non, ce n'est pas la baraque qui s'écroule... Juste mon petit mari qui débarque, précisa-t-elle aussitôt d'une voix douce, avec le fatalisme tranquille, paisible, d'une maîtresse d'école totalement dévouée à sa classe de sous-doués.

Les 87 kilos, qui, d'une part, s'appelaient François et, d'autre part, paraissaient, sur cette hauteur de 1,85 mètre, assez harmonieusement répartis, sans doute parce qu'ils s'escrimaient à l'année longue sur des chantiers de charpente, les 87 kilos donc, responsables du vacarme en question, ne devaient pas tarder à s'affaler sur une chaise devant une bonne bière fraîche. Non sans avoir au préalable embrassé affectueusement la belle-sœur, sur une joue encore marbrée de rouge, et passionnément la tendre épouse, dont la peau du front, siège du dernier baiser, semblait subitement atteinte d'une grave rubéfaction.

— Sûr que tu ne t'es pas rasé, toi, ce matin, affirma Vicky en s'approchant de son mari. (Du bout des doigts, elle tâtait précautionneusement son front.) Ta barbe, on dirait du fil barbelé.

— Ah oui ? enchaîna l'intéressé en portant son verre à ses lèvres.

Il avala une longue gorgée de son breuvage tout en considérant sa femme d'un œil narquois, puis se leva en déclarant que si personne n'y voyait d'inconvénient, il allait profiter du temps qui restait avant de passer à table pour se doucher. Et s'occuper, par la même occasion, de ce fil barbelé...

— Si je ne suis pas revenu dans dix minutes, lança-t-il joyeusement à Vicky du seuil de la cuisine, viens me chercher. C'est drôle, mais j'ai comme l'impression que je pourrais avoir besoin d'aide pour sortir de la douche.

— C'est juste une impression. Oublie ça, mon amour, répondit-elle sur le même ton joyeux. De toute façon, les pâtes fraîches, contrairement à la chair fraîche, ça ne peut pas attendre. Alors, on n'a pas le choix... Les chinoiseries sous la flotte, ce sera pour plus tard.

Il acquiesça d'une œillade complice et d'un large sourire de connivence avant de disparaître en sifflotant l'air de *Hélène*... La seule chanson de Roch Voisine qu'il connaissait, et la seule aussi qu'il savait siffloter sans fausses notes.

* *
*

Alexandra avait pris place à table avec la curieuse et désagréable impression que les choses allaient mal tourner.

Lorsque l'imperceptible fourmillement qu'elle ressentait dans ses jambes s'était soudain transformé en d'intenses picotements, elle en avait tout naturellement déduit que ça y était... Quelqu'un, quelqu'une plutôt, ne manquerait pas de remarquer qu'elle se grattait, et ne manquerait pas non plus de la presser de questions sur un sujet qui jetterait forcément un froid.

Elle avait été très étonnée que ses démangeaisons disparaissent au bout d'un moment sans que personne n'y eût prêté la moindre attention. Si vif qu'avait pu être, sur le coup, son soulagement, il n'avait cependant pas suffi à chasser le mauvais pressentiment qui l'habitait et lui interdisait toute détente. Fort heureusement, son état d'esprit, pour anxieux qu'il fût, n'avait ni influé sur celui des autres convives, ni empêché le dîner d'être gai. Très animé même. Ils avaient porté de nombreux toasts : au futur bébé, à la future exposition de ses œuvres, au futur... tout court.

Ils en étaient au dessert, un extraordinaire gâteau au chocolat, tel qu'on le lui avait promis, et elle commençait à croire que ses

101

angoisses ne rimaient à rien, quand l'une des surprenantes nouvelles, une de celles dont elle attendait si impatiemment l'annonce depuis six jours en s'efforçant de croire qu'il ne pouvait s'agir que d'un événement heureux, tomba. Avec, estimerait-elle plus tard, exactement le poids d'une épée de Damoclès.

— Elle t'a dit Vicky pour ton ex ? lui demanda François, de but en blanc. Débile, non ?

Il sentit sa femme s'agripper brusquement à son bras, mais, trop excité par son propos pour comprendre qu'il s'agissait là plus d'un avertissement que d'une impulsive démonstration de tendresse, il referma simplement sa main sur la sienne, dans une caresse machinale, sans se laisser interrompre.

— Sacristi ! continua-t-il. Aurait pas fallu que je sois ici, moi, parce que le petit Frank, je te l'aurais saigné comme un poulet. En ambulance qu'il serait reparti, je te le garantis.

La pression sur son bras se relâcha. Puis cessa. D'un coup. Il regarda sa femme, sa belle-sœur...

— Ben quoi ? protesta-t-il platement devant l'air embarrassé de la première et sidéré, voire pétrifié, de la seconde. Qu'est-ce qui se passe ? Qu'est-ce que vous avez toutes les deux à me zieuter comme si j'étais un madrier en plastique... C'est quoi, le problème ?

— Le problème, si tu veux tout savoir, c'est que tu as mis les pieds dans le plat, et pas à peu près, soupira Vicky.

Du coin de l'œil, elle guettait avec inquiétude les réactions de sa sœur dont l'immobilité et le silence ne laissaient rien présager de bon.

— Alex n'était pas au courant pour Frank. Je pensais lui en parler...

— Tu *pensais* m'en parler ? ! la coupa brutalement Alexandra.

Les doigts accrochés comme des serres au rebord de la table, crispés au point que leurs jointures avaient blanchi, elle dévisageait sa cadette avec incrédulité.

— Frank est venu ici, continua-t-elle d'une voix rude, cassante, et toi... toi, tout ce que tu trouves à dire, c'est que tu *pensais* m'en parler. Génial ! Non mais, franchement, je rêve là ou quoi ?

Le corps raide, elle se plaqua contre le dossier de sa chaise et parut pendant une seconde ou deux chercher aussi bien son souffle que ses mots.

— Tu n'avais pas le droit de garder ça pour toi, Vicky. Tu aurais dû me prévenir. Tout de suite. Le jour même, bon sang, pas un siècle après !

La fureur d'Alexandra était bien au-delà de toute expression, et Vicky s'en rendait parfaitement compte. Il y avait le ton, incroyablement dur, sur lequel elle l'avait apostrophée, et le reste : les traits tendus, les narines frémissantes, le regard foudroyant... Un regard où les pupilles s'étaient réduites à une tête d'épingle comme pour mieux cacher au milieu de cette fulgurance, couleur d'or fondu, la peur qu'elles abritaient. Un regard dont l'intensité, la fixité étaient telles qu'il en devenait vite insoutenable.

— Pas la peine de monter sur tes grands chevaux, rétorqua-t-elle en baissant les yeux. De toute façon, ce qui est fait est fait, alors... Ce n'est pas en t'énervant que tu vas y changer quoi que ce soit. Et puis d'abord, ça ne fait pas un siècle... Même pas une semaine.

Bravant avec une feinte assurance le froncement de sourcils désapprobateur de son mari, elle se prit une cigarette et en tira une première bouffée avant de préciser :

— C'était jeudi... euh, non, mercredi dernier.

— Mercredi dernier ! s'exclama Alexandra d'une voix qui exprimait non plus l'exaspération mais l'accablement.

— Écoute, Alex, ou tu parles ou je parle, d'accord ? Si tu n'es pas capable de te taire deux minutes, moi je ne te raconte rien. C'est déjà assez difficile comme ça, bonté divine... Faudrait pas en rajouter.

Alexandra se mordit les lèvres, puis, dans un haussement d'épaules résigné, lui fit signe de poursuivre. Et ce fut ainsi qu'elle apprit...

Le mercredi précédent, Frank était arrivé vers midi, à l'heure du déjeuner, peu après qu'elle fut rentrée du bureau, expliqua Vicky. Comme elle attendait la livraison d'un colis — c'était précisément pour ça qu'elle était revenue plus tôt —, elle ne s'était pas méfiée. Dans son affolement, elle avait tenté de refermer la porte ; il l'avait bloquée avec son pied. Elle s'était précipitée sur le téléphone ; il le lui avait arraché des mains... Ils étaient restés là, dans le vestibule, lui à poser des tas de questions pour savoir où se trouvait « son Alex », elle à refuser d'y répondre, évidemment. Un quart d'heure que ça avait duré. L'enfer ! Enfin, bref... Sa première idée, une fois débarrassée de lui, avait été de la prévenir de cette visite qui l'avait pas mal secouée, merci ! Elle avait laissé sonner le téléphone longtemps, et plusieurs fois de suite... Aucune réponse. Au quatrième ou cinquième essai, elle était tombée sur ce bon Dieu de répondeur. De ne pouvoir la joindre finalement que plus tard dans la soirée lui avait donné tout le temps de se calmer. De réfléchir aussi.

— J'étais sûre que cette nouvelle te foutrait le moral en l'air, acheva Vicky d'un ton morne, et j'ai cru qu'il valait mieux te l'annoncer en personne. C'est tout.

François, qui jusque-là, et à son propre étonnement d'ailleurs, s'était abstenu d'interrompre le discours de sa femme, eut à ces derniers mots le sentiment qu'il avait le feu vert, ou plutôt, ce qui était pire encore, qu'il se devait d'intervenir. Nul, à part lui, n'ayant envie du café qu'il venait de rapporter de la cuisine, il se contenta de s'en servir une tasse tout en déclarant, tranquillement :

— Tu aurais tort de lui en vouloir, Alex. Les mauvaises nouvelles, ça ne se balance pas n'importe comment. Elle a raison, faut y aller en douceur. On est civilisé ou on l'est pas, hein ? Alors...

Il déposa la cafetière au centre de la table en souriant, content de lui-même, avala une grande gorgée de son café trop chaud en grimaçant, puis s'étira en bâillant (lui, le civilisé !) sans grande discrétion.

— Bon, les filles, ajouta-t-il, si on changeait de disque maintenant ? La chanson « face de ravioli » commence à me serrer les nerfs, moi. Pas vous ?

— Quand tu auras entendu le dernier couplet, mon cher, je doute que même une pleine bouteille de scotch suffise à te les desserrer, tes petits nerfs, riposta Vicky du tac au tac en tirant le cendrier vers elle afin d'y écraser sa cigarette dont il ne subsistait pratiquement que le bout filtre.

François perdit instantanément son sourire.

— Le dernier couplet ? Quoi... Ne me dis pas qu'il est revenu ici aujourd'hui ?

— Non, pas en chair et en os, mais c'est tout comme...

Elle éprouvait la forte tentation de s'allumer une autre cigarette et, pour ne pas y succomber, s'était mise à triturer sa cuillère à dessert des deux mains, jouant tant inconsciemment que fébrilement à lui façonner une nouvelle courbure.

— Je... J'ai découvert quelque chose ce matin. Quelque chose qui m'a tout l'air d'un de ces coups tordus dont Frank a le génie... Seigneur, jamais de ma vie je n'ai autant souhaité qu'on me prouve que je me faisais des idées !

Alexandra sentait qu'elle avait atteint ses limites. De recevoir les informations à doses homéopathiques l'avait mise dans un état de nervosité et d'anxiété extrême. Cet abîme qui s'était creusé devant elle, et sur les bords duquel on se plaisait à la maintenir en équilibre, finirait-on bientôt par se décider à l'y jeter, oui ou non ?

Malgré son envie de pousser Vicky, de l'obliger en quelque sorte à lui porter le coup de grâce sur-le-champ, elle l'écouta stoïquement expliquer qu'il lui avait fallu appeler la secrétaire de son gynécologue dans la matinée pour confirmer un rendez-vous. N'ayant pas le numéro en tête, elle avait ouvert le tiroir de la table, sous l'appareil, pour y prendre son carnet d'adresses et elle s'était rendu compte que...

— Qu'il n'y était pas, acheva Alexandra à sa place, incapable de se contenir plus longtemps. Bon, et après... Tu le fais exprès de tourner autour du pot ou quoi ?

Tel un parieur qui jauge d'un œil critique tant le gabarit d'un boxeur que ses chances d'encaisser un direct sans broncher, Vicky la considéra un moment avant de répliquer :

— Alex, ça fait des années que je range mon carnet au même endroit, tu le sais. Je ne l'ai pas perdu, et il n'a pas disparu par magie : quelqu'un l'a pris. Et ce quelqu'un, si ce n'est pas moi, ni François, qui veux-tu que ce soit d'autre que Frank ?

— Un peu facile comme conclusion, je trouve, objecta Alexandra qui se refusait avec une farouche obstination à envisager la vérité, terrifiée déjà à la simple idée que Frank aurait pu s'approcher, ne serait-ce qu'à dix pas, de ce livret où étaient inscrites, noir sur blanc, toutes les coordonnées de son refuge. Écoute, tu as dis toi-même que vous étiez restés dans l'entrée tous les deux, alors... Comment aurait-il pu le prendre sans que tu t'en aperçoives ? Ça ne tient pas debout.

— Si je ne l'avais pas quitté des yeux, répliqua Vicky, d'accord, sauf que... soupira-t-elle. Frank était là, à côté du téléphone, quand le livreur est arrivé avec le colis que j'attendais. Je ne lui ai tourné le dos que deux minutes, mais ça lui donnait largement le temps d'ouvrir le tiroir et de se servir, tu ne crois pas ?

Alexandra ne répondit pas. Le mauvais pressentiment qui la hantait depuis le début du repas l'avait préparée à affronter un orage, pas un raz de marée. Les mains sur la figure, elle se recroquevilla sur elle-même en étouffant un gémissement tandis que François se levait d'un bond et tapait du poing sur la table en grondant :

— Sacristi ! Si je le tenais, celui-là...

Il marcha vers la porte-patio, regarda un moment dehors, puis se tourna brusquement vers Vicky.

— Et les flics ? S'en occupent de ta plainte ou pas ? Qu'est-ce qu'ils comptent faire au juste ?

— Rien du tout. Je ne les ai pas appelés. Pourquoi l'aurais-je fait ? Frank n'est pas entré ici par effraction que je sache, et il n'a pas volé mon portefeuille, mes bijoux ou la télé, seulement un calepin, qui vaut des clopinettes !

Elle le laissa revenir sur ses pas pour se rasseoir, observant son expression qui ne révélait pour l'instant qu'une opinion contraire quant à sa manière de voir les choses, et ajouta :

— Sans parler du fait que je me serais couverte de ridicule en accusant mon ex-beau-frère d'un vol aussi débile, je ne tenais pas plus que ça à nous attirer des ennuis... Procès en diffamation et autres conneries du même genre, c'est ce qu'on risque quand on n'a pas de preuve de ce qu'on avance, tu me suis ?

François hocha la tête en silence.

Le regard d'Alexandra glissa d'un visage à l'autre. Dans les yeux qui fuyaient les siens, elle lut la rage, la frustration, l'impuissance... et la confirmation brutale que tout ce qu'elle venait d'entendre n'était pas le fruit de son imagination.

Elle n'émergeait pas d'un cauchemar, comprenait-elle subitement. Au contraire, elle allait s'y enfoncer... Frank avait maintenant les moyens de la retrouver.

Si tu t'imagines que tu vas disparaître comme ça... On se reverra... Et ce jour-là, ce sera ta fête, Alex !

Surgissant de sa mémoire, les mots se répercutaient, s'amplifiaient comme un écho et les murs semblaient onduler, se rapprocher d'elle comme pour l'étouffer. Elle eut un haut-le-cœur et, une main pressée sur la bouche, quitta la cuisine en courant.

CHAPITRE VIII

Le carrelage était dur sous ses genoux, mais elle le sentait à peine. Le flux et le reflux de la vague intérieure qui lui remuait l'estomac l'occupaient tout entière. Un frisson lui parcourut la colonne vertébrale. Une nausée la secoua. Elle se pencha au-dessus des toilettes.

L'estomac momentanément soulagé, elle se laissa aller vers l'arrière et s'assit sur les talons. Une douleur lancinante lui vrillait les tempes et, bien qu'il régnât dans la pièce une confortable chaleur, elle était transie.

Elle ferma les yeux et attendit.

Au bout d'un moment, le haut-le-cœur qu'elle guettait ne se produisant pas, elle se leva, se rinça abondamment la bouche, puis s'aspergea le visage d'eau fraîche. S'étant tournée vers la pharmacie pour y chercher de quoi enrayer son mal de tête, elle ne fut pas déçue, mais un peu déroutée toutefois par le choix, la quantité surtout, de pilules qu'une si petite pharmacie pouvait offrir. Elle opta sans hésitation pour les comprimés d'acétaminophène extraforts... et faillit remettre le flacon en place en s'apercevant qu'il n'avait jamais été ouvert. Après bien des efforts, la cassure d'un ongle et une élévation de sa tension artérielle, elle réussit à enlever le sceau de sécurité, à aligner les flèches tel qu'indiqué et à soulever le couvercle en s'aidant judicieusement, est-il besoin de le préciser, de ses dents.

Elle se préparait à sortir quand on frappa à la porte.

— Alex ?... Alex, est-ce que ça va ? demanda Vicky d'une voix anxieuse.

— Ça va, répondit-elle en lui ouvrant.

Elle éteignit, ferma la porte derrière elle et s'adossa un moment au chambranle.

— Les spaghettis étaient un peu trop lourds pour moi, je crois, continua-t-elle avec un mince sourire.

Une main appuyée sur le mur et l'autre sur la hanche, Vicky l'examinait d'un air mi-soucieux, mi-songeur. Saisissant le message que le regard implorant d'Alexandra cherchait à lui transmettre, elle secoua lentement la tête de gauche à droite, comme si elle n'était pas d'accord avec elle sur le fait qu'il valait mieux pour l'instant éviter de mentionner le nom de Frank, quitte à inventer n'importe quelle raison farfelue pour expliquer et s'expliquer son indigestion.

Alexandra baissa les yeux.

— Si ça ne t'ennuie pas trop, je vais me coucher. Je ne tiens plus debout.

Au bas de l'escalier, elle posa une main sur l'épaule de Vicky pour l'attirer vers elle et effleura d'un baiser affectueux les joues criblées de taches de rousseur.

— Tu m'excuseras auprès de François, ajouta-t-elle, mais honnêtement, je ne me sens pas très bien.

— T'excuser, ça, y a pas de problème, répondit Vicky tandis qu'elle commençait à monter. Le bisou du soir, par contre... Dans dix ans, tu verras, il me reprochera encore de t'avoir laissée l'en priver.

Les mains jointes autour du pilastre, l'air faussement enjoué, elle se balançait en suivant Alexandra des yeux. La silhouette élancée lui parut tout à coup d'une excessive fragilité. Tout en se demandant si celle à qui elle avait toujours prêté la grâce et la souplesse d'un roseau en avait aussi l'incroyable résistance, elle mit fin à son mouvement de balancier, se pencha légèrement vers l'avant et, après s'être éclairci la voix, appela doucement :

— Alex ?

Elle la vit hésiter sur la marche palière, puis continuer sa progression.

— J'ai l'impression, lança-t-elle très vite, que tu ne dormiras pas beaucoup cette nuit. Je dois avoir des somnifères par là... Tu veux que je t'en apporte ?

— Non, merci.

Alexandra s'était immobilisée. La sollicitude et la compréhension de sa cadette avaient soudain ouvert comme une brèche dans son armure. Au bord des larmes, elle évita de se retourner, balbutia un bref « Ça ira... Ne t'inquiète pas » et s'empressa de gagner le palier.

Avec un serrement de cœur, Vicky la regarda disparaître vers les chambres. Elle devinait qu'une fois seule, Alexandra allait pleurer tout son saoul, et si elle n'avait pas eu l'intime conviction qu'elle aspirait plus que tout, à ce moment-là, non pas à ce qu'on tente de la soulager dans son désarroi, mais qu'on respecte plutôt son désir de solitude, elle aurait cédé à son envie de se précipiter derrière elle.

Appuyant son front contre le pilastre qu'elle n'avait toujours pas lâché, elle poussa un long soupir.

Maudit Frank ! fulmina-t-elle secrètement. Qu'avait-il besoin de réapparaître, celui-là ? Pourquoi ne laissait-il pas sa sœur tranquille ?

La réponse, elle la connaissait. Elle aussi avait entendu les menaces, le fameux : « Je te retrouverai... et ce jour-là, ce sera ta fête, Alex ! »

— Maudit Frank ! jura-t-elle encore, d'une voix sourde et pleine de rancœur, en jetant un dernier regard vers le haut de l'escalier.

* *

*

Ce n'était pas l'envie qui lui manquait, mais une fois seule dans sa chambre, Alexandra ne pleura pas tout son saoul, ainsi que se l'était imaginé Vicky.

Elle se déshabilla, prit un bain chaud qui, pensait-elle, allait accélérer et, avec un peu de chance, amplifier l'effet analgésique des pilules qu'elle avait avalées, puis elle s'occupa de ce qu'elle appelait dans l'intimité sa *dermalex*. Le mot était doux à prononcer et son petit côté marque de casserole le rendait infiniment plus sympathique à entendre que « dermatite ».

D'après ce qu'elle avait lu la veille dans un dictionnaire médical, elle avait tous les symptômes de la dermatite typique : inflammation, rougeur, tuméfaction... L'irritation prolongée de la peau qui s'accompagne de démangeaisons et de grattage provoque, s'était-elle remémoré, son épaississement et son durcissement. Parfois, assez souvent même, on observe — ce qu'elle n'avait pas manqué de faire en ôtant ses vêtements — une desquamation. Et parfois aussi, dans les dermatites les plus graves (ce qui ne la concernait pas et ne la concernerait jamais, avait-elle décrété, plus par inquiétude que par réelle conviction), apparaissent des vésicules contenant du... Pouah ! s'était-elle exclamée intérieurement en évoquant la suite.

Sur l'image à peine ébauchée de son propre corps transformé en une plaie géante et suintante, elle avait refermé le dictionnaire dans sa tête, d'un geste prompt.

— Dermatite personnalisée, d'accord, avait-elle marmonné tandis qu'elle sortait de la baignoire. Typique, à la limite. Psoriasis, eczéma, jamais de la vie. Cancer, lèpre, mutation génétique... Et merde ! Arrête, Alex. Arrête ça tout de suite !

Appliquer consciencieusement son mélange d'argile et d'huile d'amande sur sa peau rougie, épaissie, et qui par endroits commençait à ressembler à des écailles de poisson, n'était pas à proprement parler une distraction ou un divertissement. Plutôt un dérivatif. Concentrant son attention sur le mouvement de ses mains, elle chassa de son esprit toutes ses autres préoccupations, notamment celles qui tournaient autour d'un certain sujet, symptomatologie pour ne pas le nommer, dans un certain dictionnaire... Qu'elle n'aurait jamais dû ouvrir, se reprocha-t-elle. Parfaitement consciente qu'il lui faudrait, à un moment ou à un autre, avoir recours à un traitement plus fort que celui qu'elle s'administrait, elle préféra ne pas se pencher non plus sur cette question... Crèmes ou onguents à base de corticostéroïdes ne se vendaient que sur ordonnance médicale, avait-elle appris, entre autres, lors de sa dernière *dermalex*, et à la seule idée de passer à nouveau une batterie de tests pour s'entendre dire ensuite qu'on n'arrivait pas à déterminer la cause de son problème, elle avait des sueurs froides.

Oublie tout ça. Oublie... Oublie...

Pendant quelques minutes, Alexandra réussit à s'installer mentalement entre deux eaux, dans cette sorte de territoire neutre où l'activité cérébrale fonctionne au ralenti, où les cellules du cerveau, n'ayant plus de matières à trier, à disséquer ou à ingurgiter, cessent de s'agiter et profitent « intelligemment » de cette bienheureuse accalmie pour reprendre des forces. Elle aurait voulu que cet état de repos, de confortable neutralité intérieure où elle s'était plongée, dure indéfiniment. Il se prolongea... le temps qu'elle franchisse le seuil de la salle de bains pour pénétrer dans la chambre. En fait, ce fut exactement au moment où elle s'appuya sur le rebord de la fenêtre pour y inspirer ses trois longues et rituelles bouffées d'air frais qu'elle en émergea.

Sans avoir été sollicitée d'aucune façon, son activité cérébrale avait redémarré au quart de tour et négocié le premier virage sur les chapeaux de roues.

Au bout de la route : une forêt de visages.

Alexandra cilla des yeux, hocha la tête deux ou trois fois, aspira l'air à fond... Les visages se couvrirent d'une brume épaisse, opaque.

Elle gagna rapidement son lit, pressée de s'absorber dans la lecture de son livre de chevet. Fixer au plus vite sa pensée avant qu'elle ne reprenne le même chemin, ou ne s'égare sur d'autres, plus inquiétants encore. Le texte, bien imprimé pourtant, lui paraissait tout embrouillé. Les lettres dansaient, sautaient, se dédoublaient...

Le rideau de brume se fendit, et de cette déchirure surgirent des regards, des sourires, des traits qu'elle connaissait ou reconnaissait.

Ceux qui s'étaient effacés, ou estompés... Mlle Bossé, la maîtresse d'école qui lui avait appris à lire et à écrire, mais surtout à corriger le tir de son raisonnement (Non, lui avait-elle expliqué gentiment, avec beaucoup d'humour et une bonne dose de philosophie, son nom n'avait rien à voir avec le fait qu'elle soit bossue). Charlotte, la confidente et complice des années de collège. Philippe, son frère aîné, disparu trop tôt. Son père. Sa mère.

Ceux qui l'habitaient... Vicky, François, les proches. Malcolm, son agent.

Ceux qui l'obsédaient...

Son cœur cogna. Un bond. Une ratée.

111

Fuyant le fantôme de Frank qui cherchait à l'envelopper, elle tomba sur John Kennedy. Qui referma ses bras autour d'elle... Pour la protéger ? De quoi ? avait-elle envie de demander. Elle n'en fit rien. Elle était bien comme ça. Au chaud. Tranquille.

À moitié endormie déjà, elle déposa son livre, éteignit la lumière.

La question continuait à la tracasser. Elle attendit encore un peu. John la berçait. John berçait son enfance perdue, ses rêves et ses espoirs déçus. John berçait sa peur, et elle ne voulait pas qu'il s'arrête. Il fallait pourtant qu'elle sache...

N'y tenant plus, elle leva la tête vers lui, et les mots moururent sur ses lèvres. L'homme qui la serrait dans ses bras n'avait pas les yeux de la couleur espérée, ce bleu intense, si saisissant. On aurait dit deux morceaux de charbon. Et sa bouche... elle aussi était noire.

Des gailletins. Des gros clous. Oui, d'énormes clous qui s'enfonçaient dans la masse grisâtre d'une figure sans âge et sans âme. Une figure maigre, allongée, extraordinairement laide, sur laquelle elle ne pouvait mettre, bien qu'elle ne lui fût pas étrangère, ni nom ni prénom. Seulement un surnom : La Morille.

* *
*

À plusieurs lieues d'Alexandra, Louis Talbot commençait à s'endormir en rêvant lui aussi d'un visage sur lequel il ne pouvait pas mettre de nom. Sans éteindre, sans se dévêtir, il s'était allongé sur son lit pour réfléchir et, les émotions de la journée aidant sans doute, il avait tout doucement fermé les yeux.

L'ampoule qui pendait du plafond jetait sur les murs, les meubles et les innombrables petites figurines de bois une lumière crue un peu jaune, sinistre. Beaucoup se seraient occupés de changer cette ambiance de couloir de morgue avant de se retrouver dans le bureau d'un psychiatre, mais Louis Talbot, lui, s'y était habitué. Il est vrai que la nature l'avait doté d'un moral d'acier, capable de résister à n'importe quoi, y compris à un triste environnement. Par ailleurs, personne ne s'étant jamais donné la peine de lui expliquer le sens du mot atmosphère, il allait un peu de soi, en définitive, qu'il ne se souciât pas de ce à quoi il renvoyait... Pour être sensible à une réalité et avoir envie de la modifier, d'une manière agréable, s'entend, encore faut-il savoir qu'elle existe.

Une mouche qui volait autour de lui depuis un bon moment déjà l'empêchait par son bourdonnement agaçant de s'abandonner complètement au sommeil. Elle se décida enfin à se poser. Louis poussa, inconsciemment, un soupir de soulagement.

Ayant choisi comme terrain d'atterrissage la visière de sa casquette — qu'il gardait constamment vissée sur son crâne, ne l'enlevant que pour prendre sa douche, et encore ! — et estimé sans doute qu'il n'y avait là rien d'intéressant, l'énervante bestiole n'avait pas tardé à descendre sur sa joue.

Louis décroisa les bras pour la chasser.

Déstabilisée par son geste, la photo finement encadrée qu'il maintenait contre sa poitrine glissa sur le côté. Il la rattrapa en sursautant.

Les yeux toujours clos, il se frotta la figure, étira les muscles de ses jambes, bâilla à s'en décrocher la mâchoire... Il avait le réveil un rien laborieux.

Se redressant sur ses coudes, il regarda sa montre dont les aiguilles indiquaient 21 h 30.

Comme il se sentait aussi vaseux qu'au lendemain d'une cuite, il mit quelques secondes à saisir qu'il s'était assoupi malgré lui. Malgré l'ampoule de cent watts qui, du bout de son fil, éclairait la pièce comme en plein jour. Malgré toutes les questions qu'il se posait — notamment sur ce cadre qu'il avait sur lui — et tenait pourtant à résoudre.

Il n'avait pas dormi très longtemps. Une vingtaine de minutes, estimait-il, médusé et déjà furieux, mais tout de même...

C'est pas croyable, ça !

Tout à ses réflexions, il regarda alentour d'un air absent, puis, du revers de la main, essuya machinalement la goutte de sueur qui roulait sur sa joue.

— Bordel de merde ! jura-t-il à la fin entre ses dents en roulant sur ses hanches et en propulsant, dans un mouvement aussi agile que rapide, ses pieds hors du lit, afin d'aller se chercher une bière dans le réfrigérateur.

Il arracha la languette de métal d'un coup sec, la lança négligemment sur le comptoir-évier et porta sans attendre la canette à ses lèvres. En avalant sa troisième gorgée, il se tourna vers la table où il avait déposé le sac qu'il avait rapporté de son travail.

Dès qu'il était rentré, il en avait examiné le contenu pour voir ce qu'il pourrait en tirer sur le marché clandestin. Une fois les objets évalués et dûment enregistrés dans un coin de sa mémoire, il les avait remis dans le sac auquel il n'avait plus touché depuis, mais autour duquel il n'avait pas cessé de tourner tout au long de la journée. Et toujours selon le même scénario... Il le fixait un moment, avec une attention dubitative, plus intrigué que contemplatif, puis s'en approchait tranquillement, posait ses mains de chaque côté et, se penchant au-dessus avec une infinie lenteur, il le flairait. En douceur. Pour en apprivoiser l'odeur et la humer, la renifler, la respirer au point d'en avoir la tête tout étourdie.

Il était ensorcelé, envoûté ce cher Louis. Plonger le nez dans ce parfum le transportait littéralement. Cela lui donnait la surprenante et merveilleuse impression de se trouver en pleine nature, uniquement occupé à se remplir les narines d'effluves émanant de sous-bois ou d'herbe fraîchement coupée.

À force de le sentir comme ça, mon vieux, se dit-il en s'inclinant pour en aspirer de nouveau une grande bouffée, tu vas finir par l'user.

Il eut un petit rire, moqueur et un peu forcé... Lui qui n'était pas croyant se surprenait tout à coup à formuler des prières pour que son « morceau de campagne », comme il le nommait déjà, soit entièrement et définitivement inusable.

Dans le but de résister plus facilement à l'attrait qu'exerçaient sur lui les prodigieuses exhalaisons de ce sac de coton, il pivota sur lui-même et se mit à arpenter la pièce de long en large tout en achevant de boire sa bière. La canette ayant retrouvé la languette de métal sur le comptoir-évier, il retourna se coucher.

Satan, un gros matou qu'il avait baptisé ainsi à cause de son poil noir, s'étirait voluptueusement sur l'oreiller. Louis l'attrapa par la peau du cou un peu plus rudement qu'il ne le voulait et le déposa au pied du lit. Le chat eut un bref miaulement, comme pour protester. Louis n'y prêta pas attention. Il s'était replongé dans ses réflexions.

À voir les récentes marques de griffes que Louis avait sur la gorge, on aurait pu croire que sa brusquerie envers son chat était une manière de lui montrer sa rancœur. Mais en vérité, s'il éprouvait bien un certain ressentiment envers la race féline, Satan n'en était nullement responsable...

Cette espèce de fou qui lui avait sauté dessus, aujourd'hui, songeait Louis en palpant du bout des doigts les griffures qui le brûlaient encore, il aurait pris plaisir à l'étrangler jusqu'à ce que mort s'ensuive, s'il en avait eu le temps. Sauf que... Bon, il n'était pas chez lui, alors il ne pouvait pas s'éterniser. Ce con, en plus, c'était pas quand il y était arrivé, dans cette foutue baraque, qu'il l'avait attaqué. Ben non ! Il avait attendu qu'il soit prêt à repartir... Plus dur de parer les coups, c'est sûr, quand on a les bras plein de stock. Putain de chat ! Ça, y pouvait dire qu'il l'avait échappé belle, celui-là !

— Fous le camp, toi ! gronda-t-il en repoussant Satan qui tentait de se réinstaller à la tête du lit. C'est pas le moment de venir m'emmerder !

Comprenant qu'il n'avait pas intérêt à insister, l'animal retourna se coucher à ses pieds.

Louis le fixa un instant d'un regard sinistre, puis s'en désintéressa.

Quelques secondes plus tard, le dos confortablement calé contre ses oreillers, il regardait la photo qu'il avait récupérée sur la couverture, à côté de lui. Il la tenait à bout de bras. Il la rapprocha... D'aussi loin, il ne voyait pas très bien les détails de ce cadre en argent dont elle était entourée.

Pas mal, se dit-il en examinant le métal finement ouvragé.

Il était content de l'avoir pris finalement. Sur le moment, il avait douté de la valeur de ce truc-là, mais maintenant, il savait qu'il en tirerait un bon prix. Le revendeur avec qui il avait rendez-vous le lendemain n'avait pas l'habitude de lésiner sur la qualité.

Il sortit la photo de son encadrement.

Ses pouces et index en tenaille sur l'un des bords du papier glacé, il s'apprêtait à le déchirer. Il hésita. L'idée qu'il s'agissait d'une pièce à conviction pouvant l'incriminer lui avait traversé l'esprit.

Faut que tu brûles ça, mon vieux... Des cendres, ça ne parle pas.

Dommage tout de même, pensa-t-il en y jetant un coup d'œil.

Le coup d'œil se prolongea, se transforma. Tout doucement, de curieux qu'il était, il se fit attentif, puis admiratif et, dans la foulée, mi-songeur, mi-rêveur.

Sur le cliché en couleurs, ce n'était pas les visages du couple, banal, assez âgé, qui l'intéressaient, mais celui de la fille... Un visage pâle, fin, extraordinairement beau. Sur lequel il aurait bien aimé mettre un nom.

CHAPITRE IX

Le soleil brillait dans un ciel bleu, sans nuages. La journée promettait d'être belle.

Alexandra referma la fenêtre et se tourna vers la chambre, l'air songeur, dubitatif... Quelque chose en elle refusait de croire à toute la quiétude promise. Quelque chose qu'elle n'arrivait pas vraiment à s'expliquer, pas vraiment à nommer non plus. Pessimisme ? Paranoïa ? Lubie neurasthénique ? Comment appelait-on au juste cette sensation de malaise qui vous étreint dès le réveil, vous brouille les émotions et vous rend maussade en vous incitant à penser que vous ne devriez peut-être pas vous lever ? Durant un moment, elle parcourut la pièce du regard, comme si elle avait pu y trouver la réponse qu'elle cherchait. Elle soupira, haussa les épaules, puis, décidée à combattre par une bonne douche, bien longue et bien froide, tant ses idées noires que son manque d'entrain, elle marcha résolument vers la salle de bains.

Dix minutes plus tard, elle descendait l'escalier pour se joindre au reste de la maisonnée. Entre-temps, elle s'était douchée, soignée, coiffée, habillée et maquillée — uniquement un peu de rouge sur les lèvres et de fard sur les joues —, elle avait fait son lit, préparé sa valise et rangé la chambre.

Impressionnée par la récapitulation de ces nombreuses activités, elle s'adressa toutes ses félicitations avant de pénétrer dans la cuisine. Pour une fille qui se croyait sans énergie, songea-t-elle, elle avait vaincu une sacrée masse d'inertie finalement.

De ne trouver personne à table la déconcerta. Elle vérifia l'heure à la pendule accrochée au-dessus de l'évier : 7 h 55.

117

François est certainement déjà parti travailler. Et Vicky... Oh, elle doit traîner quelque part dans la maison ou dans le jardin. Suffit de chercher.

Elle se versa une tasse de café et, suivant son intuition, se dirigea vers le salon.

*   *
*

Debout devant la grande baie vitrée, Vicky paraissait complètement absorbée dans la contemplation du paysage. Alexandra s'approcha d'elle et lui toucha l'épaule du bout des doigts.

— Salut !

Vicky sursauta.

— Excuse-moi, reprit Alexandra, je ne voulais pas te faire peur. Qu'est-ce que tu regardes comme ça ?

— Observer serait un mot plus approprié que regarder.

— Ah oui ? Bon, d'accord.

Amusée, intriguée, elle se mit à observer, elle aussi, le terrain. L'inspection la déçut... Des arbres, des arbustes, des fleurs. Rien d'anormal ou de suspect. Rien de bizarre non plus. Au milieu de cette paisible végétation, deux éléments seulement attiraient l'attention : le bloc vert-jaune-rouge des trois voitures, par sa note discordante, et la masse de muscles de son beau-frère, par sa note turbulente... Il remplissait sa fourgonnette de tous les outils dont il aurait besoin pour la journée et ce, avec une belle énergie. Exactement la même que celle qu'il mettait à fermer la porte de sa maison.

— Tu observes... dans le sens épier ou surveiller ?

— Les deux.

— Mmmm...

Elle avala une gorgée de café, puis murmura en souriant :

— Je ne sais pas pourquoi, mais j'ai l'impression que l'objet de cette fébrile surveillance s'appelle François Dansereau. J'ai raison ?

118

— En partie.

Aurait-elle peur que son cher époux ne lui égratigne son petit serin ? pensa Alexandra en riant sous cape.

La fourgonnette démarra et entama une marche à reculons. L'espace restreint, la marge de manœuvre limitée, la sinuosité de l'allée... Alexandra avait enregistré tous les détails et deviné que le départ ne s'effectuerait pas sans casse. La Volkswagen ou la haie de cèdres blancs ?...

— Bonté divine ! s'exclama soudain Vicky.

Elle fonça vers le hall d'entrée, ouvrit la porte à toute volée, se rattrapa de justesse au chambranle pour ne pas s'étaler de tout son long et atterrit sur le perron comme un boulet de canon.

— Françooois ! hurla-t-elle. Arrête... Mais arrête, bon sang ! Tu ne vois pas que tu recules dans la haie. Françooooooois !...

Il s'arrêta. Bien sûr. Mais pas avant d'avoir troué la haie et couché quelques cèdres sous son camion.

La stupéfaction avait cloué Vicky sur place. Incapable d'avancer d'un pas, incapable de prononcer un mot, elle attendit que sa colère naissante la pousse à réagir pour émerger de sa torpeur.

Pendant que François haussait les sourcils, puis les épaules, puis son 1,85 mètre après l'avoir, bien entendu, extrait de ce que sa tendre épouse appellerait sous peu « sa maudite camionnette » (tout ça parce que Vicky s'était dressée sur la pointe des pieds, avait tendu le bras dans sa direction et frénétiquement agité son index raidi de haut en bas, lui intimant ainsi l'ordre d'aller vérifier les dégâts), Alexandra s'était discrètement glissée aux côtés de sa sœur. Ayant embrassé toute la scène d'un seul regard, elle avait senti monter en elle une formidable envie de rire qu'elle avait réussi toutefois à maîtriser.

— Pas besoin de me dire que tu es navré, je le sais, déclara Vicky à son mari, en le fixant d'une manière qu'un connaisseur aurait qualifiée d'ophidienne. N'empêche qu'avant que tu ne recules dedans avec ta maudite camionnette, cette haie était absolument parfaite. On est bien d'accord, n'est-ce pas ?

François ayant acquiescé d'un battement de cils, elle sourit et ajouta :

— Si d'ici le week-end elle n'est pas redevenue ce qu'elle était, je te préviens, j'y fous le feu. Ce trou qu'elle a au milieu, c'est comme s'il te manquait, à toi, des dents de devant. Je trouve ça énervant, et quand je m'énerve, je ne réponds plus de moi.

La menace amusait et soulageait tout à la fois le grand François. Non parce qu'il ne la prenait pas au sérieux. Il connaissait trop le caractère emporté de sa femme pour douter qu'elle pût passer à l'acte. Toutefois, dans la mesure où il avait redouté une épouvantable scène de ménage, il s'estimait heureux de s'en tirer à si bon compte. Après s'être docilement laissé intimider et circonvenir, il se laissa également arracher, au moment de partir, la promesse qu'avant le soir, les cèdres qu'il avait abîmés seraient « ... enlevés de sous tes beaux yeux, oui ma chérie, mon amour que j'aime », et remplacés.

Alexandra ne s'étonna guère de voir sa sœur rester sur le perron pour suivre ce second départ, non pas avec beaucoup d'attendrissement, comme se l'imaginait François, mais avec énormément d'attention.

* *
*

Leur petit déjeuner s'était éternisé. Il était presque dix heures quand elles s'étaient enfin décidées à quitter la table. Alexandra était montée récupérer sa valise dans la chambre. Après l'avoir déposée dans le hall d'entrée, elle rejoignit Vicky dans le salon pour prendre un dernier café avec elle avant de partir.

Les 18 °C indiqués par le thermomètre extérieur n'avaient pas réussi à les convaincre de sortir, de profiter du jardin plutôt que de rester enfermées. À travers la moustiquaire de la porte-patio, elles avaient repéré quantité de mouches, maringouins et autres abominations du même genre autour des plates-bandes dont la terre avait été retournée récemment. Du coup, l'invitation des chauds rayons du soleil avait perdu à leurs yeux tout attrait.

Vicky lui fit signe de s'installer à ses côtés sur le canapé et, en lui tendant sa tasse dans laquelle elle avait déjà glissé, connaissant ses goûts, un seul morceau de sucre, elle s'enquit, avec une douceur qui ne lui était pas coutumière :

— Tu es sûre que tu ne veux pas en parler ?

— De quoi... De Frank ?

Depuis la veille, elle s'était efforcée de ne pas penser à lui. Elle ne voulait ni y penser, ni en parler. Avec raison, se disait-elle... Il lui avait suffi de mentionner son nom pour que sa gorge se serre et que ses mains se mettent à trembler.

De peur de renverser du café sur elle ou sur le canapé, elle posa sa tasse sur la table basse.

— J'aurais préféré, précisa-t-elle d'une voix sans timbre, qu'on évite d'aborder ce sujet.

— Je sais, répliqua Vicky en éteignant la cigarette qu'elle s'était allumée peu avant que sa sœur ne la rejoigne. N'empêche... Si tu te vidais le cœur, tu ne t'en porterais pas plus mal. Ça te soulagerait, et ça me soulagerait aussi. Je n'aime pas l'idée de te voir partir avec des idées noires plein la tête.

Alexandra se leva... Un repli, une diversion en quelque sorte, autant pour se donner le temps de trouver un argument à lui opposer que pour s'occuper, en catimini, de ce bras qui la démangeait à nouveau. Tout en marchant vers la grande baie vitrée, elle frotta rapidement la manche de son chemisier du bout des doigts, comme pour en chasser une poussière. Cependant, ce frottement, loin de la soulager, n'eut pour effet que d'aviver la démangeaison. Sur le point de succomber à la terrible envie de se gratter à sa guise, de se gratter jusqu'au sang, elle s'enfonça les ongles dans la peau et ferma les yeux en retenant son souffle.

Mon Dieu, aidez-moi. Arrêtez-moi ça... Vite, vite !

Elle sentit plus qu'elle n'entendit Vicky s'approcher d'elle. Risquant un coup d'œil sur le visage criblé de taches de rousseur, dont la bouche s'arrondissait en une moue perplexe, elle comprit que son petit manège avait été remarqué. Et analysé. Tandis qu'elle réfléchissait fébrilement au moyen de se soustraire à d'embarrassantes explications, Vicky prit les devants, en allant droit au but d'une voix tranquille :

— Me semble que tu te grattes beaucoup depuis hier. Qu'est-ce que tu as au bras ?

— Rien.

— Montre-moi.

— Non.

— Alex, montre-moi !

Alexandra poussa un soupir d'agacement. Puis de résignation. Ayant déboutonné sa manche, elle la releva avec brusquerie et tendit aussitôt son bras en avant, dans un geste qui tenait davantage du défi, ou de la provocation, que de l'abdication.

La tuméfaction qui s'étendait dans un rayon de quatre à cinq centimètres au-dessus du coude formait une plaque rougeâtre, légèrement granuleuse, et brillante comme si on l'avait enduite de cire. Les premiers signes de la desquamation n'embellissaient déjà pas son aspect, mais les marques profondes et violacées que les ongles y avaient laissées lui donnaient un air franchement repoussant.

— Pas joli, joli, se hasarda à commenter Vicky sans se départir de son impassibilité.

Décontenancée par cette déclaration saugrenue, et plus encore par l'absence de surprise ou de pitié, voire de dégoût, Alexandra rétorqua simplement :

— Je ne te le fais pas dire.

— Je suppose que tu en as sur l'autre bras... Peut-être sur les jambes aussi, hein ?

— On ne peut rien te cacher.

— Je suppose que ça n'a pas commencé hier ?

— Non. Mercredi dernier.

— Tiens, tiens... Le jour où Frank est venu ici, non ?

— Une coïncidence, sans doute.

— Mmmm... Je suppose que...

— Tu m'énerves avec tes « Je suppose que ».

Vicky la considéra d'un œil empli de douce indulgence et poursuivit :

— Je *présume que* tu n'as vu aucun médecin ?

— Je n'ai pas besoin d'en voir un pour...

— Alex !

Elle l'avait interrompue d'un ton qui, subitement, n'avait plus rien d'impassible. Rejetant d'une main fébrile sa longue et rousse chevelure vers l'arrière, elle ajouta dans un souffle :

— Je sais ce que tu penses, mais tu te trompes. Ça ne peut pas être la même chose.

La même chose qu'avant la mort de leur frère Philippe ? La même chose qu'avant la mort de leurs parents ? Non. Certainement pas, avait décidé Vicky en son for intérieur, refusant d'admettre, et encore plus d'envisager, qu'une quelconque menace puisse planer sur sa vie.

— C'est une simple et banale maladie de peau que tu as là, Alex. Rien d'autre ! reprit-elle d'une voix qui se voulait ferme. C'est mon avis, et tant que tu ne m'auras pas fourni une preuve *médicale* du contraire, ne t'attends pas à ce que j'en change, d'accord ?

Alexandra lui jeta un regard pénétrant.

Elle essaie de *se* rassurer, ou de *me* rassurer ? se demandait-elle.

Haussant imperceptiblement les épaules, elle lâcha la réponse attendue, la seule possible :

— D'accord.

Puis, tout en rabaissant la manche de son chemisier, elle se dirigea aussitôt vers le hall d'entrée et déclara en chemin :

— Bon... faut que j'y aille maintenant. J'ai une longue route à faire.

Vicky lui emboîta le pas. En silence.

Dans sa hâte à quitter le salon, Alexandra leur avait involontairement donné à toutes les deux l'impression de fuir un terrain où elles avaient livré bataille en essuyant, estimaient-elles également toutes les deux, un feu assez nourri. Elles avaient, l'une comme l'autre, un étrange goût de cendre dans la bouche.

Comme elle passait à côté de la table du téléphone, Vicky attrapa la grande enveloppe matelassée qu'elle y avait déposée le matin pour être certaine de ne pas l'oublier.

Assise au volant de sa jeep, Alexandra rectifiait la position du rétroviseur. Elle avait descendu les vitres avant pour évacuer la chaleur qui s'était accumulée dans l'habitacle. Après avoir laissé tomber son enveloppe sur le siège côté passager, Vicky avait fait le tour du véhicule pour venir s'accouder à sa portière.

— Qu'est-ce que c'est ? lui demanda-t-elle en désignant le paquet.

— Tu le sauras en arrivant chez toi. Défense de l'ouvrir avant... Promis ?

— Promis.

— Tu m'appelles quand ?

— Tu le sauras quand j'arriverai chez moi, répondit Alexandra en lui adressant un clin d'œil amusé et complice.

Dans un élan de tendresse, Vicky lui passa vivement le bras autour du cou. Un moment, elle colla sa tête contre la sienne, puis, en riant doucement pour mieux cacher la peine qu'elle éprouvait à la voir partir, elle l'embrassa sur le nez.

Alexandra avait levé la main pour la retenir, mais Vicky s'était prestement mise hors de sa portée. Elle démarra le moteur, enclencha la marche arrière et commença à reculer.

Se penchant soudain par la portière, elle fronça ironiquement le nez et lui lança d'un ton facétieux :

— Pas besoin de... comment tu disais, déjà ? Ah oui, de m'« observer ». Je ne risque pas de la bousiller, ta haie. De toute façon, pour ce qu'il en reste maintenant, hein ?

Malgré sa tristesse, Vicky se mit à rire... Un rire argentin, léger, qui accompagna Alexandra jusqu'à ce qu'elle tourne au bout de l'allée et qui, la seconde d'après, se changea en sanglot.

Au moins, elle avait tenu le coup, songeait-elle en essuyant les larmes qui coulaient sur ses joues.

Pas une seule fois depuis ses onze ou douze ans, elle n'avait pleuré devant cette grande sœur qu'elle adorait. Elle s'était toujours montrée courageuse. Parce qu'il le fallait...

S'effondrer sous les yeux d'Alexandra, croyait-elle, c'était la vider d'un seul coup de toute sa force, de tout son courage.

En cela, Vicky avait tort.

Et du courage dans les jours à venir, pressentait-elle, Alexandra n'en aurait pas de trop.

En cela, par contre, elle avait tout à fait raison.

CHAPITRE X

Elle avait remonté les vitres et mis la radio en sourdine. Sa jeep avalait doucement les kilomètres, mais avait tout de même parcouru une grande partie du trajet déjà... Pratiquement à son insu. Pas plus qu'à l'aller, Alexandra ne prêtait attention au paysage qui défilait sous ses yeux. On l'aurait obligée à s'arrêter à l'instant qu'elle n'aurait pu dire où elle se trouvait exactement. Il lui aurait fallu pour cela consulter son compteur kilométrique, et encore ! Tout comme à l'aller, son esprit était préoccupé par les pensées qui s'agitaient en elle.

Elle n'était restée qu'une journée chez Vicky et pourtant, elle avait le sentiment de revenir d'un long, très long voyage. Certes, le séjour avait été court, songeait-elle, mais il s'était passé tant de choses. Davantage sans doute que n'en vivent la plupart des gens en une semaine.

Du coin de l'œil, elle lorgna l'enveloppe que Vicky avait déposée sur le siège à côté d'elle. Une enveloppe brune, assez grande, épaisse et matelassée. Pourquoi matelassée ? Contenait-elle un objet si fragile qu'il nécessite ce type d'emballage ?

Sans quitter la route des yeux, elle allongea le bras pour essayer, en tâtant le colis, de se faire une idée de son contenu. L'exploration se révéla des plus frustrantes... Les agrafes qui maintenaient le rabat solidement fermé l'empêchaient de glisser ses doigts à l'intérieur, et la forme rectangulaire dont elle sentait les contours pouvait aussi bien être un livre qu'une photo encadrée.

— Ou une boîte, marmonna-t-elle, tellement absorbée dans ses réflexions qu'elle ne se rendait pas compte qu'elle parlait toute seule.

Elle ramena sa main sur le volant.

125

Oui, une boîte. En verre, en métal, en bois...

Ou en raphia, en plastique, en carton dur... ricana sa petite voix intérieure.

Alexandra étouffa un bâillement qui se termina sur une ébauche de sourire. Elle arqua les épaules vers l'arrière pour étirer son dos puis, se calant confortablement au fond du siège baquet, elle reprit le fil de ses pensées.

Une boîte... qui lui servirait à quoi, au juste ?

À ranger tes bijoux, non ? suggéra *l'autre*, toujours à l'affût.

Des bijoux ? Mis à part la montre qu'elle portait, elle ne possédait qu'une broche en argent et un collier de perles, deux cadeaux de ses parents. Elle en avait eu beaucoup d'autres, mais les avait donnés à Vicky, ne gardant que ces deux-là en souvenir. Quant à ceux que Frank lui avait offerts, elle les lui avait rendus ; elle les lui avait expédiés par la poste le jour de son divorce. Elle n'avait conservé que l'alliance... Une sorte d'aide-mémoire. Une manière de se rappeler à l'ordre ou à la raison. Lorsque sa solitude lui paraissait lourde à porter, elle ouvrait le tiroir de sa table de nuit et en tirait, pour le contempler jusqu'à l'écœurement, l'anneau d'or, symbole du mariage, de la peur... de l'enfer.

Elle eut un reniflement nerveux.

Non, elle ne voulait pas penser à Frank. Pas maintenant. Pas tout de suite.

Pour se changer les idées, elle s'efforça de visualiser le visage de Vicky. Vicky et sa flamboyante chevelure. Vicky et ses taches de rousseur qui lui donnaient l'air d'une collégienne, coquine, impertinente, un peu frondeuse. Vicky et ses grands yeux malicieux, toujours prête à s'amuser, à se jouer de quelque chose ou de quelqu'un. Farceuse, fantasque et imprévisible. Déroutante aussi, parfois...

Avec une netteté, une précision incroyable, comme s'il s'agissait d'un film qui se déroulait sous ses yeux, Alexandra se revit, assise au bout de la table, en train d'écouter sa sœur lui annoncer qu'elle était enceinte.

Brusquement, sa gorge se serra.

Pourquoi cette grossesse, s'interrogeait-elle, juste au moment où elle-même souffrait à nouveau de cette étrange maladie qui ne prendrait fin que...

Non ! Ne pas penser à ça non plus. Ne pas penser à ces longs mois d'attente... D'attente et d'appréhension.

Mon Dieu, s'il devait lui arriver quelque chose...

Durant quelques secondes, tout se brouilla dans sa tête. Pensées, émotions, sensations, impressions... Tout s'y bousculait, s'y entremêlait dans une indescriptible confusion.

Elle respira à fond.

Le tumulte cessa. Le chaos, graduellement, s'ordonna.

Une banale maladie de peau, d'accord ? a dit Vicky.

Et si c'était elle qui avait raison ? se demandait Alexandra.

À nouveau elle prit une longue inspiration, et décida que même s'il y avait peu de chances que sa *dermalex* se transforme du jour au lendemain en une simple dermatite, il fallait néanmoins essayer d'y croire, essayer de se raccrocher à cet espoir, si mince fût-il, sinon elle ne tiendrait pas le coup bien longtemps. Au bout d'un mois, elle serait déjà folle, si son angoisse ne l'avait pas tuée avant. Alors, six ou sept mois d'attente...

Inconsciemment, elle resserra ses doigts sur le volant.

La fatigue accumulée au cours des derniers jours, jointe à celle d'un trop plein d'émotions et à celle, légère, mais tout de même réelle, du voyage, commençait à se faire sentir. Elle lui pesait sur les épaules, lui alourdissait la tête et lui donnait de plus en plus envie de fermer les yeux. Non seulement de les fermer, mais d'attendre le plus longtemps possible avant de les rouvrir.

Elle avait intérêt, se dit-elle en se rendant soudain compte de son envie de dormir, à se secouer et à se concentrer sur sa conduite si elle ne voulait pas basculer dans le fossé... Si elle ne voulait pas non plus se tromper et continuer tout droit, se dit-elle encore après avoir observé le paysage autour d'elle et s'être aperçue que le croisement où elle devait bifurquer n'était plus très loin.

Après le prochain tournant... ?

Elle sourit à la vue du poteau indiquant la direction de Pigeon Hill. Cela signifiait qu'elle se trouvait à moins de cinq minutes de sa maison.

À moins de cinq minutes de la détente, du repos... et de mon bon gros Sam.

La jeep ralentit pour amorcer le virage, s'y engagea en douceur et, brusquant soudain l'allure, en sortit en faisant voler le gravier de l'accotement. Comme les chevaux qui flairent l'écurie, Alexandra avait spontanément cédé à l'envie de hâter le mouvement, et son pied s'était aussitôt appesanti sur l'accélérateur. Prenant conscience qu'elle roulait beaucoup trop vite, elle modéra l'allure.

Toute à son bonheur de rentrer à la maison, elle ne pensait à rien. Elle se contentait d'être attentive à sa conduite et à la distance qui restait à parcourir.

Encore un kilomètre... Huit cents mètres... Six cents...

Ce ne fut qu'après le dernier tournant, lorsqu'elle eut aperçu la clôture en bois et les colonnes de pierre du portail, que la joie intérieure d'Alexandra commença à s'émousser. Inexplicablement, le sentiment de malaise avec lequel elle s'était réveillée le matin tentait à nouveau de prendre toute la place.

* *
*

Louis Talbot tournait en rond dans sa chambre. Comme un lion en cage. Nerveux, agressif. Et de très mauvaise humeur.

Il était midi. Il avait rendez-vous dans une demi-heure. Il savait qu'il devait partir tout de suite s'il ne voulait pas arriver en retard.

Le gros Georges, songeait-il, ne l'attendrait pas. Il prenait déjà assez de risques en écoulant la marchandise qu'on lui refilait... Fallait pas lui demander en plus d'avoir de la patience. « Un type qui traîne trop longtemps au même endroit, on finit par le remarquer, et par l'embarquer, lui avait-il dit la fois où il avait manqué de ponctualité. Tu veux retourner en tôle ou quoi ? Ce coup-là, on passe l'éponge, mais ce coup-là seulement... T'as compris, p'tit con ? » Louis ne l'avait pas obligé à répéter. Le message était, à ce qu'il lui avait semblé, on ne peut plus clair.

Les six canettes de bière qu'il avait vidées depuis qu'il s'était levé, deux heures auparavant, n'avaient pas étanché sa soif. Il n'avait jamais été aussi énervé et n'avait jamais eu aussi chaud. La sensation de chaleur qu'il éprouvait ne venait pas uniquement de son énervement. Il avait un début de fièvre, mais, guère attentif de façon générale aux réactions et, mis à part la soif, aux besoins de son corps, il ne s'en était pas aperçu. Les égratignures qu'il avait au cou le brûlaient toujours et, en les examinant le matin, il avait remarqué la présence d'une drôle de bosse, une espèce de gros bouton assez douloureux au toucher, mais il ne s'en était pas inquiété. L'idée que cela pouvait être grave et qu'il serait prudent d'aller à l'hôpital ne lui avait même pas effleuré l'esprit... Louis était du genre endurant, du genre également à croire que moins on voit les médecins, mieux on se porte. Il aurait fallu qu'il soit à l'article de la mort, pas moins, pour songer à en consulter un. Qui plus est, il avait pour l'heure des préoccupations autrement plus importantes à son sens qu'un bouton dans le cou...

Bordel de merde, c'est pas vrai !... Faut que je le trouve ! Faut que je trouve ce putain de morceau de bois !

Il parcourut la pièce du regard comme pour s'assurer qu'il en avait bien exploré tous les recoins. S'il en avait oublié, tant pis... Il n'avait plus le temps de chercher maintenant, pensa-t-il en consultant pour la énième fois le cadran de sa montre.

Les mâchoires raidies aussi bien par la frustration que par l'exaspération, Louis jeta sa veste en jean sur son épaule, non sans en avoir au préalable fouillé une nouvelle fois toutes les poches. Il attrapa ensuite le sac qu'il avait posé sur la table, la veille, le glissa rapidement à l'intérieur d'une valise en similicuir, puis sortit en claquant la porte.

Sa vieille Ford gris pâle était garée dans la ruelle, derrière son immeuble. Avec brusquerie, il en ouvrit le coffre et y enferma sa valise. Il faisait plus frais dehors que dans sa chambre et, en contournant la voiture, il fut saisi d'un frisson. Un courant d'air venu du fond de la ruelle avait frôlé son tee-shirt qui, mouillé de transpiration, lui collait à la peau. Il enfila sa veste en se maudissant de ne pas avoir songé à se changer avant de partir et s'installa au volant.

Par acquit de conscience, Louis farfouilla pendant quelques secondes dans la boîte à gants pour voir s'il n'y trouverait pas, par le plus grand et le plus heureux des hasards, son « putain de morceau de bois ». Depuis qu'il était debout, il n'avait pratiquement rien fait d'autre que tout retourner sens dessus dessous, dans le seul but de mettre la main sur *l'objet*.

Après sa première bière — l'équivalent pour lui du café matinal —, il avait tourné un moment autour du sac, question de voir s'il sentait toujours aussi bon et, le sourire aux lèvres, s'était mis ensuite en quête de la sculpture qu'il avait commencée quelques jours plus tôt.

C'était sans contredit une pièce unique. Des animaux, Louis en avait sculpté toute sa vie. De toutes les espèces et dans toutes sortes de postures. Oui, vraiment, mis à part l'araignée qu'il détestait, il croyait avoir reproduit, sous forme de figurines, tous les animaux vivants sur la terre, jusqu'à ce qu'il découvre, stupéfait, l'existence du lycaon. Dans un magazine, un numéro spécial sur les mammifères d'Afrique qu'il avait volé chez un marchand de journaux, il était tombé sur la photo de cette bête étrange, moitié loup et moitié hyène. Conquis, séduit, il avait tout de suite su que ce serait l'une de ses plus belles œuvres.

Lorsqu'il avait constaté que la poche intérieure de sa veste ne contenait que son couteau à cran d'arrêt, un tube de peinture à l'huile vide et quelques copeaux de bois, son sourire s'était étréci. Fébrilement, il avait passé le vêtement au peigne fin, comme on dit. Rien ! Là, il ne souriait plus. Il lui avait fallu fouiller sa chambre de fond en comble, et sans résultat, avant de se résigner, l'air carrément irrité cette fois, à accepter une réalité qui sautait aux yeux : son lycaon avait disparu !

Louis referma la boîte à gants dans un claquement furieux. Il n'y avait pas plus de lycaon, résuma-t-il mentalement, dans cette putain de boîte que dans sa putain de veste, ou sa putain de chambre. Et le pire, c'est qu'il s'en doutait avant d'y fourrer sa putain de main.

Le visage sévère, réprobateur, du gros Georges s'imposant brusquement à son esprit, Louis s'empressa de mettre le contact. S'il n'avait pas décollé, conclut-il, de cette putain de ruelle dans les deux minutes, ce n'était pas la peine !...

Le moteur, aussi vieux que la carrosserie, toussa une fois... Deux fois...

Démarre, saleté !... Démarre !

Le moteur toussa encore, sembla près de s'étouffer, puis, miraculeusement, poussa un rugissement.

Louis attendit de s'être engagé sur la route qui devait le conduire à Dunham pour repenser au problème « lycaon ».

Admettre qu'il ait disparu était une chose. Envisager qu'il l'ait perdu en était une autre. L'une avait provoqué des sentiments de colère et de frustration. L'autre éveillait au plus profond de lui-même une sourde angoisse.

Quand il comprit, au bout d'un long moment de réflexion, que son lycaon se trouvait, sans aucun doute, quelque part sur les lieux de cette maison qu'il avait « visitée » le jour d'avant, il crut que son cœur allait s'arrêter de battre.

Où l'avait-il paumé exactement ? Dehors ou dedans ? se demanda-t-il en reniflant nerveusement.

Il essaya de se remémorer son parcours, ses gestes... Il avait laissé sa voiture dans le bois et avait parcouru les cent mètres qui le séparaient de la propriété. Arrivé à la clôture, il s'était réinstallé à l'endroit où il avait fait le guet, le jeudi précédent. Pour meubler l'attente, il avait sorti son couteau et son lycaon... Il avait aperçu la Cherokee sur le terrain. Le jeudi aussi elle était là, et il avait attendu pendant cinq heures qu'elle bouge. En vain.

Mardi pourtant, la chance était avec lui, se rappelait-il. Même pas une demi-heure après qu'il se fut assis dans sa cache, la fille était montée dans sa jeep. Il avait patienté une dizaine de minutes pour être certain qu'elle était bien partie. Il avait remis le couteau et le lycaon là où il les avait pris : dans la poche intérieure de sa veste. Ça, il s'en souvenait parfaitement.

Après, tout était allé si vite... Sauter la clôture, foncer pour atteindre la terrasse, casser la vitre, se glisser au-dessus des appareils électroménagers, se ruer vers l'escalier, faire le tour de l'étage : une petite minute dans la chambre des maîtres, un peu moins dans l'autre chambre, celle du fond, un peu plus dans la salle de bains, et aussi dans cette pièce pleine de tableaux. Se ruer de nouveau vers l'escalier. Continuer à bourrer son sac dans le salon, la salle à manger puis la cuisine. Se précipiter vers la porte-patio. Se débarrasser du chat qui lui avait sauté à la gorge et piquer un sprint. Courir, courir, courir, comme un fou jusqu'à sa voiture.

Son lycaon avait pu tomber à n'importe quel moment pendant les quelques minutes qu'avait duré cette visite. Louis s'en rendait bien compte. Impossible de déterminer s'il l'avait perdu à l'intérieur de la maison ou à l'extérieur. Impossible également d'aller vérifier. Pour l'instant, en tout cas.

Louis se mordit les lèvres et poussa un gémissement. Il était au bord des larmes. Pas seulement parce qu'il avait égaré un objet auquel il tenait, mais aussi, et surtout, parce qu'il avait, par inadvertance, laissé derrière lui, sur les lieux de son forfait, une pièce à conviction.

Bordel de merde ! Si elle trouve ce putain de morceau de bois, je suis cuit !

Il n'ignorait pas que la jeune femme avait eu, par deux fois, l'occasion de remarquer sa voiture et se disait que des ex-détenus condamnés pour vol et récidive de vol, propriétaires d'une Ford gris pâle et sculpteurs de figurines en bois, il ne devait pas y en avoir des masses dans les fichiers de la police.

*   *

*

Sur l'allée asphaltée, la Cherokee attendait, moteur au ralenti et portière du conducteur grande ouverte. Alexandra était descendue de sa jeep pour refermer la grille.

En posant le pied sur le terrain, elle s'était mise à jeter des regards inquiets autour d'elle. Le sentiment de malaise qu'elle éprouvait était si fort qu'il la poussait à en chercher inconsciemment la justification. Elle aurait trouvé là, tout de suite, quelque chose d'anormal, d'aussi étrange que la présence d'une famille d'ours ou les traces d'atterrissage d'un vaisseau spatial, certes elle en aurait été effrayée, mais en même temps soulagée.

Craindre le pire, c'est s'en garantir, se récita-t-elle mentalement pour se donner du courage. Le proverbe de sa grand-mère l'avait toujours amusée et, souvent, réconfortée. Cette fois pourtant, la magie n'était pas au rendez-vous : le pire, elle le craignait et pressentait qu'il allait inévitablement se produire.

132

Préoccupée, distraite, elle aligna les vantaux sans prendre garde à la lourde barre de fer qui, en équilibre précaire, bascula, passant brusquement de la verticale à l'horizontale.

Étouffant un cri de douleur, Alexandra ramena vivement sa main vers elle et se plia en deux en la pressant entre ses genoux avec tant de force qu'au bout de quelques secondes l'extrémité de ses doigts avait bleui.

L'élancement qui lui avait amené les larmes aux yeux s'étant atténué, elle se redressa, colla sa bouche sur la blessure et mouilla de salive la peau que le métal avait légèrement entamée.

L'éraflure s'étendait, entre les premières et deuxièmes phalanges, sur les trois doigts du milieu. Large, violacée, sanguinolente... Pas belle à voir, pensa-t-elle en l'examinant et en soufflant dessus pour diminuer la sensation de brûlure qui en provenait. Plus vite elle la plongerait dans de l'eau glacée, mieux ce serait.

Sans penser à rien d'autre que, compte tenu des circonstances, elle devait s'estimer heureuse de n'avoir rien de cassé, elle remonta rapidement dans la jeep.

Une fois le véhicule garé devant la maison, elle glissa l'enveloppe sous son bras, récupéra sa valise et sa veste sur la banquette arrière, referma la portière d'un coup de hanche et se dirigea aussitôt vers les cinq marches qui menaient à l'entrée.

Alexandra n'était pas envieuse de nature, mais face à sa maladresse et à la douleur à nouveau ressentie au moment d'ouvrir la porte, elle ne put s'empêcher d'envier les gauchers et les ambidextres... Tous ces gens qui avaient si peu besoin de leur main droite qu'on pouvait se demander pourquoi ils en avaient une.

Pendant qu'elle retirait les clés de la serrure, elle passa la tête dans l'entrebâillement et appela :

— Sam ?... Samy ! Je suis là !

Elle entra, posa sa valise à ses pieds, son enveloppe et son sac à main sur le coffre à sa gauche, verrouilla la porte avec la même maladresse qu'elle avait mise à la déverrouiller, puis accrocha sa veste à la patère en appelant de nouveau :

— Samy... Allez, viens mon minou ! Qu'est-ce que tu fabriques ?

Un frisson soudain lui secoua les épaules.

De deux choses l'une, lui souffla sa petite voix intérieure. Ou ce voyage t'a littéralement épuisée, ou tu as coupé le chauffage avant de partir. Quoi d'autre, hein ?

La question ne l'intéressant pas vraiment, en tout cas pas autant que celle de savoir pourquoi son chat ne répondait pas à ses appels, elle la rejeta dans un gracieux mouvement de tête, chassant par la même occasion la mèche de cheveux qui lui balayait le visage.

— Sam ! lança-t-elle encore, d'un ton impatient cette fois, tout en achevant de retirer ses chaussures.

Pas de miaulement, pas de galopade, pas de bruit. Rien que le silence.

On entendrait une puce grignoter son repas, ici, songea-t-elle, mi-figue, mi-raisin.

Bon sang ! Où est-ce qu'il est ce gros bêta... Il me boude ?

Les yeux fixés sur ses doigts qui lui faisaient de plus en plus mal et avaient commencé à enfler, elle quitta l'entrée, passa tout droit devant le salon et ne leva la tête que lorsqu'elle eut atteint le seuil de la cuisine.

— Sam !... Je sss...

La syllabe mourut sur ses lèvres. Elle eut un hoquet de surprise. Elle voulait fuir, mais son corps refusait de bouger.

— Non, gémit-elle. Non... Non... Non...

Immobile, figée, elle regardait stupidement la porte-patio devant elle en répétant ce « non » comme s'il avait eu le pouvoir de changer les choses, de faire en sorte que cette porte ne fût pas toute grande ouverte comme elle l'était, mais close comme elle devait l'être. Comme elle *aurait dû* l'être.

Le cœur battant, elle recula doucement d'un pas... D'un autre pas. Tourna lentement les talons. Traversa le couloir.

Dans la salle à manger, la table était légèrement de travers. Alexandra la replaça sans se poser de questions.

Dans le salon, les coussins du canapé et des fauteuils gisaient sur le parquet. Machinalement, elle les ramassa et les remit en place.

Elle ne réfléchissait pas. Ne pensait à rien. Ne ressentait rien. Ne percevait rien non plus. Rien d'autre que le bourdonnement qui résonnait dans sa tête. Son esprit s'était fermé de manière qu'aucune pensée ne pût l'atteindre. Ses bras et ses jambes se mouvaient sans que sa volonté n'intervienne. Par automatisme, réflexe, habitude... Mécaniquement.

Dans la cage de l'escalier, elle se surprit tout à coup à compter les marches, sans savoir et sans se demander pourquoi elle se livrait à ce stupide exercice.

Arrivée à sa chambre, elle s'arrêta net et contempla la pièce où régnait un incroyable désordre. Les tiroirs étaient ouverts, la penderie béante, les vêtements jetés en vrac sur le sol, le matelas à moitié en dehors du sommier... Son regard se posait, étonné, déconcerté, sur chaque objet, sur chaque meuble. Il passa de la table de nuit à la commode. Et s'y attarda.

Son esprit ne pouvait plus rester fermé. Les pensées, repoussées jusque-là, venaient de briser sa résistance. Elles le pénétraient, l'envahissaient, impétueuses, confuses, incohérentes.

Alexandra fut longue à saisir le message qui, à travers toute cette confusion, essayait d'émerger. Ce fut, étrangement, ce qu'elle ne voyait pas, ou plutôt ce qu'elle ne voyait plus, qui l'y aida.

— Ma photo, murmura-t-elle au bout d'un moment.

La photo qu'elle chérissait, celle que Vicky avait prise d'elle avec leurs parents ne se trouvait plus sur la commode. Elle avait disparu.

Quelqu'un l'a prise. Quelqu'un... Oh, mon Dieu !

L'idée qu'elle avait été cambriolée la frappa de plein fouet. La terre aurait tremblé sous ses pieds qu'elle n'aurait pas été plus secouée.

Un inconnu s'était introduit chez elle... Avait saccagé sa maison... L'avait envahie, pillée, violée, se disait-elle en pesant, malgré la répugnance qu'elle en éprouvait, le sens de chacun de ces mots.

Elle sentit le hurlement monter en elle et se bloquer brutalement dans sa gorge à l'instant où elle ouvrait la bouche. Elle crut qu'elle allait étouffer, mais elle se mit à haleter. Ses jambes tremblaient, cherchaient à se dérober sous elle. Elle vacilla, s'accrocha au chambranle, puis s'affala doucement sur ses genoux.

Laissant son regard errer dans la chambre, elle remarqua le téléphone qui était tombé sur le plancher, presque sous le lit.

La police... Il faut appeler la police. Allez, bouge-toi, Alex... Allez, bouge, bon sang ! Qu'est-ce que tu attends ?

Elle ne se leva pas. Elle ne s'en sentait pas capable. Elle marcha, se traîna plutôt, à quatre pattes jusqu'à l'appareil.

CHAPITRE XI

Les bras croisés devant elle, les mains glissées sous les aisselles, Alexandra marchait de long en large dans la cuisine. Contournant la table, elle allait d'un comptoir à l'autre, passait et repassait d'un pas fébrile devant la porte-patio qu'elle avait, avec impulsivité, non seulement refermée mais verrouillée.

Le coup de fil qu'elle avait passé une dizaine de minutes plus tôt à la Sûreté du Québec ne lui avait été d'aucun réconfort, l'avait même passablement atterrée... Aucune patrouille de disponible pour le moment dans son secteur, lui avait-on déclaré. On lui en envoyait une immédiatement, bien sûr, mais il fallait compter environ une heure avant qu'elle ne se présente chez elle.

« Une heure ! » s'était-elle exclamée en rattrapant de justesse le récepteur qui avait failli choir sur le sol. Sans se départir de son ton calme et bienveillant, la standardiste avait ajouté : « Je suis désolée, madame. Le secteur que nous couvrons est très grand. Un peu trop malheureusement pour les effectifs dont nous disposons, vous comprenez ? »

En raccrochant, Alexandra avait senti des tremblements nerveux lui parcourir à nouveau tout le corps. À la peur qui l'habitait déjà, s'étaient jointes la colère et la révolte.

Que se serait-il passé, s'était-elle demandé, s'il y avait eu urgence ? Blessée, aurait-elle été secourue avant qu'elle ne perde tout son sang ? Dans cette société civilisée, organisée, informatisée, c'était vraiment là toute l'aide et toute la protection qu'on pouvait lui offrir ?

Tandis qu'elle se trouvait pour la énième fois face à la fenêtre située au-dessus de l'évier, elle perçut subitement le doux chuchotement d'un filet d'eau qui s'écoulait. Tout en refusant de penser à la raison pour laquelle elle avait ouvert le robinet, vingt-quatre heures plus tôt, elle le ferma, puis jeta un coup d'œil, aussi inutile que frustrant, sur l'allée... La voiture de police qu'elle attendait n'était pas près d'y apparaître, elle le savait.

Elle pivota, se dirigea vers la table, la contourna et s'arrêta. Ramenant sa main gauche vers son visage — l'autre l'élançait tellement qu'elle préférait la garder sous son bras —, elle essuya de la paume les larmes qui baignaient son visage, tira une chaise vers elle et s'y laissa tomber.

Un instant, elle effleura de son regard fiévreux la natte de Sam.

Il n'était pas dans la maison, elle en était sûre. Sinon, il se serait manifesté depuis longtemps... Il s'était enfui, songeait-elle, et elle ne le reverrait peut-être plus jamais.

Lentement, elle se pencha vers l'avant et donna libre cours aux sanglots qui lui nouaient la gorge.

Les émotions, la fatigue, la douleur... L'attente qui use les nerfs... Alexandra n'en pouvait plus. Elle aurait voulu se coucher et dormir. Dormir pendant des jours et des semaines. Dormir pour ne pas avoir à réfléchir. Dormir et se réveiller en se disant que tout cela n'était qu'un mauvais rêve.

Fais quelque chose, Alex. Ressaisis-toi, bon sang ! À quoi ça t'avance de rester là à trembler, à pleurer comme une gamine... Tu n'es plus une gamine !

À contrecœur, elle se redressa. Faire quelque chose ? Quoi, au juste ?

Commence d'abord par te moucher, après on verra... lança railleusement sa petite voix intérieure.

Alexandra avisa la boîte de kleenex sur l'un des comptoirs, sembla quelques secondes réticente à quitter sa chaise pour l'atteindre, mais finit par se lever en soupirant.

Lorsqu'elle se débarrassa, un moment plus tard, des mouchoirs en papier qu'elle venait d'utiliser, sa main droite heurta le rebord de la poubelle, lui rappelant douloureusement qu'elle ne l'avait toujours pas soignée.

La plonger dans l'eau glacée ? S'obliger à l'immobilité maintenant qu'elle éprouvait le besoin de bouger ? Non. De toute façon, l'enflure était déjà là, alors... Le mieux, pensait-elle, c'était d'y appliquer un anti-inflammatoire et de l'envelopper ensuite d'un bandage pour la protéger.

Elle sortit de la cuisine et s'engagea dans la cage de l'escalier.

La porte de la salle de bains était ouverte.

La pièce, en vert et blanc et tout en longueur, se partageait en deux blocs : d'un côté, la baignoire dont la tête s'enchâssait dans un muret recouvert de céramique derrière lequel se cachaient les W.-C. ; de l'autre, un lavabo et une pharmacie encastrés suivis d'une armoire de rangement puis de la cabine de douche.

Sur le seuil, Alexandra marqua une pause.

Sous la lumière que répandait la large fenêtre, au fond, les sanitaires brillaient d'un bel éclat de propreté. Tout avait l'air en ordre. Tout avait l'air normal. Tout, sauf une odeur âcre, désagréable qui, loin de l'encourager à pénétrer plus avant, la clouait sur place.

Elle avait peur d'avancer. Peur de ce qu'elle allait découvrir.

Qu'est-ce que tu attends pour ouvrir cette bon Dieu de fenêtre ? Tu comptes passer la nuit là, à te remplir le nez de cette puanteur ou quoi ? Avance... Allez, avance !

Maîtrisant tant bien que mal son envie de se précipiter sur la pharmacie pour y prendre ce qu'il lui fallait et redescendre au plus vite, elle porta le dos de sa main devant son nez et entra.

Près du muret qui isolait les cabinets, elle eut un mouvement de recul. Le siège des toilettes, le réservoir, le mur derrière... tout avait été aspergé d'urine. Difficile en voyant les traînées jaunâtres sur le blanc des sanitaires et du carrelage autour de ne pas comprendre d'où venait la pestilence qui l'avait saisie sur le pas de la porte.

— Seigneur ! murmura Alexandra en détournant la tête.

Indignée, écœurée au-delà de tout ce qu'elle aurait pu imaginer, elle ouvrit d'un geste brusque les battants de la fenêtre, puis, ravalant les larmes qui lui montaient aux yeux, marcha vers le lavabo.

Dans le placard du dessous, elle prit un seau et la bouteille d'eau de Javel. Après avoir roulé les manches de son chemisier, elle enfila des gants en caoutchouc, empoigna le seau rempli d'une eau qui

138

exhalait de si fortes vapeurs de chlorure de sodium qu'elle ne pouvait s'empêcher de tousser, et s'approcha des toilettes.

Animée d'une énergie farouche, obstinée, elle ne se contenta pas de nettoyer le coin des W.-C., elle brossa et lava entièrement le sol, à genoux, et en toussant comme une damnée.

Quand elle eut terminé, elle poussa un soupir de soulagement. Malgré sa gorge irritée par la toux, malgré sa main qui, protestant contre la gymnastique à laquelle elle venait de l'astreindre, l'élançait plus que jamais, elle se sentait bien. Ou plutôt, elle se sentait mieux... Elle aurait du mal à oublier le « cadeau » qu'on lui avait laissé, mais, au moins, elle en avait effacé les traces.

Elle enleva ses gants et les rangea, avec le seau et la bouteille de Javel, dans le placard sous le lavabo, après quoi elle s'occupa de ses doigts enflés et douloureux.

Ayant badigeonné ses phalanges de teinture d'arnica, elle posa sur chacune un morceau d'ouate ainsi qu'un pansement adhésif et, pour anesthésier la douleur, avala trois comprimés d'aspirine.

Le besoin irrépressible, presque compulsif, de nettoyer la reprit au moment où elle passait devant sa chambre. Elle fit immédiatement demi-tour.

Les traits tendus et empreints d'une répulsion muette, Alexandra regarda son lit qui avait l'air d'avoir subi une secousse sismique.

Il ne l'avait pas uniquement déplacé, songeait-elle. *Il* s'était couché, roulé ou même vautré dessus... Dieu du ciel ! Elle ne pourrait pas dormir dans des draps qu'*il* avait touchés. C'était hors de question.

Elle remit le matelas en place, enleva rapidement les draps, en attrapa d'autres, propres, bien repassés, sur l'une des tablettes de sa penderie et refit le lit en essayant de ne pas penser au fait qu'*il* les avait peut-être aussi touchés, ceux-là, durant sa fouille. Utilisant comme sac à linge sale la seule taie qu'elle avait trouvée — l'autre avait disparu —, elle y enfourna tous les vêtements qui jonchaient le plancher. Ensuite, elle referma tous les tiroirs. Les bras chargés d'une grosse lessive, elle quitta la pièce avec le sentiment apaisant d'avoir, là encore, effacé les traces.

Apaisée, soulagée, elle l'était. Un peu. Mais assouvie, non, absolument pas. Au plus profond d'elle-même, Alexandra savait qu'elle ne pouvait, ou ne pourrait, les faire totalement disparaître, ces traces. Pas plus celles qu'*il* avait laissées dans la maison, partout, que celles qu'*il* avait laissées en elle. Seulement pour le moment, elle préférait ne pas trop y songer... Une sorte d'instinct primitif lui faisait entrevoir que l'inassouvissement de ce désir qui l'animait, qui la poussait à vouloir se débarrasser de toute cette souillure, allait la conduire sur un chemin difficile, exigeant, qu'elle n'aurait, autrement, jamais emprunté.

Dans la buanderie, l'attendait une autre désagréable surprise.

Alexandra tira l'une des doubles portes à claire-voie, déjà entrouverte, vers elle. Préoccupée par l'idée de se glisser à l'intérieur de la pièce sans heurter au passage sa main blessée, elle ne se demanda pas pourquoi cette porte n'était pas bien fermée et n'entendit pas non plus, sur le moment, le bruit de crissement sous son pied. Au deuxième pas, il résonna à son oreille d'une manière affolante tandis que son regard se posait, effaré, sur les éclats de verre qui couvraient le dessus de la machine à laver et du sèche-linge.

Presque contre sa volonté, elle tourna les yeux du côté de la fenêtre, à droite. L'un des battants reposait, intact, contre le lambris de pin clair. L'autre, entrebâillé, avait essuyé toute la violence du coup porté, et son double vitrage avait explosé en mille morceaux.

Les larmes aux yeux, Alexandra pivota brusquement vers sa gauche et déposa sa lessive sur la planche à repasser dressée le long du mur.

Maintenant, se disait-elle, elle savait par où *il* était entré.

Armée de son balai et de sa pelle à poussière, elle persévéra dans l'Opération N.E.T. (Nettoyage et Effacement des Traces).

Attentive à ne pas se couper, elle récupéra prudemment, du bout des doigts, les plus gros débris, d'abord sur le linoléum, puis sur les deux appareils électroménagers, dégagea ensuite du châssis ceux qui menaçaient de tomber et balaya le reste après avoir refermé la fenêtre.

Ce fut pendant qu'elle passait l'aspirateur pour parfaire le travail qu'elle se mit à réfléchir à un problème qui ne lui avait pas effleuré l'esprit jusqu'à présent... Elle avait signalé un cambriolage, mais elle s'était davantage inquiétée de ce qui avait été touché, sali ou détruit que de ce qui avait été volé. Or, les policiers allaient forcément lui demander, à un moment ou à un autre, de décrire les objets qui avaient disparu. Si elle ne voulait pas avoir l'air d'une idiote devant eux, elle avait intérêt à se préparer à cette question avant qu'ils n'arrivent. Il fallait donc, conclut-elle, qu'elle fasse le tour de la maison en dressant une liste de ce qui lui avait été volé.

Ne prenant ni le temps de ranger l'aspirateur, ni celui de commencer sa lessive, elle revint aussitôt dans la cuisine, prit dans le tiroir de la table un crayon ainsi qu'un bloc de papier quadrillé et inscrivit tout en haut de la première feuille : « Objets volés ou disparus. » Puis, plus bas : « Répondeur et téléphone de la cuisine. »

Sam, pensa-t-elle. Il avait disparu lui aussi. Comme le répondeur et le téléphone. Les cambrioleurs se contentaient-ils de voler uniquement des objets ? Seigneur... Elle préférait encore l'imaginer perdu dans les bois qu'entre les pattes du porc qui avait pénétré chez elle.

Puisqu'il ne pouvait être question de porter le nom de son chat sur sa liste, elle s'empressa en premier lieu de chasser les grands yeux bleus du siamois de son esprit et, en second lieu, de poursuivre la tâche qu'elle s'était fixée.

Quand elle eut achevé l'examen des quatre pièces du rez-de-chaussée et des deux chambres à l'étage, le palmarès du cambrioleur s'était étoffé de quelques autres vols.

Au sortir de sa chambre, Alexandra contemplait la liste qu'elle avait dressée. L'expression de son visage était pour le moins surprenante. À la fois abattue et... perplexe. Quelque chose dans cette liste lui paraissait étrange, mais elle n'aurait su préciser quoi exactement.

La relisant encore, d'une manière plus attentive cette fois, elle remarqua que, mis à part le téléphone de la cuisine, le répondeur et la taie d'oreiller, tous les objets qui avaient disparu faisaient partie de ceux auxquels elle tenait le plus, que ce fût sa minichaîne stéréo, la photo sur sa commode, la paire de chandeliers en argent massif — un souvenir de ses parents —, ou cette broche et ce collier qu'ils lui avaient offerts... Et son alliance ? Pourquoi ne la lui avait-on pas prise aussi ? Elle fronça les sourcils, puis haussa les épaules.

Tout en essayant de se persuader qu'elle était en train de se farcir la tête d'idées complètement folles, elle se dirigea vers l'escalier. Il lui restait encore une pièce à visiter.

Bien qu'elle n'eût pas mis les pieds dans son atelier depuis son retour, elle avait la certitude que le voleur n'y était pas entré. Lorsqu'elle était montée, elle s'était aperçue que la porte en était fermée et elle en avait déduit avec une joie presque enfantine que ce lieu qui lui importait plus que tout autre avait été préservé.

En franchissant le palier qui séparait les deux volées de marches, elle éprouva une soudaine envie de bifurquer vers la droite.

Continue à descendre, lui soufflait sa petite voix avec une gravité qui ne lui était pas coutumière. Va t'installer dans la cuisine, tranquille. Tu n'as aucun besoin d'aller en haut.

Alexandra hésita, le temps d'une respiration. Incapable de résister à la force qui la poussait en avant, elle agrippa subitement l'épaisse rampe de bois, comme pour se donner un élan, et se mit à grimper. Jamais cette ascension qu'elle effectuait chaque jour depuis des mois ne lui avait paru si essoufflante.

La poignée de métal lui sembla froide au toucher.

Elle poussa le battant. Doucement.

Pénétra à l'intérieur. Prudemment.

L'air s'était épaissi. Condensé en une masse oppressante, suffocante, engourdissante.

Le bloc de papier et le crayon lui échappèrent tandis qu'elle s'approchait du tableau posé sur le chevalet.

La scène de chasse sur laquelle elle avait tant travaillé n'existait plus. Au centre de la toile, un tube entier de peinture à l'huile noire avait été grossièrement étalé à la spatule. Et sur cette tache morbide, il y avait un message tracé du bout du doigt :

Ce n'est qu'un au revoir, beauté.

Alexandra cilla. L'étau se resserra autour de sa poitrine et elle eut l'impression que son cœur allait cesser de battre. Comme au moment où elle avait soudain compris, en découvrant le désordre de sa chambre, qu'elle avait été cambriolée, elle sentit le hurlement sourdre au fond de sa gorge. Mais cette fois, quand elle ouvrit la bouche, il ne se bloqua pas... Aigu, strident, vibrant de douleur et de terreur, il déchira le silence, telle la plainte d'un animal blessé.

Ses jambes se dérobèrent brusquement sous elle et elle s'effondra.

* *
*

Recroquevillée dans l'un des fauteuils du salon, la figure pâle, terreuse, le regard absent, Alexandra s'efforçait d'avaler le café additionné de cognac que l'un des deux agents de police assis sur le canapé en face d'elle lui avait donné.

Combien de temps était-elle restée là-haut ? Elle l'ignorait. Il y avait un vide, une sorte de sombre hachure dans sa mémoire. Elle ne se rappelait ni quand elle était sortie de son atelier, ni comment elle était arrivée au rez-de-chaussée. Elle ne se souvenait que de la phrase sur le tableau. Les mots la brûlaient comme s'ils avaient été gravés dans sa tête au fer rouge. Le temps, pour elle, s'était arrêté sur le seuil de son atelier... Là, elle avait laissé son corps et ses pensées.

Les policiers lui expliquaient qu'ils avaient dû forcer la porte d'entrée, qu'ils l'avaient trouvée évanouie dans la grande pièce au-dessus de la cuisine, qu'ils l'avaient ranimée et portée jusqu'en bas. Elle ne les entendait pas, ne les écoutait pas. À travers son brouillard intérieur, elle ne percevait qu'un son faible et lointain.

Au bout d'un moment, le murmure assourdi qui lui parvenait s'accentua, se fit tout à coup insistant, pressant. Alexandra reprit possession de son corps et prêta aussitôt attention à l'homme qui se penchait légèrement vers elle. Dans les prunelles gris-bleu qui la considéraient avec, lui semblait-il, la bienveillance et l'indulgence qu'on montre parfois à l'égard d'un enfant difficile, il y avait une attente. Lui avait-il posé une question ?

— Excusez-moi, hasarda-t-elle d'une voix enrouée, j'étais distraite et je n'ai pas saisi ce que vous m'avez dit, monsieur... euh...

— Sergent détective Clément. Richard Clément, s'empressa de préciser l'homme dont le teint fleuri et l'air débonnaire respiraient aussi bien la santé que le bonheur de vivre.

Il souriait largement, ostensiblement, de manière à montrer que cette inattention ne l'offusquait pas le moins du monde. D'un geste de la main, il désigna son collègue qui remplissait un formulaire administratif attaché à une tablette de métal posée à même ses genoux.

143

— Et mon coéquipier ici présent, poursuivit-il, spécialiste en paperasse, sauvetage en tout genre et café corsé, Pierre Legault.

Le bénéficiaire de tous ces éloges, un grand mince aux cheveux blonds qui dissimulait le bleu foncé de ses yeux derrière de petites lunettes rondes, leva la tête, adressa un clin d'œil amusé à Alexandra, puis se replongea dans son travail.

Décelant à son tour une attente dans le regard pénétrant que son interlocutrice posait sur lui, Richard Clément, gêné soudain comme s'il se fut trouvé tout nu sur une table d'examen médical, toussa pour s'éclaircir la gorge et reprit très vite :

— Oui, pour en revenir à ce que je disais... En fait, je trouvais que vous n'aviez pas très bonne mine et je vous ai demandé si vous ne préfériez pas qu'on vous conduise à l'hôpital. On ne sait jamais avec les chutes. Vaudrait peut-être mieux que...

— Non, ce ne sera pas nécessaire, le coupa Alexandra. Je vais bien. Un peu sonnée, je l'avoue, mais ça va... Aucune raison de vous inquiéter pour moi.

— Comme vous voudrez. Bon...

Il se leva, rentra son ventre en rajustant sur ses hanches bien en chair la large ceinture où pendait son revolver et enchaîna :

— Si vous n'y voyez pas d'inconvénient, nous allons faire le tour de la maison maintenant, l'agent Legault et moi, histoire de vérifier l'effraction et tout ça. Restez assise bien tranquille et...

— Non, l'interrompit à nouveau Alexandra, je viens avec vous.

La voix était toujours enrouée, mais le ton, lui, était ferme.

Comprenant qu'il était inutile d'insister, Clément ravala la déception qu'il éprouvait à voir balayer avec autant de froideur et d'indifférence son désir d'être prévenant, gentil, patient, bref, d'une rare compréhension — comme il l'était avec la plupart des femmes d'ailleurs.

Qu'est-ce qu'elle avait de plus ou de moins que les autres celle-là pour être absolument insensible à son charme ? se demanda-t-il en étudiant à la dérobée le profil d'Alexandra tandis qu'elle déposait sa tasse sur la table basse et s'extirpait en douceur de son fauteuil.

Sans se douter du désappointement, voire du ressentiment dont elle était la cause, ni de la curiosité dont elle était l'objet, Alexandra

144

guida les policiers vers la buanderie, puis vers les autres pièces, à l'étage.

Pendant cette inspection des lieux, il y eut quelques échanges. Dans la cuisine :

— Vous avez une idée du moment où c'est arrivé ?

— Non, pas exactement. Je suis partie hier, en fin de matinée, et ne suis revenue qu'aujourd'hui, vers midi. Mais comme la porte-patio était ouverte et que la maison était glaciale, je suppose que ça s'est passé hier.

— Probable qu'ils vous surveillaient et qu'ils se sont pointés ici tout de suite après votre départ. Entre dix et trois, ce sont les heures qu'ils choisissent en général. Comme, en plus, la plupart des gens ferment leurs rideaux avant de partir... Ça leur facilite le travail à ces gars-là, ça, vous comprenez ? Ils ne peuvent pas être vus de l'extérieur et, eux, ils voient parfaitement où ils mettent les pieds. C'est pour ça qu'ils préfèrent travailler le jour. Ils n'ont pas besoin d'allumer ou de s'encombrer d'une lampe de poche.

— Pourquoi dites-vous *ces* gars-là ? Vous pensez qu'ils étaient plusieurs ?

— Ben... la plupart du temps, ils s'y mettent à deux. À trois même, des fois.

— Moi, je suis convaincue qu'il n'y en avait qu'un seul. La télé dans le salon, le magnétoscope... S'ils étaient deux, ou trois, ils les auraient emportés, non ?

— Ouais... C'est vrai qu'en général, les télés, ils les embarquent. Mais parfois, pour une raison ou une autre, ils n'ont pas le temps non plus de sortir tout ce qui les intéresse. C'est peut-être ce qui s'est passé ici. Allez savoir...

Dans la chambre des maîtres :

— En dehors de la porte, en bas, et des débris de verre, vous n'avez touché à rien d'autre ?

— Qu'est-ce que vous croyez ? Que je serais restée plantée là pendant une heure à regarder ma maison sens dessus dessous ? J'ai ramassé. J'ai nettoyé. J'ai rangé. Peut-être que je n'aurais pas dû, mais ça a été plus fort que moi.

Dans l'atelier, en ramassant le crayon et le bloc de papier quadrillé :

145

— C'est la liste des objets volés ?... Vous n'avez pas inscrit le numéro de série et le modèle des divers appareils.

— Je ne les connais pas.

— Votre compagnie d'assurances va vous les demander. Des factures également, ou, à défaut, des photos. Vous en avez, j'espère ?

— Non.

Puis, quelques secondes plus tard :

— Vous êtes peintre ? Ce tableau, là, c'était quoi avant que...

— Avant que cette brute épaisse n'y écrive son message, c'était une belle scène de chasse.

* *
*

L'inspection des lieux terminée, ils s'étaient réinstallés au salon. Aucun des deux policiers n'avait pris la peine de relever des empreintes. À leur avis, le tube de couleur qui avait servi à barbouiller le tableau ayant disparu, cela signifiait que le, ou les, voleur n'avait pas voulu laisser de traces, qu'avec une telle prudence, il portait sûrement des gants et qu'il était donc inutile de sortir le grand jeu.

S'étant à nouveau blottie au fond d'un fauteuil, Alexandra observait silencieusement les deux agents qui devisaient entre eux — comme si elle n'était pas là, s'indigna-t-elle — tout en achevant tranquillement de remplir leurs paperasses administratives.

— Vous allez l'arrêter ? lança-t-elle soudain de but en blanc.

— Hmm ? fit Clément, en levant le nez de ses papiers.

— Le type qui a fait ça, vous allez l'arrêter ?

— Ben... faudrait d'abord savoir qui c'est.

— Avec les indices que vous avez, vous devriez aller interroger mon ex-mari. C'est lui qui est venu ici. J'en suis sûre.

— Quels indices ?

Alexandra se redressa.

Assise sur le bord de son siège, elle appuya ses coudes sur ses genoux, pressa un moment ses mains jointes contre son front, en essayant de rassembler ses idées, puis répondit :

— La phrase sur le tableau... Un inconnu n'aurait pas perdu son temps à l'écrire. Pourquoi... Pour quelles raisons un homme que je ne connais pas aurait-il eu envie de m'effrayer ? Le mobile, pour parler dans votre jargon, mon ex-mari en avait un, lui... Ça fait des mois qu'il me recherche. Il fallait qu'il me fasse savoir, d'une manière ou d'une autre, qu'il m'avait retrouvée. Le message est clair, il me semble.

— Madame Harris, c'est peut-être clair pour vous, mais...

— Et la liste ? continua-t-elle sans ambages, les narines frémissantes, en pointant du doigt son bloc-notes posé sur le coin de la table basse. Vous ne trouvez pas ça curieux, vous, que le seul bijou qu'on m'ait laissé soit mon alliance ? Moi, oui. Et il n'y a pas que ça de bizarre...

Elle poussa un soupir et poursuivit d'une voix sans timbre :

— Tout ce à quoi je tenais vraiment, tout ce qui me restait de mes parents, a disparu. Les chandeliers, les bijoux, la photo... tout ! Même mon chat qu'il détestait a disparu. Il l'a probablement tué. Il a si souvent menacé de le faire... Alors, vous allez l'arrêter ou pas ?

— Écoutez, euh... Ce n'est pas aussi simple que vous semblez l'imaginer. Pour arrêter quelqu'un, il nous faut plus que des indices. Il nous faut des preuves. Tout au moins de fortes présomptions. Et contrairement à ce que vous pensez, nous n'avons rien de tout ça pour l'instant.

Clément hocha négativement la tête.

— Je suis désolé. On peut le considérer comme suspect et enquêter sur lui, mais on ne peut pas l'arrêter. En tout cas, pas avant d'avoir réuni plus de preuves. Je comprends ce que vous ressentez et...

— Non, vous ne comprenez pas, le coupa-t-elle rudement. C'est un malade, un fou... Un psychopathe ! Vous savez ce que c'est ? Il est obsédé par l'idée que je lui appartiens, que je n'ai pas, et n'aurai jamais, le droit d'appartenir à qui que ce soit d'autre... Il préférerait encore me voir morte. Il me l'a déjà dit.

Alexandra s'interrompit, le temps de reprendre son souffle, regarda le policier bien en face et ajouta :

— Si vous ne le mettez pas en prison, il va revenir. Demain, dans une semaine, dans un mois, peu importe. Ce jour-là, il s'assurera que je suis bien à la maison. Seule. Et vous, monsieur...

Elle releva légèrement le menton comme pour le mettre au défi.

— ... vous qui êtes censé me protéger, où serez-vous ? À une heure de route d'ici au moins, non ?

Quelle idée aussi de venir s'enterrer dans un bled pareil, pensa Clément. À croire que...

Une lueur, une sorte de petite flamme sauvage, se mit à danser dans les prunelles dorées qui le fixaient. Ayant tout à coup la désagréable impression que la jeune femme lisait en lui comme dans un livre ouvert, et que ce qu'elle lisait ne lui plaisait pas du tout, il ne put achever sa pensée.

Richard Clément en avait croisé des regards dans sa vie professionnelle, mais aucun ne l'avait jamais intimidé, voire un tant soit peu troublé. Aucun n'avait, il est vrai, cette profondeur et cette intensité qui lui donnaient un éclat si particulier. Et aucun n'avait non plus cette singulière couleur, ce mélange de jaune et de brun impossible à décrire autrement qu'en le comparant à la sombre brillance de l'or fondu. Mal à l'aise, dérouté, incapable aussi bien de contrer les arguments qu'elle avait avancés que d'admettre ouvertement qu'elle n'avait pas tout à fait tort, il baissa les yeux.

N'ayant nullement envie que la question se retourne contre lui et percevant l'embarras de son collègue, Pierre Legault vint à sa rescousse en tendant à Alexandra le rapport de police qu'il avait fini de rédiger.

— Excusez-moi, madame Harris... Pourriez-vous me signer ça, s'il vous plaît ?

L'expression « vol effraction/résidence » qui figurait dans le haut du document, tout de suite après son nom et son adresse, la choqua et, durant quelques instants, mobilisa toute son attention.

Elle la regardait, l'analysait, la décortiquait. Il lui fallait y trouver un sens. Il devait y en avoir un...

Trois mots, songeait-elle, mi-amère, mi-incrédule. Trois petits mots insignifiants pour résumer son histoire, pour expliquer que son univers avait éclaté, pour décrire sa stupéfaction, sa peine, sa révolte et sa peur.

Une ombre passa sur son visage. Non, vraiment, cette expression n'avait absolument aucun sens, se dit Alexandra en apposant sa signature au bas de la feuille, tel qu'on espérait, devinait-elle, qu'elle le ferait : en silence. Sans résistance et sans commentaire. Sans rien montrer surtout du sentiment d'injustice qu'elle éprouvait.

Legault ayant récupéré son document et lui ayant remis un papier portant un numéro de dossier pour sa réclamation auprès de sa compagnie d'assurances, il la salua et se dirigea aussitôt vers la sortie.

Se sentant obligé de faire un geste avant de partir, Richard Clément lui demanda les coordonnées de Frank Notaro et, tout en les notant dans un calepin qu'il avait sorti de la poche de sa chemise, il lui certifia qu'ils allaient, dans le cadre de leur enquête, essayer de déterminer si son ex-mari était ou non l'auteur de ce cambriolage.

L'envie de prendre l'air, plus encore que celle de suivre une règle de politesse, poussa Alexandra à raccompagner les policiers jusqu'à leur voiture.

Au moment où Clément s'apprêtait à s'installer au volant, un bref mais puissant miaulement lui fit brusquement relever la tête.

— C'est pas votre chat, ça ?

Du doigt, il pointa la cime de l'un des grands pins qui ombrageaient l'allée.

Une main sur le cœur, Alexandra scruta la branche où se tenait Sam. Les larmes lui montèrent aux yeux... Ainsi, contrairement à ce qu'elle en était arrivée à croire, il n'avait pas disparu. N'était pas perdu. N'était pas mort non plus. Il était là et attendait simplement que quelqu'un vienne le chercher.

Intrigué par ce qui se passait, Pierre Legault était ressorti de la voiture. Sur sa demande, Alexandra le conduisit dans le garage où elle rangeait son échelle.

Sam, qui ne se laissait pas facilement approcher par les étrangers, gronda quelque peu quand Legault tendit la main vers lui, mais Alexandra l'exhortant au calme, il consentit finalement à lâcher la branche à laquelle il s'agrippait. L'animal ne semblait pas apprécier d'être tenu par la peau du cou. Il se tortillait tellement que, de peur de le laisser échapper, Legault le tendit à son collègue avant d'avoir atteint le bas de l'échelle.

Quand Richard Clément remit le chat entre les bras d'Alexandra, elle perçut dans le regard du policier une sorte de satisfaction. Sa joie de retrouver son Samy en fut assombrie.

Il ne me croit pas, se dit-elle en soutenant le regard de l'homme. Il ne croit pas un mot de ce que je lui ai raconté à propos de Frank.

Si lui ne la croyait pas, qui la croirait ?

Bien qu'il lui eût promis d'enquêter sur Frank, elle était de moins en moins certaine, en suivant la voiture qui avançait doucement dans l'allée, qu'il honorerait cette promesse.

Quand elle referma la grille sur le petit signe de tête qu'il lui adressait, elle avait même la conviction qu'il lui faudrait se débrouiller toute seule avec son problème.

CHAPITRE XII

À peine avait-il quitté la propriété d'Alexandra que Richard Clément s'était allumé une cigarette et avait sombré dans un profond et inhabituel mutisme.

En général, dès qu'il s'installait au volant, il s'empressait d'engager la conversation avec son collègue. Rien ne lui plaisait davantage que de conduire tout en discutant de choses et d'autres. Il aimait parler. Pas seulement en conduisant, d'ailleurs... En prenant un verre, en mangeant, en travaillant et même en faisant l'amour — il commentait plus qu'il ne bavardait, mais bon... Le matin, il ouvrait la bouche, la plupart du temps avant les yeux, et ne la fermait pratiquement plus de toute la journée. Ce trait de caractère, qui énervait prodigieusement sa femme, surtout dans l'intimité de leur alcôve, ennuyait parfois ses amis et agaçait fréquemment ses collègues. Au bureau, on l'avait surnommé « La Glu ». Les plus méchants, ceux pour tout dire qui lui enviaient aussi bien son étourdissante volubilité que son incroyable teint de jeune fille, l'appelaient eux, en son absence, « Clémentine », et, en sa présence, hypocritement, lâchement, « Clem ».

Pendant sept ou huit kilomètres, Clément garda le silence puis, n'en pouvant plus de se torturer les méninges tout seul, jeta à brûle-pourpoint :

— Qu'est-ce que tu en penses toi, Legault ?

— De quoi ?

— Ben... de l'histoire de cette bonne femme. Que c'est son ex-mari qui a fait le coup. Elle a vraiment l'air d'en être convaincue, hein ?

151

D'un geste fébrile, il porta à ses lèvres sa cigarette qu'il tenait, pareil aux camionneurs, entre le pouce et le majeur. Il tira sur le bout filtre, le relâcha en imitant involontairement le bruit d'un baiser mouillé et se délecta de la fumée inhalée avant d'écraser son mégot dans le cendrier. Il tendit la main en marmonnant :

— Tiens, passe-m'en donc une autre...

Plutôt que de lui en donner une, Legault, qui était un ex-fumeur depuis trois mois à peine et qui trouvait extrêmement difficile d'être confronté de façon quasi permanente à ce qu'il considérait encore, malgré son sevrage, comme une torture morale, lui présenta tout le paquet.

— Fumes-en deux ou trois en même temps, fit-il d'un ton égal tout en baissant la vitre de sa portière de quelques centimètres supplémentaires. Comme ça, après, on pourra peut-être respirer tranquille pendant quinze ou vingt minutes.

Clément haussa les épaules.

Il souffrait d'une sévère frustration le petit blond à lunettes, pensa-t-il. À moins que ce ne soit, comme certains de leurs collègues, de troubles digestifs.

D'être obligés de s'abstenir de fumer lorsqu'ils étaient en service chez les gens avait incité plusieurs policiers à remplacer cette mauvaise habitude par d'autres. À s'intoxiquer finalement d'une manière différente, se plaisait à leur expliquer Clément quand il avait trop mauvaise conscience de ne pas avoir suivi, lui, ce mouvement de retour à la vie saine. Mâcher du chewing-gum, sucer des quantités astronomiques de bonbons, manger des tonnes de beignets indigestes, tout ça avait peut-être un effet bénéfique sur leurs poumons, mais sûrement pas sur leur estomac. Aigreurs, brûlures, crampes... leur assénait-il avec autant de perfidie que de mauvaise foi. Et leur dentition ? Franchement désastreux, non ? Ah, ça, lui il préférait encore avoir les dents un peu jaunes que les avoir complètement pourries.

Ce qui rendait tout le monde hargneux à son endroit, il le savait, c'était qu'un gros fumeur comme lui ne soit jamais malade... Trois paquets par jour au minimum, ce n'était pas rien, tout de même ! Qu'on puisse après plus de vingt-huit ans d'une consommation aussi active, afficher encore une figure de poupon en bonne santé et non celle, anxieuse et terne, d'un toxicomane, les remplissait tous de jalousie. À les entendre, il n'était qu'une immense injure — de 1,88 mètre exactement ! — aux lois de la nature.

Il alluma tranquillement sa cigarette en se disant, pour se déculpabiliser, que la visite chez cette petite madame avait duré plus d'une heure. Normal qu'après avoir été privé si longtemps de nicotine, il ait envie de récupérer le manque. Bon, il allait en fumer trois ou quatre d'affilée. Ensuite, il se modérerait. Il laisserait passer quinze ou vingt minutes, quoi... Le temps que l'autre la prenne une bonne fois, sa grande et tranquille respiration.

— Que ce soit son ex-mari qui ait fait le coup, reprit-il abruptement, moi je veux bien, sauf que...

— Sauf que... y a le chat ! C'est ça ?

— Y a pas que le chat. Y a plein d'autres contradictions.

Legault, qui sous ses allures de garçon ingénu et doux cachait, tel que le pressentait son collègue, un caractère aigri, eut un sourire légèrement... acide. Une lueur sarcastique brillait dans ses yeux dont le bleu, foncé et froid, n'avait rien à envier au « toxique » bleu de Prusse... On eût dit, enchâssées dans ses orbites comme dans une gangue, deux billes de cyanure de fer marquées en leur centre d'une minuscule tache noire où se concentrait une partie du poison qu'elles recélaient.

Il rajusta machinalement la monture de ses verres qui avait glissé sur son nez et rétorqua :

— Rien de surprenant là-dedans, Clem. Toutes les affaires dont tu t'occupes sont toujours bourrées de contradictions.

— Ah, merde, Legault ! Sois un peu sérieux deux secondes, tu veux ?

Agacé, il hocha la tête, tira de nouveau nerveusement sur sa cigarette, puis enchaîna en exhalant un long nuage de fumée :

— Écoute... Si c'était vraiment lui, le voleur, je comprendrais qu'il ait embarqué tous les objets auxquels elle tenait, ne fût-ce que pour l'emmerder. Mais les autres trucs, le répondeur, le téléphone et... euh...

— Le lecteur de disques.

— Ouais... Pourquoi est-ce qu'il les aurait volés, ceux-là, hein ?

— Pour le téléphone, on peut supposer qu'il avait dans l'idée de l'isoler un petit moment, quelques heures, peut-être même un jour ou deux, non ?

153

— Ttt... Tu oublies qu'il y avait un autre appareil dans sa chambre.

— Possible qu'il ne l'ait pas remarqué. Qu'est-ce qu'on en sait ? Moi, c'est ça qui me turlupine, justement, par rapport à ce vol. Dans tous les dossiers de cambriolage qu'on a, tu connais un cas, toi, où on aurait piqué le téléphone ? Moi pas.

— Moi non plus. Mais si on se met dans la peau du voleur et qu'on a un œil sur le répondeur, on se dit qu'on n'a pas à se faire chier plus qu'il ne faut... Plutôt que de perdre de précieuses secondes à débrancher des fils, on prend tout ce qui vient avec et on fout le camp au plus vite.

Par pur entêtement, Legault qui n'avait ni l'intention de se rendre aux arguments de son collègue ni celle de lâcher prise, rétorqua aussitôt :

— Et si on se met dans la peau de l'ex-mari, on se dit qu'en emportant quelques bricoles, en plus de ce qui nous intéresse réellement, on se donne toutes les chances de persuader les flics qu'il s'agit d'un vrai cambriolage.

— Ben voyons... S'il avait voulu nous faire croire, comme tu le prétends, à un vrai cambriolage, objecta à son tour Clément, il n'aurait pas écrit ce message sur le tableau... Me semble que ça tombe sous le sens.

Une imperceptible rougeur aviva brusquement le teint de Legault que les derniers mots de cette pertinente et pesante objection avaient vexé.

— Pour reprendre la question de madame Harris, à laquelle tu n'as pas répondu d'ailleurs, pourquoi un homme qu'elle ne connaît pas l'aurait-il écrit, lui, hein ? lança-t-il d'un ton sec. Je suppose que ça tombe sous le sens, ça aussi ? Franchement, je ne vois pas en quoi !

Clément soupira.

— Ben, tu devrais pourtant ! Ces petits malfrats-là, qu'ils se droguent ou pas, ils sont tous capables de barbouiller des murs et d'y inscrire des messages qui n'ont ni queue ni tête. Tu le sais, ça, non ? Alors, la toile d'un peintre, bon sang, tu parles d'une aubaine ! Pourquoi s'en priver ? Le vandalisme, ils l'ont, tous autant qu'ils sont, chevillé au corps, comme les morpions au cul des clochards...

Y en n'a pas un qui soit entré dans une baraque sans y avoir démoli ou sali quelque chose. Que ce soit pour le plaisir, pour marquer son passage ou pour se foutre de la gueule du propriétaire, aucun n'a jamais pu s'en empêcher... Et y a pas de raison que celui qui est allé chez madame Harris soit différent des autres !

L'air buté, Legault enchaîna :

— En tout cas, si ça se trouve, l'ex-mari n'est peut-être pas tout à fait net dans cette histoire, et on aurait tort, à mon avis, de ne pas enquêter sur lui.

— T'inquiète... On va s'en occuper, de ce coco-là.

L'air dubitatif, Clément fit claquer sa langue contre son palais, puis ajouta :

— Saint Con ! je veux bien être pendu par les couilles — jusqu'à ce que ça me fasse mal, pas plus, précisa-t-il avec un clin d'œil amusé à son interlocuteur — si jamais on découvre que c'est lui qui a fait le coup.

— Moi, ça ne m'étonnerait pas que ce soit lui.

Legault bâilla, rajusta encore, d'un geste machinal, la monture de ses verres et tout en se frottant le menton reprit :

— Faudrait que ce soit une vraie nouille, ça, je dis pas... De toute façon, qu'il ait laissé partir une belle femme comme la sienne, ça prouve déjà qu'il n'a rien d'un génie... Sûrement pas lui qui a inventé la pâte à crêpes !

— Ou c'est une vraie nouille, répéta Clément en tirant une dernière bouffée de sa cigarette, ou alors on est vernis, et on a affaire à un vol tout ce qu'il y a de plus normal.

— C'est ce que tu penses, toi, hein ? Un vol normal.

— Ce n'est pas ce que je pense. C'est le feeling que j'ai.

Il écrasa son mégot et tendit de nouveau la main en marmonnant le même laconique « Passe-m'en une... », sans se préoccuper du regard furieux que lui jetait le petit blond à lunettes, aigri et frustré.

* *

*

155

Alexandra était restée peu de temps dehors. En fait, une fois la grille refermée derrière les policiers, elle s'était empressée de retourner à l'intérieur de la maison.

Confortablement installée sur le canapé du salon, elle avait posé son chat sur ses genoux et l'avait examiné avec soin. Mis à part quelques griffes ébréchées, une de cassée même sur la patte antérieure droite, il n'avait pas l'air d'avoir trop souffert de son escapade, avait-elle conclu, avec un soulagement d'autant plus grand que son inquiétude pour lui avait été des plus vives.

Sam l'avait laissée, longtemps, docilement, lisser sa fourrure, le caresser et le gratter sous les oreilles en lui murmurant son plaisir de le retrouver, comme s'il éprouvait lui aussi le besoin de marquer par ce contact physique prolongé non seulement la séparation, mais également le retour à la normale, au train-train rassurant du quotidien.

Au bout d'un moment qui avait semblé trop court à Alexandra, l'animal avait bondi sur le sol puis, après lui avoir jeté un regard anxieux, s'était mis à marcher rapidement vers la cuisine.

Il était visiblement affamé et, en lui emboîtant le pas, elle s'en était voulu... S'il avait passé, comme elle le croyait, toute la nuit, et sans doute une grande partie de la journée précédente, dans le haut de l'arbre où on était allé le chercher, il n'était pas étonnant qu'il meure de faim. Il était très étonnant, par contre, qu'elle ne s'en soit pas aperçue plus tôt. Bon sang ! s'était-elle exclamée intérieurement, furieuse contre elle-même, où avait-elle la tête ?

Le plat de croquettes qu'elle lui avait préparé la veille ne se trouvait plus à côté de sa natte. Lors de la visite des policiers, pendant que ces messieurs examinaient la fenêtre de la buanderie, Alexandra l'avait, elle n'aurait su dire pourquoi, ramassé et vidé, puis déposé dans l'évier.

Sam avait attendu en miaulant avec impatience qu'elle lave et remplisse son bol sur lequel il s'était jeté avec une avidité qui lui avait permis d'en atteindre le fond en moins de deux. Là-dessus, il avait lampé un bon quart de litre d'eau, après quoi il s'était écroulé sur sa natte, ivre de fatigue et d'émotions... et sans doute un peu, aussi, de tout ce qu'il avait gloutonnement ingurgité.

De la chaise où elle était assise, les coudes sur la table, le menton en appui sur une main, Alexandra le contemplait, l'écoutait ronfler, et l'enviait.

156

Pouvoir ainsi, si simplement, si facilement, se rassasier, se coucher et s'endormir en oubliant tout, quel bonheur ! songeait-elle.

Tu n'as qu'à en faire autant, lui souffla insidieusement sa petite voix intérieure.

Alexandra plissa les lèvres en une moue fataliste.

Facile à dire...

Manger ? Non, elle ne pourrait pas... Rien qu'à l'idée de mettre ne serait-ce qu'un petit morceau d'aliment dans sa bouche, elle en avait des nausées. Pourtant, elle non plus, depuis la veille, n'avait pas ingéré grand-chose : une salade légère le mardi midi, juste avant de se rendre chez son encadreur, quelques toasts le matin, lors du petit déjeuner chez sa sœur, et, entre ces deux repas, une indigestion monstre.

S'allonger ? Non, elle ne pouvait pas... En tout cas, pas maintenant. Il y avait un certain nombre de choses dont il fallait qu'elle s'occupe avant, dont les plus urgentes étaient de prévenir son assureur et de trouver un vitrier et un serrurier.

Quelle heure est-il ? se demanda-t-elle brusquement.

Elle regarda sa montre : 14 h 27. Elle mit quelques secondes à prendre pleinement conscience du temps écoulé depuis son arrivée à la maison. Trois heures, cela lui semblait à la fois peu et beaucoup. N'était-ce réellement que trois heures plus tôt, trois heures seulement, qu'elle était revenue et... et avait...

... découvert la visite de Frank, acheva la petite voix.

Alexandra inspira profondément, par saccades, expira l'air en un long souffle et sentit aussitôt disparaître le poids qui comprimait sa cage thoracique.

Oublie Frank. Oublie-le. Pense plutôt à tout ce qui te reste encore à faire.

Il y eut un flottement, un bref moment d'hésitation pendant lequel elle se tourna vers la buanderie. L'aspirateur n'était toujours pas rangé, la lessive pas commencée...

Oublie ça aussi. Ça peut attendre.

Avec effort, elle se leva et se dirigea vers l'escalier. Elle monta jusqu'à sa chambre, récupéra le téléphone sur la table de nuit, redescendit rapidement au rez-de-chaussée, obliqua vers le salon pour y prendre son bloc de papier quadrillé, puis revint à la cuisine. Elle installa l'appareil sur le comptoir, à la place de l'autre, celui qui lui avait été volé. En le branchant, elle se surprit à regretter qu'il n'eût que quatre numéros en mémoire : ceux de Vicky, de Malcolm, des pompiers et du poste de police... Un regret enfantin, naïf, elle le savait. Le genre de regret qui nous submerge quand on est exténué, qu'on a plusieurs coups de fil à donner, et qu'on considère en plus la tâche comme une corvée dont on se serait bien passé.

Une demi-heure plus tard, elle en avait fini avec le téléphone. Non sans quelques déceptions : chez son assureur, l'agent responsable des dossiers de réclamation était absent, et le vitrier comme le serrurier ne pouvaient pas venir avant le lendemain. Si elle s'était écoutée, Alexandra se serait mise à pleurer comme une Madeleine, de dépit, d'impuissance et de frustration. Pas une minute elle n'avait imaginé que la porte et la fenêtre ne puissent être réparées avant la fin de la journée... Qu'allait-elle faire maintenant ?

L'idée de passer la nuit dans une maison où n'importe qui pouvait entrer comme dans un moulin la terrifiait. La peur, qui en d'autres circonstances l'aurait paralysée, la galvanisa. En moins de temps qu'il ne lui en avait fallu pour écraser la larme qui roulait sur sa joue, elle avait élaboré un plan, une sorte de solution de rechange.

Il ne lui restait plus, songea-t-elle en prenant, tel un plongeur du haut de son tremplin, une longue inspiration, qu'à le mettre à exécution.

* *
*

Dans la buanderie, Alexandra ouvrit les battants du placard qui servait au rangement, entre autres, de l'aspirateur — qu'elle n'avait pas encore remis en place — et de son coffre à outils. Elle se pencha

158

et, sans réfléchir, saisit de la main droite la poignée du coffre. Elle le souleva et le posa rapidement sur le sol en étouffant un gémissement. La teinture d'arnica dont elle avait badigeonné ses doigts avait considérablement amoindri la douleur, mais l'effort auquel elle venait de les soumettre l'avait brutalement réveillée.

— Merde ! jura-t-elle d'une voix sourde.

Elle resta pliée en deux, la main pressée contre son ventre, jusqu'à ce que le mal s'atténue.

Accroupie devant la boîte en métal dans laquelle elle avait été à un cheveu de balancer son pied, elle s'efforça cette fois, pour l'ouvrir et en explorer le contenu, de se comporter telle une gauchère-née. Malgré ce qu'il siérait d'appeler, mettons, pour être un tant soit peu aimable tout en demeurant un tant soit peu réaliste, une authentique... « gaucherie », elle réussit à en tirer son mètre à mesurer, coincé pourtant sous une vrille et une petite scie à métaux, sans s'érafler, se couper ou s'abîmer autrement la peau.

Ayant noté sur un bout de papier les dimensions de la porte et de la fenêtre qu'il lui fallait barricader, Alexandra fit une incursion dans la remise. Parmi tous les matériaux de construction qu'avait récupérés et laissés sur place l'ancien propriétaire, elle trouva rapidement les morceaux de bois dont elle avait besoin. Bien qu'ils eussent tous plusieurs centimètres de plus qu'il n'était nécessaire, elle ne perdit pas de temps à les recouper. Après tout, se disait-elle en les ramenant sur la terrasse, il ne s'agissait que d'une installation provisoire. Alors, au diable l'esthétique !

Pour empêcher les insectes, surtout les moustiques, d'envahir la maison, elle colla à l'aide d'un ruban adhésif double face de grands sacs à ordures ménagères sur le dormant avant d'y clouer, en diagonale, trois des cinq planches qu'elle avait rapportées. En fixant les deux dernières en travers de la porte d'entrée, elle veilla, comme pour la fenêtre, à ce que la tête des clous dépasse légèrement... Elle ne tenait pas, en les arrachant le lendemain matin, à ruiner les chambranles. Son expérience de bricoleuse n'était peut-être pas immense, mais elle avait déjà eu l'occasion de s'apercevoir que des tenailles font beaucoup moins de dégâts qu'un pied-de-biche quand vient la désagréable obligation de défaire ce qu'on a solidement assemblé.

L'exécution de son plan s'était sensiblement compliquée du fait qu'elle n'avait pas l'habitude de manipuler son marteau de la main gauche, et cela lui avait pris aussi deux fois plus de temps qu'elle ne l'avait imaginé. Les aiguilles indiquaient presque trois heures lorsqu'elle s'était à nouveau assise à la table de la cuisine pour boire le jus d'orange qu'elle s'était servi.

Les yeux tournés vers la porte-patio, elle regardait le lac d'un air absent en caressant distraitement du bout des doigts le verre qu'elle avait vidé depuis un bon quart d'heure.

Elle avait rangé ses outils dans le coffre, et le coffre, ainsi que l'aspirateur, dans le placard. Elle avait mis sa lessive en marche et à présent, alors qu'elle n'avait plus rien à faire, qu'elle aurait pu, à défaut de se préparer un bon repas, aller se reposer, s'allonger sur son lit sinon sur le canapé du salon, elle restait là, prostrée sur sa chaise, à ressasser de sombres pensées.

La surprenant au beau milieu de sa réflexion, la sonnerie du téléphone retentit soudain, stridente, impérieuse, passablement énervante. Alexandra repoussa vivement sa chaise. Au deuxième timbre, elle avait la main sur le combiné ; au troisième, elle décrocha.

— Allô ! articula-t-elle d'une voix sourde, inquiète à l'idée que l'appel ne vienne pas de sa sœur, mais de son agent, de son encadreur, ou même de John Kennedy... de quelqu'un en somme avec qui elle n'avait pour le moment aucune envie de bavarder.

— Madame Harris ?... Richard Clément, de la Sûreté du Québec, à l'appareil. Écoutez, euh... J'ai appelé au bureau de votre ex-mari cet après-midi et...

— Vous lui avez parlé ? le coupa-t-elle nerveusement.

En quelques secondes, elle était passée de l'inquiétude à l'étonnement, puis à la curiosité et, bouclant involontairement la boucle, à une vive appréhension qui l'avait poussée à limiter, voire à éviter, toute circonlocution.

Clément ne s'en formalisa pas et répondit simplement :

— Non. J'ai parlé uniquement à sa secrétaire.

Il fit une légère pause, le temps de s'allumer une cigarette.

Alexandra l'entendit souffler dans l'appareil. Ignorant qu'il fumait, elle en déduisit qu'il hésitait à lui faire part de ce qu'il avait appris. Une sueur froide lui glaça la nuque. Resserrant inconsciemment les doigts autour du récepteur, elle allait l'encourager à continuer, ne fût-ce que pour rompre ce silence qui lui vrillait les nerfs, lorsqu'il enchaîna, d'une manière aussi abrupte que spontanée :

— Paraîtrait qu'il est parti en vacances !

— Quand ?

— Dimanche dernier.

Non sans une certaine sagacité, pourrait-on dire, il prévint la question suivante et ajouta sans attendre :

— Aux États-Unis.

Sa déclaration déclencha à l'autre bout de la ligne un murmure étouffé.

Alexandra, dont les jambes s'étaient subitement mises à trembler, tira une chaise près d'elle et s'y assit.

— Où, exactement, aux États-Unis ? s'enquit-elle d'un ton qu'elle s'efforçait de garder ferme.

— Ah, ça !... Votre ex-mari n'a apparemment pas été très bavard au sujet de ce voyage, parce que tout ce que j'ai pu tirer de sa secrétaire, c'est qu'il s'était rendu là-bas en voiture et n'en reviendrait qu'à la fin de la semaine prochaine.

Ce fut cette fois un soupir qui accueillit ses propos. Le soupir d'une femme inquiète, soucieuse, incrédule et passablement découragée.

Clément qui avait les pieds nonchalamment posés sur le coin de son bureau se redressa, prenant soudain pleinement conscience du sentiment de malaise qu'il éprouvait.

Depuis qu'il exerçait son métier de policier, il ne se rappelait pas avoir jamais manifesté ni sympathie ni antipathie aux personnes impliquées dans une enquête dont il avait la responsabilité. Il n'avait pas cherché à acquérir cette neutralité. Elle s'était installée toute seule, dès le début, presque à son insu. Et le jour où il s'en était rendu compte, il n'avait pas cherché non plus à s'en départir. Pourquoi ? Il avait besoin, comme tout le monde, de préserver son équilibre intérieur, et cette façon de fonctionner l'y aidait. C'était comme une armure qu'il revêtait le matin en se levant et n'enlevait que le soir, lorsqu'il rentrait chez lui. Mais voilà que quelqu'un avait réussi, avec une extrême facilité, lui semblait-il, à l'atteindre, à percer cette armure derrière laquelle il se croyait si bien à l'abri. Comment était-ce arrivé ? Il ne pouvait l'expliquer, pas plus d'ailleurs qu'il ne

161

pouvait expliquer pourquoi il avait l'impression que cette affaire de cambriolage sur laquelle il avait commencé à enquêter ne ressemblait à aucune autre et lui réservait, à n'en pas douter, d'étranges surprises.

Avec une fébrilité qui ne lui était pas coutumière, il écrasa le mégot qu'il avait utilisé pour s'allumer une autre cigarette et, de sa voix la plus douce, poursuivit :

— Madame Harris, je sais que la frontière des États-Unis est à deux pas de chez vous et que vous seriez plus tranquille si on pouvait vous confirmer que votre ex-mari se trouve en Californie ou en Floride, plutôt qu'au Vermont, mais...

— Mais il ne faut pas que je compte là-dessus, c'est ça ? conclut-elle à sa place, d'une manière indubitablement plus directe et plus sèche qu'il ne l'aurait fait.

— Disons que ce serait plus raisonnable.

— J'apprécie votre franchise, monsieur Clément. Confidence pour confidence, je ne m'attendais pas à des miracles, et ça ne me surprend pas vraiment que vous ne soyez pas prêt à vous servir de tous les moyens dont vous disposez pour retrouver sa trace. Vous êtes convaincu qu'il n'a rien à voir avec ce qui s'est passé chez moi, n'est-ce pas ? Vous n'avez pas cru un mot de mon histoire et...

— Le problème n'est pas là.

— Ah non ?

— Écoutez... on serait à la recherche d'un assassin, d'un terroriste ou encore d'un ravisseur d'enfants, votre ex, là, il aurait déjà le FBI aux trousses. Mais comme il ne s'agit que d'un...

— Psychopathe, lança-t-elle d'un ton railleur.

— *Simple* suspect, continua-t-il sans se laisser démonter, dans un *simple* vol de résidence, nous sommes obligés de nous en tenir à la *simple* routine.

— Et la *simple* routine veut que vous restiez tous bien tranquilles à attendre son retour ?

— En gros, c'est à peu près ça, oui.

— Je vois. Ce que je ne vois pas très bien en revanche, c'est la raison pour laquelle vous m'avez appelée. Si c'était uniquement pour me prévenir que vous ne pouviez rien faire pour moi, ce n'était pas la peine... J'avais déjà compris. En tout cas, merci quand même, monsieur Clément. Je devine combien cette démarche a dû vous coûter. J'espère malgré tout que ça ne vous gâchera pas la soirée, et que ça ne vous empêchera pas non plus de dormir sur vos deux oreilles.

Avant que Richard Clément pût lui rétorquer quoi que ce soit, elle avait raccroché sur un « Bonsoir ! » aussi doucereux et aussi ironique que le reste de sa tirade.

Interloqué, il regarda un moment le combiné, puis le reposa sur son socle en laissant passer un long sifflement entre ses dents.

Bon sang !... Pas simple, les gonzesses. Pas simple du tout, songeait-il.

Le visage fermé, sans expression, Alexandra resta un moment elle aussi à regarder le téléphone, en se massant la nuque de haut en bas. La tension qui l'habitait était telle que si on lui avait posé un poids de dix kilos sur les épaules, elle ne l'aurait pas senti. Tout ce qu'elle retenait de sa discussion avec le policier, c'était que Frank pourrait désormais rôder autour de sa maison autant qu'il lui plairait... Personne, pensait-elle, ne soulèverait d'objection. Personne ne ferait le moindre geste pour l'en empêcher. Elle ne devait compter que sur elle-même. Elle le pressentait, on venait de le lui confirmer.

Elle hocha silencieusement la tête, comme si elle doutait un peu de la décision qui venait de s'imposer à son esprit, et, brusquement, elle se leva.

Jamais son regard n'avait été plus sombre. Jamais non plus il n'avait été empreint d'une telle détermination.

CHAPITRE XIII

Debout près de la table, Alexandra serrait un long étui en cuir contre sa poitrine tout en regardant d'un air songeur la carabine qui reposait sous ses yeux.

L'appel du sergent détective Clément ne datait pas de plus de cinq minutes. Elle n'avait pas perdu de temps... Ni à se questionner sur l'à-propos ou le bien-fondé d'une décision prise sous le coup de la panique, ni à se demander si elle avait tort ou raison de croire qu'elle était en danger et que, dans la mesure où elle devait assurer elle-même sa protection, il lui fallait compter sur des moyens plus dissuasifs, plus concrets surtout, que les prières ou les menaces pour empêcher son ex-mari de l'approcher. Elle s'était résolument dirigée vers la buanderie et, juchée sur un escabeau, elle avait récupéré la carabine, qui se trouvait sur le dessus de l'armoire, puis la boîte de munitions, rangée, elle, dans le placard à balais, tout au fond de la tablette du haut.

Plongée par sa fatigue dans cet état d'abrutissement incroyablement confortable où le corps oublie tant sa raideur que ses douleurs et où l'esprit, trop sollicité, commence à fonctionner au ralenti, Alexandra ne s'inquiétait pas plus du léger tremblement de ses jambes que des crispations de son estomac. Seule la préoccupait son impression d'être un peu ivre.

Craignant que son jugement n'en fût affecté, pour ne pas dire faussé, et que de ce fait la Winchester de calibre 30-30 qu'elle continuait à fixer d'un œil rêveur lui paraisse en excellent état de fonctionnement alors qu'elle ne l'était peut-être pas, elle examina de nouveau, avec autant de perplexité que d'attention, le bois de la crosse

164

ainsi que chaque pièce en acier — canon, culasse, levier, etc. — qui reluisaient comme si on venait à peine de les astiquer.

Presque malgré elle, son regard glissa vers l'étui qu'elle tripotait d'une main distraite. L'épaisse couche de poussière dont il était couvert, et dont une certaine partie avait migré en douce vers son chemisier blanc pour le marquer de longues traînées grises, lui tira subitement une grimace de dégoût.

Ouais... À voir cette espèce de loque crasseuse qui l'enveloppait, ta belle Winchester, on ne se serait pas attendu à ce qu'elle soit complètement pourrie, mais pas loin, hein ? se mit à ricaner son alter ego, incapable de laisser passer pareille occasion de mettre son grain de sel.

Crasseuse. Franchement...

Alexandra eut un imperceptible haussement d'épaules.

Elle n'avait pas voulu de cette arme, protesta-t-elle silencieusement, et parce qu'elle n'en voulait pas, elle l'avait rangée de manière qu'elle soit hors de sa vue. Elle s'était employée et avait réussi, jusqu'à aujourd'hui, à en ignorer totalement l'existence. Pourquoi ? Elle n'en savait trop rien... De toute façon, qu'elle ait agi ainsi par manque d'intérêt, détachement, répulsion ou, plus vraisemblablement par pur et simple rejet d'un symbole de la violence, qu'elle abhorrait, quelle importance ?

Se débarrasser d'un tel objet était plus facile à dire qu'à faire. L'ancien propriétaire en savait quelque chose, lui. Face à ce problème, il n'avait rien trouvé de mieux comme solution que « d'oublier » la Winchester à Pigeon Hill, dans l'une des nombreuses penderies de la maison... Plus simple, plus économique en temps, en énergie et en risques, elle en convenait, que d'essayer de la vendre, de la donner à l'un de ses proches, de la réduire en miettes ou de l'abandonner négligemment sur le bord d'un fossé.

« Considérez-la comme un cadeau de bienvenue », lui avait-il déclaré lorsqu'elle l'avait appelé pour lui signaler son oubli. Elle s'était contentée de le remercier, gardant pour elle toutes ses objections, toutes les bonnes raisons qu'elle avait d'insister pour qu'il reprenne son bien dans les plus brefs délais, et gardant aussi pour elle le souvenir d'un autre cadeau : une autre Winchester. Celle que ses parents lui avaient offerte, quelque dix-sept ans plus tôt, et qui, au retour de la première et unique chasse au chevreuil à laquelle elle avait participé, s'était retrouvée à jamais reléguée au grenier.

Histoire ancienne au goût amer...

Pivotant brusquement sur ses talons, Alexandra alla remettre l'étui en cuir dans la buanderie, puis revint vers la table.

Pour s'assurer que la carabine était en parfait état, il ne suffisait pas de l'examiner. Il fallait qu'elle l'essaie, se dit-elle. Et puisqu'il le fallait... Sans plus se poser de questions, elle coinça la Winchester entre sa hanche et son avant-bras. Et la chargea.

Sa main, blessée, manquait un peu d'adresse, mais ne tremblait pas. Elle était même beaucoup plus ferme qu'elle ne le croyait.

* *
*

Elle referma la porte-patio derrière elle, s'avança sur la terrasse jusqu'à la balustrade et là, laissa un moment son regard errer sur le terrain. Le soleil, déjà bas sur l'horizon, diffusait une belle lumière dorée, douce, apaisante. Tout était si calme autour d'elle, si tranquille. Pas de vent. Pas de bruit.

C'est presque un péché de troubler cette magnifique harmonie, non ? ricana sournoisement sa petite voix intérieure.

Alexandra poussa un soupir.

Pourquoi se sentir, encore et toujours, obligée de se justifier ? De se questionner ? De se culpabiliser ? Pour que quelqu'un, quelque part, Dieu ou diable, puisse éventuellement se réjouir de son repentir ? Quelle connerie ! pensait-elle.

Elle ferma les yeux pendant quelques secondes et ne les rouvrit que lorsqu'elle eut fait le vide dans son esprit, ou plutôt changé d'état d'esprit, changé de couleur d'émotions, délayé les teintes de celles qui tentaient de la paralyser et renforcé celles qui étaient pleinement compatibles avec son besoin d'agir.

De donner libre cours à la rancœur qu'elle éprouvait contre son ex-mari, contre les policiers, à la limite, contre la terre entière — ne s'étaient-ils pas tous ligués pour la conduire là, ivre de fatigue, de dégoût et de peur, une arme dans les mains ? — eut sur elle plus d'effet qu'elle n'en avait espéré. Un effet indiciblement stimulant.

Quand son regard se posa de nouveau sur le terrain, ce ne fut plus pour admirer le paysage, mais pour le scruter avec circonspection.

Ayant repéré de l'autre côté du lac un tronc d'arbre couché moitié sur la rive et moitié dans l'eau, Alexandra leva la 30-30 et cala tranquillement la crosse au creux de son épaule. Son corps s'était mis spontanément en position. Il avait, instinctivement, retrouvé la bonne attitude, le bon équilibre. Ses mouvements, tout le délié, toute la souplesse, toute la fermeté qu'il fallait. Comme si elle avait passé de longues heures la veille, ou le matin même, à s'entraîner.

Le doigt sur la détente, elle bloqua sa respiration, visa et tira. À trois reprises. Trois coups. Trois balles au but.

Essai concluant... L'arme était, réellement, en parfait état, décréta-t-elle en esquissant un léger sourire.

Bizarrement, sa performance ne l'étonnait pas et la laissait, en fait, indifférente. Pour une raison qui lui était étrangère, elle refusait autant de s'en féliciter que de s'en attribuer le mérite... Vrai que pas mal de temps s'était écoulé depuis son dernier exercice de tir, se disait-elle tout en ramassant les douilles tombées à ses pieds, mais vrai aussi que la cible était si grosse que même un débutant n'aurait pu la manquer.

De retour à l'intérieur, elle s'arrêta près de Sam. Si les coups de feu avaient incommodé l'animal dans son sommeil, ils ne l'avaient, en apparence du moins, ni effrayé, ni affolé, ni autrement traumatisé.

Brave minou !

Elle avait craint qu'il ne se fût enfui de la cuisine... Il était toujours là (brave minou en effet), paisiblement allongé sur sa natte. Sous ses caresses, le siamois ouvrit un œil, passablement brumeux, leva brièvement la tête, s'étira longuement, voluptueusement, puis replongea sans façon dans sa léthargie.

Rassurée, contente de voir qu'il s'accommodait fort bien d'une atmosphère qui n'avait pourtant jamais été aussi peu propice au repos que celle des dernières heures, Alexandra s'attarda quelque

167

peu à ses côtés, ne se décidant à s'en éloigner que lorsqu'il lui eut signalé, par un changement de ses ronronnements mélodieux en un rauque et brusque ronflement, qu'il avait envie d'avoir la paix.

En s'approchant de la table, elle regarda sa montre.

Quoi ? Cinq heures moins le quart seulement ! s'exclama-t-elle intérieurement tout en se demandant comment elle allait passer cette soirée qui, n'ayant même pas encore vraiment commencé, s'annonçait donc très très longue et, par la force des choses, très pénible aussi. Que faire maintenant ? Essayer de dormir, comme Sam, envers et contre tout ? S'efforcer de manger, d'avaler au moins un bol de soupe, même si l'appétit n'y était pas ? Se laver... Oui, se laver d'abord. Enlever ces vêtements qui la gênaient tant par leur saleté que par l'odeur de Javel dont ils étaient imprégnés. Se débarrasser le corps, à défaut de l'âme ou de l'esprit, de toute la souillure de cette maudite journée.

En proie à un subit accès de colère qu'elle réprimait uniquement parce qu'elle ne savait trop par quel moyen l'extérioriser, elle rechargea rapidement la carabine, en remplissant cette fois le magasin des six balles qu'elle pouvait y insérer. Ayant remisé la boîte de munitions dans un tiroir, sous une pile de torchons, et vérifié la fermeture, ou plutôt le verrouillage, de la porte-patio avec ce redoublement de prudence que provoque le sens du danger, elle sortit aussitôt de la pièce, son arme sous le bras.

Dans l'entrée, son attention fut attirée par l'enveloppe matelassée qu'elle avait rapportée de Sherbrooke. Bien que tentée de la décacheter, elle décida de ne pas y toucher... Elle aurait tout le temps, plus tard, d'en découvrir le contenu, pensa-t-elle. N'avait-elle pas une longue, une très longue soirée à occuper ?

S'étant contentée de récupérer sa valise, Alexandra revint sur ses pas et s'engagea dans la cage de l'escalier. Une demi-heure plus tard, elle était redescendue.

Sur son visage marqué par la lassitude ainsi que par la tension qui pesaient sur elle, il y avait une étrange expression. Comme si ses traits hésitaient tant à dissimuler un sentiment de désarroi, durablement installé, qu'à afficher une sensation de bien-être, faible, sans doute, et passagère mais indéniable. Pour n'avoir jeté qu'un regard furtif dans son miroir, Alexandra n'en avait pas moins remarqué son drôle d'air. Elle ne s'en était cependant pas formalisée. Après tout, s'était-elle dit, qu'entre la tête d'un halluciné ravi de son sort et la sienne, il n'y eût pas grand-chose de différent, à l'exception d'un sourire béat, ça dérangeait qui au juste ? Ni elle, ni son Samy, donc... Au diable les apparences !

Cette pause de trente minutes qu'elle s'était accordée pour prendre une douche, troquer ses jeans contre un confortable pyjama en coton ouaté, refaire le pansement de sa main droite et soigner sa *dermalex* lui avait été bénéfique, elle le reconnaissait. À défaut de lui redonner des couleurs, de la réconcilier avec le reste de l'humanité ou d'égayer son humeur, cela l'avait tout de même suffisamment ravigotée pour que l'idée de s'attabler maintenant devant un quelconque repas, si frugal fût-il, ne lui répugne plus autant.

Elle déposa sa Winchester sur une chaise — elle n'avait pas eu à en débattre intérieurement : la question de savoir s'il fallait que sa carabine la suive partout, comme son ombre, s'était réglée toute seule — et mit une casserole d'eau à bouillir.

Remuer la poudre du sachet de soupe aux légumes qu'elle y avait ajouté exigeant une plus grande disponibilité physique que mentale, elle eut pendant quelques minutes tout le loisir d'approfondir une réflexion qui s'était amorcée tandis qu'elle était encore dans la salle de bains, en train d'enrouler des bandages autour de ses coudes et de ses genoux. Difficile quand on souffre de démangeaisons quasi permanentes et que l'on réalise soudain qu'elles ne se sont pratiquement pas manifestées de toute la journée de ne pas chercher à en comprendre la raison. À quoi... à qui devait-elle ce merveilleux répit ? s'interrogea-t-elle à nouveau. Guérison spontanée ? Trop séduisant, trop rose bonbon pour être vrai. Hypothèse à éliminer *illico presto*. La découverte du cambriolage, alors ? Ça lui aurait causé un tel choc qu'elle en aurait oublié de se gratter ? Ou oublié qu'elle s'était grattée ? Ben voyons ! Si elle avait pu sentir les élancements de ses doigts enflés, les sentir, les enregistrer et s'en rappeler, pourquoi en aurait-il été autrement de ses démangeaisons ? Non, vraiment, cette explication ne tenait pas non plus la route. À éliminer... Et de deux !

De conjecture en conjecture, elle finit par s'installer à table avec son bol de soupe. Quand elle quitta la cuisine, elle n'avait toujours pas trouvé de réponse satisfaisante, mais n'en éprouvait aucune frustration. L'exercice l'avait occupée. L'air de rien, elle y avait gagné une demi-heure de plus. Une demi-heure de paix. Une demi-heure sans penser à sa peur, ni à celui qui la lui inspirait.

* *
*

Allongée sur le canapé du salon, sa Winchester sur le sol, à portée de main, Alexandra regardait la télé. Toute seule. Sam qui ne manquait jamais d'accourir dès qu'elle allumait le poste — plus dingue de la télé que ce chat, à son avis, ça n'existait pas — avait préféré cette fois rester sur sa natte plutôt que de venir lui tenir compagnie.

L'émission de variétés qui suivait le journal n'étant toujours pas arrivée au bout de dix minutes à la distraire, du moins pas de façon à capter un minimum son attention, elle finit par se dire qu'elle ferait bien de changer de chaîne. Saisissant la télécommande, elle enfonça sans trop de conviction la touche de défilement.

Elle avait fait le tour des programmes et en était revenue, faute de mieux, à l'émission de variétés quand le téléphone se mit à sonner.

Une lueur de surprise traversa son regard et elle allait se demander de qui il s'agissait quand les traits d'un visage qu'elle connaissait bien s'imposèrent brusquement à son esprit.

— Oh, non ! s'exclama-t-elle à mi-voix tout en se frappant le front du plat de la main.

Vicky... Ne lui avait-elle pas promis de l'appeler en arrivant ? Seigneur ! ça lui était complètement sorti de la tête. Avec tout ce qui s'était passé aussi... Oui, bon, elle avait des excuses, mais quand même... Elle n'aurait pas dû l'obliger à prendre les devants, se reprochait-elle. De ne pas avoir de nouvelles l'avait sûrement inquiétée.

Le temps de se lever, de couper le son de la télévision, d'attraper sa carabine et de se précipiter vers la cuisine, elle n'éprouvait plus seulement de la culpabilité, mais également de l'anxiété... Il n'était pas normal, songeait-elle, que sa sœur ne se fût pas manifestée plus tôt.

Nullement convaincue d'être prête à entendre le pire, elle attendit en inspirant profondément que la quatrième sonnerie retentisse pour décrocher.

— Allô ?

N'obtenant aucune réponse, elle crut à un problème passager avec l'inter et reprit aussitôt :

— Allô !... Vicky !... Vicky, c'est toi ?

Silence.

Un frisson lui secoua les épaules. Par réflexe sans doute, ses doigts se crispèrent sur l'écouteur qu'elle pressa, tout aussi involontairement, sur son oreille. Elle perçut un bruit, comme le froissement d'une étoffe, puis une respiration, une sorte de long soupir, voilé, retenu... Complètement paniquée, elle éloigna le combiné de son oreille et le reposa brutalement sur son support.

Les yeux fixés sur l'appareil, elle recula d'un pas.

C'était lui... C'était **Frank** ! Ça ne pouvait être que Frank ! Et maintenant qu'il avait pu vérifier qu'elle était bien à la maison, il allait lui rendre visite, c'est ça ?

Quand... ? Ce soir ? Au beau milieu de la nuit, sans doute ? Quand ?... Oh, mon Dieu !

Dans sa main, le canon de la Winchester qu'elle tenait debout, à la manière d'un bâton, lui parut soudain se refroidir.

Elle étouffa un sanglot.

La peur, à nouveau... Cette peur si forte, si paralysante.

Ne pas se laisser submerger par elle.

S'accrocher. S'accrocher à la colère, à la rage de se sentir impuissante, qui ne demandait qu'à exploser.

— Espèce de salaud ! hurla-t-elle.

Le cri avait surgi, tout seul, sans vraiment d'effort, et du coup l'avait libérée de l'étau qui lui serrait la gorge.

Sam, que le hurlement avait alerté, s'était levé et approché d'elle. Alexandra se pencha pour le caresser, puis, décidant de le ramener avec elle au salon, elle s'accroupit pour mieux le glisser sous son bras.

À peine s'était-elle engagée dans le couloir que le téléphone se remit à sonner. Elle s'arrêta, indécise. Jeta un regard par-dessus son épaule.

Était-ce Frank, encore, ou Vicky ?

171

Doucement, elle relâcha son étreinte sur Sam. Revint sur ses pas. Le récepteur collé contre sa joue, elle attendit, silencieuse.

— Alex ?

— Oui.

— Oh... J'ai cru que je m'étais trompée de numéro. Ça va, toi ?

— Oui, fit-elle laconiquement.

Ayant posé sa carabine à côté d'elle, elle attrapa une chaise et se laissa tomber dessus. Elle éprouvait un tel soulagement à entendre la voix de sa sœur qu'elle en avait les jambes toutes flageolantes.

— Parfait ! enchaîna Vicky d'un ton sarcastique. Heureuse de savoir que tout est sous contrôle. Je m'inquiétais un peu... Je ne m'étais pas imaginé, tu vois, que la route était aussi longue. (Elle soupira, et son registre, de moyen qu'il était, devint aigu.) Bon sang, Alex, qu'est-ce que tu foutais ? Tu m'avais dit que tu m'appellerais en arrivant. Tu sais l'heure qu'il est ?

Alexandra se mordit les lèvres. L'œil rivé à l'horloge murale, elle sourit intérieurement.

— Exactement sept heures vingt-deux, répondit-elle avec le plus grand calme.

— Très drôle !

— Une façon comme une autre de détendre l'atmosphère.

— Hmmm... Y aurait une abominable histoire dans l'air que ça ne m'étonnerait pas. J'ai raison, non ?

— Absolument.

— Je suis bien assise et j'ai tout mon temps. Raconte...

Décrire la découverte du cambriolage dans ses moindres détails n'était pas chose facile pour Alexandra. Certains de ces détails étaient particulièrement pénibles à revivre. D'en parler la bouleversait au point qu'elle devait s'interrompre par moments. Elle ne cacha rien cependant de ce qu'elle pouvait se rappeler, que ce fût à propos du désordre dans la maison, du saccage de son tableau, de la vitre cassée ou de la fuite de Sam. Son interlocutrice eut droit à tout, même au chapitre « Horreurs dans la salle de bains » dont, par pudeur sans doute, elle n'avait pas touché mot aux policiers.

Lorsqu'elle eut fini de relater les faits, elle enchaîna par un court résumé de ses discussions avec le sergent détective Clément et acheva sur cette note, passablement défaitiste :

— Un mur de béton, ce type... Pas moyen de le convaincre que mon ex-mari puisse être impliqué là-dedans. Il me sort de grandes théories sur les présomptions, les preuves...

Inquiète soudain du mutisme de sa cadette, elle lança :

— Quoi, tu ne vas pas me dire que tu ne me crois pas, toi non plus ?

— Si, si... je te crois. Bien sûr que je te crois.

— Mais... ?

— Y a pas de « mais ». J'essaie juste de comprendre, c'est tout.

— Vicky...

— Attends, attends... Imaginons une minute que je sois Frank, O.K. ? Bon. Je suis Frank et j'arrive chez toi à l'improviste. J'espérais te trouver là, tu n'y es pas, alors je m'énerve.

— Et quand je m'énerve, je défonce.

— Exact. Donc, je défonce. Je me glisse à l'intérieur. Je fais le tour, je tripote, je fouine et j'embarque au fur et à mesure quelques objets auxquels tu tiens, ne fût-ce que pour ne pas être venu pour rien. Et pendant que j'y suis, j'embarque aussi deux ou trois trucs à la con, genre téléphone, répondeur, etc., et ça dans le seul but de persuader les flics qu'il s'agit d'un vrai cambriolage.

Elle s'arrêta, donnant l'impression d'hésiter à aller au bout de son idée, puis ajouta :

— Jusque-là, ça va, je n'ai pas trop de mal à suivre. C'est pour la suite que ça se gâte.

— Explique...

— Ben, la suite quoi ! *Primo,* les saletés dans la salle de bains... Frank est un salaud, d'accord, sauf qu'entre le dernier des salauds et le dernier des malappris, y a une marge, non ? On a beau le détester ton ex, faut reconnaître qu'il a un minimum d'éducation. Un certain vernis, mettons, qui me paraît peu compatible avec ce genre de grossièreté. Et *secundo,* la phrase sur le tableau... S'il voulait réellement faire croire à un vrai cambriolage, tu penses qu'il aurait été assez stupide pour démolir toute sa mise en scène en laissant un message comme celui-là derrière lui ?

Trop bien élevé, trop intelligent... Innocent, en somme, hein ?

Alexandra s'agita sur sa chaise.

Que les policiers doutent de la culpabilité de son ex-mari passait encore, mais sa sœur... Sa propre sœur !

Agacée, déçue aussi de voir que la seule personne qui pouvait prendre sa défense ne se rangeait pas d'emblée à ses côtés, elle répliqua un peu sèchement :

— Ce que je pense, si toutefois ça t'intéresse de le savoir, c'est que, stupide ou non, il s'est tellement bien débrouillé que tout le monde est prêt à parier sur son innocence. Tout le monde sauf moi, bien sûr.

— Écoute, Alex...

— Non, toi, écoute-moi, la coupa-t-elle abruptement. Je suis fatiguée et je n'ai pas plus envie d'argumenter là-dessus que de m'engueuler avec toi. Alors, s'il te plaît, n'essaie pas de me prouver que j'ai tort. Et n'essaie pas non plus de t'excuser d'avoir une opinion différente de la mienne... Les excuses, j'ai horreur de ça.

Il y eut un silence au bout du fil, l'une regrettant déjà d'avoir été aussi vindicative, l'autre estimant qu'elle avait mal choisi son moment, et son sujet, pour se faire l'avocat du diable.

Vicky toussa pour s'éclaircir la gorge et s'enquit, timidement :

— Tu m'en veux ?

— Mettons que je t'ai déjà sentie plus proche de moi.

— Je suis désolée, murmura Vicky.

Puis, très vite, comme pour rattraper sa gaffe.

— Oh... ça y est ! Ça y est, je l'ai dit ! s'exclama-t-elle avec un léger gloussement, jouant à la perfection l'ahurissement, la gêne, bref la candeur d'une âme simple, voire d'une simple d'esprit. Qu'est-ce que je suis bête, hein ? Excuse-moi de m'être excusée, Alex. Vraiment, je suis désolée. Je... je suis la désolation même. Pardonne-moi, ô toi, ma sœur préférée...

— Stop !... Stooop ! la coupa de nouveau Alexandra, d'un ton qui s'était nettement radouci.

— Tu m'en veux encore ?

— Un peu. De quoi te bouder un mois ou deux, pas plus.

— Seigneur ! c'est ça que tu appelles un peu.

— Bon, une seconde ou deux, si tu préfères.

— Je préfère. Oh ! pendant que j'y pense... Je ne t'avais pas donné une enveloppe, moi, avant que tu partes ?

— Tu as bonne mémoire.

— N'est-ce pas !...

Pause. Enchaînement.

174

— Euh... j'imagine qu'avec ta journée de fou, tu n'as pas vraiment eu le temps de l'ouvrir, hein ?

— Ma parole, tu raisonnes aussi bien que tu mémorises.

— Oui, je me débrouille pas trop mal. Mieux en tout cas qu'avec les énigmes policières.

Re-pause. Re-enchaînement.

— Bon... Troisième essai. Tu comptes y jeter un coup d'œil, un jour, sur cette fameuse enveloppe ?

— Évidemment.

— Quand ? Ce soir ?

— Dès qu'on a raccroché, j'y cours.

Puis, intriguée malgré tout par tant d'insistance, elle ajouta aussitôt :

— Ça m'a l'air bien urgent ton affaire. Seigneur ! c'est une bombe à retardement que tu as mis là-dedans ou quoi ?

— Ni bombe ni attrape. Rien qui grouille, qui rampe ou qui bouge non plus, rassure-toi, répondit tranquillement Vicky, amusée, elle, par la curiosité quelque peu entachée de méfiance de son aînée.

— Parfait ! J'aime l'idée que la chose soit totalement inanimée. Les boîtes à surprise, surtout en ce moment, ce n'est pas pour moi. Je suis déjà assez stressée comme ça...

Ignorant sa dernière réflexion, Vicky lui arracha la promesse de la rappeler le lendemain, puis :

— Qu'est-ce que tu vas faire maintenant ? lui demanda-t-elle.

— Ben, ouvrir ton enveloppe !

— Non, je veux dire... à propos de Frank.

— Je n'en sais rien, murmura Alexandra. Attendre, je suppose.

Attendre, se répéta-t-elle en reposant le combiné sur son support.

Attendre, et prier pour que ce soit les autres, et non pas elle, qui aient raison... Revoir Frank Notaro n'était pas un vœu qu'elle souhaitait à tout prix voir s'exaucer, loin de là.

CHAPITRE XIV

La nuit était tombée. L'écran noir des fenêtres autour d'elle en témoignait. Et les aiguilles de la montre à son poignet confirmaient non seulement que le soleil s'était couché depuis un bon moment déjà, mais que la conversation avec sa sœur s'était éternisée.

Alexandra hocha la tête.

Une heure qu'elles étaient restées à bavarder toutes les deux, songeait-elle. Bon sang... Pas surprenant finalement qu'elle ait l'impression d'avoir l'oreille chauffée à blanc.

Pas surprenant non plus que le beau-frère saute au plafond quand il reçoit ses notes de téléphone.

D'imaginer l'échange de propos assez vigoureux que ne manquerait pas de susciter l'arrivée chez les Dansereau de leur prochaine facture la faisait rire, et c'est distraitement, machinalement, qu'elle repoussa sa chaise vers la table, puis, en se tournant vers la porte-patio, s'assura (pour la énième fois de la journée !) que le loquet de verrouillage était à la bonne position.

Toujours absorbée dans ses pensées, elle appuya son front contre la vitre, ramena ses mains de chaque côté de son visage et, les yeux ainsi à l'abri de tout reflet, elle regarda dehors. Les ténèbres qui masquaient le paysage avaient l'épaisseur d'une mer de poix... Impossible de distinguer quoi que ce soit. Ni le lac, ni les arbres, ni même la terrasse, autour.

— Eh ben... Tu parles d'un four ! marmonna-t-elle tout en esquissant un mouvement de retraite.

Le pied qu'elle avait bougé se reposa doucement sur le sol, et ce qui ne devait être qu'un bref regard, un coup d'œil innocent, croyait-elle, sans raison, sans but précis, se prolongea.

Qu'est-ce qui la retenait ?

Qu'est-ce que tu attends au juste ?

Elle l'ignorait et continua à l'ignorer jusqu'à ce qu'elle ait nettement senti son cœur cogner dans sa poitrine. Alors, elle sut... Elle s'attardait parce qu'elle cherchait quelque chose de particulier. Une ombre. Un signe. La manifestation d'une présence. De *sa* présence !

Était-il là, caché derrière les arbres, à l'observer, à épier ses moindres gestes ?

Elle recula de quelques pas.

Frank pouvait se rendre invisible, lui. La nuit jouait en sa faveur. Mais elle... Exposée comme elle l'était, en pleine lumière ? Une cible facile, celle qu'il espérait sans doute qu'elle fût, voilà ce qu'elle était, là, debout, au milieu de la cuisine, se dit-elle.

Son cœur ne cognait plus, il battait à tout rompre !

Sous l'effet de la montée d'adrénaline, elle effectua un brusque demi-tour, se rua sur l'interrupteur du plafonnier et éteignit. Elle se laissa aller contre le mur, inspira profondément, s'obligea, malgré le goût de bile qu'elle avait dans la bouche, à déglutir.

Quinze ou vingt minutes plus tard, lorsqu'elle eut retrouvé un peu de calme, réfléchi à ce qui s'était passé, elle jugea sa réaction stupide : elle avait elle-même créé une situation de panique... Panique à laquelle elle s'était, oui, « stupidement », c'était vraiment le mot, empressée de céder.

Allongée à nouveau sur le canapé, un bras replié sur le ventre et l'autre sur les yeux, Alexandra paraissait s'être assoupie. Pourtant, elle ne dormait pas.

Pour quelle raison, face à un problème, ne se servait-elle pas de son imagination pour essayer de le résoudre au lieu de s'inventer des histoires à faire peur ? se demandait-elle.

177

Elle s'agita, bougea le bras sur son front, puis ouvrit à demi les paupières. Fixa d'un air songeur les tentures en laine qui masquaient la fenêtre devant elle.

Demain... se jura-t-elle en refermant les yeux. Demain, au plus tard, elle irait acheter des stores et s'arrangerait pour les installer dans la cuisine avant que la nuit ne soit tombée.

Rassérénée par sa décision, elle tâcha de se détendre. La lampe sur le guéridon, derrière sa tête, projetait sur son corps — et sur la Winchester qu'elle avait placée près d'elle, dans le creux du dossier — une lumière dorée, très douce, propre au repos auquel elle aspirait. Tout l'incitait à dormir. Tout... sauf les éclairs lumineux du poste de télévision dont elle n'avait coupé que le son. Elle resta un moment sans bouger, puis se leva pour aller l'éteindre. Ce fut seulement en revenant s'allonger qu'elle remarqua l'enveloppe abandonnée sur le plancher, entre le canapé et la table basse.

Alors qu'elle ne se souvenait que vaguement de l'avoir récupérée dans l'entrée et rapportée avec elle dans le salon, Alexandra se rappelait très bien les propos que sa sœur et elle avaient tenus à son sujet : « Tu comptes y jeter un coup d'œil, un jour ? — Évidemment. — — Quand ? Ce soir ? — Dès qu'on a raccroché, j'y cours. » Moitié parce qu'elle s'était engagée à « y jeter un coup d'œil » le soir même, moitié par curiosité, elle résolut de tenir sa promesse sur-le-champ.

Pendant quelques secondes, elle regarda l'enveloppe qu'elle avait posée sur ses genoux. Lentement, elle passa ses mains dessus, la tourna, la retourna. Quand elle se décida enfin à l'ouvrir, elle avait eu tout le temps de prendre conscience qu'elle redoutait d'en découvrir le contenu... Son peu d'empressement à la décacheter ne s'expliquait pas autrement.

* *
*

Si Alexandra n'avait pas eu une seule pensée pour John Kennedy tout au long de cette journée, lui en revanche n'avait pas cessé d'évoquer son souvenir.

À onze heures du soir, tandis qu'il essayait de se délasser par un bain chaud, qu'il se sentait vidé, éreinté, qu'il avait les muscles des bras et des épaules quasi tétanisés par les efforts qu'il lui avait fallu fournir pour extirper, du ventre d'une jument trop fatiguée pour pousser, un gros poulain qui faisait tout ce qu'il pouvait pour s'accrocher à l'intérieur (sans doute avait-il compris qu'il n'y a rien de comparable au bonheur de n'être qu'un fœtus), ce n'était ni à ses patients, ni à son travail, ni même à son prochain jour de congé que John pensait, mais à elle. Uniquement à elle.

À cette femme dont il était amoureux fou...

Dont il n'avait pas vu le visage depuis une éternité...

Dont il n'avait pas entendu la voix depuis un siècle...

La torture !

Pourquoi ne lui avait-elle pas téléphoné ? Se demandait-il sans arrêt.

Pareil à un adolescent en proie aux premiers émois, John ne savait plus où il en était. D'avoir tant espéré, tant attendu un coup de fil qui n'était jamais arrivé avait fini par générer en lui un tel sentiment de frustration qu'il avait l'impression d'être le plus malheureux des hommes.

L'aube contenait des promesses à son endroit qu'elle n'avait pas tenues, aurait-il pu se plaindre... Contrairement à Alexandra, ce matin-là, aucune sensation de malaise n'était venue l'étreindre, lui brouiller les émotions ou l'inciter à rester au lit le temps que les astres lui soient plus favorables. Aussi s'était-il levé très tôt, du bon pied, de bonne humeur, avec une hâte dans l'âme presque aussi grande que celle qu'il avait éprouvée le samedi, au restaurant, pendant qu'il languissait après l'arrivée de son invitée qui tardait — énormément, lui avait-il semblé sur le moment — à le rejoindre.

Pour une raison qu'il aurait eu du mal à expliquer, il s'était persuadé que la matinée ne s'achèverait pas sans que cet appel dont il avait rêvé tout le lundi et tout le mardi ne se fût matérialisé. Ravi de ne pas être obligé de sortir, que ce fût pour aller à sa clinique qui, le mercredi, n'était jamais ouverte, ou pour rendre une petite visite à l'un de ses nombreux patients, il avait prétexté un sérieux retard dans ses lectures professionnelles pour s'installer dans le salon. Avec, d'un côté, une invraisemblable quantité de magazines traitant essentiellement (du moins pour ce qui était de la moitié du dessus) de médecine vétérinaire, et de l'autre côté... le téléphone.

Le stratagème n'avait fonctionné que dans son imagination : le vieux Charles Kennedy qui, malgré ses soixante-dix ans passés, n'avait pas les yeux dans sa poche, ne s'était pas du tout laissé duper. Ayant jaugé l'épaisseur de la pile de revues, Charles avait secoué la tête en riant sous cape. Il n'avait pas ri longtemps... Au bout d'une demi-heure, il avait commencé à bougonner intérieurement, en songeant que son tabac avait toutes les chances de ressembler à des crottes de mulot d'ici qu'il puisse l'allumer, cette bouffarde dont il avait tellement envie, puis il s'était mis à prier :

Mon Dieu, secouez-la un peu, sa dulcinée... Si elle appelle dans les cinq minutes qui viennent, je vous promets de ne pas en fumer plus d'une jusqu'à... euh... allez, jusqu'au coucher du soleil.

Mais Dieu avait dû être fort occupé ailleurs parce que sa prière n'avait pas été exaucée.

La sonnerie n'avait retenti qu'une fois, en fin d'après-midi, libérant d'une longue et douloureuse attente tant le fumeur, fébrile et frustré, que l'amoureux, déçu et désemparé.

John était parti. À contrecœur. Convaincu qu'il aurait à peine franchi la porte que la sonnerie retentirait de nouveau et que, cette fois, ce serait la bonne. Il n'avait pas le choix, s'était-il efforcé de se raisonner. Il s'agissait d'une urgence. Cette jument dont l'accouchement se présentait mal avait besoin de lui. Il ne pouvait pas ne pas y aller.

Sa hâte du matin, qui au fil des heures avait pris toutes les couleurs de l'impatience, s'était tue durant tout le temps qu'il avait travaillé à la naissance du poulain pour se manifester à nouveau dès son retour chez lui, puis se muer, d'un seul coup, en découragement.

Inutile de continuer à espérer, se disait-il en fixant distraitement le mur en face de la baignoire. Alexandra ne téléphonerait pas. Plus maintenant. Il était trop tard.

Aurait-il donné ce qu'il avait de plus cher au monde pour avoir encore la possibilité d'entendre sa voix, ne fût-ce que deux minutes, ce soir, avant que l'horloge ne marque minuit ? Plus curieux de la femme qu'il aimait que de lui-même, John ne se posa pas la question. Il enfonça simplement sa tête sous l'eau, comme pour noyer toutes ses idées noires.

Quand il émergea, il avait maîtrisé quelques démons intérieurs et repris confiance en lui (en elle aussi) en s'assénant le seul discours qu'il était prêt à écouter : non, Alexandra ne l'avait pas oublié. Elle avait juste eu un empêchement. Elle avait été obligée de changer ses plans, de rester à Sherbrooke un jour de plus, et n'avait pas pu le prévenir. Voilà ! C'était ça... C'était sûrement ça... Ce ne pouvait être que ça.

* *
*

Pigeon Hill. 3 h 30 du matin.

À travers les tentures du salon, filtrait une lumière dorée, très douce. Une lumière qui, depuis une bonne trentaine de minutes, éclairait inutilement une pièce où personne n'avait besoin de voir clair. Alexandra n'avait pas oublié d'éteindre. Elle en avait eu l'intention mais ne s'y était pas décidée... Certaines circonstances, et certaines réflexions aussi, sur lesquelles elle n'avait pas vraiment pu exercer de contrôle, l'en avaient empêchée.

D'abord, il y avait eu l'enveloppe : elle l'avait ouverte, et l'objet qu'elle en avait sorti avait suffisamment aiguisé sa curiosité pour qu'elle eût plus envie de veiller que de dormir.

Ensuite, il y avait eu l'obscurité : elle l'avait imaginée et, bien qu'elle ne se fût jamais endormie auparavant avec une lampe allumée à son chevet, l'idée de se trouver dans le noir absolu lui avait paru suffisamment déplaisante pour qu'elle eût plus envie de modifier son comportement habituel que de s'y tenir. Cette même envie l'avait poussée à passer la nuit, du moins ce qu'il en restait, sur le canapé plutôt que dans son lit... Elle ne pouvait pas se permettre de s'isoler dans sa chambre, avait-elle pensé, alors que la maison était quasi ouverte aux quatre vents. Les minces planches qu'elle avait clouées sur la fenêtre de la buanderie étaient faciles à enlever. Si quelqu'un essayait de se glisser en douce à l'intérieur, comment le saurait-elle ? Entendrait-elle le bruit, de là-haut ? S'apercevrait-elle de cette présence avant de la sentir à côté d'elle ? Avant qu'il ne fût trop tard pour agir, ou même pour réagir ? Pour toute réponse, elle avait resserré autour d'elle le châle qu'elle était allée chercher un peu plus tôt dans l'entrée, avait enlevé l'un des deux coussins qu'elle avait glissés sous sa tête, puis s'était tournée sur le côté.

Elle ne s'était pas sentie partir. N'avait pas eu conscience de fermer les yeux. Telle une lame de fond, le sommeil l'avait submergée et brusquement plongée dans les ténèbres.

Sur la table basse, gisait l'objet qui l'avait gardée éveillée plus longtemps qu'elle n'avait cru pouvoir le rester. À première vue, rien de très spécial... Un livre. Un livre comme il en existe beaucoup d'autres. Joliment doré sur tranches. Reliure en cuir, fermoir et signet de soie. Solide, bien fait. Agréable à l'œil et au toucher. Conçu, en somme, de manière à charmer une clientèle d'adolescentes rêveuses, romantiques, tout en répondant à ce besoin, voire cette manie, qu'elles ont presque toutes d'épancher leurs sentiments, leurs secrets, ou simplement leurs réflexions, dans l'intimité des pages d'un journal — qu'elles se réjouiront un jour, se mordront peut-être les doigts aussi, d'avoir précieusement conservé.

Si Alexandra n'avait pas porté attention au nom qui figurait sur la couverture, sans doute aurait-elle eu moins de mal à se persuader d'attendre le lendemain pour se pencher sur le contenu. Seulement, il était là. Joliment gravé. Doux à regarder autant qu'à prononcer. Le nom d'une jeune fille qui s'était appelée Hélène Levasseur pendant plus de dix-huit ans avant de changer d'identité... Avant de devenir madame Dan Harris, sa mère.

Le mot que sa sœur y avait joint ne l'avait pas davantage encouragée à maîtriser sa curiosité. Au contraire.

Je ne sais pas pourquoi l'idée de faire le ménage dans les papiers des parents m'a prise comme ça, tout d'un coup, la semaine dernière. Trois ans déjà que je remettais ça ! Entre nous, je n'étais pas vraiment à une journée, même à un mois près, hein ? En tout cas...

Toujours est-il que je m'y suis mise. J'en étais à la fin, à la huitième — l'ultime et non la moindre ! — caisse de paperasses, quand je suis tombée sur ce bouquin. J'ai dû forcer la serrure du fermoir parce que je ne trouvais pas la clé. J'avoue que là, pendant quelques secondes, j'ai un peu eu l'impression de commettre une sorte de sacrilège… Un petit moment de honte, quoi, qui ne m'a pas arrêtée. Je ne me suis pas demandé si j'avais le droit de le lire ou pas, j'ai foncé. Et je me suis retrouvée sens dessus dessous. Complètement chamboulée. Normal, je suppose, de l'être, le jour où on découvre que sa mère n'était pas aussi parfaite qu'on se l'imaginait. Dans le genre grosses conneries, ben, maman, tu vois, elle ne donnait pas sa place. Je te l'apprends, j'en suis sûre, et c'est tant mieux. Le choc sera moins grand…

Portant atteinte avec étourderie, sinon désinvolture, à une image qu'elle vénérait, la phrase avait choqué Alexandra.

Grosses conneries… Franchement ! avait-elle ronchonné en son for intérieur tout en poursuivant la lecture du billet qui s'achevait, cinq ou six lignes plus loin, sur un « Trente-deux tendresses (une pour chaque année de ma vie indiscutablement plus belle du seul fait que tu en aies toujours fait partie, ô toi, objet de ma vénération) et une tonne de bisous ! » dont la tournure, pourtant pleine d'humour et de gentillesse, n'avait réussi à lui tirer qu'une faible, très faible (et très décevante pour Vicky qui en avait escompté un franc éclat de rire) ébauche de sourire.

Encore sous le coup de l'indignation, elle s'était levée pour aller se chercher un verre d'eau. Puis, ayant posé le recueil de souvenirs sur ses genoux, elle s'était obligée à oublier la réflexion désobligeante de Vicky avant de soulever, et de tourner, doucement, respectueusement, la page de couverture.

Sans crainte, sans retenue, sans aucun *a priori* et, ajouterions-nous, sans filet de sécurité, elle avait quitté le présent pour sauter dans ce passé dont elle ne connaissait rien, ou à peu près rien. Et en avait émergé, quelques heures plus tard, avec une drôle d'expression mi-égarée, mi-farouche. Comme si elle avait plongé dans des eaux plus profondes qu'elle ne l'avait cru, et qu'il lui avait fallu, pour en revenir, rester en apnée plus longtemps qu'il n'était humainement possible de le concevoir.

Elle n'avait pas vraiment eu conscience de refermer le livre et de le poser sur la table à côté d'elle, pas plus d'ailleurs qu'elle n'avait eu conscience de fermer les yeux et de sombrer dans le sommeil.

De ce journal qui lui avait tout livré des espoirs, des rêves et des déceptions qu'avait pu vivre la jeune Hélène Levasseur entre son quatorzième et son dix-huitième anniversaire, et qui l'avait non seulement captivée, mais tantôt amusée, tantôt attendrie, parfois sidérée, parfois consternée et le plus souvent bouleversée, Alexandra n'avait retenu que deux choses : l'atmosphère générale de morosité, de pesanteur, qui en émanait et... un événement.

Un événement qui était relaté dans ses moindres détails, avec tant de méticulosité, tant de candeur, tant d'honnêteté aussi qu'elle n'avait pu, malgré elle, malgré son désir, immense, de ne pas y croire, douter de son authenticité.

Un événement que sa sœur avait, à son avis, durement jugé. Se retrouver enceinte à quinze ans, à une époque où, en Amérique du Nord, le puritanisme des catholiques frôlait le jansénisme, et où on était prêt à vous condamner, à vous rejeter, au mieux à vous excommunier pour un petit pas de travers, ce n'était pas une « grosse connerie », avait-elle pensé, c'était un drame épouvantable.

Un événement que leur mère avait si bien occulté que personne dans la famille, ni elle, ni Vicky, ni l'aîné, Philippe, ni leur père non plus, elle en était convaincue, n'en avait jamais rien su. Qu'était devenu ce bébé, ce garçon qu'elle avait appelé Ludovic et qu'on l'avait forcée à donner en adoption dès sa naissance ?

La question l'avait effleurée. Elle ne s'y était pas arrêtée. Elle était trop fatiguée pour ça, trop secouée, trop saturée d'émotions, trop épuisée pour réfléchir à cette histoire.

CHAPITRE XV

Le vitrier fut le premier à se présenter. À 8 h 50, il était déjà là, sous le porche, à appuyer sur la sonnette et à frapper comme un sourd sur le battant de la porte.

Alexandra s'éveilla en sursaut. Instantanément, elle sut deux choses : la première, qu'elle s'était laissé surprendre en plein sommeil alors qu'elle aurait dû être debout depuis longtemps, sa toilette faite et ses deux premières tasses de café de la journée avalées ; la seconde, que la personne qui attendait si impatiemment dehors qu'on vienne lui ouvrir ne pouvait être que le vitrier ou le serrurier.

Le battement de ses artères s'était mis à résonner dans sa tête en un bruit presque aussi assourdissant que celui des coups de poing sur le bois.

Grouille-toi, bon sang ! Grouille-toi !... Vite !

Elle ne bâilla pas. Ne se frotta pas les yeux. Ne s'agita pas pour récupérer sa carabine qui, pendant la nuit, avait glissé entre les coussins et le dossier du canapé... Elle se leva d'un bond en criant :

— Oui... J'arrive ! J'arrive !

L'homme, un peu dur d'oreille sans doute, ne l'avait pas entendue et continuait à sonner et à cogner.

— Oui... Oui... cria-t-elle plus fort encore d'un ton où perçait, en plus de son énervement, un rien d'agressivité.

Puis, sur le seuil du vestibule :

— Qu'est-ce que c'est ?

Tandis qu'elle achevait sa question, son regard se posa, tout bête, sur les deux planches qu'elle avait clouées la veille, à mi-hauteur du chambranle, de part en part de l'ouverture.

Le martèlement s'était arrêté.

— Vitrerie Poulin, madame. Je viens pour la vitre à changer.

— Une seconde...

Elle se tourna vers le banc. Les tenailles... Où étaient-elles ? Elle ne les avait pas déposées là, hier ? Étouffant un juron, elle fonça vers la buanderie. De retour dans l'entrée, une main tenant l'outil et l'autre repoussant d'un geste fébrile la mèche de cheveux qui lui tombait sur les yeux, elle considéra l'installation qu'elle avait à démonter, et se sentit stupide.

Quelle idée avait-elle eue de se précipiter sur ses tenailles, comme ça, sans réfléchir ? se reprochait-elle. À quoi avait-elle pensé au juste ? Bon sang ! Les planches, il fallait les enlever, d'accord, sauf qu'il y avait tout de même huit clous de plantés là-dedans et que ce n'était pas évident d'annoncer au bonhomme qu'elle avait besoin de cinq bonnes minutes encore avant de pouvoir lui ouvrir.

Offre-lui un petit café, lui suggéra malicieusement son alter ego. Souvent, ça aide à faire passer les mauvaises nouvelles.

Alexandra soupira. Que ce fût parce qu'elle n'était pas tout à fait bien réveillée ou parce qu'elle était trop énervée, elle n'arrivait pas à se représenter le moyen de se sortir de cette situation qu'elle trouvait à la fois embarrassante et complètement ridicule. Pendant un moment elle resta là, silencieuse, désemparée, tout aussi incapable de maîtriser la panique qui la gagnait que de surmonter l'incertitude qui la paralysait.

L'homme frappa soudain, non contre la porte mais contre les carreaux de la fenêtre, à sa gauche. De surprise, Alexandra tressauta et eut la désagréable sensation que de la pointe de ses orteils à la racine de ses cheveux le sang refluait d'un coup vers son cœur. Revenue de sa frayeur, elle écarta les épais rideaux de laine derrière lesquels se cachait son visiteur — qui, malgré son bleu de travail, ressemblait plus, de par son attitude empreinte de suffisance, d'assurance et d'autorité, à un homme d'affaires, songeait-elle en le dévisageant, qu'à un ouvrier.

Elle n'eut pas le privilège de décider de la suite des opérations. « L'autoritaire » pointa d'un index énergique l'arrière de la terrasse et, sans s'inquiéter de savoir si elle était d'accord ou non pour le retrouver, comme il le lui indiquait, le lui ordonnait plutôt, près de la porte-patio, il en prit aussitôt la direction. Elle n'eut pas la possibilité non plus de bredouiller un quelconque souhait de bienvenue, ni de formuler des excuses, et encore moins de s'empêtrer dans d'inextricables explications quant aux raisons ou à la nature de ses difficultés ce matin-là à accueillir avec un minimum de correction une personne qui ne se présentait chez elle que parce qu'elle en avait elle-même, expressément, émis la requête. Là encore, elle dut suivre le rythme qui lui était imposé.

L'homme parvint à la porte-patio avant Alexandra et se comporta par la suite d'une manière si étrange qu'elle en oublia toute envie d'exprimer sa courtoisie, en mots ou en gestes.

À peine avait-elle commencé à repousser la baie vitrée sur ses rails qu'elle le vit poser un pied chaussé d'une de ces grosses bottines à bout renforcé d'acier sur le seuil de la porte, comme pour l'empêcher de la refermer, puis pencher vers elle une tête qui la dépassait bien de vingt centimètres, ce qui n'était pas pour la mettre à l'aise, pas plus que l'indéchiffrable sourire étirant ses lèvres ou l'indéfinissable lueur scintillant au fond de ses yeux. Instinctivement, elle recula d'un pas. Le sourire sur les lèvres se fit moqueur et la lueur au fond des yeux, taquine. Doucement mais fermement, il lui prit le poignet, l'éleva à hauteur de sa poitrine, lui retira les tenailles qu'elle n'avait plus conscience d'avoir en main et, sans avoir prononcé un mot, il s'éloigna tranquillement sur la terrasse.

Quand il réapparut deux ou trois minutes plus tard, toujours souriant, toujours silencieux, pour lui rendre l'outil qu'il lui avait emprunté ainsi que les matériaux qui obstruaient la fenêtre de la buanderie, Alexandra n'avait pas bougé de l'endroit où il l'avait laissée, mi-ahurie, mi-abasourdie. Terriblement perplexe, aussi.

Qu'est-ce qui s'était passé, au juste ? continuait-elle à se demander tandis qu'elle sortait de la cuisine pour aller dégager l'entrée avant que le serrurier ne s'y présente. Avait-elle réellement interprété l'attitude de l'homme comme une menace, et si oui, pourquoi n'avait-elle pas réagi différemment ? Qu'est-ce qui lui arrivait ? Non, sérieusement... Était-il possible de devenir paranoïaque, pour de vrai, comme ça, en l'espace d'une nuit seulement ?

Et s'il avait réellement représenté un danger pour toi, ce type-là, à quoi elle aurait bien pu te servir, ta belle Winchester restée dans le

187

salon, hein ? lui jeta méchamment sa petite voix intérieure. Tu crois que tu aurais eu le temps de courir la chercher avant qu'il ne te saute dessus ?

Alexandra ne voulut pas répondre à cette question. Elle glissa simplement les mâchoires de ses tenailles sous la tête d'un clou qu'elle commença aussitôt à tirer vers elle.

S'appliquant à ne penser à rien d'autre qu'à ce qu'elle faisait, elle sentit son esprit se fermer aux images de violence qui tentaient de l'envahir et en éprouva un grand soulagement.

* *
*

La matinée était déjà bien avancée quand elle put enfin se préparer pour partir. Elle avait espéré être libre un peu plus tôt, songeait-elle tout en montant dans sa jeep, mais bon... Pourquoi s'énerver avec ça ? Une demi-heure de retard, ce n'était pas la mer à boire, finalement. Il lui restait encore tout le temps qu'il lui fallait, et même plus, pour réaliser le reste du programme qu'elle s'était fixé pour la journée.

Si ce dernier n'avait pas été scrupuleusement respecté jusqu'à présent dans les délais prévus, du moins l'avait-il été dans la forme : la vitre de la fenêtre avait été remplacée, la serrure de la porte idem et la déclaration de vol auprès de sa compagnie d'assurances, effectuée par téléphone — non sans quelque ergotage autour de sa demande d'indemnisation —, puis confirmée par écrit.

Alexandra n'aimait pas trop l'idée d'avoir à quitter sa maison, ne fût-ce que pour une heure ou deux. Elle craignait de la retrouver à son retour complètement saccagée, salie, souillée de nouveau et avait dû se faire violence tant pour se décider à s'en éloigner que pour cesser de penser à cette crainte qu'elle lui inspirait et qui lui était insupportable. En refermant la grille derrière elle, elle regretta de ne pouvoir la cadenasser, ce qui eut pour effet l'ajout de deux articles à sa liste d'achats : une chaîne et un cadenas.

Elle avait repris le volant de sa Cherokee et s'était avancée jusqu'au bord de la route quand elle s'aperçut qu'elle avait oublié la lettre adressée à son assureur... Seigneur ! où avait-elle la tête, se dit-elle.

Manifestant son agacement par un claquement de sa langue contre son palais, Alexandra redescendit de la jeep et marcha vers la colonne de pierre sur laquelle s'accrochait, telle une excroissance honteuse, l'horreur en métal qui avait pour fonction de recevoir son courrier — celui qui lui était expédié et celui qu'elle voulait envoyer.

Récupérer l'enveloppe au fond de son sac, la glisser à l'intérieur de la boîte, relever le drapeau rouge sur le dessus de celle-ci afin de signaler au facteur qu'il y avait des lettres à poster, remonter dans sa voiture... tous ces gestes de peu d'importance lui avaient occupé l'esprit, si bien qu'elle ne pensait plus du tout aux risques auxquels elle croyait sa demeure exposée.

Ce fut seulement quelques minutes plus tard, quand elle vit le soleil briller autour d'elle, qu'elle sentit ses craintes lui revenir.

Par beau temps, songeait-elle, les gens s'aventurent plus volontiers à l'extérieur. Pourquoi ne pleuvait-il pas ? Pourquoi ne tombait-il pas des cordes ? Elle aurait été plus tranquille... Frank détestait la pluie. Ces jours-là, il ne sortait que s'il y était vraiment obligé, et venir saccager sa maison n'était sûrement pas une obligation pour lui, plutôt un plaisir.

Mon Dieu, faites qu'il soit malade aujourd'hui. Faites qu'il ne puisse s'approcher de chez moi. Je vous en prie...

À Bedford où elle n'était venue qu'une fois depuis qu'elle habitait la région, il y avait foule sur les trottoirs de la rue principale... Normal, pensa Alexandra. La température s'y prêtait, le vent tiède, léger et caressant, également, et comme l'heure du déjeuner approchait, tout le monde avait envie de profiter d'une place ensoleillée à l'une ou l'autre des rares terrasses qu'avaient à offrir les restaurants de la ville.

En un peu moins d'une heure, elle avait trouvé et acheté tout ce qui figurait sur sa liste. Et contrairement à ce qu'elle s'était imaginé, elle n'avait pas eu, pour ça, à courir d'un bout à l'autre de la grande artère qui s'ouvrait devant elle, ni à se colleter avec trente-six vendeurs... Deux seulement. Et de surcroît, deux très avenantes, très gentilles, très empressées, petites madames.

À vrai dire, elle avait eu de la chance. Non parce que la quincaillerie par où elle avait décidé de commencer ses achats contenait déjà la presque totalité des articles qu'il lui fallait — chaînes, cadenas, stores, crayons en cire pour bois... ils avaient tout, de tous les modèles et de toutes les couleurs, c'était génial, s'était-elle dit en redécouvrant, ravie, les belles allées aux étagères bien rangées et parfaitement approvisionnées —, mais parce qu'elle n'avait eu, en ressortant de là, qu'à regarder un peu autour d'elle pour repérer le commerce où elle allait pouvoir, en ne se déplaçant que de dix ou douze mètres vers sa gauche, se procurer le reste : téléphone, répondeur, et pourquoi pas, tant qu'elle y était, minichaîne stéréo.

Alexandra n'était pas quelqu'un de particulièrement près de ses sous, mais elle connaissait la valeur de l'argent. Et les limites de son budget. Bien que ses parents leur aient laissé, à elle et à Vicky, une confortable rente et que la vente de ses tableaux, lors de sa dernière exposition, eût été plus qu'encourageante, elle ne roulait pas sur l'or et n'aimait pas plus grignoter son capital qu'utiliser ses cartes de crédit, se livrer à des dépenses excessives ou, comme c'était le cas ici pour le nouveau lecteur de disques compacts, pensait-elle, à des achats compulsifs.

Fini les folies avec sa Visa... Fini aussi les emplettes, avait-elle décrété et conclu en chargeant le coffre de sa Cherokee de ses trois dernières acquisitions. Elle avait conclu un peu trop vite... Avisant l'enseigne du supermarché un peu plus loin, de l'autre côté de la rue, elle se mit à réfléchir au fait que si elle ne saisissait pas tout de suite l'occasion d'y passer sa commande d'épicerie de la semaine, elle aurait à s'occuper de cette corvée le lendemain, et donc à s'éloigner de nouveau de sa maison.

L'argument étant de poids, elle ne fut pas longue à se décider. Ni à conduire la jeep sur le terrain de stationnement situé à l'arrière du bâtiment. Elle prit tout de même le temps, avant de franchir les portes automatiques, de vérifier qu'elle avait suffisamment d'argent liquide sur elle.

Malgré sa demi-heure de retard au départ et cet arrêt imprévu au supermarché, elle n'en était pas moins en avance de trente minutes sur son programme de la journée, avait constaté Alexandra en arrivant à Pigeon Hill.

De cette constatation, elle avait tiré autant de joie que de soulagement... Elle avait tellement à faire encore avant le coucher du soleil que ce gain de temps ne pouvait mieux tomber, songeait-elle en manœuvrant son véhicule de manière à en amener le hayon tout près des marches du perron.

Elle eut un serrement de cœur en insérant ses clés dans la serrure, mais dès qu'elle eut ouvert la porte et vu Sam bondir dans le couloir à sa rencontre, elle fut rassurée.

En déposant sa Winchester sur le banc (elle n'ignorait pas qu'il était interdit de transporter une arme chargée avec soi, mais n'ayant pu se résoudre à s'en séparer, elle l'avait cachée à l'arrière de la Cherokee, dans le compartiment secret sous le tapis), elle pensa qu'elle n'avait jamais eu aussi hâte, ni aussi peur, de rentrer chez elle. Évidemment, avant, elle ne se demandait pas dans quel état elle retrouverait sa maison à son retour. Qu'on puisse y pénétrer sans y avoir été formellement invité ne lui effleurait même pas l'esprit, alors, anticiper le vandalisme, le cambriolage...

Merci mon Dieu. Merci !

Un amour, ce bon Dieu, c'est vrai... Un as de la protection ! lui lança son alter ego qui s'était délicieusement tenu coi pendant tout le trajet du retour. Comment crois-tu qu'il s'en est occupé, de ton Frank ? Peut-être qu'il lui a, de ses belles mains divines, lui-même foulé un pied, hein ? Ou un peu tordu les jambes ? Ou...

— Suffit ! gronda Alexandra d'une voix sourde. Fous-moi la paix avec Frank. Je ne veux plus en entendre parler, d'accord ?

Sam leva la tête vers elle.

Dans les yeux d'un bleu profond qui la fixaient sans ciller, il lui sembla percevoir comme une petite lueur d'inquiétude.

Elle lui sourit.

— Non, mon Samy, murmura-t-elle en se penchant pour le caresser, je ne suis pas devenue folle.

Pas encore, fut-elle à deux doigts de préciser, mais elle s'abstint. Elle se contenta d'aspirer l'air bruyamment entre ses lèvres tout en

191

se redressant, puis sortit sur le perron, pressée tout à coup d'avoir fini de décharger la jeep.

* *
*

Elle descendit de son escabeau et recula jusqu'au milieu de la pièce pour juger de l'effet du store qu'elle venait d'installer devant la porte-patio.

C'était le dernier, le plus grand, le plus difficile à poser, avait-elle pensé avant de s'attaquer à sa mise en place... Elle avait eu tellement de mal avec les deux autres, moins larges et moins hauts, qu'en abordant la pose de celui-là, elle ne s'était pas sentie follement optimiste. Même que prise d'une brusque et irrépressible envie d'abandonner, de tout laisser en plan, elle avait été à un poil de s'asseoir et de ne plus rien faire d'autre que pleurer toutes les larmes de son corps. Mais heureusement, l'idée de passer une seconde soirée à se demander si quelqu'un était là, dans le noir, en train de l'épier, lui avait donné le coup de fouet nécessaire pour achever le travail.

Considérant avec fierté qu'elle s'en était assez bien tirée pour une novice en bricolage, et soupirant d'aise, tant parce qu'elle était arrivée à bout de ce qu'elle avait perçu comme une montagne quasi impossible à franchir que parce que le résultat final était loin d'être catastrophique, elle exprima son contentement. À sa manière. Laconique, ironique, un peu vague. Impassible extérieurement, exubérante (si ! si !) intérieurement. Elle s'exclama donc à mi-voix :

— Pas mal. Pas mal du tout !

Pendant quelques secondes, elle laissa son regard errer dans la pièce, savourant pleinement sa satisfaction, puis, s'inquiétant soudain de l'heure qu'il pouvait être, elle consulta sa montre. Les aiguilles indiquaient 15 h 25. Convaincue qu'elle n'avait pas bien regardé, elle vérifia de nouveau. Et ses yeux s'agrandirent de surprise. Comment s'était-elle débrouillée pour terminer aussi tôt ? se demandait-elle. Elle en était toute décontenancée. Le programme qu'elle s'était fixé le matin aurait dû la tenir occupée jusqu'au souper — c'était du moins l'impression qu'elle avait eue —, et voilà qu'elle se retrouvait au beau milieu de l'après-midi à pied d'œuvre, et pas seulement déconcertée de l'être mais presque consternée... Elle ne pouvait pas rester à ne rien faire. Quoi, avoir plein de temps devant elle pour réfléchir ? Seigneur, quelle angoisse !

Non, non. Elle avait sûrement oublié quelque chose. Voyons... Elle avait réinstallé les trois nouveaux appareils à leur place : le téléphone et le répondeur sur le comptoir, dans la cuisine, la minichaîne stéréo sur sa tablette, dans la bibliothèque du salon. Elle avait rebouché tous les trous dans le chambranle de la fenêtre, de même que dans celui de la porte. Quant aux stores, eh bien, c'était maintenant une question résolue, non ?

Sors ! Va prendre l'air, lui suggéra sa petite voix. On ne sait jamais... Ça pourrait t'inspirer.

Excellente idée ! approuva Alexandra en son for intérieur.

C'était d'autant plus une bonne idée, songeait-elle tout en allant ranger son escabeau et son tournevis dans la buanderie, qu'il fallait de toute façon qu'elle aille dehors... La chaîne et le cadenas, elle ne les avait toujours pas installés sur la grille. Est-ce qu'elle ne se les était pas procurés avec l'intention de s'en servir aujourd'hui même ? Est-ce que cette corvée ne figurait pas, elle aussi, sur son programme de la journée ? Parfaitement. Alors quoi ? Pourquoi n'y avait-elle pas pensé toute seule ? Bon sang ! comme si elle avait besoin à son âge qu'on lui rafraîchisse la mémoire ! Comme si elle avait besoin que *l'autre*, là, cette emmerdeuse de première qui se planquait dans les replis de son cerveau et qui avait déjà trop souvent l'occasion de se manifester, puisse dorénavant se justifier de ses interventions en affirmant que sans elle, c'était couru d'avance, elle aurait vite fait d'être atteinte par la maladie d'Alzheimer !...

Arrête, Alex... Merde, arrête ! Si tu continues, tu n'auras même pas le temps de souffrir d'Alzheimer... Tu auras perdu les pédales avant !

Tenant de la main droite sa Winchester, canon pointé vers le haut en appui contre son épaule, et, de la gauche, le sac contenant la chaîne et le cadenas, Alexandra marchait vers le portail en s'efforçant de chasser de son esprit la question qui venait d'y surgir : de quoi s'imaginait-elle avoir l'air au juste avec cette arme qu'elle traînait partout avec elle ?... D'un chasseur, d'une fauteuse de troubles ou d'une foutue folle en pleine crise de paranoïa ? À tout le moins, d'une femme effrayée, terrifiée, non ?

Sans doute... Sûrement pas d'un peintre, en tout cas !

Et alors ? continua-t-elle malgré elle, en proie à une subite poussée de révolte. En quoi ça importait, l'air qu'elle avait ? Mis à part une certaine personne qui ne lui voulait pas que du bien, qui est-ce que ça pouvait déranger ? Elle était sur son terrain, sur son territoire, et ceux qui n'aimaient pas sa manière de se comporter n'avaient qu'à ne pas venir y regarder de plus près, c'est tout !

En s'engageant dans le tournant, au bout de l'allée, elle prit conscience de la saveur âcre qu'elle avait dans la bouche. Et de sa colère... Elle la sentait gronder en elle, bouillonner dans ses veines, y charrier le sang à toute vitesse. Violemment. À lui en donner des palpitations.

On se calme. On se calme, se dit-elle, tout aussi inquiète, et consternée, des battements désordonnés qui agitaient son cœur que de l'étrange souhait qui l'avait embrasé : qu'il se présente le beau Frank, qu'il s'amène, ce salaud, tout de suite, qu'on lui arrange le portrait une fois pour toutes !

Elle leva les yeux, et de contempler la grille dont elle n'était plus qu'à quelques mètres n'eut pas pour effet de l'aider à se refroidir les humeurs. Au contraire !

Dans quel sorte de monde vivait-on, maugréait-elle en déposant la Winchester sur le sol, à côté d'elle, pour qu'elle soit obligée d'accepter l'idée qu'elle pouvait être agressée, n'importe quand, à n'importe quel moment du jour ou de la nuit et, comme si ça ne suffisait pas, qu'elle soit contrainte en plus de se barricader, de s'emprisonner, littéralement, pour se protéger de la menace qui pesait sur elle ? Bon sang ! C'était elle la victime, oui ou non ?

Avec une brusquerie n'ayant nulle autre raison que celle d'extérioriser un peu de cette rogne qui l'oppressait, elle vida le sac de son contenu, le glissa dans la poche de sa salopette, enroula ensuite rapidement la chaîne autour du bras qui maintenait fermés les doubles vantaux et la cadenassa.

Lorsqu'elle se pencha pour ramasser son arme, une curieuse image se glissa soudain au centre de ses pensées. Vague au début, celle-ci se précisa au fur et à mesure qu'elle se redressait et devint tout à fait claire quand son regard se fut à nouveau tourné vers le portail.

Curieuse image en effet que celle de cette jeune femme à la chevelure roussâtre qu'elle voyait descendre de sa jeep, marcher vers elle en frottant nerveusement ses paumes sur son jean, puis attraper de ses deux mains la lourde barre de fer et la lever jusqu'à ce que les deux battants soient séparés l'un de l'autre.

Pourquoi se revoyait-elle ainsi ? se demanda-t-elle tout en effectuant un demi-tour sur elle-même pour regagner la maison. La scène évoquée correspondait à quel moment ? À son retour de Bedford, le midi, ou... Non, elle n'avait pas mis ses jeans pour y aller, mais sa salopette. Celle qu'elle avait d'ailleurs encore sur elle. Par contre, hier, en revenant de Sherbrooke...

Elle s'arrêta brusquement au milieu de l'allée, jeta un coup d'œil par-dessus son épaule, comme si regarder la grille pouvait l'aider à trouver une réponse à ses questions, secoua la tête d'un air perplexe et se remit en marche.

Il y avait une raison à cette vision, elle en était sûre, mais elle n'arrivait pas à voir de quoi il s'agissait... Trop fatiguée, sans doute, en avait-elle conclu brièvement en s'efforçant de ne plus y penser.

Alexandra n'avait pas entièrement tort. Cette vision avait en effet une raison, comportait un message que son subconscient cherchait à lui transmettre, et elle était en effet trop fatiguée, surtout trop effrayée encore, pour le décoder... Un mal pour un bien. Tant qu'elle en ignorerait la teneur — qu'elle finirait de toute façon par saisir, et cela à plus ou moins court terme —, elle y gagnerait, si on pouvait dire ainsi compte tenu des circonstances, une certaine tranquillité d'esprit.

CHAPITRE XVI

Cette deuxième soirée consécutive au cambriolage se déroula presque de la même façon pour Alexandra que la première. Un emploi du temps pratiquement identique. En gros, toilette, dîner, télévision et conversation téléphonique. Avec toutefois de larges variantes, et dans les détails, et dans la manière de l'amorcer...

Il n'était pas encore six heures du soir que la jeune femme dormait. Comme un loir. À peine rentrée de sa courte promenade dehors — dont le but n'était autre que de cadenasser la grille, et non de prendre l'air, ni de se dégourdir les jambes, et certainement pas non plus de se mettre en colère ou de s'inquiéter d'une certaine vision —, elle avait coupé la sonnerie du téléphone puis s'était allongée dans le salon pour se reposer un peu.

Dix minutes, maximum, s'était-elle dit en fermant les yeux. La plus petite des deux aiguilles sur sa montre était passée du chiffre quatre au chiffre cinq et, si Sam ne s'en était pas mêlé, sans doute aurait-elle eu le temps de faire le tour complet du cadran avant qu'Alexandra ne sorte de son profond sommeil.

Ce fut à 17 h 30 tapantes que l'animal se décida à intervenir. Il avait faim, il avait soif, et ses plats étaient tous deux vides. Avec assurance et détermination, il s'approcha de sa maîtresse et commença par lui miauler sa préoccupation. D'habitude, elle réagissait assez vite à ses petits miaulements, mais là, pour une raison qui lui échappait, elle ne semblait pas pressée d'y répondre : elle avait bougé, certes, mais uniquement pour se tourner sur le dos. Pendant un moment, il fouetta l'air de sa queue. Dépité et décontenancé qu'il était le cher Sam. Résolu à se faire entendre, il posa ses pattes antérieures sur le rebord du canapé, se pencha vers Alexandra et, lui râpant la joue d'un généreux coup de langue, la réveilla. Il lui fallut cependant insister, y aller d'au moins deux ou trois lèchements supplémentaires pour qu'elle consente enfin à ouvrir un œil — qui n'avait rien de très, très vif.

— Ah, Sam... Qu'est-ce que tu fais ? se plaignit-elle en repoussant mollement l'animal.

Comme il revenait à la charge, s'en prenant cette fois au lobe de son oreille, elle comprit qu'il n'abandonnerait pas tant qu'elle ne se serait pas redressée.

— Ça va ! Ça va ! reprit-elle d'un ton bourru. Je me lève...

Joignant le geste à la parole, elle souleva ses épaules, s'arc-bouta sur ses coudes et laissa pendre sa jambe droite sur le devant du canapé.

— Je suis presque debout, là, d'accord ?

D'un naturel plutôt méfiant, Sam regarda le pied qu'elle avait posé par terre avant de riposter par un miaulement qui, en langage humain, pouvait se traduire ainsi : « Et ton autre pied, tu le poses aussi, ou pas ? »

— J'arrive, je te dis, enchaîna-t-elle tout en s'efforçant de s'asseoir. Laisse-moi le temps de souffler une minute, quoi... Y a pas le feu, bon sang !

Passer de l'horizontale à la verticale lui avait demandé un effort de volonté considérable. Elle n'avait aucune envie de bouger, de se remuer... de s'affairer.

Bien qu'elle ne se fût jamais enivrée de sa vie, elle avait l'impression d'être complètement éméchée. Pour sûr, elle en avait tous les symptômes : bouche pâteuse, tête lourde, nausées, étourdissements, sueurs... Elle aurait descendu une bouteille de vin avant de s'endormir, elle n'aurait pas été plus groggy qu'elle ne l'était, songea-t-elle en emboîtant le pas à Sam.

Dans la cuisine, au moment où elle déposait sa carabine sur la table, elle eut un éblouissement. Elle crut qu'elle allait s'évanouir. À tâtons, une main sur les yeux pour les protéger de la lumière qui les blessait, elle se dirigea vers l'évier. Elle s'aspergea le visage avec de l'eau froide, en avala quelques gorgées et la sensation de vertige disparut.

Une autre femme se serait inquiétée de ce malaise. Alexandra, non... Elle ne pensa pas qu'elle avait peut-être trop abusé de ses forces ces derniers temps, qu'elle ne s'était pas suffisamment reposée, ni convenablement alimentée, qu'elle avait subi un choc lors de la découverte du cambriolage et que cet étourdissement pouvait en être ou un signe, ou une conséquence, ou les deux à la fois. Elle pensa seulement qu'elle n'aurait pas dû se coucher à cette heure-là de la journée, que ça l'avait toute déboussolée au lieu de la requinquer. Que, décidément, les petits sommes l'après-midi ne lui réussissaient pas.

Ça m'apprendra... grogna-t-elle intérieurement tout en essuyant sa figure à même la manche de son chemisier.

Rapidement, elle nettoya les bols de Sam, les remplit, puis, ne voyant aucune raison de s'attarder dans la pièce, elle en sortit et monta à l'étage, non sans avoir au préalable vérifié la fermeture de la porte-patio et glissé sa Winchester sous son bras.

Raisonnable, Alexandra ne se serait pas contentée de nourrir son chat, elle se serait obligée à s'installer, elle aussi, devant un bon repas... Quelque chose de consistant, de copieux, de plus nutritif que la salade de fruits qu'elle avait mangée sur le coup de midi, au retour de ses courses à Bedford. Mais elle ne l'était pas. Se conduire avec bon sens et mesure, en tout temps et en toute circonstance, n'avait jamais été une de ses préoccupations quand sa vie était au beau fixe, alors pourquoi en aurait-il été autrement maintenant que tout allait de travers ? De toute façon, elle n'avait pas faim et ne se souciait pas de savoir si sa conduite était raisonnable ou non.

Normalement, elle aurait opté pour une douche plutôt que pour un bain. Cependant, comme elle se sentait courbatue, mal fichue, l'idée d'une trempette dans une eau très chaude, additionnée, tant qu'à faire, d'une huile adoucissante, lui parut des plus séduisantes.

Sa carabine une fois installée sur le muret, à la tête de la baignoire, elle se glissa dans l'eau, ferma les yeux, comme pour mieux savourer le bien-être que lui procurait toute cette chaleur, et... s'endormit. Encore !

— Oh, non, c'est pas vrai ! fit-elle d'un ton découragé, quand elle se réveilla cinquante minutes plus tard, grelottante et à nouveau complètement déboussolée.

Elle se sécha rapidement, enfila son pyjama en coton ouaté et, sans oublier de récupérer sa Winchester, redescendit dans la cuisine.

Sur ses bras et ses jambes, là où la peau était irritée, elle n'avait appliqué cette fois que de l'huile d'amande, car elle craignait que l'argile n'aggravât son problème de desquamation. Quant à sa main droite, les doigts n'en étant plus enflés, juste sensibles, elle l'avait traitée de la même façon que le matin : en l'ignorant. Tout simplement.

* *
*

Son petit somme dans la salle de bains ne l'avait pas mise de meilleure humeur que celui qu'elle avait fait dans le salon. En revanche, il lui avait ouvert l'appétit... Pas au point de lui donner envie d'un festin, mais assez pour lui donner l'idée de manger, ce qui était déjà un bon début.

Tandis que, de son épaule, elle bloquait la porte du réfrigérateur pour l'empêcher de se refermer tout en s'efforçant de se convaincre qu'elle avait réellement faim, Alexandra contemplait les étagères pleines de nourriture, l'air indécis et de plus en plus dégoûté.

Consciente que si elle ne se décidait pas très vite, son inappétence, pour ne pas dire son dégoût, allait finir par l'emporter, elle saisit la casserole qui contenait encore trois des quatre portions du sachet de soupe aux légumes dont elle avait fait son dîner la veille, et s'empressa de la porter sur la cuisinière.

Ce n'était pas ce qu'il y avait de plus nourrissant comme plat, marmonnait-elle intérieurement, mais c'était tout de même mieux que rien. Elle n'avait donc pas à culpabiliser. Le principal n'était-il pas qu'elle s'oblige à avaler quelque chose ? Oui ? Bon, alors !...

Dans l'attente de pouvoir passer à table, elle se mit à arpenter la pièce. Tout à coup, elle s'arrêta net. Bien qu'elle fût absorbée dans ses réflexions, elle avait remarqué que la lumière de son répondeur clignotait. Elle s'approcha de l'appareil.

Au bip sonore annonçant le premier appel, instinctivement, elle retint son souffle.

« Alex chérie », entendit-elle susurrer son agent Malcolm, « je viens de rentrer de New York. Dis-moi, ma biche, tu travailles tout le temps ou ça t'arrive, à certaines heures, de lâcher tes pinceaux ? Si c'est le cas ce soir, appelle-moi, d'accord ? Je ne bouge pas de chez moi... Bisous, bisous ! »

Soupir de soulagement. Puis respiration à nouveau bloquée.

« Alexandra », murmura une voix qui lui fit écarquiller les yeux de surprise, « c'est John. Je... euh... J'imagine que tu n'es pas encore revenue de Sherbrooke. J'espère que tu vas bien et que... Enfin, ce serait chouette que tu me donnes de tes nouvelles dès que tu arrives. Même s'il est très tard ! Je t'embrasse. »

Des mots, des phrases encore, et non, comme elle l'avait craint, un long et terrifiant silence.

Double bip sonore. Fin d'enregistrement.

Merci, mon Dieu ! Merci !

Autres remerciements muets. Autre soupir. Nuancé, celui-là.

Libérée de son appréhension, Alexandra l'était. Totalement soulagée ? Non, pas vraiment.

Machinalement, elle repoussa le bouton commandant la sonnerie du téléphone, qu'elle avait coupée avant de s'installer au salon pour se reposer.

Les choses auraient été tellement plus faciles, songeait-elle avec une pointe d'agacement, si John Kennedy avait pu l'oublier. Avait-elle pensé à lui, elle, ces derniers jours ? Absolument pas. En ce cas, qu'avait-il besoin, lui, de penser à elle et, comme si ça ne suffisait pas, de se rappeler en plus à son bon souvenir ? Seigneur ! ne pouvait-il rester tranquille dans son coin et la laisser en paix ? Et elle... Qu'avait-elle besoin de s'énerver avec cette histoire ? Des raisons de se prendre la tête, elle en avait déjà plus qu'il ne lui en fallait, non ? Pourquoi en rajouter ?

D'autant plus qu'il n'y avait franchement pas là de quoi dramatiser. Le problème, si problème il y avait, était simple à régler, conclut-elle. Tout ce qu'elle avait à faire, c'était de lui téléphoner et de lui expliquer gentiment qu'elle ne comptait pas le revoir. En homme intelligent qu'il était, il comprendrait. Et s'il était le quart moins orgueilleux que ce qu'elle le soupçonnait d'être, il n'insisterait pas.

Elle en était là de ses réflexions quand un bruit insolite attira soudain son attention.

— Oh, non... gémit-elle en portant son regard vers la cuisinière.

Le couvercle dansait sur la casserole. Sa soupe était en train de déborder.

* *
*

Elle aurait dû la jeter. On lui avait toujours dit : « Une soupe, ça se réchauffe à feu doux. » On ne lui avait pas précisé de façon non équivoque que le fait de la laisser bouillir la rendait automatiquement impropre à la consommation, mais c'est ainsi qu'elle l'avait toujours compris. Quoi qu'il en soit, elle l'avait tout de même ingérée, sa soupe bouillie. Et n'avait pas tardé à le regretter... Elle n'était pas assise depuis plus d'un quart d'heure devant la télé qu'elle avait commencé à éprouver une sensation de lourdeur, puis de chaleur intense à l'épigastre, accompagnée de remontées acides. Il ne lui en avait pas fallu davantage, bien sûr, pour s'imaginer, et très vite se persuader, que son dîner lui était resté sur l'estomac.

Elle aurait dû la jeter... ne cessait-elle de se répéter. Bon sang, elle le savait pourtant ! Qu'est-ce qui lui avait pris d'aller avaler cette saleté ?

Ayant calé l'un des coussins du canapé contre son ventre, elle referma ses bras dessus et se pencha vers l'avant. Son malaise ne s'en trouvant pas changé d'un iota, elle se leva en se disant que marcher un peu faciliterait sa digestion. Elle ne devait surtout pas s'affoler. Il n'y avait vraiment pas de quoi... D'ici cinq minutes, tout serait rentré dans l'ordre.

Tandis qu'elle parcourait la pièce en longueur pour la troisième fois, elle eut soudain l'impression que son état, loin de s'améliorer, s'était sérieusement aggravé. N'avait-elle pas de drôles de frissons ?

Des spasmes bizarres ? Et ces aigreurs qui s'étaient muées en crampes brûlantes... ? Doux Jésus !

Prise de panique, se voyant déjà tomber raide morte sur le plancher, empoisonnée de la plus absurde manière qui soit, elle se rua dans la salle de bains pour se faire vomir.

De retour au rez-de-chaussée, songeant que le mieux à faire maintenant était de noyer tout ce qui pouvait lui rester de poison dans l'estomac, elle se campa devant l'évier et se mit à boire verre d'eau sur verre d'eau.

Tu n'as rien... Tu n'es pas intoxiquée... C'est dans ta tête que ça se passe...

Elle posa son verre et ferma les yeux, le temps de reprendre son souffle et d'achever par la même occasion de se convaincre qu'elle n'était ni en danger, ni réellement malade. Tout au plus souffrait-elle d'une légère indigestion qui était moins en rapport avec ce qu'elle avait mangé qu'avec la façon dont elle l'avait mangé, se disait-elle. Elle aurait été plus calme au moment de passer à table, elle aurait mieux digéré son repas.

C'est ça ton problème, ma fille... Les nerfs. Juste les nerfs.

Ce en quoi elle n'avait pas tout à fait tort. En tout cas, le bond qu'elle venait de faire en entendant la sonnerie du téléphone ne démontrait pas le contraire.

Le répondeur s'était enclenché. Alexandra s'approcha de l'appareil avec une sourde inquiétude. Elle n'arrêta l'enregistrement que lorsqu'elle eut reconnu la voix.

— Alex, c'est moi. Si tu es là...

— Je suis là, lança Alexandra qui s'était empressée de décrocher le récepteur et de se le coller à l'oreille.

— Me semble qu'on avait convenu, hier, que tu m'appellerais, non ?

— Excuse-moi, j'avais...

— Complètement oublié, oui, je sais. Décidément, ça devient une habitude chez toi.

Aucune parade ne lui venant à l'esprit, Alexandra se contenta de pousser un soupir ennuyé.

— Bon, continua Vicky d'un ton neutre, si on parlait d'autre chose...

— Vas-y. Je te laisse commencer. Je ne voudrais pas t'enlever le plaisir de me demander : « Au fait, la fameuse enveloppe que je t'ai donnée, tu l'as ouverte ou pas ? »

— Ce n'est pas exactement ce que j'avais en tête.

— Je vois. Plus précis que ça encore, hein ? Très bien ! Qu'est-ce que tu penses de : « Au fait, le journal de maman qu'il y avait dans la fameuse enveloppe que je t'ai donnée, tu l'as lu ou pas ? »

— J'en pense que tu ne pouvais pas tomber plus juste, murmura Vicky d'une voix douce, mi-retenue, mi-tendue.

Elle avait l'impression, tout à coup, non pas de marcher sur des œufs, mais sur un terrain miné. Explosif, même.

Il y eut un moment de silence, au bout duquel Alexandra déclara :

— Maintenant que la question est posée, je suppose que tu t'attends à ce que j'y réponde ?

— Ben... à ton avis ?

Alexandra fit claquer sa langue contre son palais.

— La réponse, lui jeta-t-elle, malgré l'étrange résistance qu'elle sentait au fond d'elle-même et qu'elle ne comprenait pas, la voilà : oui, je l'ai lu, et oui, je suis au courant que notre mère a eu un enfant avant son mariage. Et non, je n'ai pas envie de commenter l'événement.

Le ton avec lequel elle avait prononcé sa dernière phrase contenait quelque chose de tranchant, de définitif. De si grave, ou de si dur, que son interlocutrice ne pouvait supposer, ne fût-ce qu'un instant, qu'elle cherchait à la mettre en boîte.

— Pourquoi ? s'exclama Vicky, sincèrement surprise.

Elle tira nerveusement une bouffée de la cigarette qu'elle venait de s'allumer et comme son aînée ne semblait pas pressée de s'expliquer, elle poursuivit :

— Enfin quoi, Alex... Il ne s'agit pas de critiquer le comportement de maman, mais d'en analyser les conséquences. Que tu le veuilles ou non, nous avons un frère, là, quelque part, enfin un demi-frère, et...

— Le seul frère que nous n'ayons jamais eu se trouve au cimetière, enchaîna vivement Alexandra. Tu l'as peut-être oublié... Moi, pas.

On s'en doute que tu ne l'as pas oublié, songea Vicky. Comment le pourrais-tu, alors que tu t'es toujours sentie responsable de sa mort, alors que tu n'as jamais cessé de te répéter que si tu n'avais pas modifié tes projets ce jour-là, que si tu étais allée au cinéma avec lui comme prévu, Philippe serait encore en vie aujourd'hui... Il n'aurait pas été se balader sur sa maudite moto, il n'aurait pas été s'écraser sous les roues de ce maudit camion, et toi, tu ne traînerais pas cette maudite culpabilité qui te ronge le cœur depuis plus de dix-sept ans.

— Plutôt vacharde comme réflexion ! protesta-t-elle.

— Je n'avais pas l'intention de te blesser.

— Bien sûr. Juste me secouer un peu. Me remettre la tête d'aplomb. En d'autres mots, m'empêcher de prendre mes désirs pour des réalités.

— Exactement ! Si tu crois que je n'ai pas deviné où tu voulais en venir. Ton histoire à dormir debout, avec retrouvailles à la clé et tout le tralala... Parce que c'est bien à ça que tu penses, non ?

— Ben, en fait...

— Tu te la sors du crâne, cette idée, d'accord ?

— Alex ! J'ai... j'ai déjà entrepris des démarches.

— C'est pas vrai ! s'exclama Alexandra d'un ton atterré.

Consciente de l'effet négatif, voire catastrophique, que son aveu avait eu sur sa sœur, mais incapable d'en saisir la raison, Vicky se sentit encore plus embarrassée qu'elle ne l'était quelques minutes plus tôt.

Elle marchait réellement sur un terrain miné, se disait-elle. Ce n'était pas du tout pure invention de sa part. Le dispositif de mise à feu avait été déclenché. Il ne lui restait plus à présent qu'à tenter de limiter les dégâts.

— Je ne comprends pas pourquoi tu te mets dans tous tes états, avança-t-elle prudemment.

Puis, n'obtenant qu'un soupir agacé, elle ajouta :

— Franchement, qu'y a-t-il de mal à essayer de savoir ce qu'il est devenu, ce bébé, hein, dis-moi ? En quoi est-ce que ça te dérange ? Cette enquête, je suis capable de la mener toute seule, ne t'inquiète pas. Et personne ne te demande de me suivre.

— Manquerait plus que ça !

— Relax ! ma cocotte. Relax... Je n'ai rien fait et ne ferai rien d'illégal, je te le jure, ironisa-t-elle.

— Oh, Seigneur... gémit Alexandra.

Dans son esprit, régnait le chaos. Il s'était installé doucement, sans qu'elle s'en aperçoive. Pourquoi cette confusion ? Pourquoi ce vent de folie, cette panique irrationnelle, incontrôlable ? Pourquoi ce désir, si fort, si puissant en elle de s'opposer au projet de Vicky ? Pourquoi était-ce si difficile, et si important aussi, de trouver l'argument qui pourrait la convaincre d'abandonner ses recherches ?

— Tu ne te rends pas compte, poursuivit-elle d'une voix sans timbre, que... que...

— Que quoi ? Qu'il a grandi depuis le temps et qu'il doit avoir au moins quarante ans aujourd'hui ? Qu'il ne sera pas forcément ravi de me voir débarquer dans sa vie comme un chien dans un jeu de quilles ? Que, manque de pot, y a des chances que je nous dégote un demi-frère non seulement très moche, mais aussi complètement fou, gravement malade ou totalement indigent ?

Elle s'arrêta, le temps de reprendre haleine, puis continua :

— Possible aussi qu'il soit d'une autre couleur. Un beau rouge, ou un noir d'ébène, peut-être un jaune pâle... (Elle eut un petit rire nerveux.) Après tout, maman a donné si peu de détails sur le père que...

— Arrête ! gronda Alexandra. Ça suffit. Je ne veux pas en entendre davantage.

— Bref, contrairement à ce que tu penses, continua Vicky, s'entêtant à défendre son point de vue, je crois que j'ai bien réfléchi avant de me lancer dans cette aventure, et qu'il n'y a qu'une seule chose finalement que je n'avais pas envisagée, c'est que mon idée pourrait ne pas te plaire. Dans ma grande naïveté, j'avais imaginé qu'elle t'emballerait, tu vois, pas qu'elle te mettrait hors de toi.

— Je ne suis pas hors de moi.

— Ah non ?

— Laisse tomber, Vicky.

— Bon sang ! je t'aurais annoncé que je divorçais pour me remarier avec ton ex que ça ne t'aurait pas plus énervée. C'est quoi le problème, au juste ?

— Laisse tomber, je te dis.

L'injonction ne pouvait être plus claire, dans le ton comme dans la forme. Réalisant soudain qu'à force d'insister, elle les avait amenées toutes les deux au seuil d'une querelle qu'elle n'avait aucune envie d'affronter, et comprenant qu'elle ne pourrait éviter celle-ci que si elle lâchait prise, se pliait sur-le-champ à la volonté de sa sœur, Vicky ne protesta pas, ne s'insurgea pas. Elle se contenta simplement d'acquiescer en déclarant, de sa voix la plus douce :

— D'accord. Tu as raison. Laissons tomber. De toute façon, on a bien le temps d'en reparler. Et puis, c'est vrai que j'aurais pu choisir un meilleur moment... Une histoire comme celle-là et le cambriolage d'hier, ça fait beaucoup à digérer en vingt-quatre heures. Trop, en tout cas, pour une seule femme, c'est on ne peut plus évident.

Alexandra faillit lui répliquer que le cambriolage n'avait rien à voir avec sa réaction, avec ses réticences face à cette idée de rechercher leur demi-frère, mais craignant de soulever de nouvelles questions, et de relancer ainsi le débat sur un sujet qu'elle ne cherchait qu'à éviter, elle s'en abstint. Elle préféra prétexter la fatigue qu'elle éprouvait pour abréger leur conversation.

Après un échange d'une demi-douzaine de courtes phrases — au cours duquel Vicky lui avait rappelé sa promesse de consulter un dermatologue, et au cours duquel aussi Alexandra s'était sentie obligée de rassurer sa sœur en répliquant à l'incontournable et prévisible « Je suis sûre que tu m'en veux » le non moins incontournable « Juste de quoi te bouder une seconde ou deux » —, elle s'empressa de raccrocher.

Considérant qu'elle avait eu sa dose de conversation téléphonique pour la soirée, et que Malcolm, tout comme John Kennedy d'ailleurs, n'en mourrait pas si elle ne le rappelait que le lendemain, elle retourna dans le salon.

De la même manière que la veille, elle s'endormit sur le canapé en lisant le journal de sa mère. Une relecture, se disait-elle, l'aiderait peut-être à comprendre cette angoisse qui l'habitait et qui, hier encore, n'était qu'un vague sentiment d'inquiétude.

CHAPITRE XVII

Vendredi matin. 11 h 50. Clinique vétérinaire de Frelighsburg. John Kennedy déposa la seringue qu'il venait d'utiliser dans la cuvette placée sous la table de soins. Puis, avec des gestes mesurés, retira la lanière de cuir qui encerclait un museau présentant la particularité, entre autres, d'être presque deux fois plus gros que son bras.

La bête dont les yeux ronds et sombres le fixaient avec une tranquille assurance, l'air de dire : « Tu m'amuses, vieux... Si j'avais eu envie de te croquer, crois-moi, ce n'est pas ta muselière à la con qui aurait pu m'en empêcher », avait de quoi impressionner. De par sa couleur, un noir laqué, brillant et pur — aucun trait, aucune marque blanche sur le corps, que ce fût à la gorge, au poitrail ou aux pattes ne venait l'atténuer —, mais surtout de par sa taille : 83 cm au garrot et pas moins de 65 kg.

— Un sacré bestiau, hein ? fit John en se tournant vers la maîtresse du mastodonte.

La femme maintenait serré le collier étrangleur de son dogue allemand, un mâle de deux ans et demi au caractère instable, irascible, qui répondait au doux prénom de Victor et dont la parfaite santé aujourd'hui lui avait valu de se voir déclaré « bon pour le vaccin », lequel vaccin, antirabique, annuel et obligatoire, lui avait été administré sans autre forme de procès. Et, apparemment, sans qu'il sente quoi que ce soit.

— En tout cas, avec lui, je me sens en sécurité, rétorqua la jeune femme, le sourire aux lèvres.

Croisant son regard, John se surprit à songer qu'elle ne manquait ni de charme ni de séduction, mais qu'il n'aimerait pourtant pas être à la place de son mari qui, chaque fois qu'il la prenait dans ses bras, devait sans doute guetter les réactions de ce monstrueux garde du corps et penser que si jamais Victor piquait une crise de jalousie, c'en était fait de lui. Non, franchement, il n'enviait pas du tout le sort de cet homme-là.

Gardant pour lui ses réflexions, il hocha simplement la tête d'un air entendu et s'avança vers la porte en prenant soin d'y arriver avant la dame et son chien-veau.

Doucement, il tira le battant vers lui tout en adressant une petite prière au ciel pour qu'aucun cas d'urgence ne soit venu s'ajouter à sa liste de rendez-vous. Il avait personnellement veillé à ce que le dogue fût le dernier patient à se présenter à la clinique ce matin-là, et donc le dernier aussi à en sortir. Alors, si la salle d'attente n'était pas telle qu'il s'attendait à la trouver, vide, inanimée, bref totalement exempte de tout sujet, à poil ou à plume, susceptible d'énerver ces soixante-cinq kilos de muscles, il ne lui resterait plus, se disait-il, qu'à s'agripper à la laisse pour essayer de limiter les dégâts.

Seule sa secrétaire, une quinquagénaire avenante, souriante et toute menue, qui s'apprêtait à aller se servir un verre d'eau au distributeur, à l'autre bout de la pièce, et qui, sur un signe de sa main, était prudemment retournée derrière son bureau, se trouvait dans la salle.

John soupira d'aise.

— La voie est libre, annonça-t-il en s'effaçant devant son redoutable visiteur.

Il revint sur ses pas pour mettre à jour le dossier de Victor.

Quelque part, à l'intérieur de la clinique, il entendit qu'on chuchotait, puis, à moins de deux mètres devant lui, qu'on s'éclaircissait la voix, un peu comme si on désirait lui parler tout en n'étant pas sûr de la manière d'aborder le problème.

Il leva les yeux.

Au fil des années, il avait appris à connaître la femme qui assumait les fonctions de secrétaire, de comptable et d'assistante à ses côtés depuis si longtemps maintenant qu'il ne se rappelait pas avoir jamais eu une autre collaboratrice. En captant son regard, mi-perplexe, mi-inquiet et un rien réprobateur, il sut immédiatement qu'elle le tenait pour coupable d'une quelconque négligence.

— Oui, madame Lepage ?

Elle lui tendit un carnet.

— Vous avez oublié de signer le certificat de vaccination de Victor, monsieur.

— Oh, j'ai fait ça, moi... Tiens donc ! lança-t-il sur le ton de la plaisanterie.

Il apposa rapidement sa signature de même que son cachet sur le document et le lui remit en murmurant :

— On se demande où j'avais la tête, hein ?

— Sûrement là où vous l'avez laissée mercredi dernier, monsieur, rétorqua-t-elle d'une voix qui pour être douce n'en était pas moins tranchante. Et, sauf votre respect, j'ajouterais qu'il est grand temps que vous la récupériez... Six oublis en six jours de travail, ça commence à faire beaucoup, vous ne trouvez pas ?

John en convint, en silence, incapable de répondre autrement que par un haussement d'épaules, et pendant une seconde ou deux, il se sentit pareil à un petit garçon qui résiste à toute tentative visant à lui tirer, ailleurs que dans l'intimité d'un confessionnal, l'aveu d'un péché mortel.

Madame Lepage le gratifia de son plus beau sourire et, comme si de rien n'était, poursuivit :

— J'allais me chercher un sandwich pour déjeuner. Voulez-vous que je vous en rapporte un aussi ?

Trop heureux de la voir changer de sujet, John s'empressa d'acquiescer et de se replonger dans le dossier de Victor. Il acheva rapidement de le compléter, alla le déposer dans la corbeille des chemises à classer, puis se dirigea vers son bureau.

Il ne prit pas le temps de s'asseoir. Le regard soudain anxieux, il décrocha le téléphone et composa aussitôt le numéro d'une certaine abonnée, vivant dans une certaine maison au bord d'un lac qui, il ne savait toujours pas pourquoi, avait suscité en lui, le jour où il s'en était approché, une étrange et très désagréable impression de déjà-vu.

* *
*

209

La sonnerie du téléphone, bien que très assourdie, lui fit lever les yeux, mais elle ne bougea pas de son tabouret. Elle vérifia seulement l'heure à l'horloge murale, constata sans s'en émouvoir qu'il était un peu plus de midi et, au moment où le deuxième coup finissait de résonner, ramena tranquillement son regard sur la toile qui reposait sur son chevalet.

Vive les répondeurs, songea Alexandra que rien n'était parvenu ce matin-là à véritablement distraire de son travail. Ni ce coup de fil, ni les deux ou trois autres précédents, ni la chaleur qui régnait dans la pièce, ni même les vapeurs d'essence de térébenthine qui saturaient l'air ambiant et commençaient à lui donner mal au cœur.

Sur son établi, à sa droite, la grande assiette qu'elle avait apportée de la cuisine débordait de tampons d'ouate imprégnés de solvant et de peinture à l'huile dont la gamme de couleurs, mis à part quelques touches de bleu ou de gris ici et là, se jouait uniquement en noir : noir nuit, noir suie, noir d'encre, de charbon ou de goudron... Noir de la perfidie et de la vilenie. Noir de la cruauté, noir de l'innommable indignité qu'elle s'était acharnée à effacer d'un tableau que son ex-mari aurait voulu, de cela elle ne doutait pas, voir rester en l'état.

Oui, avait-elle pensé dès l'instant où elle avait pris place devant la scène de chasse et senti son pouls s'accélérer à la seule vue de la phrase qui y était inscrite, oui, si Frank en avait eu le pouvoir, il l'aurait sûrement empêchée d'y toucher. Il l'aurait obligée à lire et à relire, toujours et encore, inlassablement, son méprisable, son abject : « Ce n'est qu'un au revoir, beauté. » Pour l'empêcher d'oublier... Pour entretenir l'horreur. Et sa peur. Et son désarroi.

Elle avait failli renoncer. Avait eu soudain le sentiment d'avoir commis une erreur en s'imaginant être prête à revenir dans son atelier. Réintégrer un lieu où elle s'était évanouie de frayeur, deux jours auparavant, et dont elle s'était farouchement interdit l'accès depuis, lui eût peut-être semblé plus facile, à son sens du moins, si elle s'était donné plus de temps pour s'y préparer.

Pour tout dire, elle s'était décidée sur un coup de tête. Une colère plutôt. Une explosion intérieure que son ami et agent Malcolm avait involontairement provoquée.

D'aussi loin qu'elle pouvait se rappeler, Alexandra ne se souvenait pas s'être jamais disputée avec lui. Était-ce parce qu'elle avait passé une semaine d'enfer, une nuit épouvantable ?... Chose certaine en tout cas, le pauvre homme n'avait pas choisi le meilleur moment pour lui faire un brin de causette.

Il lui avait téléphoné très tôt le matin... Huit heures sonnantes. Certain qu'elle était levée depuis un bon moment, il avait été tout surpris d'apprendre qu'il l'avait réveillée. « Bon sang, Malcolm, tu aurais pu attendre un peu... Quoi ?... Non, je n'étais pas encore debout, et oui, je venais juste de m'endormir. Bon, tu as d'autres questions sur le sujet ? » lui avait-elle lancé d'une voix tellement bourrue, si inhabituellement agressive à son égard, qu'il en était resté interdit pendant quelques secondes. Puis s'était mis à bafouiller, puis, reprenant du poil de la bête, à plaisanter. Maladroitement. Et il n'en avait pas fallu davantage à Alexandra pour exploser.

Entre la déconvenue de Malcolm et sa déconfiture, il ne s'était pas écoulé plus de dix minutes.

Déjà à cran en décrochant, Alexandra s'était encore plus énervée à essayer de lui raconter ses mésaventures alors qu'il ne cessait de l'interrompre par des réparties généralement assez dénuées de finesse ou d'à-propos, et proprement emballée à la fin, quand il lui avait naïvement suggéré de se faire installer un système d'alarme. « Tu n'as rien compris de ce que je viens de t'expliquer ou quoi ? lui avait-elle rétorqué d'un ton aigu, révoltée par tant d'inconscience. Je me tue à te répéter que les flics ont mis plus d'une heure pour arriver chez moi, et toi, tout ce que tu trouves à me dire, c'est que je devrais me faire installer un système d'alarme... Va te faire foutre, Malcolm Kaufman ! »

La conversation s'était arrêtée là. Alexandra lui avait raccroché au nez. Elle ne s'était pas laissé la possibilité de lui présenter des excuses et ne lui avait pas donné celle de placer un dernier mot. Et sur ce, tout aussi incapable de se calmer que de rester dans sa cuisine, à la traverser de long en large en buvant du café, lequel d'ailleurs n'était pas très indiqué, elle s'en rendait compte, dans un cas de surcharge d'adrénaline, elle avait brusquement résolu d'achever l'Opération N.E.T. Le jour du cambriolage, toute la maison y était passée, sauf son atelier... Puisqu'elle avait tant besoin de se défouler, autant que ce soit pour la bonne cause, s'était-elle dit en déposant sa tasse et en se dirigeant aussitôt vers l'escalier.

Elle avait passé un certain moment à rassembler le matériel indispensable : assiette, chiffons, boules de coton, etc., un autre, plus court celui-là, mais plus difficile aussi, à surmonter son trouble, son envie de se défiler, de sortir de la pièce en courant, puis elle s'était attelée à la tâche.

Parce que la vue lui en était insupportable, elle s'était d'abord attaquée au message, en raclant à l'aide de sa spatule la surface des lettres jusqu'à ce que le tracé en fût complètement brouillé, puis, se sentant déjà mieux, aux zones les plus épaisses, principalement le pourtour de la tache, après quoi elle avait déposé sa lame et continué avec les tampons, qu'elle maniait avec sa pince à épiler afin d'éviter que ses doigts n'entrent en contact avec le solvant... Elle avait déjà suffisamment de boursouflures sur la peau pour ne pas en rajouter, avait-elle pensé en allant récupérer « l'outil » dans sa trousse à maquillage.

Dix minutes environ après la sonnerie qui lui avait fait lever les yeux de son chevalet, Alexandra avait fini de nettoyer son tableau. Ayant estimé qu'il valait mieux le laisser sécher avant d'en restaurer le fond ainsi que le personnage du chasseur, elle s'était octroyé une pause. Elle avait ouvert les fenêtres toutes grandes et après plusieurs arrêts, un à la salle de bains pour se laver les mains, un autre dans sa chambre pour enfiler un short et un bustier, un dernier dans la cuisine pour avaler un fruit, elle s'était retrouvée sur la terrasse, au soleil, un verre d'eau à la main et sa Winchester tout près d'elle, sous son transat.

Le clignotant du répondeur avait attiré son attention. Sans plus. Elle n'était pas vraiment curieuse de savoir qui l'avait appelée.

*   *
*

Située côté jardin, la baie vitrée qui occupait presque tout un mur de son bureau s'ouvrait sur un grand terrain entouré d'arbres au-delà desquels s'étendaient des collines d'un vert cru parsemées çà et là de petites maisons au toit pointu.

Il avait appuyé sa nuque sur le dossier de son fauteuil et posé ses pieds sur sa table de travail. Le regard perdu dans le paysage qui s'offrait à lui, John Kennedy réfléchissait.

Dans les iris d'un bleu si saisissant, les prunelles s'étaient étrécies, signe chez lui d'une humeur contrariée. Une humeur qui, selon les circonstances, se teintait de gris ou de noir : pessimiste-maussade ou massacrante-querelleuse.

En ce vendredi midi, après quarante-huit heures d'une réflexion presque continue (les cernes qu'il avait sous les yeux tendaient à démontrer en tout cas qu'il s'y était livré, à cette torture mentale, jusque dans ses rêves), et cela dans le seul but de comprendre la raison pour laquelle la femme dont il était amoureux fou ne lui avait pas téléphoné, son baromètre intérieur était moins à la tempête qu'à la pluie.

Son regard se détacha de la fenêtre, erra un moment dans la pièce et s'arrêta sur le téléphone.

Qu'est-ce qu'elle fait... Mais où est-ce qu'elle est, bon sang !

La tentation de se saisir du combiné, de composer sans attendre le numéro d'Alexandra, l'envahit de nouveau, plus forte que jamais.

Il y avait cédé au moins à trois reprises au cours de la matinée. Et en vérité, il ne s'en était pas tellement trouvé mieux. Tout le contraire même. La voix sur le répondeur était bien celle qu'il souhaitait entendre, seulement elle ne pouvait, telle quelle, froide et impersonnelle, combler ses attentes. À son inquiétude s'étaient ajoutés la frustration, le dépit, ainsi qu'une impatience grandissante qui approchait maintenant de ce seuil critique où la sensation de brûlure à l'intérieur devient insupportable et où le besoin d'agir, ou simplement de bouger, de foncer tête baissée n'importe où, sur n'importe quoi, l'emporte sur la raison.

Plus il regardait l'appareil, plus il sentait sa résistance faiblir.

Ne sois pas stupide, John. Oublie ça, tu veux.

Il commença par détourner les yeux, puis, comme ses doigts pianotaient sur la table tout en se rapprochant graduellement, dangereusement, d'un certain clavier, il se leva d'un bond et marcha jusqu'à la fenêtre.

Les questions se bousculaient dans sa tête, y déferlaient au même rythme, passablement rapide, que le sang dans ses veines. Devait-il lui téléphoner encore ou pas ? Devait-il risquer de se rendre ridicule ou patienter, vivre cette incertitude jusqu'à ce qu'elle le fasse complètement disjoncter ? Pourquoi ne prenait-elle pas ses appels ? Et ses messages... Celui qu'il lui avait laissé hier, en fin d'après-midi, et l'autre, celui de ce matin, les avait-elle écoutés ? S'était-elle inquiétée de ces deux derniers coups de fil où il avait raccroché, bêtement, sans dire un mot ?

Il se retourna, s'appuya moitié contre le mur, moitié contre l'encadrement de la fenêtre, et posa à nouveau son regard sur le téléphone.

De deux choses l'une, se disait-il. Ou bien sa ligne est en dérangement, ou bien elle n'est pas encore revenue de Sherbrooke.

La seule façon d'en avoir le cœur net, mon vieux, c'est d'aller voir sur place... Oui, aller là-bas !

Emballé par son idée, John ne se donna pas la peine de pousser sa réflexion plus loin. Il s'élança aussitôt vers la porte et sortit de son bureau en courant.

Dans le couloir qui menait à la salle d'attente, il se heurta à sa secrétaire qui arrivait dans l'autre sens, rattrapa adroitement le sandwich qu'elle avait laissé échapper et, de justesse, le bras dont elle battait l'air pour ne pas s'étaler sur le plancher, tout cela en marmonnant diverses excuses, puis continua sa course.

— Hé ! Où est-ce que vous filez comme ça ? l'entendit-il s'exclamer.

Il éclata de rire et, sans ralentir le pas, lui jeta par-dessus son épaule :

— Récupérer ma tête, madame Lepage. Juste récupérer ma tête.

Tandis que dans le couloir, figée par la surprise, elle le regardait d'un air consterné, il enleva sa blouse de travail qu'il lança négligemment sur le bureau de la réception.

— Je serai de retour d'ici une heure, une heure et demie. De toute façon, avant la réouverture de la clinique, d'accord ? lui cria-t-il en la saluant d'un bref signe de la main.

Avant qu'elle puisse émettre la moindre objection, il était dehors, léger, joyeux, porté comme sur un nuage.

Était-ce à sa décision de se rendre à Pigeon Hill qu'il devait d'avoir subitement retrouvé sa bonne humeur, sa confiance en lui ?

Sans doute. Tristesse, amertume, anxiété... toute cette noirceur qui l'oppressait, lui rongeait le cœur et lui brouillait l'esprit avait disparu. Il n'y avait plus en lui qu'une rougeoyante incandescence, celle de ce formidable, de cet impulsif et irrépressible désir d'agir qui, au plus creux de son irrésolution, avait tout de même fini par s'emparer de lui.

CHAPITRE XVIII

Elle n'aurait pu expliquer ce qui lui avait fait ouvrir les yeux à ce moment-là. Hasard, coïncidence, sixième sens ? Envie soudaine, impérieuse de boire un peu d'eau pour étancher une soif qu'elle n'éprouvait pas dix secondes plus tôt ? Elle n'en savait rien. En revanche, elle n'aurait eu aucun mal à se justifier de la manière dont elle avait réagi par la suite. Elle n'aurait pas eu à chercher les mots. Il n'y en avait qu'un. Une syllabe. Quatre petites lettres de rien du tout. Un son bien faible pour décrire une sensation atroce...
PEUR !

Elle avait ouvert les yeux. Avait vu une basket. L'ourlet des jeans qui retombait sur les lacets... Une jambe... Des cuisses... Elle ne s'était pas demandé à quoi pouvait bien ressembler la tête, au-dessus. Elle n'en avait pas eu le temps. Sa main qui touchait déjà le verre d'eau posé sur la table s'en était éloignée sans que l'ordre lui en eût été donné et, dans le même mouvement, s'était saisie de la Winchester. Son corps, lui, s'était soulevé, tourné, redressé, et son autre main était venue tout naturellement se joindre à la première pour tenir l'arme braquée en direction du visiteur.

Éblouie par le soleil, Alexandra ne distinguait pas nettement les traits de l'homme — qui s'était immobilisé, un pied sur la terrasse, l'autre sur la marche, en dessous —, et il lui avait fallu attendre qu'il prononce une ou deux paroles pour être fixée. Pour que son cœur qui cognait comme un sourd dans sa poitrine reprenne un rythme à peu près normal.

Ce n'est pas Frank. On se calme, d'accord ? Ce n'est pas Frank, je te dis, lui soufflait doucement sa petite voix pendant que l'autre,

216

celle du visiteur, essayait de l'atteindre à travers le mur d'angoisse qui s'était dressé autour d'elle.

— Hé ! C'est moi... John ! John Kennedy ! Vous vous rappelez ?

Ce n'est pas Frank ?

— Alexandra, c'est moi, John.

Ce n'est pas Frank !

— Qu'est-ce que vous faites là ?

— Quoi, qu'est-ce que je fais là ?

— Vous m'avez très bien comprise.

Non, il ne l'avait pas comprise. Non, il ne comprenait pas. Il ne comprenait rien à rien. Ni pourquoi elle pointait cette carabine sur lui, ni pourquoi elle lui posait cette question puisqu'il était évident, à son avis du moins, qu'il ne faisait rien pour le moment, sinon regarder le canon de la 30-30 braqué sur lui, ni pourquoi ils se vouvoyaient tous les deux... La dernière fois qu'ils s'étaient parlé, ils se tutoyaient, non ?

Consciente de ce regard anxieux, curieux, qu'il posait sur elle, Alexandra eut un sourire gêné.

Elle rabaissa son arme.

Le laissa monter sur la terrasse, marcher vers elle.

Il se trouvait à moins de deux mètres de son transat quand elle se décida à poursuivre la conversation.

— N'empêche... balbutia-t-elle. J'aimerais bien que tu me dises ce que tu fais là.

John s'immobilisa de nouveau.

Pendant un court moment, il contempla la pointe de ses baskets tout en hochant la tête, l'air de considérer cette question comme l'une des plus complexes ou des plus étranges qu'il lui eût jamais été donné d'entendre.

En silence, il amorça le premier des trois ou quatre pas qui le séparaient encore d'elle. Distance minime qu'il parcourut avec une lenteur extrême, l'air également de considérer cet exercice comme l'un des plus complexes, sinon des plus hasardeux, qu'il lui eût jamais été demandé d'entreprendre. Comme s'il craignait, à chaque foulée, qu'elle ne se lève et ne s'enfuie, brusquement, tel un animal sauvage qui à la toute dernière minute prend peur et bondit hors de votre portée.

Aussi précautionneusement que s'il manipulait de la dynamite, il la débarrassa de la Winchester qu'il déposa sur le sol.

— J'avais envie de te voir, répondit-il enfin. De voir comment tu allais.

Il s'installa devant elle, à califourchon sur le transat, presque sur ses pieds, à deux doigts de ses genoux qu'elle avait ramenés sous son menton et tenait serrés contre elle.

Ainsi recroquevillée sur elle-même, elle lui sembla toute petite. Toute misérable. D'une incroyable et inquiétante fragilité.

Mon Dieu, que lui était-il arrivé ? s'interrogeait-il en scrutant son visage amaigri et pâle, ses traits tirés, les cernes sous ses yeux... Qu'avait-il bien pu se passer durant ces quatre jours où il était resté sans nouvelles d'elle ?

De l'index, il effleura l'ecchymose sur sa main droite. Elle ne broncha pas. Il s'aventura vers l'un de ses genoux, celui dont la peau, rouge et boursouflée par endroits, paraissait avoir été brûlée. Elle eut un mouvement de recul. Il n'insista pas.

— En tout cas, si j'en juge par ce que je vois, ajouta-t-il en fixant son regard sur le sien, tu ne vas pas bien du tout.

Parce qu'aucune réplique ne lui venait à l'esprit, et aussi parce qu'elle n'était pas certaine de pouvoir articuler un mot, encore moins toute une phrase, sans se trahir, sans s'effondrer lamentablement, sans que ne lui échappe ce cri, ce hoquet ou ce sanglot, elle ne savait pas trop, bref cette horreur, là, au fond de sa gorge qui cherchait ardemment à en sortir, Alexandra resta bouche bée. Elle ne poussa même pas un soupir. Elle haussa simplement les épaules, et baissa les yeux.

— Tu n'es pas obligée de m'en parler. Pas tout de suite... On a tout le temps.

L'écoutait-elle ? Oui. Ce léger frémissement des narines qu'elle avait eu était une forme de réponse.

Avec douceur, il glissa une main derrière sa nuque. Elle eut de nouveau un mouvement de recul, mais cette fois il ne céda pas. Elle avait besoin de ce réconfort qu'il pouvait lui procurer, se disait-il, et il n'allait pas la laisser s'en priver, bêtement, par pudeur, par esprit de contradiction, par souci des convenances ou autres sottises du même genre.

— Viens-là, murmura-t-il en l'attirant vers sa poitrine.

À peine avait-elle appuyé sa tête contre lui que John sentit les larmes qu'elle versait mouiller sa chemise. Son désarroi lui étreignait le cœur, lui chavirait l'âme, mais, curieusement, il souriait. Ce bonheur que lui procurait le simple fait de pouvoir consoler la femme qu'il aimait, il le goûtait pleinement et n'y aurait renoncé pour rien au monde.

Tandis qu'elle pleurait tout son saoul, il la berçait, lui caressait les cheveux, l'embrassait tendrement sur le front, la joue...

— Ma douce... ma douce, répétait-il encore et encore, ponctuant chaque syllabe d'un autre baiser, d'une autre caresse.

Alexandra avait l'impression de s'être dédoublée. Alors qu'une partie d'elle-même, celle qui réfléchissait, anticipait, prévenait, et qui, dans la circonstance, aurait dû intervenir depuis longtemps, bien avant que John prenne place sur le transat devant elle, la regardait, muette et horrifiée, s'abandonner à la tendresse dont elle était l'objet, l'autre partie, celle qui n'était que sensibilité et émotion, caprice, envie et désir, l'incitait à s'y abandonner... Qu'y avait-il de mal, franchement, à savourer ce bien-être que lui procurait le simple fait d'être consolée ?

Et vint le moment où ses sens, exacerbés par les caresses, réclamèrent davantage... Glissant ses jambes par-dessus celles de John, elle l'enlaça et se colla à lui. Elle sentit le corps serré contre elle réagir, répondre à la chaleur qui, irradiant de son bas-ventre, l'envahissait et la brûlait, se coulait dans ses veines comme un torrent de lave en fusion. Elle chercha ses lèvres, prit possession de cette bouche qui attendait impatiemment, avidement, lui semblait-il, d'être emprisonnée. Et elle en voulut plus encore. Resserrant l'étreinte de ses cuisses et de ses bras, elle se renversa brusquement vers l'arrière.

John n'eut aucune velléité de résistance. Même s'il en avait eu, elle le tenait si étroitement, elle s'était faite si lourde entre ses bras, qu'il n'aurait pu éviter de la suivre dans sa chute. Quand il pesa sur elle de tout son poids, elle gémit de plaisir, et il eut besoin de toute la force de sa volonté pour les conduire l'un et l'autre, lentement, sans précipitation, le long de ce chemin où elle les avait entraînés, tant il y avait d'ardeur et de hâte en elle à en atteindre le point de non-retour.

Ils s'étaient aimés dehors, sur le transat, en plein soleil, puis à l'intérieur de la maison, sous la douche. John aurait volontiers suivi Alexandra dans la chambre où elle cherchait à l'attirer, et s'il avait résisté, ce n'était pas, ainsi qu'elle l'avait prétendu en riant, par crainte d'être « violé comme dans un bois ».

— J'en meurs d'envie, lui avait-il rétorqué en achevant de se rhabiller, mais je ne peux pas.

— Mais si, mais si !

— Non, je t'assure... Alexandra, sois raisonnable. Il est tard déjà. Il faut vraiment que j'y aille.

Dans le couloir où elle lui avait emboîté le pas, elle avait essayé de le retenir par la ceinture de son jean.

Dans les escaliers, elle lui avait lancé d'une voix moqueuse :

— Allez, deux petites minutes... Juste le temps de tester les ressorts de mon lit.

Dans la cuisine, près de la porte-patio, il lui avait répliqué :

— On s'en occupera ce soir de ces ressorts parce que là, si je ne suis pas à la clinique dans le quart d'heure qui vient, je suis bon pour l'avis de recherche. Ma secrétaire est d'une nature plutôt anxieuse et a de solides relations à la Sûreté du Québec.

— Ta secrétaire, hein ?

La moue de scepticisme qu'elle arborait en lui faisant cette réflexion l'avait amusé.

— Et la femme de ma vie... De ma vie professionnelle, s'était-il empressé de préciser en voyant la moue se figer tandis qu'une lueur sauvage traversait le regard qui le fixait avec une intensité troublante.

Inquiet à l'idée de la laisser ainsi, sur une fausse note, il l'avait prise dans ses bras, puis, en la serrant contre lui, avait murmuré, comme pour lui-même :

— Parce que pour ce qui est de ma vie tout court, il n'y a jamais eu, et il n'y aura jamais, une autre femme que toi, ma douce.

Alexandra s'était légèrement écartée de lui.

— Seule et unique ? avait-elle lancé d'un ton dubitatif. Personne avant moi ?

— Personne.

— Seigneur ! toutes ces années à te languir... Étrange tout de même qu'aucune femme ne se soit jamais intéressée à ce beau grand corps de corsaire.

— De corsaire ? s'était esclaffé John.

— Eh bien... Il y en a eu ou pas ? avait-elle abruptement enchaîné.

Il avait noué plus solidement ses mains derrière elle pour la serrer à nouveau contre lui et avait effleuré son front d'un baiser avant de lui répondre :

— Quelques-unes, oui. Mais aucune dont j'aie été vraiment amoureux. Aucune, en tout cas, dont je me souvienne.

Alexandra avait eu un léger frémissement des narines.

Et moi ? Tu te souviendras de moi ?

Elle avait hésité, une seconde ou deux, et pendant ce bref laps de temps, les mots qui se pressaient au fond de sa gorge s'y étaient bloqués... La pudeur sans doute, ou l'orgueil.

— Faut que je me sauve, maintenant, lui avait-il dit précipitamment, embarrassé par le silence qui s'était installé entre eux.

Il l'avait entraînée dehors avec lui. À mi-chemin, il avait passé son bras autour de ses épaules. Et c'était à ce moment-là que, d'instinct, il avait commencé à répondre à la question qui ne lui avait pas été posée et qui habitait encore l'esprit d'Alexandra.

— Pas étonnant que je n'aie jamais été amoureux, avait-il déclaré. Qu'est-ce que tu crois... Un corsaire, ça a le cœur si bien accroché qu'il faut les dents d'une petite louve pour le lui décrocher.

Alexandra avait secoué la tête pour stopper les frissons qui parcouraient sa colonne vertébrale.

Seigneur... avait-elle gémi intérieurement. Mais où est-il allé chercher cette expression ? Pourquoi celle-là ? Pourquoi précisément celle-là ?

D'être ramenée si brusquement en arrière, au temps où son père l'appelait « ma petite louve », lui avait fait un de ces effets... Elle en était restée complètement ébahie.

221

Il s'était tu. Avait tourné vers elle un regard perplexe.

— Quelque chose ne va pas ?

Au secours ! À l'aide ! Oh, Dieu... Je sens que je vais craquer. Non. Non, je ne veux pas craquer. Je... Arrêtez-le ! Faites-le taire !

Elle avait dégluti rapidement.

— Tout va bien. Continue ! avait-elle ordonné d'une voix qu'elle ne se connaissait pas, caverneuse, sépulcrale.

— Il n'y a pas grand-chose à ajouter, ma douce, sinon que les louves, c'est bien connu, sont en voie de disparition.

Tu parles !

Avec de grands gestes fébriles, presque rageurs, Alexandra avait débarrassé la grille de la chaîne qui l'entravait. En voyant la Cherokee brune dont le pare-chocs avant était pratiquement collé au portail, elle avait mieux compris comment John avait pu escalader la grille aussi facilement qu'il le lui avait laissé entendre, mais préoccupée par autre chose, en l'occurrence par l'idée qu'il voulait sans doute l'obliger à lui extorquer les phrases une à une jusqu'à la fin, jusqu'à ce qu'il lui livrât tout le fond de sa pensée, elle ne s'était pas attardée sur le sujet.

— Et alors ? avait-elle soupiré en le regardant tirer l'un des vantaux vers lui.

— Quand on en rencontre une, c'est une expérience, je suppose, qu'on n'oublie pas de sitôt.

Il lui avait plaqué un baiser sur le front, après quoi il était monté dans sa jeep.

Oh ! Seigneur...

— Et alors ?

Cette fois, il lui avait fallu hausser la voix pour qu'il l'entende, et elle avait eu l'impression, à l'imperceptible mouvement de recul qu'il avait eu au moment de s'engouffrer dans sa voiture, qu'il allait revenir vers elle.

Elle avait attendu... Une éternité.

Elle l'avait entendu mettre le contact... Un bruit étrange, cacophonique parmi les autres, tous ces bruissements, tous ces chuintements à son oreille.

Elle l'avait vu se pencher par la portière... Une image un peu floue, brouillée, au ralenti.

— J'en ai croisé une du côté de Pigeon Hill. Une petite louve d'une belle couleur fauve, maigre et affamée. Et tu veux que je te dise ? Elle m'a mordu jusqu'au sang !

Il s'était interrompu, avait engagé la marche arrière, puis, très vite, avant de commencer à reculer, avait ajouté :

— Alors celle-là, ma douce, je ne suis pas près de l'oublier. Le jour de ma mort, j'y penserai encore.

Il était sûr de ce qu'il affirmait. Il en était intimement convaincu... Et dans un avenir plus proche qu'il n'aurait pu l'imaginer, le cours des événements allait prouver qu'il avait raison.

*   *
*

Après le départ de John, Alexandra s'était préparé un repas comme elle n'en avait pas mangé un depuis une semaine — et même depuis quelques années : un énorme steak, des haricots, des pommes de terre et, pour couronner le tout, un grand bol de crème glacée au chocolat. Elle avait mis plus d'une heure à préparer puis déguster ce festin, et quand elle était sortie de table, elle s'était sentie si fatiguée qu'elle n'avait plus eu qu'une seule idée en tête : dormir !

Le courage de monter l'escalier lui faisant défaut, elle s'était allongée sur le canapé du salon. Elle avait fermé les yeux et ne les avait rouverts qu'au moment où Sam était venu la réveiller. À 17 h 30 tapantes, comme la veille, il était là, à côté d'elle, à lui miauler ses préoccupations alimentaires. Et comme la veille aussi, il avait attendu qu'elle pose les deux pieds par terre pour retourner dans la cuisine.

Entre son réveil et le retour de John, elle avait eu une petite heure de battement pendant laquelle elle s'était appliquée uniquement à chasser — en buvant deux ou trois tasses de café — la sensation de lourdeur générale que lui avait laissée sa sieste... tout en ne cessant de penser à lui.

À 18 h 30 pile, il était là, à la grille, à lui klaxonner son impatience de la voir. Et comme le midi, il n'avait pas attendu qu'elle lui ouvre pour la rejoindre près de la terrasse... Il avait de nouveau grimpé sur le capot de la jeep et escaladé la grille, pour courir ensuite tout le long de l'allée.

Il s'était arrêté au bas des marches et l'avait regardée, aussi ému d'être près d'elle que s'ils s'étaient quittés des années auparavant et qu'il lui avait fallu parcourir mers et mondes pour la retrouver.

Elle avait soutenu son regard un moment, puis, en écartant d'un geste fébrile les cheveux qui tombaient sur son front, lui avait décoché un sourire d'une impressionnante candeur. Et une petite flèche.

— Ta secrétaire va bien ?

John ne s'était pas départi de son égalité d'humeur. Il avait souri à son tour et, du tac au tac, lui avait répondu d'un ton serein :

— Elle va bien. Elle était au bord de la crise de nerfs, mais de me voir arriver, ça l'a calmée.

— Juste de te voir arriver, hein ?

— Pourquoi ? Ça ne te fait pas le même effet, à toi ?

— Non. Pas vraiment.

Elle avait avancé d'un pas et, du haut de la terrasse, sans crier gare, elle avait plongé sur lui. Il l'avait attrapée au vol, et ils avaient virevolté ensemble, elle, suspendue à son cou, lui, l'étreignant avec force contre sa poitrine, en un mouvement de blocage que n'aurait certes pas désapprouvé son ancien entraîneur de football.

— Tu es folle, avait-il dit en la reposant sur le sol. Tu te rends compte que tu aurais pu tomber... T'assommer raide ?

— Si tu avais loupé ton coup, c'est moi qui t'aurais assommé raide !

— Oh ! ma douce, avait-il protesté d'une voix exagérément indignée avant d'éclater de rire.

CHAPITRE XIX

La première chose que John avait vue en entrant dans la cuisine, c'était la Winchester, à plat sur la table. Ensuite, il avait remarqué la fenêtre au-dessus de l'évier, voilée d'un store, puis, en se tournant vers l'endroit où se tenait la jeune femme, la porte-patio, également voilée d'un store dont les longues lamelles verticales ondulaient encore d'avoir été trop brusquement tirées.

— À quoi ça rime de tout fermer comme ça? lui avait-il demandé tandis qu'elle venait se blottir contre lui. C'est pour ma réputation que tu t'inquiètes ou pour la tienne?

Le nez enfoui dans les plis de sa chemise, elle avait répliqué:

— Et celle de mon chat, alors, elle ne compte pas?

— Alexandra, sérieusement, dis-moi...

— Pas maintenant.

Elle avait commencé à l'embrasser partout dans le cou... Des baisers qui, en dépit du trouble et du désir qu'ils avaient suscités en lui, ne l'avaient nullement empêché de poursuivre son idée. Et d'insister.

— Mais...

— Chuuut... avait-elle murmuré en posant un doigt sur ses lèvres. Plus tard, John. Plus tard.

Et de reprendre ces baisers qui pour s'être éloignés de son cou n'en étaient pas moins troublants... Affolants, même.

L'obstination d'un homme ayant des limites, John avait fini par changer de sujet.

— Me semble, avait-il balbutié, le souffle court, qu'on avait parlé de certains ressorts de lit à tester, ou de quelque chose du genre.

225

— Hmm.

— Hmm oui, ou hmm non ?

Il n'avait pas reçu de réponse directe à sa question. Elle s'était contentée de le débarrasser de sa chemise et lui, pour ne pas être en reste, l'avait dépouillée de son tee-shirt. Opération qui avait nécessité, il est vrai, un peu plus de temps qu'il ne l'aurait imaginé, ses mains s'étant un peu attardées, voire égarées, en se glissant entre le tissu et la peau de sa compagne, mais bon...

— John... avait-elle soupiré tandis que les mains masculines qui s'étaient remises à glisser sur sa peau tentaient de franchir la barrière de son jean.

— Oui, ma douce ?

— Nous avons un problème.

— Tu crois ?

Ils avaient pouffé de rire, à voix basse, comme deux gamins qui se racontent des histoires salaces sous le manteau.

— Il y a une longue route à faire, avant d'y arriver, à ce lit, tu sais, lui avait-elle expliqué dans un chuchotement dont les inflexions un peu rauques avaient involontairement exacerbé son désir.

— Une route compliquée en plus, avait-il renchéri en étouffant un gémissement. Cet escalier, plein de marches, interminable...

— Et si on testait la table plutôt ?

— Pas question ! On avait parlé de ressorts, on s'en tient aux ressorts.

Il l'avait soulevée et avait attendu qu'elle le ceinturât de ses jambes pour la porter loin de la table tout en déclarant qu'à son avis, il y avait sûrement un canapé qui traînait quelque part par là, pas trop loin...

* *
*

Ils avaient testé les ressorts du canapé avec beaucoup de minutie (ce qui ne veut pas dire sans enthousiasme, bien sûr !) et, sans doute parce qu'ils n'aimaient ni l'un ni l'autre laisser un travail en plan, ils avaient décidé qu'ils testeraient aussi ceux de son lit tout de suite après leur petite « pause-sustentation ».

— Il faut que tu manges, avait décrété John d'un ton péremptoire.

Le regard d'Alexandra allait du réfrigérateur, où John s'était engouffré jusqu'aux épaules, au comptoir, où s'amoncelaient déjà quantité d'aliments, et au bout d'un moment, ses lèvres s'étaient plissées en une moue tout aussi amusée que sceptique.

— Tu comptes me faire avaler tout ça ?

— Une bonne partie, oui.

— Oh ! Et c'est quoi le but exactement, docteur ? Développer ma musculature ? Mon potentiel énergétique ?

— Ton épaisseur, ma douce, juste ton épaisseur.

Elle n'avait rien répliqué.

John s'était retenu d'éclater de rire et, d'une voix placide, avait ajouté :

— Elle n'a rien de déplaisant, rassure-toi. C'est seulement qu'elle me fait craindre, chaque fois que je te prends dans mes bras, de te casser en deux.

Il s'était interrompu et lui avait adressé son plus beau sourire avant de conclure :

— Ce serait malheureux de séparer deux moitiés qui vont si bien ensemble, et j'avoue que je m'en voudrais terriblement d'être responsable d'un tel désastre.

— Désastre que je pourrais nous éviter à tous les deux, avait-elle enchaîné, si je consentais à ouvrir ma bouche incroyablement désirable pour manger un peu, c'est ça ?

— Tu as tout compris !

Elle avait levé son verre d'eau pour trinquer au succès de ce dîner — Puissent ces nombreuses calories se déposer avec grâce, çà et là, aux endroits qu'il faut ! avait-elle déclaré en riant — et, en la regardant, John s'était surpris à penser qu'il était prêt à tout accepter d'elle, prêt à tout subir pour elle, y compris l'enfer... À l'y suivre même, si elle le voulait.

En es-tu bien sûr ? lui avait renvoyé en écho une voix intérieure à laquelle il prêtait peu souvent attention.

Il avait hoché la tête doucement, de droite à gauche... Il refusait que quelqu'un, quelque part, fût-ce sa propre conscience, puisse douter de sa sincérité ou de la force de ses sentiments.

Alexandra l'avait considéré d'un air perplexe, puis avait à son tour hoché la tête... Elle s'interdisait de lui poser quelque question que ce soit, comme si elle sentait confusément qu'il valait mieux pour elle ne rien savoir des pensées qui l'habitaient.

*   *
*

Une nuit sans lune, froide et noire... Une nuit à ne pas mettre le nez dehors, ni le sien, ni celui de John, s'était-elle dit en jetant un coup d'œil sur le terrain où la lumière du porche ne perçait l'obscurité que pour éclairer sa jeep et une partie de la porte du garage.

Elle s'était levée pour refermer la fenêtre qui laissait passer un vent un peu trop frais à son goût et, par la même occasion, enfiler le long tee-shirt qu'elle portait parfois en guise de chemise de nuit.

— Bon sang, on se croirait encore en hiver... Il ne doit pas faire trois degrés à l'extérieur.

— Au-dessous ou au-dessus ?

— Au-dessus ! J'en mettrais pas ma main au feu, précisa-t-elle en revenant vers le lit, mais ma petite culotte, ça, je veux bien.

— Et moi ? Qu'est-ce que je dois y engager, moi, dans ce pari ? Mon Dieu... pas le slip que je préfère ? Pas le seul et unique que je peux porter sans avoir les fesses chauffées à blanc ? Non, tu ne vas pas me demander ça, j'espère.

Alexandra semblait réfléchir.

— D'accord ! Alors, ta parole d'honneur que tu ne sortiras pas de ces draps où tu te vautres sans aucune pudeur, lascif que tu es, avant demain matin.

— Lascif, moi ?

— Parfaitement !... Note que je ne m'en plains pas.

— Non ?

— Non.

— Moi non plus, fit-il, le sourire aux lèvres, en remontant sur eux la couverture qu'elle avait écartée pour se blottir contre lui.

Il avait l'air heureux et se sentait heureux.

D'être près d'elle, de partager avec elle cette intimité à laquelle il aspirait depuis le premier jour de leur rencontre le remplissait d'un intense plaisir, d'un contentement qui n'aurait pu être plus proche de l'euphorie qu'il ne l'était, là, à cet instant précis, songeait-il.

Ils restèrent longtemps immobiles, comme s'ils craignaient qu'au moindre mouvement cette sensation de bien-être qu'ils éprouvaient tous les deux ne s'envole.

— Alexandra ?

— Hmm...

— Tu ne crois pas qu'on devrait en parler ?

— De quoi ?

— De ce qui s'est passé cette semaine.

— Plus tard...

— Non, maintenant.

Elle avait remué, s'était tournée vers la fenêtre malgré la main sur son épaule qui cherchait à la retenir, puis s'était appuyée sur un coude et, pour finir, s'était assise. Pas à côté de lui. Pas au bord du lit. Non. Au pied du lit. Carrément.

John l'observait. La lueur des veilleuses du couloir qui pénétrait dans la chambre par la porte entrebâillée s'y diffusait avec tant de parcimonie qu'elle lui permettait tout juste de distinguer les contours de son visage. Il le regrettait... Il aurait aimé voir son expression.

— J'ai besoin de savoir, Alexandra. De savoir pourquoi tu ne m'as pas appelé mercredi, pourquoi tu n'as pas répondu aux messages que j'avais laissés sur ton répondeur, pourquoi tu fermes ta grille avec une chaîne et...

— Et pourquoi je t'ai accueilli ce matin avec une carabine, continua-t-elle à sa place.

— Oui, murmura-t-il. Ça aussi.

— C'est tout simple... J'ai été cambriolée.

Elle lui avait asséné la nouvelle comme un coup de matraque, et il en sourcillait encore de surprise qu'elle commençait déjà à le bombarder de détails sur le cambriolage... Il voulait savoir, s'était-elle dit, il allait savoir ! Les mots sortaient sans effort ni retenue, s'enchaînaient les uns aux autres d'une manière plus ou moins cohérente — les souvenirs qu'ils ramenaient à la surface engendraient une nervosité qu'elle avait du mal à maîtriser —, mais à un rythme si rapide qu'elle eut tôt fait de raconter toute son histoire. Le retour à Pigeon Hill, l'état de la maison, la phrase sur le tableau, la disparition de Sam, la visite des policiers, tout avait été décrit. Enfin presque... L'idée qu'elle s'était faite sur l'identité du voleur, elle l'avait gardée pour elle, de même que les conversations qu'elle avait eues sur le sujet, que ce fût avec le sergent détective Clément ou avec sa sœur Vicky. Sa conviction n'étant partagée par aucune des personnes à qui elle en avait déjà parlé, elle avait estimé qu'il était inutile de la remettre à nouveau sur le tapis.

— Ça va, comme ça ? lui demanda-t-elle, un peu abruptement, pour conclure. Ça répond à tes questions ?

Comme il tardait à ouvrir la bouche, elle le pressa :

— Alors... Oui ou non ?

— Oui, ma douce, acquiesça-t-il d'un ton distrait. Absolument.

Il n'était qu'à moitié sincère. Si le récit qu'il venait d'entendre avait répondu à certaines de ses questions, il en avait aussi soulevé d'autres. Notamment à propos de la carabine... Elle n'avait pas l'air de se rendre compte, songeait-il, que cette Winchester, qui lui procurait, à ce qu'elle disait, un sentiment de sécurité, n'était pas sans danger. Et si le coup partait tout seul ? Si elle se blessait, ou blessait quelqu'un ? Si le type revenait et qu'elle lui tirât dessus, que ce fût involontaire ou non, avait-elle conscience qu'elle ne pourrait pas plaider la légitime défense ? Avait-elle conscience qu'elle avait affaire à un voleur, et non à un tueur, à un maniaque ou à un violeur ? Savait-elle seulement s'en servir, de cette carabine-là ?

À l'évidence, il lui manquait deux ou trois renseignements indispensables... Alexandra lui aurait confié un brin de son adolescence, un grain de la passion de son père pour les armes à feu et une miette de sa vie avec Frank Notaro, nul doute que John se serait moins soucié de la fameuse carabine.

230

Placée comme elle l'était, à contre-jour, John ne pouvait voir les traits de son visage, mais elle, en revanche, distinguait assez bien les siens. Suffisamment en tout cas pour constater qu'il avait les yeux fermés.

— John ?... John, tu dors ? s'enquit-elle.

— Non, je réfléchis.

— Ou on discute, ou on dort, mais on ne réfléchit pas tout seul dans son coin, d'accord ?

Elle mouilla de salive l'un de ses doigts pour frotter son coude gauche qui la démangeait, et quand elle releva la tête vers lui, elle s'aperçut qu'il la contemplait d'un œil pensif.

— On discute, dit-il.

— Je préférerais dormir.

Et joignant le geste à la parole, elle reprit aussitôt la place qu'elle occupait avant de s'asseoir au pied du lit.

John remonta de nouveau les couvertures sur eux et continua :

— C'est quoi, ces irritations que tu as sur les bras et sur les jambes ?

Il y eut une pause... Un creux de vague. Puis, avec un soupir, elle lui annonça :

— Je te préviens tout de suite que tout ce à quoi tu auras droit une fois que je t'aurai donné la solution de l'énigme, c'est un « bonne nuit, beaux rêves ». Et si je me sens assez en forme, peut-être un bisou. Rien d'autre.

— Reçu cinq sur cinq.

— Parfait !

Elle lui expliqua « brièvement » qu'il ne s'agissait ni de psoriasis ni d'eczéma, que ce n'était ni contagieux ni dangereux et que, dans le jargon médical, on appelait ça une dermatite, ou encore une affection psychosomatique. Autrement dit, que ce n'était pas sa peau qui était malade mais son cerveau, et que c'était néanmoins guérissable. Il fallait seulement s'armer de patience. Quelques semaines.

De ces explications, John avait tiré deux conclusions, toutes les deux fausses : la première, qu'elle avait dû courir chez son médecin durant ces dernières quarante-huit heures, et cela en plus de s'occuper des réparations de la maison, ce qui expliquait qu'elle n'ait pas vraiment eu le temps de l'appeler ; la seconde, que ce cambriolage l'avait ébranlée plus encore qu'il n'aurait pu l'imaginer... La pauvre chérie, se disait-il, elle en est affectée non seulement sur le plan moral, mais aussi sur le plan physique.

Alexandra, qui se sentait assez en forme, lui donna un bisou, qui s'allongea, se prolongea, jusqu'à durer une bonne cinquantaine de minutes.

Rassasiés, repus (épuisés, oserions-nous ajouter, par leur dure journée), ils s'endormirent aussitôt après. Ils n'eurent pas à chercher le sommeil. Ils y tombèrent brusquement, comme dans un gouffre.

CHAPITRE XX

Ils avaient passé tout le week-end ensemble. À s'aimer, à manger, à regarder la télévision avec Sam, à manger de nouveau, à discuter, à manger encore. Ils mangeaient beaucoup... Ils avaient, il faut se le rappeler, un problème d'« épaisseur » à régler. Ce n'était pas l'avis de tout le monde, bien sûr, mais tout le monde s'employait, avec plus ou moins de bonne volonté, à le résoudre. Quand une moitié s'insurgeait contre l'idée de sortir de la chambre pour courir à la cuisine, ou protestait contre celle de courir à la cuisine au sortir de la chambre, l'autre ripostait aussitôt, et invariablement, par un « Il faut que tu manges » qui avait force de loi. Et cette fraction du monde qui savait si bien motiver l'autre parce qu'elle avait pour elle la force, la candeur, l'obstination des enfants et l'art, comme eux, d'habiller instinctivement une demande d'un sourire enjôleur, semblait en connaître un bout sur ce qu'il était possible de mesurer, tant dans le domaine de la troisième dimension d'un solide que dans celui de la densité lumineuse...

— Il faut que tu aies de la lumière, avait décrété John, le samedi matin, en ouvrant tous les rideaux et tous les stores du rez-de-chaussée.

Il s'était retourné, le visage radieux, cherchant une approbation qu'il ne doutait manifestement pas de rencontrer.

— Je ne suis pas sûre que cette débauche de clarté soit bonne pour les yeux, avait répliqué Alexandra.

Ces mains en visière, ces paupières plissées comme si on lui braquait un spot de deux mille watts en pleine figure... Franchement, elle en rajoutait, là. Le soleil n'était pas si aveuglant que ça, avait pensé John, enclin à prendre les choses au premier degré. Avec ce qu'il fallait d'indulgence, de compréhension et de gravité dans la voix pour raisonner un fanatique, il lui avait expliqué :

— Allons, voyons, ma douce... L'homme est fait pour vivre dans la lumière. Pas dans la pénombre.

Elle l'avait écouté en secouant la tête de haut en bas, tranquillement, et mis en confiance, il était allé jusqu'au bout de son idée.

— Les taupes, elles, oui. Et les blattes aussi.

— Poil au zizi ! avait-elle lancé en pouffant de rire.

— Bravo ! Quel humour ! Dans le genre raffiné...

— Poil au nez.

— Alexandra...

— Poil aux bras.

Elle était pliée en deux de rire, et plus le visage de John s'allongeait, plus il lui laissait voir à quel point il était vexé, plus elle riait.

N'ayant aucun goût pour les grivoiseries, encore moins pour les plaisanteries de corps de garde, et ayant compris qu'il n'aurait pas le dernier mot, en tout cas pas cette fois, le bien élevé et pacifique vétérinaire avait haussé les épaules, puis s'était mis à préparer le petit déjeuner, laissant la femme de sa vie se tenir les côtes, toute seule dans son coin, et regrettant déjà sa résolution de ne pas la regarder tant qu'elle ne se serait pas calmée... Difficile, voire insupportable, pour lui d'être dans la même pièce qu'elle et de ne pas la dévorer des yeux.

Si John avait souvent eu l'impression au cours de ces deux jours que sa compagne prenait un malin plaisir à le choquer, à le provoquer, à tenter par tous les moyens de le faire sortir de sa réserve, Alexandra, elle, avait souvent eu l'impression que John s'était donné pour tâche importante et urgente de remodeler son univers : il y avait eu le « Il faut que tu manges », le « Il faut que tu aies de la lumière » et, entre les deux, un « Il faut que tu ranges cette carabine quelque part »... quelque part étant, en l'occurrence, le coffre de l'entrée.

Elle s'était prêtée à cette prise de pouvoir avec une singulière complaisance — remarquable, comparée à celle que John avait mise à écouter ses plaisanteries —, n'en éprouvant ni agacement ni frustration, mais au contraire un grand sentiment de réconfort, de sécurité même, et elle n'avait pas manqué de s'en étonner. Ce n'était déjà pas dans sa nature de se plier docilement aux caprices d'une volonté autre que la sienne, alors de le faire et d'en ressentir du plaisir... Oui, il y avait vraiment de quoi se poser des questions. Une, au moins : à quoi cela tenait-il ? À une prodigieuse transformation de son caractère, à l'usure de ses nerfs, de sa résistance, ou à la magie d'une attirance réciproque ?

La réponse ne lui était venue que le dimanche après-midi, un peu avant le départ de John, tandis qu'ils se trouvaient tous les deux dans son atelier à la suite de l'une de ces fameuses demandes-exigences-prières dont il était devenu le spécialiste : un « Il faut que tu me montres tes tableaux » qui ne souffrait ni contestation ni délai.

Devant la toile en cours de restauration où plus une seule lettre du message qui y avait été inscrit ne subsistait, John lui avait dit :

— Cette phrase, c'était du bidon. Il ne reviendra pas, crois-moi.

— Comment peux-tu en être aussi sûr ?

— Parce que...

Parce que des histoires de voleurs, il en avait entendu plus d'une, et de ce qu'il en savait, ces types ne se sentaient pas tellement l'envie de « revisiter » une maison qu'ils avaient déjà cambriolée. Il y avait des exceptions, c'est vrai... Des cambrioleurs avaient dévalisé la maison d'un fermier qu'il connaissait bien à trois reprises, cinq ou six ans auparavant : une fois au printemps, une fois à l'automne, et encore une fois au printemps de l'année suivante. Tous les six mois, en somme ! Comme s'ils avaient attendu exprès que le bonhomme ait reçu le paiement de son assureur et remplacé ce qui lui avait été volé, pour repasser et tout rafler de nouveau... Mais bon, il s'agissait d'une exception.

— Non, crois-moi, avait-il répété, il ne reviendra pas... Je ne le laisserai pas faire, ma douce. Je ne laisserai personne te faire du mal.

Il l'avait enlacée, et alors qu'il lui murmurait des « Ne t'inquiète pas », des « Ne pense plus à ça », elle, justement, ne pensait qu'à « ça »... *Il* allait revenir. *Il* allait lui faire du mal, et personne ne pourrait l'en empêcher. Pas même John. Sûrement pas John. Comment le pourrait-il ? Il faudrait qu'il reste avec elle jour et nuit, et encore... Oh, bon sang ! Pourquoi l'avait-elle amené dans son atelier ? Pourquoi l'avait-elle laissé remettre sur le tapis un sujet qu'elle eût préféré oublier ?

Et là, d'un seul coup, l'angoisse tapie au fond de son subconscient était très vite remontée à la surface, et elle avait compris... Compris que ces sentiments de réconfort, de sécurité qu'elle avait éprouvés durant ces deux derniers jours n'avaient été qu'une illusion. Compris qu'en pliant sa volonté à celle de John, avec cette singulière complaisance dont elle avait fait preuve, ce qu'elle avait inconsciemment cherché à lui céder, ce n'était pas tant la responsabilité de ses faits et gestes que celle de sa peur. La responsabilité... Le poids, plutôt.

Oui, elle s'était étourdie. Oui, elle avait endormi sa peur pour mieux la fuir. Mais sa peur l'avait rattrapée, plus forte que jamais, lui semblait-il.

Elle avait raccompagné John à sa voiture, avait couru pour rentrer à la maison, avait verrouillé toutes les portes, baissé les stores, tiré les rideaux, puis sorti sa carabine du coffre avant de s'installer à table. Devant un tout petit bol de bouillon !

* *
*

La soirée traînait en longueur, lui était si insupportable que pour l'écourter, elle s'était mise au lit à huit heures. Avec son livre de chevet et sa Winchester. Il en avait été pareillement le lendemain et le surlendemain. À quelques différences près, toutefois...

Le lundi, un appel de son agent :

— Alex, chérie, je m'excuse pour l'autre jour. Je ne voulais pas te réveiller. Si j'avais su, je ne t'aurais pas appelée si tôt, seulement...

— Non, c'est moi qui te dois des excuses, Malcolm. Je n'aurais pas dû te raccrocher au nez. Ne m'en veux pas. J'avais eu une semaine épouvantable et...

— Pas besoin de m'expliquer, mon trésor. J'avais compris. Je t'assure que je ne t'en voulais pas du tout.

Etc., etc.

Suivi d'un appel de John :

— Alexandra, ma douce... Tu vas bien ?

Oui, elle allait bien, mais elle irait encore mieux s'il était là. Ça l'ennuyait d'avoir à l'admettre et elle en était toute surprise, mais, bon, c'était la triste réalité : elle avait besoin de la tendresse d'un certain vétérinaire pour s'épanouir. Quoi ? [...] Il ne pouvait pas venir ? [...] Il avait rendez-vous avec Daisy ? Qui c'était encore, celle-là ? [...] Tiens donc ! Une petite chienne qui avait besoin d'un sérieux remontant pour nourrir ses huit chiots. Alors, c'était ça le secret pour le voir : avoir quatre pattes, plein de poils partout et un tas de rejetons pendus à ses mamelles ? [...] Oui, bien sûr, et affamés, de préférence.

Rires de complicité, puis échange de propos plus ou moins équivoques sur ce désir qu'ils avaient l'un pour l'autre, l'un de l'autre, puis promesse de John d'essayer de s'organiser pour passer la soirée et la nuit du lendemain avec elle.

— Je te tiens au courant.

— J'y compte bien.

— Bon, faut que je me sauve. Je t'embrasse.

— John ?

Elle n'avait pas eu le temps de lui dire au revoir, bonsoir, bisou, bisou... Rien ! Bon sang, qu'est-ce qu'il avait à être aussi pressé ! Un rendez-vous avec Daisy, hein ? Est-ce que ce ne serait pas plutôt avec Rachel, ou Barbara, ou Suzanne, ou Dieu sait qui encore ? Une espèce de grande brune épicée, épaisse comme une armoire ?

Le mardi, un appel de Vicky :

— Salut ! C'est moi, la sœur que tu préfères. Alors, quoi de neuf ?

Rien, pourquoi ? Pourquoi faudrait-il qu'il y ait du neuf dans sa vie ? Un cambriolage à peine une semaine auparavant, ce n'était pas assez peut-être ? Quoi ? [...] Oui, c'est vrai qu'elle était un peu à cran. Une séquelle du choc que la découverte de ce cambriolage lui avait causé, sans doute. Elle s'excusait. Et elle, où en était-elle dans son enquête sur le demi-frère ? [...] Oui, bon, et alors ? Ce n'était pas parce qu'elle avait lancé, comme ça, qu'elle ne voulait pas en entendre parler, que ça ne l'intéressait pas de savoir où elle en était dans ses recherches, bon sang ! [...] Ah, ça n'avançait pas très vite.

Ben, ça, fallait s'y attendre ! [...] Non, elle ne sous-entendait rien du tout. C'était elle qui était trop susceptible. Est-ce qu'elle n'aurait pas les nerfs un peu à fleur de peau, elle aussi, par hasard ? [...] Au fait quoi ? [...] Non, elle n'avait pas encore pris de rendez-vous pour aller voir un médecin. [...] Oui, elle s'en occuperait demain au plus tard. Elle n'avait pas à s'inquiéter.

Etc., etc.

Suivi d'un assez long moment à ronger son frein quand ce n'était pas à se ronger d'inquiétude, tout cela parce qu'un certain vétérinaire lui avait téléphoné vers les six heures pour l'informer qu'il arrivait, qu'il n'en avait que pour une trentaine de minutes encore à la clinique, et parce que, on ne savait pas trop pourquoi, ces trente minutes n'en finissaient plus de se prolonger.

Puis d'un appel de John, à 22 h 30 exactement :

— Je suis désolé, ma douce. Je sais qu'il est tard. Je te réveille, peut-être ?

Non, il ne la réveillait pas. Elle n'avait pas pour habitude de s'endormir quand elle avait un rendez-vous. Quoi ? [...] Oui, bien sûr qu'elle pouvait comprendre qu'il avait eu une urgence, sauf que... [...] Non, elle n'avait pas décroché, elle parlait avec sa sœur. [...] Oui, elle comprenait ça aussi. C'est vrai que c'était frustrant d'essayer de joindre quelqu'un dont la ligne était toujours occupée. Plus frustrant sûrement que de perdre sa soirée à poireauter. [...] Comment ? Elle, de mauvaise humeur ? Pas du tout, pourquoi le serait-elle ?

Murmures d'apaisement, puis échange de paroles plus ou moins ambiguës sur cette frustration qu'ils éprouvaient l'un et l'autre, chacun à cause de l'autre, puis promesse de John de s'organiser de manière à pouvoir lui consacrer une grande partie de sa journée du lendemain.

— On pourrait aller déjeuner ensemble, pique-niquer, je ne sais pas moi, ce que tu voudras. Je passe te prendre à onze heures et demi. Tu seras prête ?

— Oui, je serai prête.

— Bon, je vais me coucher, je tombe de sommeil. Je t'embrasse, ma douce.

— John ?

238

Elle n'avait pas eu le temps, cette fois-là non plus, de lui dire au revoir, ni surtout : « Ne sois pas en retard ! »

Bon sang ! Si jamais il ne se présentait pas à sa porte à l'heure dite, y aurait pas de « ma douce » qui tienne. Il pourrait se la serrer, sa ceinture, pour le déjeuner ensemble, le pique-nique, et le reste ! S'il s'imaginait qu'elle n'avait que ça à faire, l'attendre, il rêvait en couleurs, et... Et qu'est-ce que ça voulait dire ça, lui *consacrer* une partie de sa journée, hein ? Consacrer dans le sens de sacrifier, peut-être ? Quelle générosité ! Oh, merci ! trop d'honneur, Monseigneur !

Sainte mère de Dieu ! Comment est-ce que j'ai pu m'amouracher d'un type pareil... Pourquoi ? Est-ce que je n'avais pas assez de problèmes déjà ? Et merde !... Merde, merde, merde !

De mauvaise humeur, Alexandra ? Non, elle n'était pas de mauvaise humeur. Elle était en colère. Presque, pratiquement (selon qu'on est puriste ou non), folle de rage. Plus elle en prenait conscience de cette fureur qui l'agitait, plus elle la sentait s'amplifier, et plus elle ressentait le besoin de se défouler.

Un tel emportement, dans son excès, dans sa démesure, ne pouvait trouver d'exutoire que dans l'extravagance, ne pouvait également que lui inspirer des idées complètement folles... Pourquoi ne pas sortir, nue comme un ver, pour piquer un sprint sur le terrain ? Pourquoi ne pas courir jusqu'au bord du lac et là, les mains en porte-voix, hurler à pleins poumons : « Je te déteste, John Kennedy ! Je te hais, je te hais, je te hais ! » Pourquoi ne pas récupérer sa hache dans le garage et tout casser dans la maison ? Elle en avait conçu de plus absurdes encore. Débarquer, par exemple, au beau milieu de la nuit chez John pour lui renverser un seau d'eau sur la tête.

Elle avait repoussé l'envie qui la tenait de commettre une folie, une énorme excentricité. Elle n'avait pas cédé... Elle aurait pu, elle aurait dû, mais elle n'en avait rien fait. Elle avait simplement continué non pas à gronder, à bougonner à voix basse, mais à fulminer intérieurement.

Les fureurs qu'on retient, qu'on rentre, qu'on refoule, en les piétinant s'il le faut pour être certain qu'elles resteront tout au fond, finissent toujours par se libérer. Un jour ou l'autre, unies en un seul bloc, une seule force, elles remontent, vous submergent tel un raz de marée, et rien ne peut plus les arrêter. Si on le savait, peut-être y prendrait-on garde, et peut-être en laisserait-on exploser quelques-unes aussi, ne serait-ce que pour amoindrir la violence du séisme.

Alexandra avait appris beaucoup de choses au cours de son existence. Cependant, cette leçon-là, elle ne l'avait pas encore assimilée... La vague de fond qui se préparait en elle depuis des années, plus de trois décennies, serait, le moment venu, d'une redoutable et terrifiante puissance.

Le mercredi matin, Alexandra se réveilla avec l'impression de ne pas avoir beaucoup dormi, pas assez en tout cas... Elle avait en effet passé un certain temps à tourner en rond dans sa chambre avant de se coucher, puis à se tourner d'un côté et de l'autre dans son lit, à chercher un sommeil qui ne s'était présenté que longtemps après — très longtemps après même, lui semblait-il — qu'elle eut commencé à décolérer.

Elle s'étira, poussa un soupir.

Quelle foutue nuit ! Quelle foutue soirée aussi !

Une soirée qui aurait pu être si agréable, songea-t-elle.

Et si excitante, enchaîna sa petite voix. Pour l'être, ça, elle l'a été, excitante, mais sûrement pas de la façon dont tu te l'étais imaginée, hein ?

Non, sûrement pas, admit-elle en silence.

Une ombre passa sur son visage. Le souvenir de la colère qui l'avait saisie la veille la gênait, l'effarait. Elle ne se rappelait pas en avoir jamais connu une d'une telle ampleur. Et tout ça pourquoi ? se demanda-t-elle. Une bêtise ! Un incident qui ne méritait tout au plus qu'une légère saute d'humeur. Seigneur ! si elle se mettait dans tous ses états parce que John lui avait posé un lapin, comment réagirait-elle le jour où elle aurait quelque chose de plus grave à lui reprocher ?

Y a du choix ! ricana l'autre à nouveau. Ou lui faire sauter le caisson, ou alors, te faire sauter le tien... Après les légères sautes d'humeur, et les grosses comme celle d'hier, reste plus que les grosses, grosses, non ?

Très drôle !

Elle poussa un autre soupir, puis regarda vers la fenêtre.

Un ciel bleu, presque sans nuages. Une journée qui promettait d'être belle. Une journée parfaite pour un déjeuner sur l'herbe. Une journée, pensa-t-elle encore, où John ne serait pas en retard, mieux, un peu en avance, où il serait charmant tout plein, inventerait un nouveau « Il faut que tu... » qui la surprendrait et l'amuserait, où tout se passerait merveilleusement bien...

Tu cherches à te rassurer ou simplement à te donner le courage de te lever ? Pour ce que tu en sais de cette journée... Elle pourrait ne pas être aussi merveilleuse que tu te le racontes. Elle pourrait être tout ce qu'il y a de plus ordinaire ou de plus plate. Alors, arrête ton cinéma et sors de ton lit.

En se levant, Alexandra se surprit à songer qu'il y avait eu un autre mercredi comme celui-là où elle n'avait pas eu fort envie non plus de sortir de son lit, où elle avait eu du mal aussi à croire à toute la quiétude promise et où elle s'était efforcée de la même façon de refouler la sensation de malaise qui l'étreignait. Elle demeura immobile un moment, comme figée. Son cœur s'était mis à battre plus vite. Elle leva une main et la pressa contre sa poitrine tout en s'obligeant à prendre une grande respiration.

Son regard errait dans la chambre, à la recherche, aurait-on dit, d'un objet familier auquel s'accrocher. Avisant la chaise sur laquelle elle avait laissé son peignoir, la veille, elle s'en approcha, attrapa le vêtement, le serra contre elle, puis se dirigea vers la salle de bains.

Non, se disait-elle, elle n'allait pas se laisser influencer. Ce n'était pas parce qu'il y avait eu un mercredi noir dans sa vie qu'il y en aurait d'autres. Pas obligatoirement. Pas fatalement.

Elle laissa le jet d'eau chaude de la douche chasser la tension de sa nuque et de ses épaules, se savonna, se rinça abondamment, se sécha avec soin, brossa longuement ses cheveux, traita chaque irritation de sa peau à l'huile d'amande avec la même minutie, la même douceur, prolongeant le rituel quotidien — qui avait en général plutôt lieu l'après-midi que le matin — comme si elle cherchait à travers lui, d'une manière à la fois consciente et inconsciente, à effacer les minutes précédentes, à annuler ce faux départ pour en prendre un nouveau.

Vêtue de son peignoir, le corps détendu et l'âme plus sereine, elle retourna dans sa chambre. Elle mit un certain temps à choisir la

241

couleur de son chemisier. Le noir l'attirait plus que les autres... Par bravade, par défi ? Elle ne chercha pas à en analyser la raison. Elle le décrocha du cintre, l'enfila, roula les manches au-dessus de ses poignets, se glissa dans son jean et, après un bref coup d'œil dans son miroir, histoire de s'assurer que son « épaisseur » si modestement enveloppée ne manquait malgré tout ni de charme ni d'élégance, elle quitta rapidement la pièce.

CHAPITRE XXI

Sam guettait son arrivée. C'est du moins le sentiment qu'elle eut en le voyant bondir à sa rencontre au bas de l'escalier. Il semblait nerveux, inhabituellement agité.

— Viens-là... Viens, mon gros minou, fit-elle en le prenant dans ses bras.

Comme un enfant, il se lova contre elle, puis glissa ses pattes antérieures de chaque côté de son cou tout en nichant sa tête sous son menton.

— Ben dis donc... S'il faut que j'aie une bonne demi-heure de retard le matin pour avoir droit à un tel accueil, tu peux être sûr que je remettrai ça demain, et après demain... tous les jours, mon vieux.

Elle le ramena dans la cuisine et le déposa sur sa natte tout en s'excusant d'un ton espiègle d'être ainsi faite qu'il ne lui était pas possible avec ses deux pauvres et seules petites mains de manipuler à la fois un chat raisonnablement gros et une cafetière relativement encombrante.

À peine lui avait-elle tourné le dos qu'il était déjà là, à côté d'elle, à se frotter contre ses jambes. Elle acheva de préparer son café, mit l'appareil en marche, puis se pencha vers lui.

— Qu'est-ce que tu as à me coller comme ça, Samy, hein ? Qu'est-ce que tu veux ? Un bretzel, c'est ça ?

De l'armoire où elle les conservait, elle tira un de ces biscuits dont l'animal raffolait. Sam le renifla, le prit dans sa gueule et, au grand étonnement d'Alexandra, le laissa tomber sur le plancher, après quoi il leva la tête vers elle et poussa un miaulement.

— Bon, si ce n'est pas un bretzel que tu veux, c'est quoi au juste ? De l'eau ?

Elle alla récupérer le bol, le vida, le rinça machinalement, le remplit à ras bord, pivota d'un quart de tour sur ses talons et n'eut que le temps d'avancer d'un pas en direction de la natte avant de trébucher sur Sam. Sa chute ne l'entraîna pas très loin ; elle vacilla vers la gauche, vers le comptoir sur le rebord duquel elle s'agrippa d'une main pour retrouver son équilibre. Celle du bol, elle, entraîna ce dernier jusqu'au sol où il atterrit avec fracas.

Alexandra n'eut aucun mouvement d'impatience. En fait, elle avait plutôt envie de rire. Sam, qui avait reçu une douche à laquelle il ne s'attendait pas, avait reculé d'un bond, s'était ébroué et lui avait jeté un regard ahuri accompagné d'un miaulement étouffé, une sorte de murmure de protestation indignée.

— C'est de ta faute, Samy... Tu vois un peu les dégâts que tu as faits ? lui lança-t-elle d'une voix railleuse. Naturellement, ce n'est pas toi qui vas nettoyer tout ça, hein ?

Elle se pencha vers le tiroir où elle rangeait les torchons. La boîte de munitions, sous la pile de linge, dépassait suffisamment pour attirer son attention. En la voyant, Alexandra pensa aussitôt à sa Winchester. Elle regarda autour d'elle, cherchant l'endroit où elle aurait pu la poser, et se rendit compte qu'elle l'avait oubliée dans sa chambre. Réprimant l'impulsion qui la poussait à vouloir récupérer la carabine sur-le-champ, elle éponge jusqu'à la dernière goutte d'eau sur le parquet et plaça un bol de nouveau plein à ras bord à côté de la natte de Sam avant de monter à l'étage.

En redescendant, elle trouva l'animal qui l'attendait sur le palier, entre les deux volées de marches.

— Eh ben, eh ben ! s'exclama-t-elle. Un chat dans mon escalier ? Est-ce possible ? Sam, ta désobéissance me chagrine et sera sévèrement punie... Pas de bretzel pendant au moins une semaine, tu m'entends ?

Elle le poussa gentiment du pied.

— Allez, tire-toi de là, sacripant. Allez, ouste !

Elle n'était pas installée à table, devant sa première tasse de café, depuis deux minutes qu'il était de nouveau là, à côté d'elle, à miauler pour monter sur ses genoux. Autre désobéissance qu'elle nota mentalement, sans plus... Une fois n'était pas coutume, se dit-elle, en le laissant se pelotonner à son aise contre son ventre. En revanche, quand il fit mine de la suivre jusque dans son atelier, elle le réprima sévèrement.

— Non, Sam ! grommela-t-elle. Les caprices, maintenant, ça suffit. Tu sais très bien que tu n'as pas le droit de venir ici, alors tu fiches le camp, d'accord ? Tu vas te coucher, et au galop, sinon, ça va barder !

Ne se préoccupant nullement de vérifier s'il se conformait ou non à l'ordre donné, elle lui claqua la porte au nez, gagna son tabouret, appuya sa Winchester contre son établi puis, chassant le siamois de ses pensées, s'absorba dans son travail.

Il était un peu moins de onze heures lorsqu'elle ressortit de son atelier.

De la marche où il s'était allongé, Sam leva la tête vers elle. Miaula doucement.

— Alors quoi... On s'obstine ? On a décidé de me faire tourner en bourrique, aujourd'hui, c'est ça, hein ? Très bien, soupira Alexandra, tu l'auras voulu, Sam. Pas de bretzel pendant *deux* semaines. Et pas de télé non plus ! En tout cas, pas tant que tu ne seras pas redevenu le chat que je connais, adulte, raisonnable, parfaitement obéissant. Compris ?

Sam ponctua la fin de son discours par un miaulement à demi étouffé, comme pour signifier qu'il avait compris mais que la sentence était dure à avaler. Il recula contre le mur pour lui céder le passage, puis lui emboîta le pas, déterminé, semblait-il, à ne pas la quitter d'une semelle, dût-il encourir d'autres réprimandes ou d'autres punitions.

En passant devant la salle à manger, Alexandra s'aperçut qu'elle n'avait pas ouvert les rideaux. Pas plus d'ailleurs que les stores de la cuisine.

Un sourire se dessina sur ses lèvres.

Il faut que tu aies de la lumière... Oui, John. Bien sûr, John.

Dans une demi-heure, elle aurait tout à refermer ? Et alors...?

245

Estimant que cela valait la peine de perdre quelques minutes pour faire plaisir à John, elle entreprit de dégager la vue de toutes les fenêtres ainsi que celle de la porte-patio.

Le ciel s'était couvert. En étudiant la masse sombre qui bouchait l'horizon, Alexandra eut une autre pensée pour John. Elle le voyait arriver sous la pluie et, impatient comme il l'était, escalader de nouveau la grille, glisser sur le métal tout mouillé, tomber... Non, se disait-elle, ça n'avait pas de sens de le laisser prendre de tels risques. Et s'il se cassait une jambe en tombant ? S'il se rompait le cou ? Mon Dieu... Non, non. Elle n'attendrait pas, elle allait s'occuper de ce problème tout de suite. Elle allait enlever la chaîne et, pourquoi pas ? ouvrir aussi les vantaux de façon qu'il puisse entrer et se garer devant le perron sans avoir à descendre de sa voiture. Faire d'une pierre deux coups, en somme... Lui éviter non seulement de se blesser, mais également d'être trempé par la pluie.

Dans le vestibule, son regard se posa sur le coffre. Cette fois, ce fut une moue un tantinet désapprobatrice qui se dessina sur ses lèvres.

Il faut que tu ranges cette carabine quelque part... Oui, John. Bien sûr, John.

Elle entrouvrit le coffre, glissa rapidement sa Winchester à l'intérieur, puis, ayant pris ses clés accrochées au mur, à droite de la porte, elle se dépêcha de sortir.

Sam s'était faufilé entre ses jambes avec une telle prestesse qu'elle n'avait pu l'attraper.

— Non, Sam ! Reviens ! s'écria-t-elle tandis que le siamois dévalait les cinq marches à toute vitesse. Reviens ici tout de suite, tu m'entends ?

Il s'assit devant l'escalier et la regarda, stoïque, impassible.

Alexandra le rejoignit en bougonnant :

— Je ne sais pas ce que tu as, toi, aujourd'hui, mais vraiment tu ne tournes pas rond. Ma parole, tu retombes en enfance ! (Elle poussa un soupir.) Écoute, Sam, si tu restes sagement à côté de moi, si tu ne te sauves pas, si tu ne m'obliges pas à te courir après, je te promets de reconsidérer la question pour ce qui est de la télé, d'accord ?

Il mit quelques secondes à répondre par un bref miaulement, ce qui prouvait, songeait Alexandra en riant silencieusement, qu'elle avait affaire à un chat intelligent — ce dont elle n'avait d'ailleurs jamais douté —, réfléchi, prudent et extraordinairement sensible aux arguments de poids. De fait, l'animal s'était rapproché d'elle pour lui emboîter le pas, comme pour bien lui montrer qu'il n'avait nullement l'intention de prendre la clé des champs. À l'aller, il la suivit jusqu'au portail, au retour, jusqu'à la jeep — qu'elle avait décidé de déplacer, afin de libérer tout l'espace devant la maison —, et finalement, dans la maison. À aucun moment, elle n'avait eu à le rappeler à l'ordre.

Alexandra referma la porte. Après avoir raccroché ses clés, elle posa un genou au sol, attira Sam vers elle et se mit à le caresser tout en lui déclarant d'un ton solennel qu'en ce qui concernait la télé, la punition était levée.

— Hé, pas tout de suite ! s'exclama-t-elle en le voyant quitter précipitamment le vestibule pour filer au salon.

Elle se redressa et le suivit. Contrairement à ce qu'elle s'était imaginé, il ne s'était pas installé sur le petit tapis devant la télévision, mais sur le canapé... Là où il savait qu'elle allait s'asseoir pour attendre l'arrivée de John, remarqua-t-elle. Alors, en plus d'être intelligent, circonspect et particulièrement chiant depuis le matin, voilà qu'il devenait médium maintenant ?

Elle s'installa à son tour et se renversa vers l'arrière pour permettre à Sam de se lover sur son ventre.

Les aiguilles de sa montre marquaient 11 h 10.

— Qu'est-ce que tu en penses, toi ? l'interrogea-t-elle, les yeux toujours fixés sur sa montre. Tu crois qu'il sera là dans dix ou dans vingt minutes ? ... Allez, moi, je te parie un bretzel qu'il ne sera pas là avant la demie !

Sam avait la tête tournée vers l'entrée du salon. Elle lui attrapa le menton pour l'obliger à lui faire face. Il se dégagea d'une brusque torsion du cou et reprit sa position.

— Tu ne veux pas parier ? Tu as peur de perdre, c'est ça ? pouffa-t-elle en lui attrapant à nouveau le menton.

À l'instar de n'importe quel mammifère corrigeant d'un coup de dent un petit trop turbulent, Sam riposta en lui mordant la main. Pas assez fort pour qu'elle en ressentît de la douleur, mais suffisamment pour qu'elle comprît qu'il ne fallait pas insister.

— Pisse-vinaigre, va ! lui lança-t-elle d'une voix railleuse.

247

Elle regarda vers la fenêtre pour examiner le ciel qui n'avait pas l'air de vouloir s'éclaircir. Elle vérifiait pratiquement toutes les soixante secondes le cadran de sa montre, tout en se demandant s'il ne valait pas mieux déjeuner à la maison plutôt que de se farcir une balade sous la pluie à la recherche d'un restaurant qui serait peut-être fermé, comble ou peu accueillant.

Il était exactement 11 h 20 lorsqu'elle entendit le premier coup de sonnette.

Sam n'avait pas bronché. À peine avait-il remué les oreilles.

— Ôte-toi de là, vite, dit-elle en le repoussant sur le côté.

Elle se leva d'un bond.

— C'est ton jour de chance, mon gros, ajouta-t-elle d'un ton enjoué. Tu viens de gagner un bretzel.

En courant vers l'entrée, elle riait, heureuse d'avoir perdu un pari qu'elle espérait de tout cœur ne pas gagner.

— John ? fit-elle tout en tirant la porte vers elle, déjà prête à sauter dans ses bras.

Son rire mourut instantanément dans sa gorge. Elle se figea, les yeux écarquillés, le visage blême, comme si elle venait de recevoir un violent coup de poing à l'estomac.

Oh, mon Dieu ! Non, non...

— Salut, beauté ! Content de me voir ? dit l'homme qui se tenait devant elle et qui n'avait pour toute ressemblance avec John Kennedy que l'éclatante blancheur de son sourire.

* *
*

John claqua la porte derrière lui, s'élança sur le perron-galerie pour dévaler les marches qui le séparaient de l'allée et pila net. Étouffant un juron, il pivota d'un demi-tour sur lui-même, rouvrit d'un geste impatient la porte qu'il venait de fermer et s'engouffra dans le hall d'entrée.

— Où est-ce que je les ai mises ? demanda-t-il abruptement à son père en faisant irruption dans la cuisine où ce dernier était attablé devant une tasse de tisane et un énorme bouquin de géologie.

— Là, près de la cafetière, répondit Charles Kennedy sans lever le nez de son livre.

Un secret amusement sembla soudain éclairer les traits du vieil homme. Il hocha la tête et ajouta :

— Je me disais bien aussi que tu aurais du mal à faire démarrer ta jeep par la seule force de ta volonté.

John haussa les épaules d'un air agacé.

— Papa, je ne suis pas d'humeur ce matin à apprécier tes plaisanteries, grogna-t-il en saisissant le trousseau de clés qu'il avait oublié.

— Eh bien, mon fils, j'espère pour cette jeune femme qu'elle a de quoi te calmer parce que, énervé comme tu l'es...

— Je ne suis pas énervé.

— Oh, et ce serait quoi le terme exact, à ton avis ? « Agité », « nerveux » ? « Convulsif », peut-être... Comme une bonne grosse toux ?

Réagissant à cette répartie avec un froncement de sourcils semblable à celui qu'il aurait eu si l'un de ses petits patients lui avait soudainement mordu les doigts, John s'obligea à prendre une grande respiration avant d'annoncer d'un ton neutre :

— Faut que j'y aille. Je ne suis pas en avance.

— Sois prudent sur la route. Avec la pluie qui va nous tomber dessus d'une minute à l'autre, ça va être glissant.

John marchait déjà vers le vestibule. Il fit signe de la main qu'il avait compris, puis accéléra le pas.

Le vent s'était rafraîchi. Il remonta la fermeture éclair de son blouson et courut vers la Cherokee.

Encore heureux, songeait-il en s'installant au volant, qu'il ait eu la bonne idée, la veille, de garer sa jeep dans le bon sens. Ça lui évitait maintenant de perdre du temps à la manœuvrer... Il détestait sortir à reculons, tout comme aborder les gens à reculons ou entreprendre une activité, quelle qu'elle soit, à reculons.

Il mit le contact.

Le moteur toussa, tressauta, s'éteignit.

Non… Mon Dieu, s'il vous plaît, pas ça ! Pas maintenant.

Il appuya son front contre ses mains en se demandant ce qu'il avait bien pu faire à ce bon Dieu pour que depuis le matin tout allât de travers. La journée s'annonçait bien, pourtant. Il s'était levé de bonne heure et de bonne humeur. C'était après que les choses avaient commencé à se gâter. D'abord la cafetière, qui lui avait échappé des mains. Puis les couteaux de la tondeuse, qui s'étaient bloqués quand il avait voulu tondre la pelouse. Puis la poignée du robinet, qui lui était restée dans la main quand il avait voulu se doucher. Il s'était dit que puisque ce n'était pas son jour, il ferait mieux de se recoucher, ça irait mieux le lendemain. Il n'en avait rien fait, évidemment… Il avait un rendez-vous qu'il n'aurait manqué pour rien au monde.

Mon Dieu, je vous jure que si cette connerie de moteur ne démarre pas dans la seconde, je brûle tous les crucifix que je trouve dans la maison… Et je suis très sérieux !

Dieu qui ne prêtait habituellement pas une oreille très attentive aux prières des Kennedy avait dû entendre celle-là… À peine John avait-il remis le contact que les chevaux qui dormaient sous le capot s'étaient réveillés, emballés même, sans qu'il ait eu à répéter sa menace.

Il releva la tête, heureux, soulagé, et il aurait sûrement pensé à remercier son créateur pour la mansuétude dont il venait de faire l'objet si son attention n'avait été attirée par un mouvement en face, à la fenêtre du haut de cette horrible maison aux briques baveuses. « Les Yeux de la Rue » avait tenté de se dissimuler derrière ses tentures pour qu'il ne s'aperçoive pas qu'elle l'espionnait, mais pas assez vite. Une poussée d'adrénaline lui fouetta le sang et le sourire qui s'était amorcé sur ses lèvres resta à l'état d'ébauche.

Espèce de vieille grosse emmerdeuse de voyeuse… Un de ces jours, je vais t'en donner tout un spectacle, moi. Je vais t'en donner un à t'en faire péter les deux yeux, tu vas voir !

Quand il démarra, le gravier de l'allée vola sous les roues, et ce n'est qu'une fois rendu sur la route qu'il prit conscience de sa colère et de la vitesse à laquelle il roulait. Il respira profondément, posément, et allégea tant sa prise sur le volant que le poids de son pied sur la pédale de l'accélérateur.

Il avait presque totalement recouvré sa quiétude d'esprit lorsque, à la sortie de Frelighsburg, il la perdit à nouveau. De l'étroit chemin de terre sur sa droite, était arrivée une camionnette qui aurait dû s'arrêter à l'intersection, mais qui, s'étant contentée de ralentir, l'avait obligé à donner un coup de volant tout en accélérant à fond pour ne pas être embouti.

Du conducteur de cette Ford gris pâle, John n'avait eu le temps de voir qu'une casquette noire enfoncée jusqu'aux yeux et une bouche grande ouverte... Une expression hébétée dont il n'aurait su dire si elle était celle d'un type somnolent, ivre ou complètement demeuré. Fou de rage, il avait été à deux doigts de descendre de sa jeep pour aller écraser son poing dans la figure du bonhomme. Mais il s'était raisonné — ça ne valait pas la peine, pensait-il, de faire attendre Alexandra pour régler son compte à cet abruti — et s'était tout de même un peu soulagé en lui criant :

— Sale con ! Tu peux pas faire attention, non ?

Il secoua la tête en songeant que s'il était ministre des Transports, y aurait un sacré paquet de gens qui en baveraient pour obtenir leur permis de conduire. Puis il respira à fond, de nouveau, en s'efforçant de chasser cet incident de ses pensées... Il ne tenait pas à gâcher le reste de sa journée, ce qui ne manquerait pas de se produire s'il ne se calmait pas avant de débarquer chez sa douce.

D'un bref regard, il vérifia l'heure à l'horloge du tableau de bord dont les chiffres lumineux indiquaient 11 h 21.

Moins de dix minutes encore...

Dans moins de dix minutes, se disait-il, elle serait dans ses bras, et cela seul comptait. Franchement, pour être heureux, qu'est-ce qu'un homme pouvait demander de plus que de pouvoir aimer une telle femme ? Rien ! En tout cas, lui, il n'en exigeait pas davantage.

* *
*

251

— Qui c'est, ce John ? lui lança Frank d'un ton railleur, l'air de ne pas s'inquiéter outre mesure de la possibilité qu'il y ait un ou même plusieurs compagnons dans la vie de son ex-femme.

Oh, Dieu, par pitié aidez-moi, aidez-moi...

— Un ami... avec qui j'ai rendez-vous, répondit-elle en essayant de contrôler le tremblement de sa voix. Il va arriver d'une minute à l'autre. Il devrait déjà être là, d'ailleurs.

Elle se replia vers le salon tout en massant son épaule endolorie par le coup qu'elle y avait reçu en tombant... Elle avait cru un moment qu'elle arriverait à refermer la porte, mais Frank l'avait bloquée avec son pied et, à la troisième secousse qu'il avait imprimée au battant, elle avait perdu l'équilibre et elle était partie à la renverse. En tentant de se rattraper, elle avait heurté le mur à droite, d'abord de la main, puis de tout le poids de son corps, en amortissant involontairement le choc avec son épaule.

Il quitta le couloir à son tour, entra dans la pièce et s'arrêta à quelques pas d'elle, dans l'attente, aurait-on pu croire (pour peu, bien sûr, qu'on fît abstraction de son allure désinvolte et de cette façon hautaine, arrogante, qu'il avait de la dévisager), d'un geste d'invitation de sa part pour s'engager plus avant.

De le voir ainsi, vêtu d'un costume gris anthracite, impeccablement coupé, d'une chemise blanche et d'une cravate, Alexandra eut l'impression d'être en présence d'un homme d'affaires, d'un représentant d'une grande firme de cosmétiques, d'ordinateurs ou d'aspirateurs ultrasophistiqués. Seuls les gants en cuir noir qu'il portait dénonçaient, dans cette tenue par trop rassurante, la vraie raison de sa présence chez elle... Malgré la peur qui l'avait envahie, ou peut-être à cause d'elle, une question farfelue lui traversa l'esprit : les avait-il mis pour ne pas s'égratigner les jointures en la frappant ou simplement pour ne pas avoir de sang, son sang, sur les mains ?

— Écoute, Frank... reprit-elle.

— Ne te fatigue pas à me dire que je devrais m'en aller. De toute façon, je n'ai pas l'intention de m'éterniser ici.

Il attendit de lire un début de soulagement dans ses yeux pour ajouter :

— Je suis juste venu te chercher, ma belle.

Il tendit l'une de ses mains gantées vers elle.

— Allez, viens. Vite... On n'a pas toute la journée devant nous, grommela-t-il.

Elle ne pouvait s'enfuir que par la cuisine, et c'était le moment où jamais, songea Alexandra tout en amorçant un mouvement de retraite vers sa gauche.

D'une brusque détente du bras, Frank la saisit par le poignet, la fit virevolter et, d'une violente poussée, reculer contre le mur derrière elle, qu'elle heurta de nouveau de son épaule déjà meurtrie. La douleur irradiant jusqu'au bout de ses doigts lui arracha un gémissement.

— C'est la manière forte que tu préfères ? Oui, j'aurais dû y penser... Tous ces mois sans personne pour te flanquer une bonne dérouillée, ça te manquait, j'imagine.

— Tu ne peux pas m'obliger à partir avec toi, Frank, haleta-t-elle. Tu n'as pas le droit... Tu n'as aucun droit sur moi. On a divorcé, l'aurais-tu oublié ?

— Non, toi, tu as divorcé, rétorqua-t-il en pointant un doigt menaçant vers elle. Pas moi. Je suis de ceux qui croient à la pérennité des liens du mariage, moi... De ceux qui croient que ce que Dieu a uni, l'homme ne peut le séparer.

Il s'interrompit et la toisa des pieds à la tête avec mépris avant de préciser, avec un ricanement sardonique :

— Et encore moins une femme !

Levant les yeux au plafond, il sembla y chercher un instant la conclusion qui convenait.

— En somme, ma chère, soupira-t-il, que tu le veuilles ou non, on est mariés pour la vie. Il n'y a que la mort qui pourrait y changer quelque chose, tu comprends... Est-ce que tu comprends ça, Alex ?

Il était si près d'elle qu'elle pouvait sentir son souffle sur son visage. Dans l'espoir insensé de pouvoir s'échapper encore, elle glissa d'un pas le long du mur, puis d'un second, mais ne put prendre son élan... En une enjambée, il arriva sur elle. D'une main, il lui maintint la tête immobile, enfonçant rudement son pouce et ses doigts dans ses joues. De l'autre, il lui appuya sur la tempe le canon d'un revolver qu'il avait soudainement sorti de la poche intérieure de sa veste.

— Tu tiens à ce qu'on en finisse, là, tout de suite, avec ce mariage ?

Folle de peur, de terreur, Alexandra essaya de se dégager de son étreinte. Elle réussit à peine à desserrer l'étau de ses doigts sur sa mâchoire.

— Frank, je t'en prie... Lâche-moi. Tu me fais mal, balbutia-t-elle.

— Je t'ai posé une question simple.

Elle entendit le déclic du cran de sûreté.

— Une question simple, poursuivit-il en augmentant la pression du canon sur sa tempe, qui réclame une réponse simple. Oui ou non ?

— Non, gémit-elle.

— Bien, enchaîna-t-il en rabaissant le revolver. Tu vois comme tu peux être raisonnable quand tu veux ?

Un grondement proche les figea tous les deux. Dans le silence qui suivit, Sam se redressa. Il quitta le coussin dont il n'avait pas bougé jusque-là et se jucha prestement sur le dossier du canapé, en position d'attaque.

Depuis que Frank était entré dans le salon, le siamois n'avait pas cessé de le suivre du regard. Il avait perçu sa présence bien avant qu'il gravisse les marches du perron. Il l'avait perçue et reconnue. Elle représentait une menace, un danger sur un territoire qui était le sien. Il avait émis des messages de protestation : léger grondement, oreilles pointées en arrière, battements de queue de plus en plus nerveux. S'étant rendu compte que l'intrus n'en était nullement intimidé, il s'était résolu à exprimer son mécontentement d'une manière plus claire.

Par-dessus l'épaule de Frank, Alexandra jeta un coup d'œil à Sam, et la vision qu'elle en eut l'effara. Jamais elle ne l'avait vu ainsi, le dos arqué, le poil dressé sur l'échine, les oreilles couchées sur la tête, tous crocs découverts et toutes griffes sorties.

Frank tourna lentement la tête.

— Toi le chat, t'as intérêt à te planquer, sinon ça va être ta fête, aboya-t-il, les yeux brillant d'une lueur meurtrière.

Il ramena son regard sur Alexandra.

— Il n'a pas changé celui-là... Toujours aussi con !

Ayant relâché la prise sur sa mâchoire, il lui caressa doucement la joue.

— Toi non plus, tu n'as pas changé, Alex. Un peu plus maigre peut-être, mais ça ne me déplaît pas... Pas du tout même. Sens comme je suis excité.

Il lui attrapa une main, la plaqua sur son entrejambe et commença à l'y frotter de bas en haut.

— Ah, nom de Dieu que c'est bon ! s'exclama-t-il en accélérant le rythme du frottement.

— Arrête, Frank... Non. Je t'en prie, arrête... Arrête !

Alexandra entendit le ricanement de Frank contre son oreille et, plus loin, le feulement de Sam. Puis ce fut à nouveau le silence. Frank n'avait pas encore esquissé le mouvement de rotation qu'il lui fallait imprimer à son corps pour faire face à l'animal, qu'elle eut la certitude absolue qu'il allait se retourner et tirer sur Sam. Elle pensa : « Cours, Samy, cours ! Il va te tuer ! », mais tout se passa tellement vite qu'elle n'eut pas le temps de crier. Juste celui de s'agripper au bras de Frank qui pointait déjà son arme vers l'animal, lequel avait pris son élan pour bondir sur lui.

Le revolver avait craché son projectile sans atteindre sa cible. Sam, lui, avait atteint la sienne, la tête de Frank, de plein fouet.

Alexandra ne resta pas pour assister à leur lutte. Sa petite voix lui emplissait le cerveau de hurlements...

Sauve-toi, Alex, sauve-toi ! Sauve-toi !

Elle se rua dans le couloir, traversa l'entrée en trombe, arrachant au passage ses clés du mur, dévala les marches et fonça vers sa voiture.

Un deuxième coup de feu, suivi de près d'un troisième, claqua derrière elle. Croyant que Frank la visait, elle rentra les épaules, grimpa à toute vitesse à l'intérieur de la Cherokee et, tout en demeurant courbée, mit le contact, puis démarra sur les chapeaux de roues.

Ce n'est qu'une fois engagée dans le tournant, au bout de l'allée, qu'elle vit la voiture de Frank garée au beau milieu du portail... Elle se leva presque sur la pédale des freins.

La jeep chassa de l'arrière vers la gauche. Il y eut le bruit des pneus crissant sur l'asphalte. Et celui des tôles s'entrechoquant, se déchirant. Et celui enfin, **plus** étourdissant pour elle qu'assourdissant, de son crâne donnant contre le pare-brise.

Une voix la tira de son étourdissement.

— Descends de là, lui ordonna Frank en ouvrant sa portière. Éteins-moi ce bon Dieu de moteur et descends de là tout de suite !

S'impatientant du peu d'enthousiasme qu'elle montrait à obéir à l'injonction, il hurla :

— Je t'ai dit de sortir de là, bordel ! Est-ce qu'il va falloir que je te mette une balle dans la peau pour que tu te décides à bouger ton cul, oui ou non ?

Tire, Frank. Puisqu'on doit en arriver à ça de toute façon, autant en finir maintenant. Tire !... Je m'en fous.

Elle avait mal, se sentait perdue et effrayée, et elle aurait voulu que le cauchemar prît fin à l'instant même. Néanmoins, quelque chose en elle devait se refuser à plier, à s'abandonner, ou désirer malgré elle un sursis, parce que Frank n'eut pas à répéter son ordre, ni sa menace.

Il la laissa poser un pied à terre et l'empoigna aussitôt par le bras pour éviter toute tentative de fuite. Ensemble, ils contournèrent la jeep par l'arrière et marchèrent vers la Volvo dont la calandre et l'aile avant gauche étaient salement enfoncées.

— Nom de Dieu ! t'as vu ce que t'as fait à ma voiture ? T'as intérêt à avoir de bonnes assurances ! grogna-t-il en regardant les dégâts d'un œil torve.

Devant sa remarque saugrenue, Alexandra resta un instant plongée dans un état de total ahurissement.

Il va te tuer, chuchota sa petite voix, mais il s'inquiète quand même de savoir si tu as de bonnes assurances... Normal.

Un frémissement parcourut ses narines, un léger sourire releva le coin de ses lèvres et, sans qu'elle pût s'en empêcher, un rire nerveux monta en elle, se fraya un chemin jusqu'à sa gorge, et éclata.

Frank ne lui lâcha le bras que pour lui administrer une gifle retentissante, et la poussa sans ménagement à l'intérieur du véhicule.

— Attache ta ceinture, fit-il d'un ton hargneux. Je ne tiens pas à ce qu'on se fasse arrêter pour une connerie pareille... Et fais-moi disparaître ce sourire idiot que t'as là, sinon je t'en balance encore une, compris ?

Alexandra se tassa contre la portière en essayant de ne penser à rien.

Elle contempla le terrain comme si elle ne l'avait jamais vu. Puis le portail, sans se dire qu'elle ne le reverrait plus. Puis la pluie qui, elle ne comprenait pas pourquoi, s'était mise soudain à tomber.

CHAPITRE XXII

John mit les essuie-glaces en marche en songeant que la pluie aurait pu attendre deux minutes de plus pour commencer à tomber.

Franchement, il n'avait pas de chance, bougonna-t-il intérieurement. C'est vrai, quoi... Deux minutes plus tard, il aurait été à l'abri, au sec. Il était presque arrivé. Une petite courbe encore, la dernière, puis deux cents, deux cent cinquante mètres à tout casser.

Il consulta l'horloge du tableau de bord : 11 h 31.

Au moins, il n'était pas en retard, c'était déjà ça ! Oh, peut-être de quelques secondes, mais bon... Avec la pluie, on est obligé de conduire prudemment, plus lentement, n'est-ce pas ?

En abordant la courbe, il se demanda si Alexandra avait pensé à ouvrir la grille pour qu'il ne fût pas obligé, encore une fois, de sauter par-dessus — pourquoi ne lui donnait-elle pas une clé ? ça résoudrait le problème — et, un peu plus loin, à la vue de la clôture et du portail, à qui appartenait cette Volvo noire qui sortait de la propriété, à reculons.

La voiture venait vers lui, et John ne la quittait pas des yeux. Entre deux battements d'essuie-glaces, il aperçut la tête blonde à côté du conducteur et son cœur fit un bond dans sa poitrine.

Plutôt que de freiner sec et de risquer un tête-à-queue dans un brusque demi-tour, John accéléra pour franchir la cinquantaine de mètres qu'il lui restait à parcourir jusqu'à l'entrée du terrain. Il stoppa à hauteur de la grille, remarqua la jeep, l'aile avant gauche enfoncée... Oh, Seigneur, pourvu qu'elle ne soit pas blessée ! pensa-t-il, affolé déjà à l'idée que la jeune femme eût pu être sérieusement touchée.

Dérogeant pour une fois à son sacro-saint principe (la panique, à défaut de nous rendre plus intelligent, nous amène parfois à une plus grande souplesse de caractère ou d'esprit), il quitta l'entrée en reculant — et en trombe, encore ! —, puis fonça à la poursuite de la Volvo. Il se posait un certain nombre de questions. Conduisait-on Alexandra à l'hôpital, et si oui, pourquoi avoir emprunté cette direction plutôt que l'autre, plus rapide, plus courte ? Et le type dans cette voiture dont l'aile avant gauche, comme celle de la Cherokee, avait encaissé un méchant coup, était-il blessé, lui aussi ? Et puis d'abord, qui c'était ce type, au juste, hein ? D'où sortait-il ? Il se torturait les méninges et aurait sans doute continué ainsi pendant encore un bon moment si un autre véhicule, une sorte de camionnette gris pâle, n'avait soudain attiré son attention.

En reconnaissant la Ford qui avait failli l'emboutir à Frelighsburg et en la voyant zigzaguer sur la route alors que la Volvo était sur le point de la croiser, il pressentit la catastrophe. Il commença à freiner en priant pour que sa jeep ne dérape pas et pour que le peu d'écart qu'il avait laissé entre elle et la Volvo ne fût pas la pire des imprudences qu'il eût jamais commises.

La collision que John avait anticipée ne se produisit pas. Il y eut tout de même des dégâts. Pas pour la Volvo qui, partie dans un dérapage contrôlé, s'était finalement arrêtée sur le bas-côté de la route, mais pour la Ford qui, après avoir braqué violemment à droite pour éviter le télescopage, s'était mise à patiner, à tournoyer, et s'était retrouvée cul par-dessus tête dans le fossé.

John courait déjà sous la pluie pour porter secours au conducteur de la camionnette. C'était peut-être un sale con, s'était-il dit, mais il avait besoin d'aide. Et ce n'était pas l'autre, là, cet enfoiré qui foutait le camp avec Alexandra, qui allait la lui apporter.

Contrairement à ce qu'il craignait, il n'eut aucun mal à ouvrir la portière côté conducteur. En revanche, quand il essaya de déboucler la ceinture de sécurité, il se rendit tout de suite compte que s'il ne trouvait pas un outil quelconque pour l'arracher ou la couper, il n'arriverait pas à extirper le bonhomme de son siège.

Il examina rapidement l'accidenté afin de déterminer s'il pouvait ou non répondre à une demande « simple », du genre : « Monsieur, auriez-vous un pied de biche, ou une scie... Une paire de ciseaux peut-être, qui traînerait, par hasard, quelque part dans votre voiture ? »

Malgré la brièveté de son examen, John avait pu enregistrer deux faits : *primo*, que celui qu'il appelait le sale con avait le visage congestionné, empestait la bière, mais ne présentait aucune blessure, et *secundo*, qu'il portait sur lui l'objet qu'il fallait pour le libérer... Coincé entre le col de son blouson et la base de son menton, un couteau à cran d'arrêt, qui avait eu l'heureuse idée, pensa John, de profiter de la chute pour sortir de la poche intérieure où on l'avait planqué.

Dieu est bon pour les soûlauds, pensa-t-il encore, tandis qu'il bloquait de son épaule, et de tout son poids, le torse du type contre son siège pour l'empêcher de tomber sur la tête et qu'il tranchait rapidement la ceinture.

L'homme était assez léger. Soixante, soixante-cinq kilos, pas davantage. John le porta sans mal sur son épaule, tel qu'il s'y était affaissé, et à une distance respectable du véhicule, dans l'éventualité où celui-ci exploserait ou s'enflammerait. Il l'appuya contre le talus et le couvrit de son propre blouson qui, contrairement à celui, en jean, qu'il portait, avait l'avantage d'être en tissu imperméabilisé. Estimant qu'il ne pouvait pas faire plus, songeant surtout que s'il s'attardait encore, la Volvo aurait pris tellement d'avance qu'il ne serait plus en mesure de la rattraper, il lança à la hâte :

— Ça va aller, mon vieux... Ne bouge pas de là. Les secours ne devraient pas tarder à arriver.

Une fois réinstallé au volant de sa jeep, il se surprit à s'en vouloir de l'abandonner sous la pluie, mais se déculpabilisa aussitôt.

Qu'est-ce que c'était qu'une petite douche comparée au grand plongeon auquel il avait miraculeusement échappé ? se disait-il en démarrant sur les chapeaux de roues. Vraiment pas la mer à boire ! Quelques gouttes d'eau seulement... Pour diluer un peu toute la bière qu'il avait avalée. Et lui donner un petit rhume aussi, peut-être ? Tout de même, ce serait le comble qu'il eût risqué de tuer quatre personnes, lui inclus, et qu'il s'en sortît sans la moindre égratignure, sans le moindre ennui. Alors, oui, au minimum, un rhume... Pas trop petit !

Quel con, celui-là, se dit-il encore, en se détournant par ce jugement, cette conclusion hâtive et à l'emporte-pièce, de la question

« culpabilisante » pour se concentrer sur une autre, beaucoup plus importante. Une question qui le préoccupait déjà avant l'accident, qu'il n'avait pas fini de creuser et sur laquelle il était pressé de revenir... Qui était ce type dans la Volvo, et où emmenait-il Alexandra ?

* *

*

« Ah, le con ! » s'était exclamé Frank en jetant un coup d'œil par-dessus son épaule à la camionnette renversée dans le fossé. Cet abruti avait failli non seulement les réduire en miettes, lui et sa Volvo (et Alexandra également, aurait-on pu lui faire remarquer, inutilement sans doute), mais aussi, bien pire encore, gâcher en une fraction de seconde un « divertissement » qu'il avait mis des semaines entières, et toute son énergie, à organiser... Suivre Vicky, surveiller ses allées et venues, choisir le bon jour, le bon moment pour récupérer le carnet d'adresses, donner quelques coups de fil anonymes chez Alex, histoire de pimenter le jeu, repérer sa maison, se procurer une arme, trouver une cabane dans les bois, au sud de la frontière américaine, une cabane isolée, abandonnée et pas trop éloignée de chez elle, tout ça, ce n'était pas rien, tout de même. Ça représentait un boulot considérable... Bon Dieu ! il était à tuer, ce type-là !

L'air hébété, Alexandra regardait droit devant elle tout en se grattant machinalement le bras gauche qui avait recommencé à la démanger, comme pour lui rappeler son corps, l'obliger en quelque sorte à en reprendre conscience, à le réintégrer.

— T'as vu ça ? continua Frank. Il nous a ratés d'un cheveu... De Dieu ! Heureusement que j'ai de bons réflexes, parce que sinon, on serait peut-être morts à l'heure qu'il est.

Et alors... Qu'est-ce que ça aurait changé au juste ?

Alexandra cligna légèrement des yeux.

— Tu m'écoutes, ou non ?

— Oui, Frank, répondit-elle d'une voix lointaine.

— Ben, à voir ta tête, on le dirait pas. On peut savoir à quoi tu penses ?

Je ne pense à rien, Frank. Je ne veux pas penser.

— Je me demandais...

Elle s'arrêta. Elle avait du mal à rassembler ses idées, du mal à se concentrer, du mal à trouver les mots, à les extirper du fond de ce gouffre rempli de rumeurs où il lui semblait avoir sombré corps et âme.

— Quoi, ma belle ? l'encouragea Frank en avançant une main pour lui caresser la joue.

Son geste n'était pas aussi innocent qu'il pouvait le paraître. Que le but final de cette opération qu'il avait minutieusement montée fût d'occire son ex-femme n'excluait pas, dans son esprit du moins, la possibilité de profiter un peu de la situation avant d'en finir. Plus il se montrerait gentil avec elle, avait-il calculé, plus elle se montrerait, elle, coopérative. Et, forcément, meilleur ce serait...

Qu'est-ce que c'était bon de faire l'amour avec elle. Ce mélange de pudeur et d'indécence, de retenue et d'emportement, c'était incroyable. C'était... Ah, nom de Dieu ! c'était géant !

Alexandra s'était raidie au contact de ses doigts.

S'efforçant à la fois de bloquer un mouvement instinctif de recul et de réprimer une envie soudaine de mordre cette main gantée qui s'attardait sur sa peau, elle reprit :

— Je me demandais ce qui était arrivé... ce que tu as fait de... (Elle aspira l'air bruyamment.) ... de Sam, acheva-t-elle dans un souffle.

— J'en ai fait que je lui ai réglé son compte, à ce corniaud. Voilà ce que j'en ai fait !

Il ramena sa main vers son visage, effleura les traces sanglantes que les griffes de l'animal avaient laissées sur son front et le haut de ses pommettes.

— Et je te prie de croire qu'il ne l'avait pas volé, ajouta-t-il, comme pour se disculper.

Un ange, sombre et noir, passa.

— Frank, il faut que j'ouvre la fenêtre, murmura Alexandra en comprenant qu'elle s'acharnait inutilement sur le bouton qui en commandait l'ouverture.

— Pas question !

— Frank, je vais vomir.

— Bon Dieu ! qu'est-ce que tu peux être casse-pieds !

Appuyant sur l'un des interrupteurs à sa gauche, il fit descendre la vitre côté passager, puis, tandis que la jeune femme se penchait par la portière, il jeta un coup d'œil dans son rétroviseur. Un véhicule les suivait... Une Cherokee d'un brun terreux qui, arrivant à vive allure, donnait l'impression de vouloir les rattraper à tout prix.

Frank étouffa un juron.

Cette voiture, se dit-il, c'était celle qu'ils avaient croisée en partant de la maison et qui les suivait déjà au moment de l'accident ! Aucun doute, ce type leur filait vraiment le train.

Tenté de se saisir du revolver pour lui tirer dessus, plus dans le but de lui faire peur et de l'inciter à abandonner la poursuite que dans celui de le blesser ou de le tuer, ce qui, tout bien considéré, ne l'aurait pas réellement ennuyé, il glissa la main sous sa cuisse gauche, là où il avait placé son arme de façon à pouvoir s'en emparer facilement sans qu'elle fût pour autant accessible à la jeune femme, puis se ravisa... S'il avait ordonné à Alex de boucler sa ceinture, songeait-il, s'il s'était obligé non seulement à respecter les limites de vitesse, mais à rouler, en plus, nettement en dessous, tout ça pour ne pas attirer l'attention des flics, ce n'était pas pour jouer maintenant aux cow-boys et aux Indiens. En outre, si Alex se rendait compte que son John — parce que c'était lui qui se trouvait au volant de cette jeep, ça, il en aurait mis ses deux pieds à couper ! — leur collait aux fesses, elle serait beaucoup moins docile qu'elle ne l'avait été jusqu'à présent. Non, le mieux, c'était d'essayer de le semer.

Ayant volontairement omis de prendre, sur sa droite, la route qu'il aurait dû emprunter pour descendre vers le sud, vers la frontière des États-Unis, il prit la première route qui se présenta à sa gauche, avec l'idée de tourner dans le coin aussi longtemps qu'il n'aurait pas complètement perdu de vue leur poursuivant.

Il se sentait nerveux, inquiet, et ne savait comment extérioriser son anxiété. La goutte de pluie qui venait de s'écraser sur l'une de ses joues lui fournit aussitôt l'occasion de se défouler.

— Alors, t'as fini de dégueuler ? aboya-t-il. Je peux la refermer, cette saleté de fenêtre, oui ou non ? Tu vois pas qu'y a plein de flotte qui rentre dans la bagnole ?

Les narines pincées, le visage effroyablement pâle, Alexandra respirait à fond tout en s'efforçant de se convaincre qu'elle n'avait pas mal au cœur. Frank n'avait pas achevé sa dernière phrase qu'elle se penchait de nouveau par la portière, les épaules secouées par une soudaine et brutale vague de nausées.

— Tiens, essuie-toi la bouche, grogna-t-il en lui tendant un mouchoir. Ce sera moins dégoûtant.

Elle obtempéra en silence, puis recommença à se frotter le coude gauche qui ne cessait de la démanger. Il n'en fallut pas davantage pour qu'il continue d'un ton tout aussi bourru :

— Qu'est-ce que t'as à te gratter. Bon sang ! depuis qu'on est partis, t'arrêtes pas... À croire que t'es pleine de puces.

Il se mit à ricaner.

— M'étonnerait pas que ce soit cet imbécile de chat qui te les ait refilées... M'avait pas l'air en bonne santé, d'ailleurs, quand je l'ai quitté tout à l'heure, ajouta-t-il avant d'éclater de rire, franchement, convulsivement, comme si c'était là l'une de ses meilleures plaisanteries.

Bien qu'Alexandra eût anticipé la mort de Sam, l'eût même enregistrée inconsciemment peu après la seconde détonation, le fait de se l'entendre confirmer l'avait secouée, réveillée à la manière d'une douche glacée, mais ne l'avait sortie de sa torpeur que pour la plonger dans un état proche du désespoir, celui où, convaincu de n'avoir plus rien à perdre, on est prêt à tout.

À la fois atterrée et révoltée par tant de cynisme, elle riposta d'une voix sans timbre :

— Tu veux que je te dise, Frank ? De tous les salauds qui vivent en ce bas monde, tu es sûrement le plus ignoble, le plus répugnant qu'on puisse trouver.

Le coup de poing l'atteignit sur le haut de la pommette, avec une telle violence qu'il lui entailla la peau.

— C'est ça que tu voulais, hein ? hurla Frank.

— Le plus pourri, enchaîna-t-elle en essuyant tranquillement, du revers de la main, le sang qui coulait sur sa joue.

Le deuxième coup, s'abattant de nouveau sur sa pommette, lui tira un sourd gémissement.

— Le plus sale, insista-t-elle.

Fou de rage, Frank se mit à la frapper avec la régularité d'un chronomètre... Pratiquement un coup à la seconde.

Alexandra essayait de se protéger avec ses bras.

Oh, mon Dieu, aidez-moi ! Je vous en prie... Je vous en supplie !

Brusquement, elle se pencha vers Frank, s'agrippa au volant et le tira vers elle de toutes ses forces.

Qu'ils aillent dans le fossé, priait-elle, qu'ils heurtent un arbre, un poteau, une autre voiture, n'importe quoi, mais que ça s'arrête. La haine, la violence, la douleur, la peur, tout... Que tout s'arrête, là, tout de suite !

Puis, aussi soudainement qu'elle avait saisi le volant, elle le relâcha.

Frank, qui tentait déjà de le ramener à sa position initiale, le ramena si bien, si fort, que la voiture... fonça vers la gauche, droit sur le parapet du pont sur lequel ils venaient de s'engager.

Alexandra entendit le cri de Frank. Sentit le choc. La chute.

La dernière chose qu'elle aperçut à travers le pare-brise fut un mur d'eau qui montait à toute vitesse vers elle.

*   *
*

En repérant la Volvo devant lui, seulement deux ou trois minutes après avoir quitté les lieux de l'accident, John avait poussé un grand soupir de soulagement. Pendant un moment, il avait craint de ne pouvoir la rattraper, craint aussi, s'il n'y arrivait pas, de ne plus jamais revoir Alexandra... Pressentiment, intuition, pur produit de son imagination ? Il ne s'était pas attardé sur la question. Sa crainte était si forte qu'il avait simplement, spontanément, cédé à son envie d'appuyer avec force sur la pédale de l'accélérateur et dépassé ainsi de manière assez appréciable la limite de vitesse autorisée.

S'il ignorait où ce type emmenait Alexandra, songeait-il, les yeux rivés sur la conduite intérieure noire, il allait au moins pouvoir les suivre jusqu'à leur destination finale. L'important était de ne pas les quitter d'une semelle.

Le conducteur ne devait pas s'être rendu compte qu'il était à leur poursuite. Devait-il lui lancer un appel de phare pour attirer son attention ? Non, surtout pas !... Trop dangereux ! Il ne savait pas à qui il avait affaire et son signal, plutôt que de l'obliger à s'arrêter, pourrait avoir sur lui l'effet inverse... L'énerver, le pousser à conduire plus vite, à prendre des risques. Non, surtout ne pas attirer son attention. Se contenter uniquement de rester dans son sillage.

Oh ! bon sang... Non !

En voyant la Volvo accélérer, puis tourner soudain à gauche, John avait compris que, contrairement à ce qu'il pensait, *on* avait remarqué sa présence et *on* allait tout faire pour se débarrasser de lui. Il avait senti alors sa gorge se dessécher, comme s'il avait avalé du sable, et les battements de son cœur s'étaient mis à résonner dans sa tête en un bruit assourdissant.

Submergé par l'inquiétude, et par un autre sentiment qu'il n'aurait pu nommer parce qu'il n'existait aucun mot dans son vocabulaire pour le définir (mais que le commun des mortels connaissait sous le nom de peur), les mains crispées sur son volant et les traits tendus, John appuya cette fois à fond sur la pédale de l'accélérateur... Ne pas se laisser distancer, se disait-il. Ne pas les perdre de vue.

Il remarqua le pont, au loin.

Son inquiétude se mua aussitôt en une insupportable anxiété.

Puis en affolement, quand il comprit que la Volvo ne ralentirait pas avant de s'y engager.

Puis en épouvante...

Sous ses yeux agrandis de stupeur et d'effroi, la voiture où se trouvait Alexandra venait de heurter le parapet. De basculer dans le vide !

Dans une sorte d'état second, John braqua complètement à gauche sans lever le pied de l'accélérateur.

La jeep bondit hors de la route. Atterrit moitié sur le talus et moitié dans le fossé. Escalada le talus en rugissant et en chassant de l'arrière. Dérapa. Reprit magistralement son assiette. Fonça à travers champs. À huit mètres de la rivière, elle pila net.

Sans prendre la peine d'éteindre le moteur ni de refermer sa portière, John courut vers le bord de l'eau. Il enleva rapidement ses baskets tout en essayant de repérer l'endroit où le véhicule était tombé. Ayant réussi malgré la pluie et le courant à apercevoir quelques bulles qui remontaient à la surface, il se prépara à sauter.

John savait nager, mais n'avait jamais su convenablement plonger. Aussi, après avoir évalué la hauteur du saut qu'il avait à effectuer, ne se risqua-t-il pas à battre son propre record de plongeon acrobatique (le genre d'acrobatie qui exige un saut de l'ange suivi d'un vif et puissant retournement du corps au-dessus de la masse liquide où l'on se pose, comme une fleur, sur les genoux ou, plus spectaculaire encore, sur le ventre.)

Il inspira profondément, se pinça les narines, se donna un élan et se précipita dans le vide. Les pieds devant.

La Volvo reposait sur le fond de la rivière, et sur le toit.

L'ayant abordée par le côté du conducteur et voyant qu'il ne pouvait en ouvrir les portières, il la contourna aussitôt.

Alexandra s'était libérée de sa ceinture et tentait péniblement de sortir par l'ouverture de sa fenêtre.

John la rejoignit, l'aida à se dégager et la poussa vers le haut. Ensuite, il introduisit son bras droit à l'intérieur de la voiture et entreprit de délivrer le conducteur qui n'avait pas réussi, lui, à se détacher et qui se débattait furieusement, épuisant à la fois ses réserves d'air et ses réserves d'énergie. Il toucha la boucle et appuya sur le bouton en priant pour que le mécanisme consente à fonctionner. Sa prière entendue, rapidement exaucée même, il ne perdit pas de temps à s'en étonner, ni à s'en réjouir. Il attrapa le type par le revers de sa veste et le tira vers lui.

Le besoin en oxygène devenant de plus en plus pressant, il fit un dernier effort pour lui sortir au moins le haut du corps par la fenêtre puis, les poumons sur le point d'exploser, il lâcha prise et d'un vigoureux coup de pied se propulsa vers la surface.

La tête hors de l'eau, il s'ébroua avec force bruits de toux, d'étranglement, de halètement, en se demandant comment c'était possible que ce soit à la fois si doux et si douloureux de respirer.

Son souffle à peine retrouvé, il chercha Alexandra des yeux, affolé déjà de ne la voir nulle part autour de lui. Ce fut seulement en se tournant du côté de la berge — qu'elle était sur le point d'atteindre — qu'il l'aperçut.

Il cria son nom, comme pour lui dire qu'elle n'était pas seule, qu'il était là et qu'il arrivait (tout pour la réconforter, quoi !), et se lança aussitôt dans un crawl qui n'était peut-être pas le plus esthétique de l'histoire de la natation, mais sûrement l'un des plus énergiques.

L'exercice l'avait épuisé. Ayant atteint la rive à son tour, il s'y traîna à quatre pattes, se laissa tomber à côté d'elle et prit deux ou trois bonnes respirations avant de s'enquérir, de but en blanc :

— Qui c'est, ce type ?

— Mon ex-mari, répondit-elle d'une voix neutre en essayant de se redresser.

Elle ferma les yeux et s'écroula sur le bras qu'il tendait vers elle, évanouie.

À l'hôpital de Bedford où il l'avait emmenée, on hissa rapidement Alexandra sur une civière qu'on emporta avec autant de célérité vers une salle de soins.

John alla signaler à la réception que, sur la route de Pigeon Hill, non loin du village, un accidenté attendait qu'on lui porte secours. Il se dirigea ensuite vers un distributeur de boissons et autres douceurs, se paya un café bien noir et alla s'installer dans le coin le plus reculé de la salle d'urgence. Ayant resserré autour de lui la couverture de laine qu'on lui avait donnée pour se réchauffer, il prit un magazine qui traînait sur une chaise et essaya de se concentrer sur sa lecture... Il était inquiet pour Alexandra et espérait qu'on ne le ferait pas attendre trop longtemps avant de lui donner l'autorisation de la voir.

Environ une demi-heure plus tard, percevant une certaine agitation près de l'entrée, il leva les yeux. Il vit une civière et, la seconde d'après, une tête coiffée d'une casquette noire. Il sourit en reconnaissant « son » blessé.

S'étant approché de lui, il demanda à l'ambulancier qui l'accompagnait s'il n'avait pas trouvé par hasard un blouson bleu ciel sur le corps du type quand il l'avait ramassé. L'homme hocha la tête en signe d'assentiment. Enfouissant un bras sous les couvertures, il attrapa le blouson, le ressortit et le lui tendit en disant :

— C'est vous qui vous êtes occupé de lui au moment de l'accident ?

— Oui, c'est moi... Oh, ça me fait penser que j'ai moi aussi quelque chose qui lui appartient.

Il fouilla dans les poches de son jean pour récupérer le couteau à cran d'arrêt et le remit à l'ambulancier.

— Je m'en suis servi pour couper la ceinture que je n'arrivais pas à débloquer, et, vous savez ce que c'est, dans l'énervement...

— Ben, ça alors !

— Quoi ? fit John, tout étonné de la réaction de l'homme.

— Vous savez qu'il a pas arrêté d'en parler, de ce couteau, tout le long du chemin ? Il délirait, mais il avait que ce mot-là à la bouche. Pas moyen de lui en tirer d'autres... Ouais, vraiment, c'est une chance que vous l'ayez gardé sur vous, parce qu'il a l'air de beaucoup y tenir.

— Et moi, je suis heureux de pouvoir le lui rendre. Vous le lui direz, quand il reprendra conscience.

— Ça, ça risque pas d'arriver demain. Il a une fièvre de cheval. Pas étonnant d'ailleurs avec ce qu'il a dans le cou. Vous avez vu ?

Il repoussa les couvertures, le blouson, le tee-shirt, le tout en un tournemain, pour montrer à John l'horrible plaie qui rongeait la gorge du blessé.

— Et avec ce temps de chien, ajouta-t-il, m'étonnerait pas qu'il couve en plus une pneumonie. Alors, vous voyez, il en a pour un bon moment avant de se réveiller, ce gars-là.

John détourna la tête, moitié parce que la plaie lui donnait la nausée et moitié parce qu'il se sentait honteux soudain, non seulement d'avoir abandonné le type sous la pluie, mais de lui avoir souhaité aussi d'attraper un « petit rhume ».

En retournant s'asseoir, il songeait que Dieu aurait pu, pour cette fois, faire la sourde oreille... Il ne lui en aurait pas voulu.

CHAPITRE XXIII

Alexandra ne sortit de l'hôpital que vingt-quatre heures après son admission. Compte tenu de la gravité de l'accident dont elle avait réchappé, on avait préféré la garder en observation jusqu'au lendemain.

Le médecin qui lui avait signé sa feuille de congé la lui avait remise en lui disant qu'elle pouvait s'estimer heureuse de s'en tirer à si bon compte : « ... des bleus un peu partout, une grosse prune sur le front, une épaule contusionnée mais, heureusement, pas démise, trois points de suture à la joue... Voilà le bilan ! Vous avez eu de la chance. Beaucoup de chance, même. Vous savez que vous êtes passée à un cheveu de la mort ? »

Vous n'imaginez pas à quel point, docteur, avait-elle pensé tout en acquiesçant silencieusement d'un hochement de tête. Elle avait pris le dossier ainsi que le tube d'onguent à la cortisone qu'il lui tendait d'une main tremblante, l'avait écouté distraitement lui expliquer comment et à quelle fréquence appliquer ledit onguent sur les irritations de sa peau, puis avait attendu fébrilement que John vînt la chercher.

Ça n'avait pas été facile pour lui de se libérer ce jour-là, lui avait-il confié plus tard, tandis qu'ils roulaient vers Sherbrooke où elle s'était laissé convaincre, la veille au soir, autant sur les instances de John que sur celles de Vicky, d'aller se reposer quelques jours.

Non, ça n'avait pas été facile, surtout que le jeudi, en général, ça ne dérougissait pas à la clinique et qu'il lui avait fallu amadouer, enjôler, pratiquement séduire — Seigneur, quelle angoisse ! — ce dragon qu'était madame Lepage pour l'empêcher de cracher des flammes à l'annonce de sa désertion ce matin-là. Mais il avait décidé de conduire lui-même sa douce chez sa sœur, et il aurait eu à donner un peu de sa personne, à payer de son beau grand corps de corsaire pour obtenir ce privilège que ça ne l'aurait pas fait changer d'idée, avait-il plaisanté.

En l'entendant prononcer le nom de sa collaboratrice, Alexandra s'était revue, le vendredi précédent, debout sur la terrasse, face à lui, au moment où elle s'apprêtait, joyeuse, heureuse comme une gamine qui se plaît à jouer des tours, à lui sauter dans les bras sans crier gare. Et elle avait eu l'étrange impression de tirer cette scène d'un album photo qui n'était pas le sien. Cette fille gaie et insouciante, l'avait-elle vraiment déjà été ?

Elle avait tourné son visage vers la fenêtre, pour se soustraire à l'inévitable question : « À quoi penses-tu ? » Qu'aurait-elle pu lui répondre... Que dans la balance des bonheurs et des peines, les premiers étaient loin d'atteindre le poids des secondes ? Que son existence avait été plus souvent ponctuée d'événements malheureux, de tragédies, de peurs et d'angoisses de toutes sortes que de moments de sérénité, et qu'elle aurait aimé en connaître la raison ? Aurait-il seulement compris de quoi elle parlait, lui qui était d'un optimisme inébranlable et qui avait toutes les raisons de l'être ? Certes, ainsi qu'il le lui avait appris au hasard d'une conversation pendant le week-end, il avait été abandonné le jour de sa naissance. Mais à l'exception de cette « petite anicroche de départ », comme il disait, et du décès de sa mère adoptive alors qu'il avait à peine quatre mois, le ciel n'avait eu pour lui, il en aurait convenu, que des bontés, que des largesses... Difficile d'expliquer à quelqu'un qui ne connaît le mot « détresse » que parce qu'il l'a vu dans le dictionnaire ou dans un magazine ce que c'est que d'être en plein désarroi.

Oui, son existence lui pesait, et son avenir lui paraissait, en ce jour, aussi sombre que son passé... Il lui semblait que le soleil s'était couché sur sa vie le jour où son frère Philippe s'en était allé et qu'il ne brillerait plus jamais pour elle.

Dieu ! qu'il lui manquait, qu'ils lui manquaient tous... Philippe, ses parents, Sam... Samy.

Elle s'était mise à pleurer doucement, en silence, celui qui avait été son confident. Son seul et unique ami.

Alexandra n'avait pas revu Sam. Sur sa demande, John s'était chargé de l'enterrer. Et avec prévenance, il s'était arrangé pour effacer toutes les traces de sa mort avant de la ramener chez elle afin qu'elle prenne quelques affaires en prévision de son séjour à Sherbrooke.

En fouillant dans sa veste à la recherche de son mouchoir, elle avait touché du bout des doigts le bretzel qu'elle avait ramassé d'un geste impulsif quand, en faisant le tour de la maison pour s'assurer que tout était bien fermé, elle était passée dans la cuisine.

Elle l'avait sorti de sa poche, l'avait regardé quelques secondes, puis, après avoir ouvert brusquement sa fenêtre, l'avait jeté sur la route... Quelle idée stupide de vouloir garder ce morceau de biscuit, avait-elle pensé. Pourquoi l'avait-elle pris ? Pour se rappeler qu'elle n'avait pas su écouter Sam ? Qu'elle n'avait rien saisi du message, de l'avertissement qu'il avait essayé de lui donner ? Que personne ne pouvait plus changer quoi que ce soit maintenant à ce qui était arrivé ? Oui, vraiment stupide... !

* *
*

Malgré la sollicitude de sa sœur, malgré sa compréhension, malgré l'affection et la tendresse dont elle l'entourait, déjà, au bout de la troisième ou quatrième journée, Alexandra n'avait plus qu'une envie : retourner à Pigeon Hill au plus tôt... Tant qu'à se traîner du lit à la table, de la table au canapé et du canapé au lit, autant le faire chez elle, non ?

Elle dormait beaucoup, mais mal. Ses nuits surtout étaient peuplées de visions terrifiantes. Les cauchemars se ressemblaient tous. Dans tous, elle voyait Sam bondir sur Frank et lui planter ses crocs dans la gorge ; puis la voiture tomber lentement, comme au ralenti, dans l'eau ; puis Frank apparaître sur le seuil de la chambre, dégoulinant de vase de la tête aux pieds, le cou ouvert sur une horrible

271

blessure d'où le sang coulait à flots ; puis Frank marcher vers elle en souriant et ricanant : « Salut, beauté. Je t'avais bien dit qu'on se reverrait ! » Généralement, le rêve s'arrêtait là... Elle se réveillait en hurlant, trempée de sueur, le cœur battant et le souffle court, incapable, quelle que fût l'heure, de se rendormir.

Chaque jour, elle appelait John. Chaque fois, elle lui demandait si on avait repêché le corps. Et chaque soir, elle refaisait le même cauchemar... sans doute parce que la réponse à sa question était toujours, invariablement : « Non, ma douce. On ne l'a pas encore retrouvé. »

« Je suis désolée », avait murmuré Vicky quand elle lui avait téléphoné de l'hôpital pour lui apprendre ce qui s'était passé. « Ne le sois pas. Je ne le suis pas, moi. Tout est fini, maintenant, et c'est tant mieux », lui avait-elle rétorqué... Elle s'était vite rendu compte que c'était loin d'être fini, que ce ne le serait, ce ne pourrait l'être, que le jour où on lui en fournirait la preuve, une preuve irréfutable : le corps de Frank. Raide. Froid. Sans vie !

« Et alors ? Pour le cambriolage ? C'était lui, finalement ? Il l'a avoué ? » s'était enquis Vicky, le lendemain ou le surlendemain de son arrivée. « On n'en a pas parlé. Je n'avais pas vraiment la tête à ça, tu vois... De toute façon, il n'avait pas besoin d'avouer quoi que ce soit. Il avait écrit qu'on se reverrait, et on s'est revus, non ? » lui avait-elle fait observer d'un ton péremptoire, coupant court à toute discussion sur le sujet... Elle était convaincue que c'était Frank. Ça ne pouvait être que lui. De ça, elle en avait eu la preuve. Irréfutable, elle aussi : le message sur le tableau. Cynique. Glacial. Sans équivoque !

Le mercredi matin, Alexandra était prête à rentrer à Pigeon Hill, mais en songeant que ces journées du milieu de la semaine ne lui étaient pas extrêmement favorables depuis quelque temps, elle remit son départ au lendemain.

* *
*

La maison lui avait semblé vide sans la présence de Sam, et le terrain, négligé, presque laissé à l'abandon... Pas de quoi s'étonner, avait murmuré sa petite voix, à l'intérieur. Des lustres, ma fille, que tu n'as pas tondu ces foutues pelouses !

La jeep, en revanche, était rutilante, brillante comme un sous neuf. Là encore, avec la même prévenance dont il avait fait preuve à son égard en effaçant toute trace de la mort de Sam, John s'était arrangé pour que la Cherokee, réparée et lavée de fond en comble, ne pût lui rappeler aucun mauvais souvenir.

Il était venu la chercher le midi, en coup de vent, « entre deux rendez-vous, deux rendez-vous et demi », avait-il déclaré en riant, l'avait déposée chez elle, puis était aussitôt retourné à la clinique.

En lui rendant son trousseau de clés (il avait tenu à ce qu'elle le lui confie durant son absence et en voyant la jeep elle avait compris pourquoi), il lui avait « suggéré » de se reposer.

— Il faut que tu sois en forme, ma douce !

— Oh ! Aurait-on dans l'idée de me tenir éveillée toute la nuit par hasard ?

— On a dans l'idée, pour l'instant du moins, de fêter ton retour. Je t'emmène dîner au restaurant.

Il ne lui avait pas laissé la possibilité de manifester verbalement sa protestation. L'ayant lue dans ses yeux avant qu'elle ouvre la bouche, il l'avait embrassée, après quoi il avait vivement ajouté :

— Ne dis pas non, je t'en prie ! Tu as besoin de te distraire un peu. Moi aussi, d'ailleurs... Alors tu te détends, tu te fais belle — pas trop quand même, hein... je ne veux pas passer ma soirée à ramasser tous les bonshommes qui vont s'évanouir d'extase autour —, tu te postes près de la porte vers les six heures et demie et... et tu attends que je sois là pour ouvrir la grille, d'accord ?

Pourquoi cette dernière précision ? S'imaginait-il qu'elle n'avait pas eu sa leçon, déjà ? Fini le temps du « Ça m'apprendra ! » avait-elle bougonné intérieurement, quelques minutes après son départ.

Ainsi avait-elle décidé, brusquement, de rayer de son vocabulaire comme de son esprit, une expression qu'elle n'avait pas cessé de ressasser pratiquement depuis qu'elle savait parler, mais surtout depuis ces derniers jours, depuis la mort de Sam. Elle ne voulait plus entendre cette petite phrase, et elle ne l'entendrait plus, parce qu'elle ne se mettrait plus jamais, s'était-elle juré, dans une situation où elle n'aurait pas d'autre choix que de se la répéter en constatant un fait accompli. Dorénavant, elle allait agir au lieu de réagir !

De toutes les recommandations faites par John, elle n'en avait suivi qu'une seule : à 18 h 30 pile, elle était dans l'entrée, près de la porte.

Elle n'avait pas pris de repos. Au contraire, elle s'était fébrilement attaquée à des tâches ménagères. Elle avait commencé par le vestibule, le couloir et le salon, par les endroits, somme toute, où Frank avait mis les pieds (ou les mains), et terminé par la cuisine... Bretzels, nourriture, bols, natte, balles de caoutchouc, litière, tout ce qui appartenait à Sam, ou pouvait le lui rappeler, elle l'avait enfoui dans de grands sacs à ordures. La raison pour laquelle elle avait agi de cette façon ne lui importait pas. Elle ne s'était pas arrêtée aux raisons ni à la nature de ce besoin d'effacer toutes les traces de la vie de Sam. Elle avait eu envie de le faire, elle l'avait fait. Point final !

Quant à sa beauté, elle s'était contentée de prendre une douche en vitesse, de brosser ses cheveux, de mettre un peu de fond de teint sur les ecchymoses qui marquaient encore son visage et de revêtir un corsage de soie sombre sur une jupe noire.

On eût pu croire à ses vêtements qu'elle portait le deuil de son ex-mari. C'était un peu ça. Non par respect, mais par superstition... Comme on s'accroche au cou une amulette pour se protéger du mauvais sort, elle affichait les couleurs du deuil pour se préserver d'une fâcheuse, d'une terrible nouvelle. Elle ne voulait pas apprendre que Frank était sorti de l'eau vivant. Seulement qu'on l'avait trouvé mort, et bien mort.

Pour finir, elle avait résolu de se rendre au restaurant par ses propres moyens. L'idée sous-jacente était de ne pas revenir à la maison avec John, et de passer cette première nuit chez elle toute seule, autant parce qu'elle avait envie de solitude que parce qu'il lui fallait se prouver à elle-même qu'elle pouvait, à nouveau, affronter cette solitude.

John s'était montré un peu réticent au téléphone...

Est-ce qu'elle avait réalisé qu'ils n'avaient pas dormi ensemble depuis au moins onze jours ? C'était beaucoup pour un honnête homme. Quoi ? [...] Une vie sexuelle de moine tibétain ? Franchement, qu'est-ce que... [...] Oui, c'était vrai qu'il devait se lever tôt le lendemain. Sa journée de travail s'annonçait dure, dure... [...] Euh, oui, c'était vrai aussi qu'ils allaient se voir vendredi soir, et samedi. Mais bon, quand même... !

Malgré ce changement de programme de dernière minute qui avait créé une légère tension entre eux au début, ils avaient finalement passé une bonne soirée. Ils avaient bien mangé, pas trop bu, beaucoup ri, et Alexandra s'était sentie si bien sur le chemin du retour qu'elle s'était mise à chantonner. Puis, arrivée devant la grille, elle avait cessé de chantonner, cessé également de se sentir bien. Subitement, elle avait été prise d'une sensation de pesanteur, de chaud-froid désagréable dans la poitrine, comme si une poigne d'acier lui avait soudain saisi le cœur.

Elle avait débarrassé les vantaux de la chaîne, les avait poussés à leur maximum, avait franchi le portail avec la jeep et, au lieu de s'arrêter tout de suite pour le refermer, ce qui avait été son intention première, elle avait continué jusqu'au perron.

Laissant derrière elle sa voiture tous phares allumés, moteur en marche et portière avant gauche largement ouverte (précautions non superflues quand on anticipe une fuite précipitée), elle s'était approchée des marches et les avait gravies en jetant des regards anxieux autour d'elle. Une fois la porte d'entrée déverrouillée, elle était restée sur le seuil quelques secondes, à l'affût du moindre bruit, avant de se décider à pénétrer dans sa maison. Oppressée à un point tel qu'elle en avait du mal à respirer, elle avait fait le tour du rez-de-chaussée, en allumant partout, toutes les lampes, et en contrôlant, l'une après l'autre, toutes les ouvertures. Rassurée de ne trouver aucune vitre cassée, aucune fenêtre défoncée, elle était ressortie, était remontée dans sa jeep et avait reculé jusqu'à la grille. Elle s'était ensuite dépêchée de remettre la chaîne et le cadenas, de se réinstaller au volant, de rentrer à la maison, et de fermer la porte à double tour !

La main encore sur la poignée, elle avait pleinement pris conscience de sa peur.

Une peur, se disait-elle, qu'elle s'était créée de toutes pièces. Frank ne pouvait pas l'attendre sur le terrain, ni dans le salon, ni dans la cuisine... Nulle part ! Frank était mort. Et quand bien même il aurait échappé à la mort, personne ne pouvait passer par-dessus la grille à moins de grimper sur une échelle ou, comme John, sur le capot de sa voiture. Avait-elle vu une échelle ou une voiture devant le portail ? Bien sûr que non. Alors... ?

Oui, avait-elle pensé plus tard en considérant d'un œil perplexe aussi bien la Winchester qu'elle avait récupérée dans le coffre que la veilleuse qu'elle avait installée sur sa table de nuit, elle avait encore beaucoup de travail à faire sur elle-même pour réussir à la maîtriser, cette peur. Toutes ses peurs. Mais elle y arriverait. Elle avait en elle la force et le courage nécessaires... Une petite louve qui sommeillait et ne demandait qu'à être réveillée. C'était à elle, désormais, de sortir sa louve de cette torpeur où elle l'avait laissée glisser. À elle de lui aiguiser les griffes et les crocs. Pour son propre équilibre. Pour sa sauvegarde.

CHAPITRE XXIV

Le mois de mai devait s'achever comme il avait commencé : sur l'annonce de curieuses nouvelles, bonnes et moins bonnes, ainsi que sur plusieurs découvertes, étranges ou inquiétantes.

Au chapitre des découvertes à souligner, il y en avait trois.

La première avait eu lieu dehors, sur le terrain.

En tondant les pelouses, au nord de la propriété, Alexandra avait remarqué que les fils de fer de la clôture ne formaient pas une ligne aussi droite que dans son souvenir. Quelqu'un avait pesé de tout son poids sur eux. Quelqu'un avait essayé de les franchir. La courbe qu'ils formaient par endroits le prouvait.

Vieille de trois semaines, une vision qu'elle avait eue et qu'elle n'était parvenue ni à définir ni à comprendre, avait resurgi de son subconscient, cette fois, claire comme de l'eau de roche : elle revenait de Sherbrooke ; c'était le jour du cambriolage ; elle descendait de la jeep, marchait vers la grille, attrapait de ses deux mains la lourde barre de fer, la levait jusqu'à ce que les battants soient séparés l'un de l'autre...

Oui, s'était-elle dit, la grille était bel et bien fermée à son arrivée ce jour-là. Et si elle l'était, c'était parce que Frank n'était pas ressorti par le portail... Pressé et nerveux comme il devait l'être, il n'aurait pas pris le temps d'aligner les vantaux et de remettre en place la barre de fer qui les bloquait. Pourquoi se serait-il donné cette peine ? Non, il avait emprunté une autre voie pour s'enfuir, et cette voie, manifestement, c'était celle qu'elle avait là, sous les yeux.

Il y avait un chemin de terre dans le bois, à une centaine de mètres. Frank avait dû y cacher sa voiture. Il était trop prudent, trop

277

intelligent pour la laisser au bord de la route, au vu et au su de tout le monde.

Mais s'il s'était garé sur ce chemin, pourquoi aurait-il fait tout le tour de la propriété, au risque de se faire remarquer, alors qu'il lui suffisait simplement de... Dieu du ciel ! S'il était passé par-dessus la clôture pour quitter le terrain, il était également passé par-dessus pour y pénétrer. Ça tombait sous le sens !

... Déduction qui l'avait un peu assommée.

Et ce qui tombait aussi sous le sens, avait-elle conclu, c'est que la grille cadenassée avait beau être dissuasive, ça ne changeait rien au fait que sa propriété restait facilement accessible du côté des clôtures en fil de fer et que derrière cette grille, finalement, elle n'était pas aussi à l'abri qu'elle avait bien voulu le croire jusqu'à présent.

... Déduction qui, elle, l'avait mise knock-out. En état de choc.

Longtemps elle était restée sur place à contempler un paysage qui jamais ne lui avait paru si hostile.

La deuxième découverte avait eu lieu à l'intérieur de la maison.

En faisant sa lessive, elle avait eu un geste maladroit : une chaussette qu'elle avait voulu lancer dans la cuve de la machine à laver était tombée derrière le sèche-linge. Bien que coincé entre la machine à laver et le mur à sa droite, l'appareil était relativement facile à déplacer. Il suffisait qu'elle le tire en douceur, par le devant, jusqu'à ce qu'elle pût se glisser dans l'espace ainsi dégagé, et le tour serait joué, avait-elle pensé. Elle avait mis son plan à exécution. Et trouvé la chaussette sur un lit de poussière et de morceaux de vitre qu'elle avait considérés, ces derniers surtout, d'un air sinistre en se disant que sa grande opération de nettoyage, le jour du cambriolage, n'avait pas été menée aussi loin qu'elle aurait dû l'être.

Décidée à régler cette question une fois pour toutes, elle avait débranché le sèche-linge afin de pouvoir le repousser complètement sur le côté. Puis, armée d'une pelle et d'une balayette, elle avait entrepris de ramasser toutes les saletés... et un curieux petit bout de bois. En l'examinant de plus près, elle s'était rendu compte qu'il s'agissait d'une sculpture miniature, représentant un animal, chien ou loup, elle ne savait pas trop, et maintes questions s'étaient alors bousculées dans sa tête : d'où venait-il ? à qui appartenait-il ?

comment était-il arrivé là et depuis combien de temps s'y trouvait-il ?

À la plupart de ces questions, elle allait obtenir une réponse au cours d'une conversation téléphonique avec le sergent détective Richard Clément, conversation qu'elle qualifierait par la suite de mauvaise nouvelle.

La troisième découverte concernait sa *dermalex*.

En appliquant l'onguent à la cortisone qu'on lui avait remis à l'hôpital, elle s'était aperçue qu'il agissait non seulement sur les démangeaisons, dont il avait de beaucoup diminué l'intensité et la fréquence, mais également sur l'aspect de sa peau... Dès le deuxième jour du traitement, les boursouflures avaient commencé à désenfler et à perdre de leur couleur rougeâtre. Le dixième jour, il ne restait plus sur ses bras et ses jambes que de légères taches brunâtres.

Alexandra s'était reprise à espérer. À se dire que ce n'était peut-être qu'une simple dermatite finalement, une allergie à un produit ménager ou à un aliment.

Elle avait du mal à croire que ce produit qu'elle avait déjà essayé à deux reprises, pour des affections presque identiques, fût devenu tout à coup miraculeux. Et s'il était efficace dans le cas de cette *dermalex* qui, elle était bien obligée de l'admettre, n'évoluait pas du tout de la même façon que les deux autres, cela signifiait forcément qu'elle s'était trompée de diagnostic... Encore une de ces nombreuses peurs qu'elle s'était elle-même créées, et qu'il lui fallait apprendre à maîtriser !

Au chapitre des nouvelles à souligner, il y en avait également trois.

La première n'avait d'importance pour Alexandra que dans la mesure où elle l'avait amenée malgré elle à prononcer un nom qu'elle s'était farouchement obstinée à taire depuis le jour de l'accident, fuyant toute conversation, que ce fût avec John ou avec Vicky, qui l'eût contrainte à le mentionner en s'abritant chaque fois derrière un « Je n'ai pas envie d'en parler » sec, froid, sans réplique.

Vicky lui avait téléphoné sans autre raison apparemment que celle de s'informer de sa santé, de son moral tout en bavardant de choses anodines, légères. Et d'une manière inattendue, alors qu'elles

279

allaient raccrocher, de cette voix douce, mi-retenue, mi-tendue, qu'elle prenait lorsqu'elle avait l'impression de marcher sur un terrain miné, elle lui avait lancé :

— Oh, je ne t'ai pas dit... Sarah a eu ses bébés aujourd'hui.

— Un peu tôt, non ?

— J'imagine, parce que, sur les quatre, y en n'a pas un qui a survécu. Ils sont tous morts dans la journée.

— Dommage.

— Oui. D'autant plus que... euh... enfin je pensais que ça aurait pu t'intéresser d'en adopter un. Je sais combien Sam te manque, et...

— Sam me manque, l'avait-elle interrompue d'un ton froid, et ce n'est pas un autre chat qui pourrait y changer quoi que ce soit. C'est Sam que je veux, tu comprends ? Sam, et rien d'autre ! Tu ne peux pas me le rendre. Personne ne peut me le rendre. Mettez-vous ça dans le crâne, tout le monde, une fois pour toutes, et laissez-moi tranquille avec Sam. Bon sang ! combien de fois vais-je devoir le répéter que je n'ai pas envie d'en parler ? Vous êtes tous sourds ou quoi ?

Et, fait sans précédent dans l'histoire de leur relation, Alexandra lui avait brusquement raccroché au nez.

Vicky ne lui en avait pas voulu. En abordant le sujet, elle savait qu'elle prenait des risques et avait prévu que les choses tourneraient probablement au vinaigre. Elle en avait conclu que, dans les mêmes circonstances, elle aurait sans doute réagi comme Alexandra, et que c'était elle qui avait raison en définitive... Ce n'était effectivement pas en lui rebattant sans cesse les oreilles avec la mort de Sam qu'on l'aiderait à surmonter sa peine. Et elle s'était mise à prier pour que la seconde moitié de ce « tout le monde », en l'occurrence le beau, le séduisant, l'incroyable John Kennedy — dont elle n'avait appris l'existence que le jour où il avait conduit Alexandra à Sherbrooke, à sa sortie de l'hôpital — saisisse le message avant qu'il n'y eût, entre sa douce et lui, une de ces disputes dont on ne se remet pas... John représentait pour elle le type de beau-frère que toutes les petites sœurs, celles surtout qui n'ont pas de grand frère, rêvent d'avoir.

La deuxième nouvelle était précisément celle qu'Alexandra avait qualifiée de « mauvaise ».

Le sergent détective Richard Clément l'avait appelée lui aussi. Non pour s'informer de sa santé (ce qu'il avait néanmoins eu la politesse de faire), non pour bavarder (il aimait discuter, c'est vrai, mais bon, le moment, ainsi que la personne, ne s'y prêtait pas tellement), uniquement pour lui faire part des résultats de l'expertise pratiquée sur la voiture de son ex-mari.

— Vous aviez l'air d'être convaincue que c'était lui qui vous avait cambriolée, avait-il déclaré, mais je peux vous assurer qu'il n'a rien à voir là-dedans.

Et de lui expliquer qu'ils étaient tombés sur une pochette dans la boîte à gants. Un genre de gros portefeuille à fermeture éclair, en similicuir ou en plastique, il ne savait pas trop. « De toute façon, il aurait pu être en peau de vache, ce portefeuille, ce n'est pas ça qui est important, avait-il marmonné... Ce qui l'est, c'est les papiers qu'il y avait à l'intérieur. » Des notes de frais : hôtel, restaurant, essence, etc., avait-il continué, qui prouvaient que Frank Notaro faisait du tourisme en Floride, et non dans le Vermont ou aux alentours de Pigeon Hill, le jour du cambriolage... Il était arrivé à Miami le mardi matin et en était reparti le vendredi. Il lui avait donc été matériellement impossible de venir saccager sa propriété. Bref, dans cette histoire, il était blanc comme neige. Là où il était moins blanc, par contre, c'était dans la façon dont il s'était procuré son revolver. Dans les papiers de la pochette, il y avait une facture pour un calibre 38, même modèle et même numéro de série que celui qu'ils avaient récupéré dans la voiture, établie au nom d'un certain Steve Denver...

— Ce nom vous est familier ?

— Oui, avait répondu Alexandra. C'est un ami d'enfance de mon ex-mari.

Seigneur ! s'était-elle exclamée intérieurement. Frank était encore plus tordu qu'elle ne le croyait... Un malade doublé d'un vrai salaud ! Il avait convaincu ce type, Dieu sait comment, d'acheter ce revolver à sa place en pensant que si jamais la police réussissait à mettre la main dessus — et cela malgré toutes les précautions qu'il aurait prises, elle n'en doutait pas, pour le cacher, l'enterrer quelque part après s'en être servi contre elle —, ce serait Steve qu'on accuserait et non pas lui. Mais pourquoi avait-il gardé la facture dans ce cas ? Comptait-il envelopper l'arme dedans pour qu'on soit bien sûr qu'elle ne lui appartenait pas ou quoi ?... Quel imbécile !

— ... Manquait trois balles dans le barillet, avait précisé Richard Clément, l'interrompant brusquement dans ses pensées.

— Oui, je suis au courant. Si vous en avez besoin, vous pouvez venir les chercher. L'une d'elles se trouve dans le plafond ou l'un des murs de mon salon. Les deux autres, dans le corps de mon chat !

Il y avait eu un silence au bout du fil.

Le sergent détective Clément s'était éclairci la gorge. Puis, maladroitement, il avait tenté d'exprimer ses regrets quant au décès de l'animal.

Alexandra ne l'avait pas laissé achever sa phrase.

— Je vous avais dit qu'il reviendrait, avait-elle lancé d'un ton agressif, et je vous avais dit qu'il tuerait mon chat. Et il s'en est fallu de peu qu'il ne me tue, moi aussi. Alors foutez-moi la paix avec vos « Je suis désolé ». C'est trop tard maintenant. Vous n'avez pas fait votre boulot... C'est ça qui est désolant !

Et, comme lors d'une de ses précédentes conversations avec Vicky, elle avait brusquement raccroché.

Cet appel avait eu lieu une heure ou deux après sa découverte de la petite sculpture en bois dans la buanderie. Elle était allée rechercher l'objet qu'elle avait rangé dans un tiroir de la cuisine et l'avait examiné de nouveau en se posant cette fois une seule question : comment un type qui avait la sensibilité d'un artiste pouvait-il avoir l'âme d'un vandale, d'un sale voleur ?

La troisième nouvelle n'était nulle autre que celle qu'elle avait si impatiemment attendue : après plus de douze jours de recherche, on avait finalement retrouvé le cadavre de Frank, la tête coincée entre deux grosses pierres reposant dans le lit de la rivière, à quelques centaines de mètres du point de chute de la Volvo.

Le corps avait été à ce point gonflé et esquinté durant son séjour dans l'eau qu'il eût été difficile, même pour sa propre mère, de reconnaître dans cette chose immonde, innommable qu'il était devenu, l'homme qui avait porté le nom de Frank Notaro.

Malgré la difficulté, voire l'impossibilité, d'une identification visuelle, on possédait suffisamment d'éléments — taille, couleur

des cheveux, papiers d'identité dans le portefeuille, vêtements, etc.
— pour être sûr qu'il s'agissait bien du corps de Frank Notaro, et c'était au sergent détective Clément qu'avait été confiée la tâche d'aviser de son décès « officiel » toutes les personnes concernées. Tâche dont il s'était acquitté auprès de l'ex-épouse d'un ton emprunté, extrêmement réservé, et d'une manière passablement laconique... Alexandra n'aurait pu le jurer, mais il lui semblait bien ne pas avoir entendu le « Nous sommes désolés » d'usage dans ce genre de circonstances.

Bien que Richard Clément, John Kennedy et Vicky lui eussent tous formellement déconseillé de se présenter à l'hôpital du comté où le corps avait été transporté, Alexandra s'était entêtée. C'était plus fort qu'elle. Il fallait qu'elle le voie... Qu'elle s'assure de visu qu'il était mort, disait-elle.

John s'était absenté de sa clinique afin de pouvoir l'accompagner. Après lui avoir demandé de patienter dans le couloir, elle avait passé les portes de la morgue et en était ressortie deux minutes plus tard, pâle, un peu flageolante, mais avec une expression dans le regard qui tenait manifestement d'un immense soulagement.

Tandis qu'ils marchaient vers la sortie de l'hôpital, John, qui avait une assez bonne idée de l'état du cadavre et qui était rempli de doute et de curiosité face à la démarche de la jeune femme, lui avait lancé dans un chuchotement :

— À quoi tu l'as reconnu au juste ?

— À son sourire !

Pour cette identification, on avait fait preuve, il faut le reconnaître, de beaucoup de bonne volonté, d'une grande compréhension et d'une obéissance aveugle à l'ordre du directeur — ami personnel de John —, d'accorder à cette jeune femme un traitement de faveur... Sur un appel téléphonique de celle-ci, une heure ou deux avant sa visite, la présentation du corps de Frank avait été préparée selon ses instructions : dans le drap qui recouvrait sa tête, on avait pratiqué une incision au niveau de la bouche de façon à ne montrer que cette partie de son visage. En revoyant ce rictus qui l'avait tant hantée durant ces dernières nuits, Alexandra avait eu la preuve qu'il lui fallait... Oui, Frank était mort. Et bien mort !

283

Sous le soleil, dehors, elle s'était sentie soudain si extraordinairement libre, si légère, qu'elle s'était exclamée :

— Allez, on va fêter ça !

John en avait été abasourdi.

— Allez fêter ! Mais fêter quoi ? Alexandra, je ne peux pas croire que tu parles sérieusement.

— Pourquoi ?

— Est-ce que tu te rends compte de...

Il avait poussé un soupir d'énervement et levé les yeux comme pour implorer le ciel de l'aider à la raisonner.

— Ah, bon sang, je trouve ça aberrant ! avait-il continué.

Elle s'était tournée vers lui, les narines frémissantes, les prunelles étincelantes, et lui avait rétorqué d'un ton glacial :

— Tu trouves ça aberrant, vraiment ? Ce type m'a battue pendant des années. Il a essayé de me tuer. Il m'a fait plus de mal que personne ne pourra jamais m'en faire, et toi, tu trouves ça aberrant que j'aie envie de fêter la fin de mes cauchemars. Franchement !... Tu te forces pour ne pas comprendre, ou c'est ton éducation de jésuite qui ressort, là, tout d'un coup ?

Elle avait brusquement pivoté sur ses talons et s'était résolument dirigée vers sa voiture en lui jetant par-dessus son épaule :

— Quand ton cerveau aura complètement dégelé, tu me donneras de tes nouvelles. En attendant, remonte dans ta jeep et va voir ailleurs si j'y suis.

La petite louve avait mordu. Elle mordait de plus en plus souvent depuis quelques jours. Pas toujours avec discernement, et parfois un peu trop fort. Rien de plus normal, finalement, en période d'apprentissage !

John, quant à lui, avait mis un certain moment à se remettre de cette morsure. Lui qui, il n'y avait pas si longtemps, avait pensé qu'il était prêt à tout accepter d'elle, prêt à tout subir pour elle, y compris l'enfer, à l'y suivre même, si elle le voulait, venait, sans le savoir, d'avoir un avant-goût de cet enfer. Et en vérité, peut-être valait-il mieux qu'il en fût inconscient. S'il avait eu la plus petite idée de ce que les semaines suivantes lui réservaient, peut-être n'aurait-il pas eu le courage de suivre jusqu'au bout la route qu'il avait choisi d'emprunter le jour où il avait rencontré Alexandra.

Au cours des mois de mai et de juin, il y avait eu également, en plus de ces nouvelles et découvertes, l'amorce de deux projets intimement liés l'un à l'autre.

Alexandra semblait ne pouvoir se consoler de la perte de Sam. Aussi, convaincu que ce chagrin qu'elle n'arrivait pas à surmonter était la cause de ses sautes d'humeur de plus en plus fréquentes, John avait-il décidé de prendre les choses en main... Un vendredi soir, il s'était présenté à Pigeon Hill avec une caisse en carton qu'il avait déposée sur le canapé du salon après y avoir fait asseoir la jeune femme.

— Regarde ce que je t'ai apporté, avait-il déclaré d'un ton à la fois joyeux et mystérieux.

Comme Alexandra n'avait pas l'air pressée d'ouvrir la boîte, il s'était penché et en avait soulevé les rabats en insistant :

— Allez, regarde, quoi... Qu'est-ce qui se passe ? Tu n'aimes pas les surprises ?

Au fond de la boîte, roulé en boule sur l'un de ses vieux pulls, dormait l'animal que John avait acheté pour elle : un chaton siamois, un Sam miniature.

Avec une méfiance qu'il ne lui connaissait pas, Alexandra avait jeté un coup d'œil à l'intérieur du carton.

Elle s'était reculée sur le canapé. Doucement.

Puis elle s'était levée. Lentement.

Pendant un instant, elle avait posé sur John un regard vide.

— Sors-moi ça d'ici, avait-elle articulé d'une voix sans timbre.

Croyant à un canular, à une de ces taquineries auxquelles elle se livrait à l'occasion, juste pour le plaisir de le décontenancer, John l'avait regardée par-dessus son épaule. En la voyant, pâle et tremblante d'une rage contenue, il avait compris qu'elle ne plaisantait pas.

Il s'était redressé tout en tendant une main vers elle dans un geste d'apaisement.

— Alexandra...

— Je t'ai dit de me sortir ça d'ici, avait-elle grondé.

— Mais laisse-moi t'expliquer...

— Il n'y a rien à expliquer. Je n'en veux pas, c'est clair ?

Elle s'était mise à reculer dans la pièce en direction de la salle à manger.

— Quand est-ce que vous allez me foutre la paix avec mon chat, hein, quand ? avait-elle hurlé. Vous êtes tous là à vouloir le remplacer. Je ne veux pas d'un autre chat, bon sang ! Qu'est-ce qu'il faut que je fasse pour que ça vous rentre dans le crâne ? Que je me mette en colère, c'est ça ? (Elle avait donné un coup de pied dans l'une des chaises disposées autour de la table.) Que je casse tout ?

John était resté figé, paralysé de stupéfaction. Il ne pouvait ni bouger, ni parler, ni même penser.

— Que je casse tout ? avait-elle de nouveau hurlé, tout en saisissant à deux mains la chaise sur laquelle elle venait de frapper.

Pressentant le mouvement qui allait suivre, John était brusquement sorti de la stupeur où il était plongé.

— Alexandra, arrête ! s'était-il écrié en se précipitant vers elle.

Avant qu'il puisse l'atteindre, Alexandra avait soulevé le siège au-dessus de sa tête et l'avait lancé de toutes ses forces sur le mur où il avait atterri avec fracas.

— Arrête ! avait répété John, en tentant de la ceinturer, l'ayant vue tendre la main vers une autre chaise.

Elle s'était contorsionnée, lui avait échappé, avait perdu l'équilibre en heurtant le bord de la table et s'était affalée sur le plancher.

John s'était penché vers elle pour l'aider à se relever. Elle avait recommencé à se débattre en lui criant de la lâcher.

Il avait posé un genou sur le sol, puis le second et, pour finir, s'était couché sur elle. Sans se préoccuper des coups de poing dont elle lui bourrait les côtes, il avait glissé les bras sous sa tête et l'avait serrée contre lui avec une tendresse et une douceur extrêmes.

— Calme-toi. Calme-toi, avait-il murmuré contre son oreille. Calme-toi, ma douce. Je t'en prie.

Alexandra était passée soudainement des cris aux sanglots.

— Il est mort... avait-elle balbutié. À cause de moi... Parce que je n'ai pas compris...

— Chhhut... ne dis pas ça, mon cœur.

— Il savait... avait-elle continué en sanglotant de plus belle. Sam savait qu'il allait mourir... Il savait que Frank allait venir... Il a essayé de m'avertir, mais je n'ai pas compris.

Ses pleurs avaient duré longtemps. Quand ils n'avaient plus été qu'une sourde plainte et qu'il n'y avait plus eu en elle la force de seulement soulever un bras, John l'avait portée dans sa chambre ; il l'avait couchée, lui avait appliqué une compresse d'eau froide sur les yeux et lui avait tenu la main jusqu'à ce qu'elle fût endormie.

De cette peine qu'elle avait enfin extériorisée, de ce sentiment de culpabilité dont elle s'était en grande partie libérée en l'exprimant pour la première fois à haute voix, John avait conclu que c'était un mal pour un bien... Elle lui avait fait une belle peur, s'était-il dit, mais à présent qu'elle s'était délivrée de ce poids qui la minait de l'intérieur, à présent que son agressivité n'avait plus de raison d'être, ses sautes d'humeur disparaîtraient d'elles-mêmes, et ils pourraient profiter tranquillement, pleinement, de tous les beaux aspects de leur relation.

Voir les choses sous cet angle était faire preuve d'un immense optimisme, mais comme il en était immodérément pourvu, et qu'il tenait par ailleurs à tourner vivement la page sur une période qu'il avait trouvé assez difficile à vivre, il était normal qu'il en usât sans parcimonie. Et dans la foulée, dans cet élan d'optimisme qui le poussait à aller de l'avant, il avait décidé d'adopter le chaton qu'il avait voulu offrir à Alexandra et l'avait baptisé sur-le-champ « Sunlight ».

Si Alexandra avait eu, avec le recul, l'opportunité de tirer elle aussi une conclusion, elle aurait déclaré que de cette peine exprimée était né finalement un projet qui lui avait pris beaucoup de temps par la suite. Qui avait pris également beaucoup d'importance dans sa vie.

Dans l'amorce de ce second projet, c'était Alexandra cette fois qui avait donné le coup d'envoi. Alors qu'elle n'avait jamais posé de questions à John sur ce qu'il avait fait du corps de Sam, au lendemain de sa crise elle lui avait lancé, de but en blanc :

— Montre-moi où tu l'as enterré.

Il l'avait emmenée au sud du terrain, derrière le garage-remise.

— Là ? avait-elle demandé en désignant du doigt un léger renflement du sol, à un mètre de l'endroit où ils s'étaient arrêtés.

John avait confirmé d'un signe de tête.

Elle avait laissé errer son regard autour d'elle pendant quelques secondes, puis avait enchaîné :

— Tu ne trouves pas que c'est un endroit merveilleux, ici, pour un jardin ? Regarde-moi tout cet espace, tout ce soleil... On ne pourrait rêver meilleur emplacement pour des arbres fruitiers, non ?

— Des arbres fruitiers ! s'était exclamé John qui, lui, n'avait imaginé, au mot jardin, que des plants de tomates et de concombres.

— Oui. Des pommiers.

— Des pommiers ?

— Absolument. C'est magique, les pommiers.

— Magique ?

Alexandra avait poussé un soupir.

— John Kennedy, si tu ne cesses pas immédiatement de répéter tout ce que je dis, tu risques de te retrouver en moins de deux attaché à un piquet comme une chèvre, avec une bêche dans les mains, la sueur au front et un tour de reins à la fin de la journée.

— C'est tout ?

Il avait cessé de répéter, mais s'était de toute façon retrouvé en moins de deux avec une bêche à la main, de la sueur plein les yeux... et un vrai tour de reins avant la fin de la journée.

* *
*

Pendant plusieurs semaines d'affilée, John avait cru au bonheur. Lui qui avait une passion pour la terre (il aimait tout avec passion, y compris, et surtout, sa douce), éprouvait à se dépenser sur celle du jardin où ils allaient planter, selon Alexandra, bon nombre de pommiers, un incroyable contentement.

Tous les week-ends, quand le temps s'y prêtait, bien sûr, ils prenaient tous deux plaisir à s'escrimer ensemble sur ce grand rectangle de plus de dix mètres de long. « Pourquoi pas un mètre cinquante de profondeur, aussi, tant qu'à y être, avait plaisanté John. Quelques gouttes de sueur en plus, et on aurait une belle piscine. Ben quoi... Une piscine, c'est plus magique qu'une pomme, non ? »

Alexandra lui semblait heureuse. Elle s'était remise activement à la peinture. Elle avait si bien travaillé que, fin juillet, elle était déjà prête à expédier chez son encadreur la plupart des toiles devant figurer à son exposition. Il ne lui restait pratiquement que quelques retouches à faire ici et là, et sa scène de chasse à achever... Tous les éléments étaient en place, à l'exception des traits du chasseur.

Puis, brusquement, inexplicablement, les choses avaient changé, comme si un vent d'orage s'était mis soudain à souffler sur Pigeon Hill, et John s'était dit que son bonheur avait été de courte durée... Sept ou huit semaines, pas davantage. Le temps en somme qu'avaient pris les sautes d'humeur d'Alexandra pour revenir. Et en force cette fois ! Elles ne se manifestaient plus de temps à autre, mais à chacune de leurs rencontres. Et quand, à la fin du mois d'août, de larges plaques rouges étaient de nouveau apparues sur sa peau, c'était devenu un véritable enfer.

C'était également à ce moment-là qu'avait été formulée la dernière de ces fameuses demandes-exigences-prières que John affectionnait tant... « Il faut que tu ailles voir un médecin, ma douce », avait-il déclaré à Alexandra en examinant les taches qui avaient envahi non seulement ses bras et ses jambes, mais également sa gorge. S'étant entendu rétorquer qu'elle le priait de la laisser tranquille avec ses « Il faut que... », qu'il n'était pas son père, ni son mari, et que, de toute façon, elle n'avait aucun besoin qu'on lui dise ce qu'elle avait à faire, il n'avait pas insisté. Sur le coup, il avait ravalé son orgueil et par la suite, lorsqu'il arrivait qu'elle lui traversât l'esprit, il s'abstenait de la formule consacrée.

John avait en réserve des trésors de patience et de compréhension, mais plus le temps passait, plus la situation entre eux se détériorait, devenait tendue, insoutenable, et moins il se sentait de taille à la renverser, ou même simplement à l'affronter. Il ne savait plus comment aborder Alexandra. Il lui suffisait d'un rien pour qu'elle sorte de ses gonds. Elle était, lui avait-il fait observer, le jour — le seul — où elle avait bien voulu en discuter, en état de colère comme d'autres sont en état de grâce.

Il ne comprenait pas ce qu'elle avait, ce qui la rongeait à nouveau de l'intérieur. Il ne comprenait pas pourquoi elle prenait tout à rebrousse-poil et se montrait si agressive avec lui. Alexandra avait mis un terme à ses questions en lui répondant qu'elle ne savait pas plus que lui pourquoi elle était toujours à cran, mais que si ça l'ennuyait à ce point, rien ne l'obligeait à rester là et à se poser en victime... « Je ne t'ai pas enchaîné, que je sache ! » lui avait-elle lancé, à bout d'arguments.

Contrairement à son habitude, Alexandra ne s'était pas excusée de s'être montrée désagréable. Elle n'avait pas cherché non plus à l'entraîner vers sa chambre — une sorte de rite de réconciliation après chacune de leurs disputes. Elle lui avait simplement tourné le dos.

John était parti en claquant la porte. Il était revenu le lendemain. Il était malheureux. Elle le rendait fou. Il ne pouvait plus supporter cette tension qui pesait sur eux. Mais il ne pouvait pas la quitter. Il l'aimait.

C'était un dimanche soir, veille de la fête du Travail... Le mois de septembre démarrait mal et donnait déjà une très bonne idée des couleurs sombres qu'il allait arborer.

Le mercredi de cette semaine-là, John n'était pas venu à Pigeon Hill. Son père avait dû s'aliter à cause d'une mauvaise grippe, et il avait préféré rester près de lui.

À son arrivée chez Alexandra, le week-end suivant, il avait noté quelques changements qui l'avaient inquiété. Non seulement elle cadenassait toujours sa grille, habitude qu'il n'avait jamais réussi à lui faire perdre, mais elle avait recommencé à fermer les rideaux ainsi que les stores, de jour comme de nuit, et avait ressorti sa Winchester.

— Qu'est-ce qui se passe ? À quoi ça rime, tout ça ? lui avait-il demandé en désignant la carabine qu'elle avait déposée sur la table de la salle à manger, puis les fenêtres autour, toutes dissimulées.

Elle avait croisé les bras, avait planté son regard dans celui de John et, sur le ton qu'on prend pour expliquer à un enfant le b. a.-ba de la vie, avait déclaré :

— Quand on attend de la visite, on se prépare, John... À ton âge, tu devrais savoir ça, non ?

De plus en plus inquiet, il n'avait pas perdu de temps à contrer l'ironie de sa réflexion. Il avait rapidement enchaîné :

— Quoi ? Quelle visite ?

Il n'avait pas été nécessaire qu'elle lui réponde. Il avait suffi à John de voir ses pupilles briller soudain d'un éclat sinistre pour comprendre... Oui, avait-elle admis, elle s'attendait en effet à la visite de « son » voleur et commençait à s'y préparer. Ne lui avait-il pas lui-même dit que ces types-là revenaient tous les six mois ? Au printemps et à l'automne, non ? Quoi ? [...] Ah, c'était une exception ? Et alors ? [...] Non, elle ne fermait pas ses rideaux pour se cacher de lui. Juste pour lui faire croire que la voie était libre. [...] Non, elle ne savait pas ce qu'elle allait lui faire, mais elle n'allait pas le laisser entrer chez elle une deuxième fois, ça, c'était sûr. Personne ne mettrait plus les pieds dans sa maison à moins d'y avoir été formellement invité. Point final !

— Et ta jeep ? avait lancé John dans son désir de lui montrer que son idée était insensée, complètement absurde. Tu crois qu'en l'apercevant sur le terrain, il va automatiquement en déduire qu'il n'y a personne ici dedans... Faudrait qu'il soit sacrément con, non ?

Elle avait tourné les talons.

— Alexandra... Où est-ce que tu vas ?

— Mettre ma jeep au garage, John. C'est gentil comme tout de me l'avoir rappelé. Merci ! Mille fois, merci !

Plus tard, il avait tenté de la raisonner en lui expliquant que sa grille cadenassée ne constituait pas en soi un avertissement de ne pas la franchir, et que le fait de blesser le bonhomme qui s'y risquerait pourrait lui attirer de très gros ennuis... Et si c'était simplement un pauvre diable qui se trouvait là par hasard ? lui avait-il fait remarquer. Quelqu'un qui serait en difficulté, en panne de voiture, par exemple, et qui aurait besoin d'aide. Y avait-elle pensé, à ça, hein ?... Oui, elle y avait pensé, avait-elle répondu, seulement elle n'avait pas encore eu le temps de s'en occuper.

Elle avait de nouveau tourné les talons.

John ne lui avait pas demandé où elle allait. Il l'avait suivie.

Dans la buanderie, elle avait ouvert sa boîte à outils pour y prendre son marteau, une pince coupante, quelques clous et un rouleau de fil de fer. Puis, après avoir extrait de leur emballage les trois pancartes qu'elle avait achetées dans la semaine — de grands panneaux portant chacun la même inscription : DÉFENSE D'ENTRER. PROPRIÉTÉ PRIVÉE, en lettres jaunes sur fond noir —, elle était sortie de la maison. D'un pas décidé.

Sous le regard attristé de John, elle avait installé ses pancartes : les deux premières, attachées aux clôtures, à chaque extrémité du terrain, et la dernière, clouée sur la palissade, à gauche du portail.

Ils n'avaient reparlé de cette histoire qu'une seule autre fois. Leur discussion avait donné lieu à une telle saute d'humeur chez Alexandra que John avait compris, là encore, qu'il ne fallait plus revenir sur le sujet.

* *
*

Le mois de septembre n'avait pas été sombre pour tout le monde. Pour Alexandra, oui...

Elle se sentait emmurée. De l'extérieur (encore que là, comme il s'agissait d'une contrainte qu'elle s'était elle-même mise sur le dos, elle l'assumait plus facilement) et de l'intérieur. Prise comme dans un étau. Elle se rendait compte qu'elle était extrêmement nerveuse, irascible et soupe au lait. Elle avait parfaitement conscience d'être odieuse avec John et s'en voulait après chacune de leurs disputes. Elle ignorait en revanche la raison profonde de son agressivité envers lui, n'en saisissait ni la motivation ni le mécanisme, de sorte qu'elle ne parvenait pas à la contrôler. Elle y cédait pour ainsi dire malgré elle, accumulant méchancetés sur méchancetés. Et culpabilité sur culpabilité.

Elle s'était dit qu'elle était en train de détruire ce qui lui était arrivé de meilleur dans sa vie. John l'aimait, vraiment, profondément. Quand ils ne se bagarraient pas — mais qu'avait-il besoin aussi de la contredire tout le temps, de lui chercher des poux sans arrêt ? —, ils avaient, elle en convenait, un plaisir fou à être ensemble. Une complicité qu'elle avait connue seulement avec Vicky et, avant elle,

292

avec son frère Philippe. Et elle, l'aimait-elle ? Parfois oui, parfois non... Elle aimait son rire et son sourire, sa tendresse, ce mélange de douceur et de force qu'il y avait en lui. Elle aimait quand ses yeux brillaient de malice. Elle aimait quand son regard se posait sur elle, plein de chaleur ou de désir. Elle aimait le toucher et elle aimait ses caresses. Était-ce ça, aimer John ? Sans doute... Si elle ne l'aimait pas, elle ne s'en serait pas autant voulu de lui faire une vie infernale.

Elle ne savait pas comment se sortir de cette situation qu'elle trouvait étouffante, ne savait pas comment y mettre un terme, ne savait pas non plus combien de temps cela pouvait durer encore, ni si elle, ou John, tiendrait le coup encore longtemps.

L'avenir ne lui paraissait plus uniquement sombre... Il se dressait devant elle comme un mur de béton.

Pour John, ce mois de septembre avait été le plus noir de sa vie.

Lui qui avait toujours fait preuve d'un inébranlable optimisme voyait depuis peu son existence comme un vieux vêtement qui partait en lambeaux... Sa vie amoureuse, sa vie professionnelle, sa vie familiale, tout, tout se défaisait en petits morceaux.

Avec Alexandra, il y avait déjà un bon moment qu'il s'était aperçu que ça prenait, comme on dit, mauvaise tournure. Mais dans son travail, il lui avait fallu commettre deux erreurs fatales en un mois — les deux premières de sa carrière —, pour se rendre compte que, là aussi, tout commençait à se déglinguer. Sur six opérations qu'il avait eu à pratiquer, il en avait raté deux. Et pas à peu près... Les deux opérés étaient restés sur la table. Morts de ce qu'on pourrait appeler, en jargon médical, une légère et malencontreuse déviation du bistouri.

Il n'avait plus la tête à ce qu'il faisait, encore moins les mains, et ça devenait dangereux. *Il* devenait dangereux, en avait-il amèrement conclu.

Et comme si toute cette noirceur ne suffisait pas, son père était tombé gravement malade. Il ne s'était pas bien remis de sa grippe, et on avait dû l'hospitaliser d'urgence pour un souffle au cœur.

L'état de santé de son père l'angoissait, sa relation avec Alexandra le désespérait et ses fautes dans l'exercice de sa profession le consternaient.

Sensiblement de la même manière que sa « douce », John ne savait plus ni où il allait, ni comment, ni pourquoi. La seule chose qu'il savait, c'est que, quel que fût le lieu où cette route cahoteuse le conduisait, il fallait qu'il l'atteigne au plus vite, parce que ses nerfs ne supportaient plus le voyage.

Pour Louis Talbot, le mois de septembre avait été, comme il le disait lui-même, le plus beau jour de sa putain de vie.

Pour l'un de ses copains avec qui il montait des coups de temps en temps et qui s'était inquiété de sa disparition du circuit pendant ces quatre mois, il avait ainsi résumé ce qui lui était arrivé :

Après un accident de la route au mois de mai — accident plus grave pour sa camionnette que pour lui — qui lui avait valu d'être transporté à l'hôpital, parce que lui, de son propre chef, il n'y aurait jamais mis les pieds, dans ce putain d'hôpital, c'est sûr, on s'était aperçu sur place qu'il était malade comme un chien. À cause d'une griffe de chat — non, pas le sien, un autre ! — qui lui était rentrée dans le cou et lui avait créé là une infection du tonnerre de Dieu le père. Il avait failli en mourir, de ça, déjà. Mais comme si ce n'était pas assez, il avait attrapé en plus une putain de grosse double pneumonie. Et là, coma ! Oui, oui, vraiment, le coma... Complètement naze pendant, oh, au moins treize, quatorze semaines... Un miracle qu'il s'en soit sorti vivant, non ?

Pour Louis Talbot donc, le mois de septembre avait été celui de la résurrection.

Et le 30 septembre au matin, jour de sa sortie de l'hôpital, il n'avait qu'une seule idée en tête : retrouver sa forme au plus vite, car il avait une de ses sculptures préférées à récupérer quelque part.

Ce n'était pas, à son sens du moins, parce que la première tentative, en mai, s'était soldée par un échec qu'il fallait se décourager et ne pas essayer encore une fois, n'est-ce pas ?

CHAPITRE XXV

Alexandra posa sa pelle sur le sol, puis tourna autour du pommier pour s'assurer qu'il n'avait pas bougé pendant qu'elle enterrait ses racines.

Satisfaite de son inspection, elle reprit sa pelle. S'appuyant sur le manche pour mieux garder son équilibre, elle acheva de tasser la terre d'un pied chaussé d'une botte trop grande certes, mais parfaitement adaptée aux circonstances : bien lourde et dotée d'une large semelle.

Quand elle eut fini, elle tourna de nouveau autour de l'arbre. Uniquement pour l'admirer cette fois.

Bien sûr, ce n'était encore qu'une maigre tige d'un mètre quarante ou cinquante de haut, qui était loin d'avoir la taille et la force qu'il fallait pour porter des fruits, seulement joint aux dix-huit autres qu'elle avait déjà plantés, il n'avait plus l'air aussi maigrichon, et il était, à son avis, du plus bel effet.

Encore un le lendemain, et elle en aurait fini avec cette rangée-là, songeait-elle. Il ne lui en resterait plus que deux à faire, soit huit autres trous à creuser pour ses huit derniers petits pommiers, et son verger serait terminé.

Ils avaient commencé les plantations ensemble, elle et John, à la mi-septembre. Trois arbres en un week-end !... Franchement, ils s'en tiraient à peu près aussi bien que des manchots, avait-elle bougonné. S'ils continuaient comme ça, ils y seraient encore à la Noël. Elle ne savait pas ce qu'il en pensait, mais en ce qui la concernait, l'idée d'avoir à creuser des trous dans la neige et le sol gelé ne l'amusait pas des masses.

De surcroît, à ces trois-là ne s'en était ajouté aucun autre pendant un bon moment. Entre la clinique, les visites à son père — qui, d'après les médecins, ne sortirait pas de l'hôpital avant novembre ou décembre —, les urgences, l'entretien de son propre terrain et celui de sa maison, John ne savait plus ou donner de la tête. Et quand il passait à Pigeon Hill, il préférait garder le petit peu d'énergie qu'il y avait encore en lui, affirmait-il, pour des activités tout aussi physiques mais un peu moins éreintantes... À l'intérieur, à l'horizontale, à son aise, quoi. En vérité, il était si fatigué qu'il s'endormait sur le canapé après le déjeuner et n'en bougeait pas avant la fin de l'après-midi. Activités moins éreintantes en effet !

Le premier jour d'octobre, ayant estimé qu'elle avait assez attendu après le bon vouloir de John, elle avait pris les choses en main : elle avait planté, toute seule, le quatrième pommier.

Pour s'encourager, elle s'était dit qu'en gardant cette cadence d'une plantation par jour, si Dieu ou diable ne s'amusait pas à contrecarrer ses projets, elle aurait terminé son jardin pour son anniversaire... Le 26 au matin, s'était-elle promis, elle s'installerait une chaise sur la galerie de la remise, face au sud, sous une tonne de couvertures de laine, éventuellement, et elle y boirait sa deuxième tasse de café en contemplant tranquillement son verger.

L'objectif lui avait paru simple à première vue, mais elle s'était vite aperçue qu'il ne l'était pas. Essentiellement pour trois raisons : d'abord, parce que le mauvais temps l'obligeait parfois à creuser deux ou trois trous dans une journée au lieu d'un, pour ne pas se mettre en retard sur son programme ; ensuite, parce que les six stères de bois de chauffage qu'elle avait commandés lui avaient été livrés la semaine précédente, et qu'il lui fallait les corder dans le garage au plus tôt, avant que la pluie ne les gorgeât d'eau ; enfin, parce que l'horaire de jardinage qu'elle s'était imposé était trop rigide. Il est vrai que lorsque l'on s'attend à la visite d'un cambrioleur et que l'on aimerait le prendre sur le fait, on ne peut pas se permettre de sortir à n'importe quelle heure de la journée. En considérant que ces gens-là se pointent chez vous entre dix heures du matin et trois heures de l'après-midi (remarque faite par un certain sergent détective qui, en principe, en connaissait un bout sur la question), il ne vous reste effectivement qu'une ou deux heures dans la matinée, et deux ou trois avant le coucher du soleil, pour vous acquitter d'un travail qui tient moins en définitive d'un objectif à atteindre que d'un miracle à accomplir.

Alexandra s'était laissé absorber par ses pensées.

Elle souriait béatement à son pommier (le nouveau-né ou, si on est plus pragmatique que poétique, le « dernier-planté »), heureuse d'avoir accompli sa tâche de la journée, et aurait continué à méditer et à sourire si le coassement d'un corbeau, dans un arbre tout près, ne l'avait brusquement tirée de sa douce quiétude.

En voyant l'oiseau qui s'était agrippé à la cime de l'un de ses pommiers (un «vieux-planté ») et menaçait, en raison de sa grosseur, de le plier jusqu'à son point de rupture, Alexandra sentit la colère monter en elle.

— Hé, toi ! Fous le camp de là ! cria-t-elle en se ruant vers lui, brandissant sa pelle comme une batte de base-ball, prête à lui balancer son outil sur le crâne si jamais il n'obtempérait pas.

Elle était dans une forme extraordinaire. Mince — trop encore au goût de John qui s'abstenait cependant, et depuis un bon moment, de l'embêter avec son « épaisseur » —, mais robuste, forte. Toute en nerfs et en muscles. À bêcher, piocher, pelleter, soulever les pierres enfouies dans la terre de son jardin, transporter des bûches, en refendre quelques-unes pour se constituer une réserve de bois d'allumage, elle s'était développé une musculature d'athlète... C'était à peine si elle sentait le poids de la pelle au bout de ses bras.

Effrayé, le corbeau s'envola. Alexandra le suivit du regard, presque aussi effrayée que lui... Que se serait-il passé, se demandait-elle, s'il n'avait pas bougé ? L'aurait-elle vraiment frappé ? Elle aurait pu, d'un coup bien ajusté, lui trancher net la tête si elle l'avait voulu. Elle en avait la force, l'adresse aussi, elle le savait. Mais l'aurait-elle fait ?

Non, bien sûr que non, lui répondit sa petite voix. Tu es une femme civilisée, ma chère. Pas une tueuse d'oiseaux. Franchement... Quelle idée !

Elle cligna des yeux.

Non, je ne suis pas une tueuse d'oiseaux. C'est vrai, ça, quelle idée !

Elle secoua les épaules pour mettre fin au frisson qui lui parcourait l'échine ; s'efforçant de chasser l'incident de son esprit, elle se dirigea vers la brouette pour y déposer sa pelle, prit la Winchester qu'elle

297

avait appuyée contre, la glissa sous son bras, empoigna solidement les deux brancards et, ainsi chargée, marcha jusqu'à la remise.

S'étant assurée qu'elle avait bien verrouillé la porte du local derrière elle, elle attrapa sa carabine par le canon et courut jusqu'à la maison.

Dans la cuisine, elle avala quelques gorgées de jus d'orange à même le goulot de la bouteille tout en jetant un coup d'œil au répondeur, qui n'avait pris apparemment aucun message pendant qu'elle se trouvait à l'extérieur, et à sa montre, qui, couverte de terre, ne pouvait plus lui donner l'heure.

Se reprochant (légèrement) pour la énième fois d'avoir encore oublié de l'enlever avant de travailler dans le jardin, elle la frotta contre la jambe de son jean, maculé de terre lui aussi, et la regarda à nouveau. Les aiguilles indiquaient 17 h 30.

Dix minutes pour prendre sa douche, calcula-t-elle, une vingtaine d'autres pour dîner... Oui, à six heures, elle pourrait se remettre à sa peinture et travailler jusqu'à neuf heures. Après, un peu de lecture au lit, puis, dodo.

En redescendant de la salle de bains, elle consulta encore sa montre, qui lui apprit qu'elle avait deux minutes d'avance sur son programme — génial ! —, et tourna ensuite son regard vers le répondeur. La lumière clignotait : il y avait un message.

Avec un étrange et vague sentiment d'inquiétude, elle s'approcha de l'appareil et appuya sur le bouton d'écoute. En retenant son souffle.

« Alex, c'est François. Écoute... euh, je sais pas trop comment te dire ça. C'est que... Bon, je t'appelle de l'hôpital, là. Je viens d'y amener Vicky. Elle est tombée dans l'escalier. Je crois que... je crois que le bébé va arriver plus tôt que prévu. Tu me rappelles... non, qu'est-ce que je raconte, moi, je te rappelle. Je te redonne des nouvelles plus tard, O.K. ? Allez, bye ! »

Prise entre sa crainte de laisser sa maison sans surveillance et son désir d'être auprès de sa sœur, elle hésita à peine une seconde... Vicky était plus importante pour elle que tout le reste.

Elle rembobina aussitôt la bande, remit le répondeur en fonction et se précipita vers l'escalier.

Dans la penderie de sa chambre, elle prit un sac fourre-tout, y jeta des vêtements de rechange, enleva promptement le pyjama en coton ouaté qu'elle portait, enfila un jean propre et un pull, courut à la salle de bains pour récupérer sa trousse de toilette, redescendit l'escalier quatre à quatre, vérifia rapidement qu'elle avait éteint ce qu'elle avait à éteindre, fermé ce qu'elle avait à fermer et, sa Winchester sous le bras, fonça vers le garage.

Ce ne fut qu'une fois sur la route qu'elle prit conscience des battements affolés de son cœur, de sa respiration oppressée et de ce curieux goût de cendre qu'elle avait dans la bouche.

Vicky n'en était qu'au début de son huitième mois de grossesse, songeait-elle. Trop tôt pour avoir son bébé. Et cette chute dans l'escalier... S'était-elle blessée ? Gravement ?

Alexandra aspira l'air qui siffla bruyamment entre ses lèvres. Sa cage thoracique se gonfla. L'oppression qu'elle éprouvait s'atténua.

Non, Vicky n'était pas blessée, se rassura-t-elle. Des quantités de gens tombent tous les jours dans les escaliers et s'en tirent sans la moindre foulure. Des quantités de bébés naissent tous les jours à huit mois de grossesse, parfois même à sept, ou même à six mois, et survivent... Deviennent par la suite des enfants forts et vigoureux. Ils allaient bien, tous les deux. Ils étaient en de bonnes mains. Rien de mal n'allait leur arriver. Rien de mal ne pouvait leur arriver.

Je n'ai pas peur. Tout va bien. Je n'ai pas peur... Je n'ai pas peur... Je n'ai pas peur...

Quelque part au fond d'elle, l'inexplicable lien qu'elle avait toujours vu entre la maladie de peau dont elle souffrait et la mort de son frère Philippe, ainsi que celle de ses parents, s'était brusquement tendu. Et cette fois avec force.

Elle le sentait. Il était douloureux. Mais comme on tente d'ignorer une migraine dont les élancements nous cognent le crâne pour que le corps demeure fonctionnel à un moment où on a particulièrement besoin de lui, elle essayait de faire abstraction de cette douleur qui cherchait à saper le courage et la volonté qu'il lui fallait pour affronter la bête tout droit sortie de l'enfer, de son enfer, qui se dressait devant elle.

Aldéric Alexandre Vincent Dansereau naquit à 3 h 05, exactement, la nuit du 17 octobre... 2,960 kg. Presque tout du nerf ! Il était, aux dires du pédiatre, parfaitement sain, solide, très vigoureux — « Un futur champion de boxe, madame ! » — et, aux dires de sa mère, incroyablement beau.

Le médecin à peine sorti de sa chambre, Vicky se dressa dans son lit et, s'étant assurée que la porte était bien fermée, elle donna libre cours à son envie de se moquer.

— *Un futur champion de boxe, madame !* répéta-t-elle d'une petite voix flûtée. Pffft...

Elle secoua la tête, comme si elle n'avait jamais rien entendu d'aussi aberrant, puis se tourna vers Alexandra.

— Un futur batteur de femmes, oui ! poursuivit-elle. (Elle soupira.) Un Cro-Magnonais !... Fiou ! Ça va pas être de la tarte d'en faire un homme rose, hein ? Pas évident de corriger une aussi grave déviation de naissance.

— Tu parles de ton fils, là ?

— De qui d'autre ? Non mais, est-ce que tu te rends compte que cet enfant n'a rien trouvé de mieux que de foutre sa mère en bas des escaliers pour venir au monde plus vite.

— Tu charries.

— À peine, fit Vicky en riant doucement. J'étais là, je descendais, tranquille, et tout à coup j'ai reçu un de ces coups de pied dans le foie !... Bonté divine ! J'en ai vu des étoiles.

— Et si tu n'en avais pas vu, enchaîna Alexandra sur le même ton moqueur, c'est évident que tu aurais continué à descendre, tranquille...

— Ben, à ton avis... Tu crois que je me serais amusée à le dévaler sur le dos, ce maudit escalier, comme ça, juste pour le plaisir d'essayer une nouvelle façon d'arriver en bas ?

— Honnêtement, ça ne m'aurait pas tellement étonnée de ta part, tu sais.

— Ouais, je reconnais bien là cette espèce d'amour absolu, aveugle, que tu as toujours eu pour moi, répliqua Vicky en riant de plus belle.

Elles continuèrent à bavarder jusqu'à ce que François, qui les avait laissées seules quelques minutes, le temps en fait d'aller boire un café, vienne les retrouver.

Comme il préférait passer le reste de la nuit avec sa femme, il remit les clés de la maison à Alexandra en déclarant qu'elle connaissait les lieux, qu'elle y était chez elle et qu'elle n'avait qu'à déposer le trousseau sur la table du vestibule en repartant... Vicky avait les siennes. Pas de problème.

Alexandra ne se donna pas la peine de se déshabiller pour dormir, ni d'occuper la chambre d'amis. Elle s'allongea sur le canapé du salon, comme pour une sieste. Il était plus de quatre heures du matin.

Trois heures plus tard, elle était debout. Elle prit le temps de faire un brin de toilette, celui également d'avaler les deux tasses de café dont elle avait besoin pour être bien réveillée, puis reprit la route.

À 9 h 10, elle ouvrait sa grille à Pigeon Hill.

Un peu tard pour planter son pommier quotidien, songea-t-elle. Qu'importe... La journée ne faisait que commencer. Il y avait du soleil. Il y en aurait encore à la fin de l'après-midi. Vicky allait bien. Son fils allait bien. La vie était fantastique. Que demander de plus ?

Un énorme gâteau au chocolat ? lui suggéra sa petite voix.

Alexandra éclata de rire. Elle se sentait si libre intérieurement, si heureuse qu'elle aurait voulu partager son bonheur avec la terre entière.

Pour une fois, elle avait dominé sa peur au lieu de lui céder. Elle l'avait maîtrisée, vaincue, et c'était là une grande victoire. Une sorte de naissance, lui semblait-il. Une nouvelle incarnation. Telle la chrysalide devenant papillon, elle s'était enfin délivrée du cocon où elle s'était si longtemps enfermée. Et dans cet envol qu'elle prenait maintenant, le ciel n'avait pas de limites...

Le soleil persista jusqu'au vendredi. Le samedi il ne plut pas, mais le ciel vira au gris et l'air devint humide et froid.

301

La pluie commença à tomber le dimanche. S'entêta à tomber le lundi.

La seule note positive en ce lundi-là fut une lettre de sa compagnie d'assurances l'avisant que sa réclamation avait été acceptée et qu'elle allait recevoir un chèque sous peu. Il lui suffisait pour cela de signer les documents joints à la lettre et de les renvoyer par retour du courrier. Ce qu'elle fit le jour même, non sans une arrière-pensée... Dès qu'elle aurait encaissé le chèque, se disait-elle, elle les aviserait à son tour qu'elle ne comptait pas renouveler son contrat avec eux. Elle avait trouvé une autre compagnie dont les primes n'étaient pas moins élevées, mais le personnel beaucoup plus obligeant envers les clients...

Le mardi matin, Alexandra arpentait sa cuisine d'un pas nerveux tout en buvant son café. Le coup d'œil qu'elle avait jeté à travers le store de la porte-patio l'avait rendue furieuse... Si le mauvais temps se maintenait toute la journée, songeait-elle, elle ne pourrait pas planter son pommier aujourd'hui non plus. De sorte qu'elle en aurait quatre à planter le lendemain — à condition bien sûr qu'elle puisse mettre le nez dehors, ce qui ne semblait pas du tout évident — si elle voulait avoir terminé son jardin pour son anniversaire.

À huit heures, elle monta dans son atelier et se mit à travailler sur sa fameuse scène de chasse qu'elle avait encore modifiée au cours des dernières semaines. Le fond était resté le même : un bois sombre, inquiétant, aux arbres tordus et dénués de feuilles, ainsi que le personnage du chasseur (dont elle n'avait toujours pas terminé le visage), mais le gibier, lui, avait changé... Après avoir longtemps été une biche effrayée, puis un ours brun, un peu plus agressif, il était devenu un loup. Un grand loup blanc aux muscles déliés, aux crocs impressionnants, qui loin d'adopter l'attitude de la victime qu'il était supposé être, bondissait carrément à la gorge du chasseur.

Ce tableau, Alexandra savait qu'il ne serait pas exposé avec les autres. À trois semaines du vernissage, il était trop tard maintenant pour le finir et le faire encadrer — ce qui était, à son avis, un mal pour un bien car il était si différent de l'ensemble des toiles retenues pour cette exposition qu'il n'y avait pas vraiment sa place. Mais elle continuait à y travailler en se disant qu'un jour ou l'autre, elle finirait bien par trouver l'expression qu'il lui fallait donner à ce visage inachevé...

Elle redescendit vers midi pour manger une salade de crudités avec, nouveauté qui prenait de plus en plus l'allure d'une habitude depuis qu'elle avait entrepris, malgré elle, de développer sa musculature, des œufs durs et un peu de thon.

À trois heures, elle était de nouveau en bas. Ayant constaté d'un air déçu que le temps ne s'était pas amélioré, elle s'allongea sur le canapé et s'endormit. Ce fut la sonnerie du téléphone qui la réveilla à la toute fin de l'après-midi.

— Vicky ! s'exclama-t-elle en entendant la voix de sa cadette.

Elle était étonnée. Inquiète aussi. Elles s'étaient parlé toutes les deux après le déjeuner, un peu avant qu'elle ne remonte dans son atelier. Vicky avait envie de bavarder. Un petit coup de fil comme ça, en passant, histoire de se remonter le moral qu'elle avait, disait-elle, sacrément à la baisse depuis son retour à la maison. Mais bon... Rien de grave. Elles s'étaient quittées en se promettant de se retéléphoner le lendemain.

Si elle l'appelait déjà, pensa Alexandra, c'est que quelque chose n'allait pas.

— Qu'est-ce qui se passe ? ajouta-t-elle aussitôt en tentant de refouler son inquiétude.

— Rien de grave, rassure-toi, fit Vicky. C'est juste qu'il y a du nouveau dans le dossier du demi-frère.

— Oh, Vicky... soupira-t-elle.

Bien sûr qu'elle lui avait demandé de la tenir au courant, s'expliqua Alexandra, sauf que... Comment ? [...] Une drôle de coïncidence ? Quelle coïncidence ? Qu'est-ce qu'elle... Quoi ? [...] Ludovic avait été adopté par une famille de Frelighsburg ? Et alors ? [...] Oui, elle avait raison. C'était bien de ce même village que venait John Kennedy. [...] Oui, en effet, le monde était petit, et ce n'était rien de le dire.

D'une main tremblante, Alexandra raccrocha après s'être excusée d'une voix blanche de devoir abréger leur conversation. Et d'une main tout aussi tremblante, elle reprit le combiné, respira profondément pour se calmer, puis composa le numéro de John.

Il était chez lui… Pas tellement d'humeur à discuter.

— John, il faut que je te vois ! déclara-t-elle, plus nerveusement et plus abruptement qu'elle ne le voulait.

Non, elle n'avait pas oublié qu'ils avaient convenu de ne pas se voir cette semaine, et de ne pas s'appeler non plus, mais c'était important. […] Oui, assez pour faire une exception. […] Sa voiture était au garage ? Bon, pas de problème. Elle venait le chercher. […] Non, elle préférait qu'ils se voient chez elle plutôt que chez lui. […] Oui, elle le ramènerait après, s'il y tenait. […] Oui, elle partait maintenant. Elle serait là d'ici vingt minutes.

* *
*

John surveillait son arrivée par la fenêtre du salon. De la main, il lui fit signe de l'attendre dans la jeep.

En fermant la porte d'entrée derrière lui, il se disait que la jeune femme avait mal choisi son moment pour se manifester, et que ce n'était vraiment pas de chance pour lui. Pourquoi cette soirée-là ? Pourquoi celle justement où il avait décidé de rester à la maison, à se reposer, à se détendre, à boire un verre tranquillement ?

Il s'arrêta un moment au bord de la galerie et remonta son blouson au-dessus de sa tête pour se protéger de la pluie.

Surtout qu'il en avait bien besoin de ce verre, se dit-il encore en frissonnant dans l'air froid et humide du soir. Il avait eu une journée épouvantable… Des annulations de rendez-vous à la clinique comme s'il en pleuvait — parce qu'il pleuvait sans doute ? ricana-t-il —, une engueulade avec sa fidèle secrétaire, qui n'était pas si fidèle que ça puisqu'elle lui avait rendu son tablier l'après-midi même, de très mauvaises nouvelles sur l'état de santé de son père et pour finir une panne de voiture qui, selon le garagiste, ne pourrait pas être réparée avant la semaine suivante… Le genre de journée dont on pense que si on avait su, on ne se serait pas levé le matin, quoi.

— Quel temps de chien ! bougonna-t-il en s'engouffrant dans la Cherokee, en même temps qu'une bonne bouffée de vent mêlée de pluie.

Il embrassa Alexandra sur la joue qu'elle lui tendait, sans se formaliser ou s'inquiéter qu'elle ne lui eût pas plutôt présenté ses lèvres, car trop occupé à vérifier les fenêtres de la maison d'en face pour voir si « Les Yeux de la Rue » était à son poste.

Comme ils quittaient le terrain, il s'étira le cou pour regarder en arrière. Il n'aurait pu jurer que les tentures avaient bougé, mais il était sûr que la grosse Martha n'avait rien manqué de son départ. Ça, il en aurait mis sa main au feu.

— Qu'est-ce qu'il y a ? s'enquit Alexandra. Tu as oublié quelque chose ? Tu veux qu'on y retourne ?

— Non, ça va. C'est rien. Continue... répondit-il en ramenant son regard vers l'avant et en s'enfonçant dans son siège, l'air boudeur.

Il croisa les bras sur sa poitrine, fixa la route d'un œil morne puis, au bout de quelques secondes, reprit d'un ton passablement maussade :

— Tu voulais me voir pourquoi, au fait ?

— Je préférerais, si ça ne t'ennuie pas, qu'on attende d'être à la maison pour en parler.

Il haussa les épaules et tourna son visage vers sa fenêtre.

Le trajet s'effectua dans un silence qui, s'il n'avait été habité par le ronronnement du moteur et le battement des essuie-glaces, aurait été total... Lugubre.

Tandis que John continuait à penser à la journée de dingue qu'il avait passée, Alexandra réfléchissait à ce que sa sœur lui avait appris... La drôle de coïncidence. Elle n'avait pas arrêté une seconde d'y réfléchir. Et plus elle creusait le sujet, moins elle savait comment s'y prendre pour l'aborder avec John.

Oh, Seigneur, qu'est-ce que je vais faire ? Comment est-ce que je vais lui annoncer ça ? se demanda-t-elle, en sortant du dernier virage d'où l'on voyait déjà la palissade et le portail de sa propriété.

Pas évident d'annoncer à notre amant qu'on a plusieurs raisons de croire qu'il pourrait être notre demi-frère, hein ? murmura sa petite voix, mi-figue, mi-raisin.

Alexandra déglutit, péniblement, et crispa ses mains sur le volant.

Absurde ! Insensé ! Ça ne peut pas être vrai ! C'est... Ça ne peut être, comme l'a dit Vicky, qu'une... qu'une drôle de coïncidence !

Mais Vicky ne savait rien de John, sinon qu'il était vétérinaire et qu'il vivait à Frelighsburg, se rappela-t-elle aussitôt, à la fois consternée et furieuse de ne pouvoir nier un fait qui lui enlevait toute possibilité de se raccrocher à l'idée du hasard. Si elle avait su que John avait été adopté à sa naissance, aurait-elle utilisé cette expression ? Non. Bien sûr que non. Elle aurait été la première étonnée, embarrassée, et n'aurait certainement pas eu le cœur à plaisanter.

En regardant John descendre de la jeep pour aller ouvrir la grille, elle essaya de déterminer de quelle façon il réagirait quand elle l'aurait mis au courant. Connaissant son scepticisme, elle était à peu près convaincue qu'il s'exclamerait : « Quelle idée ! Mais enfin, Alexandra, ça ne tient pas debout, cette histoire !... Complètement délirant ! » Ou quelque chose du genre. Et qu'il lui réclamerait des preuves. Des papiers, des documents écrits. Quelque chose de concret, de tangible. Parce que lui, il ne se contenterait pas de déductions. « Quoi ! s'exclamerait-il encore. Votre demi-frère a lui aussi été adopté par une famille de Frelighsburg ? Et c'est uniquement pour ça, et parce que nos années de naissance correspondent, que tu en conclus que le Ludovic en question et moi ne faisons qu'une seule et même personne ? Bon sang ! Il ne t'en faut vraiment pas beaucoup pour sauter aux conclusions, hein ? »

— Qu'est-ce qu'il y a ? demanda John en la voyant secouer la tête tandis qu'il remontait dans la voiture après avoir refermé les vantaux derrière eux.

— Rien, fit Alexandra. Je t'expliquerai tout à l'heure.

Oui, elle lui expliquerait, se répéta-t-elle. Fallait juste qu'elle trouve les mots, qu'elle trouve le moment, qu'elle trouve le courage.

Il lui fallait du temps. Et le temps leur était compté. Seulement, Alexandra, tout comme John d'ailleurs, l'ignorait.

Comme ils n'avaient dîné ni l'un ni l'autre, Alexandra proposa de manger d'abord... Elle se sentait incapable, pensait-elle et affirmat-elle à John, de discuter de quoi que ce soit l'estomac vide.

Elle prolongeait le délai, elle en était consciente. En outre, elle était de mauvaise foi, puisque la simple idée de la nourriture lui donnait la nausée. Elle se maudissait de sa lâcheté, et parallèlement tentait de s'en justifier pour apaiser sa conscience... Une heure ou deux de plus, songeait-elle, c'était tout ce dont elle avait besoin pour se remettre les idées en place. Après tout, elle était encore sous le choc de la nouvelle, non ?

Rien de plus normal que d'attraper la brique avant d'assommer l'autre avec, lui précisa sa petite voix dans un sourd ricanement.

Toi, tu te la fermes. Ce n'est pas le moment de m'emmerder.

— Qu'est-ce que tu dis ? fit John qui, la main dans le congélateur, en quête de glaçons, croyait l'avoir entendue marmonner et lui jetait un coup d'œil par-dessus son épaule.

— Oh, rien, je... Je me parlais à moi-même.

Puis, le voyant se servir un second verre d'alcool, elle ajouta d'un ton légèrement inquiet :

— Ce sera prêt dans dix minutes, tu sais ?

— Parfait, répondit-il comme s'il n'avait pas saisi l'allusion.

Il lui adressa un mince et bref sourire en s'empressant de ressortir de la cuisine.

John n'avait pas faim lui non plus, mais il avait acquiescé à la proposition du dîner, en silence, d'un simple hochement de tête, tout en se versant un scotch bien tassé qu'il était allé boire au salon pendant qu'Alexandra commençait à préparer le repas... Éviter toute friction, toute querelle semblait être son mot d'ordre pour la soirée.

Ils s'attablèrent l'un en face de l'autre dans la salle à manger, Alexandra ayant décrété qu'ils y seraient plus à l'aise... Encore un faux prétexte. En vérité, elle n'avait pris cette décision que parce qu'elle s'était imaginé que l'atmosphère de cette pièce, plus austère, plus cérémonieuse, moins intime surtout que celle de la cuisine, l'aiderait à se mettre en condition. Dans le ton d'une conversation sérieuse, quoi.

Le steak était savoureux, la salade délicieuse et le vin « ... un peu sec, mais buvable ! » venait de déclarer John en trinquant à sa santé.

Ça devait être vrai puisqu'il en avait bu plus de la moitié à lui tout seul, se dit Alexandra, tout en le regardant, non sans une certaine inquiétude, vider son verre d'une traite et le remplir aussitôt de ce qui restait au fond de la bouteille.

Elle était tellement nerveuse qu'elle avait avalé son dîner sans trop s'en rendre compte. Elle n'avait pas eu l'impression de manger, de boire ou de parler. Seulement de se gratter. Sans arrêt. Sa *dermalex* qui ne l'avait pas dérangée de toute la journée s'était brusquement rappelée à son bon souvenir... La nervosité sans doute.

S'il n'y était pas allé si fort sur la bouteille, aussi... Ce n'était pas pour la calmer, ça, au contraire, songeait-elle sans cesser de l'observer. Elle redoutait déjà sa réaction avant, quand il était encore sobre. Comment allait-il réagir maintenant que les vapeurs de l'alcool lui embrumaient le cerveau ?

Ne cherche pas à te défiler à nouveau, Alex. Allez, tu ranges tout ce bazar et après tu lui dis ce que tu as à lui dire. Plus question d'attendre !

Elle se mit debout, avec le sentiment d'avoir un manteau de plomb sur les épaules, et commença à débarrasser. En voulant récupérer la bouteille vide au centre de la table, elle eut un geste maladroit et son verre de vin, dans lequel elle avait à peine trempé les lèvres, se renversa. Sur la nappe, sur son jean et sur le sol. Elle réprima le juron qui lui venait, attrapa sa serviette, épongea les dégâts, puis s'excusa auprès de John, qui souriait béatement, d'avoir à le laisser seul deux minutes.

— Faut que j'aille me changer. Toi, pendant ce temps-là, tu nous sers le café au salon, d'accord ?

Et, du haut de l'escalier dont elle avait monté les marches à toute vitesse :

— J'arrive tout de suite !

Alexandra ignorait pourquoi elle avait éprouvé le besoin de rajouter cette phrase tout comme elle ignorait pourquoi elle se sentait si pressée tout à coup, mais elle ne chercha pas à en connaître la raison.

Elle enleva rapidement son jean.

Finalement, c'était un mal pour un bien qu'elle ait eu cette maladresse. Ça lui donnait l'occasion de soulager ses démangeaisons qui étaient en train de la rendre folle, songea-t-elle en tendant la main vers sa table de nuit pour y prendre son tube d'onguent à la cortisone — lequel, depuis longtemps, n'agissait plus du tout sur l'aspect de sa *dermalex*, uniquement sur ses effets.

Assise sur le bord du lit, elle pressa le tube à même les irritations sur ses jambes et se mit à frotter énergiquement... Une manière de se gratter sans en avoir l'air tout en faisant pénétrer le médicament. Soulagement quasi instantané. Prodigieux !

— Qu'est-ce que tu fais ?

Alexandra sursauta. Se tourna vers la porte de la chambre.

Le dos appuyé contre le chambranle, John la regardait.

Depuis quand était-il là ? Comment était-il monté sans qu'elle l'entende ? Pourquoi ne l'avait-il pas attendue en bas ?

Les questions s'étaient bousculées dans sa tête. Elle n'avait pas eu le temps de les exprimer à haute voix. Elle avait senti une sorte d'anormalité dans l'air, comme un brusque refroidissement dans la pièce, et les mots s'en étaient figés au fond de sa gorge.

Elle le vit s'approcher du lit, le contourner. Elle aurait voulu lui dire de sortir de sa chambre, de retourner dans le salon. Elle ouvrit la bouche pour parler, mais aucun son ne vint.

Lorsqu'il s'assit à côté d'elle, son cœur battait la chamade et elle eut l'étrange impression que si elle ne se levait pas, John percevrait ce bruit de tambour qui lui assourdissait les tympans, et que ce serait un signe, un signal... Quelque chose se déclencherait en lui. Quelque chose qu'elle ne voulait pas voir arriver.

Elle bondit sur ses pieds. John lui attrapa le poignet.

— Où est-ce que tu vas, ma douce ? Tu es bien pressée tout à coup. On n'est pas bien là, hein ?

— Si, on est très bien, mais on sera encore mieux en bas, répondit-elle précipitamment en tentant de se dégager. Laisse-moi mettre mon jean et descendons, d'accord ?

— Oh, allons, voyons... Tu n'as pas besoin de ton jean. Pour discuter ou n'importe quoi d'autre...

Il rit doucement et enchaîna :

— Le n'importe quoi d'autre étant, je l'avoue, ce qui m'intéresse le plus pour le moment, je trouve que tu es parfaite telle que tu es.

— John, s'il te plaît, lâche-moi. J'ai froid et...

— Viens-là, dit-il en la tirant brusquement vers lui. Je vais te réchauffer.

— Non, John. Arrête... Ne fais pas ça !

De son bras libre, il lui avait encerclé la taille, puis l'avait renversée sur le lit.

Couchée sur elle, il lui immobilisa les mains au-dessus de la tête et commença à relever son pull.

— Arrête ! cria-t-elle en se débattant.

Mais John semblait devenu sourd à tout ce qui n'était pas son désir. Il n'entendait pas ses cris. Il n'entendait que les battements de son propre cœur.

— Non ! hurla-t-elle tandis qu'il lui enlevait son pull.

La surprise et l'anxiété avaient fait place, en elle, à la colère.

Elle ne pensait plus, ne réfléchissait plus, n'était menée que par son instinct. Et quand le bras de John passa à portée de sa bouche, elle y enfonça ses dents. Et resserra sa prise. Le plus fort qu'elle le pouvait.

John étouffa un cri de douleur et bascula sur le côté.

Il regarda la morsure, puis Alexandra, puis de nouveau la morsure... Il avait l'air à la fois hagard et sidéré.

Il se leva et quitta la chambre. Sans un mot.

Alexandra enfouit son visage dans ses mains.

Au goût âcre du sang qu'elle avait sur les lèvres se mêla bientôt celui, salé, de ses larmes, et elle en éprouva du dégoût, en même temps qu'une vague, obscure, sensation de réconfort.

John se retrouva dans la cuisine sans vraiment savoir comment il y était arrivé. Il ne se rappelait pas avoir descendu l'escalier, ni même avoir franchi le seuil de la chambre. Il se rappelait seulement de la morsure, de la douleur et du visage d'Alexandra. De son regard surtout... Si profond, si intense qu'il s'en était soudain senti glacé jusqu'aux os. Pendant quelques secondes, il avait eu le sentiment de se trouver en face d'un être d'un autre monde, d'un autre univers.

Il n'était pas seulement sidéré. Il était également en proie à la confusion la plus totale. Il ne comprenait pas ce qui s'était passé. Il ne comprenait pas pourquoi il avait eu envie de vaincre la résistance d'Alexandra. Il ne comprenait pas que dans ce désir qui l'avait rendu presque fou, il y avait à la fois le besoin d'assouvir une pulsion sexuelle et celui, plus fort encore, impulsif, impérieux, de la posséder totalement. De la soumettre. La seule chose que son désarroi lui laissait entrevoir, c'était que lui, John Kennedy, l'homme civilisé et bien élevé, compréhensif, tendre et affectueux, s'était conduit comme le dernier des goujats... Un terrible constat qui dépassait son entendement et lui renvoyait une insoutenable image de lui-même.

Comment pourrait-il jamais réparer le mal qu'il avait fait à Alexandra ? s'interrogeait-il en arpentant la cuisine d'un pas nerveux.

Il s'arrêta devant la porte-patio et, parce qu'il avait trop chaud, l'impression d'étouffer même, il ouvrit le store, puis le panneau coulissant.

La pluie tombait encore, mais légère, fine... Une petite bruine.

Appuyant ses mains de part et d'autre de l'ouverture, il offrit son visage à la brise et resta comme ça un moment, les yeux clos, à respirer à fond, sans penser à rien.

Un bruit dehors, du côté gauche de la terrasse, lui fit ouvrir les yeux. Il pencha la tête à l'extérieur, eut un hoquet de surprise, et sans réfléchir, sans se demander s'il avait tort ou raison, il fonça vers l'homme qui venait de franchir la balustrade et qui, aussi surpris que lui sans doute, s'était immobilisé brusquement, tel un lapin pris dans le faisceau d'un phare de voiture.

En voyant ce grand gaillard s'encadrer soudain dans la porte, alors qu'il s'amenait pépère, confiant, croyant pouvoir récupérer tranquillement son lycaon et faire un brin de causette avec la jolie dame sur la photo de laquelle il avait fantasmé pendant des mois (sauf les quelques-uns qu'il avait passés dans le coma, quoique...), Louis Talbot eut peur et se figea sur place.

Et en le voyant se ruer vers lui, Louis paniqua. Instinctivement, il sortit son couteau.

Quand il arriva sur lui, Louis tenait son couteau le long de sa jambe et avait déjà pressé le bouton pour faire jaillir la lame.

John n'eut que le temps de l'agripper d'une main par le collet et d'amorcer un « Qu'est-ce que vous... ». D'un mouvement vif, rapide, Louis avait levé le bras, planté et retiré son couteau.

L'acier avait pénétré la chair au niveau de la gorge et avait touché la carotide.

Les yeux agrandis de stupeur et d'horreur, John, qui avait reculé sous la douleur et porté les mains à son cou, regardait son sang couler sur ses vêtements, tomber goutte à goutte sur la terrasse, et se dit que ce n'était pas possible qu'une chose pareille puisse lui arriver.

Il posa son regard sur Louis et, dans un éclair de lucidité, reconnut le type qu'il avait un jour laissé au bord de la route de Pigeon Hill, sous la pluie. Le type à qui il avait rendu son couteau...

— Sale con ! lança-t-il d'une voix étouffée.

Puis, ses jambes se dérobant sous lui, il s'écroula.

CHAPITRE XXVI

Assise sur son lit, les bras enserrant ses jambes et la tête appuyée sur ses genoux, Alexandra essayait de mettre de l'ordre dans ses idées. Pas plus que John, elle n'avait compris ce qui s'était passé, et tout autant que lui, elle s'était sentie confuse et désemparée. Elle ne savait que penser. Ni de la conduite de John, ni de la sienne.

Elle releva la tête et vérifia l'heure à sa montre. Il était 21 h 10.

Qu'est-ce que je fais maintenant ? J'y vais, ou pas ?

John était descendu depuis plus de quinze minutes déjà, avait-elle calculé. Estimant qu'elle lui avait suffisamment laissé le temps de réfléchir, elle décida de descendre à son tour.

Elle avait remis son pull après que John fut sorti de la chambre, mais pas ses jeans, lesquels traînaient toujours sur le sol, là où ils étaient tombés quand elle les avaient enlevés. Elle les ramassa machinalement, les posa sur la chaise, fouilla dans sa penderie pour en sortir une autre paire qu'elle enfila rapidement, passa dans le couloir et obliqua vers la salle de bains pour mouiller son visage d'eau froide et brosser ses cheveux.

De retour dans le couloir, elle s'arrêta un instant près du palier. Une main sur la balustrade, elle respira à fond, puis commença à descendre.

Dans la cage d'escalier, elle trouva l'air ambiant nettement plus frais qu'au-dessus et s'en étonna. John avait-il ouvert une fenêtre ? se demanda-t-elle.

L'idée qu'il aurait pu s'en aller en laissant la porte d'entrée ouverte lui effleura l'esprit. Elle la repoussa, sans pouvoir s'empêcher toute-fois, lorsqu'elle eut atteint le palier entre les deux volées de marches, de regarder aussitôt au fond du couloir. La lumière du vestibule lui permettant de constater que la porte était bien fermée, Alexandra poussa un soupir de soulagement.

— John ? appela-t-elle en continuant à descendre.

Elle pensait se rendre au salon, car elle était convaincue de le trouver là, enfoncé dans un fauteuil, la mine basse et les épaules voûtées, mais en passant devant la cuisine, elle s'aperçut que le store de la porte-patio avait été repoussé sur le côté, de même que le panneau coulissant.

Bon sang ! maugréa-t-elle intérieurement. S'il avait envie de prendre l'air, il n'était pas obligé d'en faire prendre aussi à toute la maison. S'imaginait-il qu'elle chauffait pour dehors ou quoi ?

— John ? appela-t-elle encore, d'un ton un peu moins doux cette fois, tout en s'approchant de la porte-patio.

Se penchant à l'extérieur, elle cria son nom à deux ou trois reprises. N'obtenant aucune réponse, elle rentra la tête et referma le panneau... Soit il avait décidé de bouder, songea-t-elle, soit il était parti pour de bon. Et dans un cas comme dans l'autre, ça ne servait à rien de s'égosiller après lui.

Elle s'apprêtait à enclencher le mécanisme de verrouillage quand elle entendit un bruit derrière elle. Une sorte de clapotement de semelles mouillées sur le sol.

Le bras qui venait de se nouer autour de son cou n'était pas celui de John. Et le corps qui se pressait contre son dos, non plus.

Alexandra poussa un cri tout en levant les mains pour essayer de repousser ce bras qui la serrait à l'étouffer.

— Hé, là ! Tout doux... On se calme, maintenant, d'accord ? entendit-elle murmurer contre son oreille.

Mais elle avait déjà cessé de se débattre. Le couteau qui la piquait sous le menton l'avait persuadée, bien avant la voix, de rester tranquille.

Submergée par la panique, Alexandra essayait de réfléchir, mais en vain. Dans sa tête, c'était le chaos total.

Elle sentit qu'on la poussait vers l'escalier.

Perçut des sons, des mots, vagues, lointains : « ... une belle grande chambre, là-haut, si je me souviens bien. »

Puis un profil. Sombre. En partie caché par ce qui lui semblait être une casquette enfoncée jusqu'aux yeux.

Le type la tenait toujours par le cou, mais s'était placé à côté d'elle, et Alexandra avait l'impression, à chaque marche qu'ils montaient, que la lame d'acier s'enfonçait un peu plus dans sa gorge.

Sa peur se nourrissait de cette impression et au bout de quelques secondes, quatre ou cinq marches plus haut, elle avait acquis une telle dimension qu'Alexandra ne put faire autrement que d'en prendre pleinement conscience. Alors, elle commença à essayer de la maîtriser.

Je n'ai pas peur de lui... Je n'ai pas peur de lui... Je n'ai pas peur de lui...

Quand il la poussa sur le lit, elle ne cria pas.

Quand il se campa au-dessus d'elle, à califourchon, elle ne se débattit pas.

Elle attendait. Elle se disait qu'à un moment ou à un autre, il faudrait bien qu'il éloigne ce couteau de sa gorge. Et là, ce serait le temps d'agir...

John avait repris connaissance.

Il ne savait pas où il était. Il se sentait ballotté, comme s'il flottait sur un nuage.

Il flottait réellement. Sur l'eau.

Lorsqu'il s'était évanoui, Louis avait cru qu'il était mort et, plus paniqué encore qu'il ne l'avait été en le voyant se ruer sur lui, il avait pensé qu'il ne pouvait pas laisser son corps là... Il fallait le faire disparaître. Il y avait un lac, tout près, il s'en rappelait. Il n'avait qu'à le traîner jusque-là et le pousser dans l'eau aussi loin qu'il le pourrait.

En atteignant la plage, il avait remarqué la barque.

Mieux encore que ce qu'il avait dans l'idée, non ? s'était-il dit. Pourquoi ne pas mettre le bonhomme dedans, y ajouter une ou deux grosses roches, piquer la coque avec son couteau et donner au tout un bon élan ? Avec un peu de chance, la p'tite chaloupe et son grand passager couleraient à pic au beau milieu du lac... Ni vu, ni connu ! Génial !

Son plan avait fonctionné presque à merveille. Le seul hic, c'est que cette barque était en fibre de verre et qu'il n'avait pas sur lui les outils appropriés pour la percer. Il s'était escrimé sur elle pendant un moment, s'était enragé, puis avait rempoché son couteau et s'était contenté de donner l'élan prévu en espérant qu'il pleuvrait tellement que l'embarcation se remplirait d'eau et finirait tout de même par couler. C'était méconnaître évidemment toutes les autres qualités de la fibre de verre, mais bon...

John essayait de redresser la tête.

Quelqu'un l'appelait.

Alexandra... ?

Oui, c'était sa douce qui l'appelait. Il en était sûr. Mais pourquoi sa voix lui paraissait-elle si lointaine ?

Il soupira.

Il n'avait pas mal. Juste un peu froid. Il savait que ce n'était pas seulement le froid de la nuit qu'il sentait. C'était aussi le froid de la mort.

Il ne craignait pas cette mort qui arrivait. Il regrettait simplement de partir comme ça, sans avoir eu la possibilité de dire au revoir à Alexandra, sans avoir pu lui dire encore une fois qu'il l'aimait. Qu'elle était tout pour lui. Qu'il n'avait pas voulu... n'aurait pas dû...

Oh, ma douce... Ma petite louve...

Un étau de glace se resserra autour de son cœur.

John referma les yeux et s'enfonça dans une bienfaisante et miséricordieuse obscurité.

— Enlève-moi ça ! ordonna Louis en tirant sur le pull d'Alexandra.

Il déplaça vivement la pointe du couteau de son cou à son ventre.

— Attention, hein ? la menaça-t-il en augmentant d'un soupçon la pression de la pointe sur sa peau. Un trou dans le bide, ça fait plus mal encore que n'importe où ailleurs.

Dans les prunelles dorées brillait une lueur de rage froide, profonde, comme distanciée... Autrement plus redoutable qu'un prompt accès de colère, voire une crise de fureur aveugle.

Alexandra tira le vêtement au-dessus de sa tête.

— Bordel de merde ! s'exclama Louis en voyant les taches rouges sur le haut de sa poitrine. Qu'est-ce que c'est que ça ? Qu'est-ce que t'as là ?

Les bras toujours levés, encore emprisonnés dans les manches de son pull, Alexandra s'immobilisa.

— Je suis malade, déclara-t-elle d'une voix neutre.

— Quoi, malade... Quelle maladie ?

— Grave. Contagieuse.

Elle perçut son hésitation, le relâchement de son attention, de la pression du couteau sur son ventre. Tout en poussant un hurlement sauvage, elle raidit brusquement ses bras, et frappa Louis de ses deux mains serrées, crispées l'une sur l'autre. Elle avait visé le côté gauche du crâne... Ils se trouvaient au bord du matelas, et il valait mieux, avait-elle estimé, que le type bascule sur sa droite pour tomber directement sur le plancher plutôt que vers le milieu du lit.

Dès qu'elle avait senti la chute s'amorcer, elle s'était soulevée sur ses pieds et, de ses hanches, avait renforcé le déséquilibre de même que le plongeon vers le sol. Libérée, pour un temps du moins, elle se précipita de l'autre côté du lit. Attrapa la lampe sur la table de nuit, arracha le fil.

Louis fonçait déjà vers elle.

— Salope ! aboya-t-il, les yeux fous, exorbités, brandissant son couteau devant lui, l'air de vouloir cette fois le lui planter dans le corps pour de bon.

Elle n'eut que le temps de se retourner. Et de lui balancer, de nouveau sur le côté de la tête, le pied de la lampe.

Louis vacilla, s'écroula.

Comme elle bondissait au-dessus de lui, il lui saisit brutalement une cheville, la faisant tomber à son tour. Alexandra roula sur elle-même. Se mit à quatre pattes. Se redressa. Se rua vers la porte.

Il la rattrapa dans le couloir, près de l'escalier, sa main cette fois refermée sur son bras.

Avec un autre hurlement sauvage, elle le frappa de son genou, de toutes ses forces, entre les jambes.

Il se plia en deux de douleur.

Alexandra n'attendit pas qu'il se relève. Elle le poussa d'un violent coup de pied dans la cage de l'escalier. Qu'il dévala cul par-dessus tête.

Elle le vit atterrir en bas.

Songeant que s'il n'était pas mort, il n'était en tout cas pas près de se remettre debout, elle s'assit sur la première marche et reprit son souffle.

Louis n'était toujours pas sorti de son évanouissement, mais il avait changé de décor... Elle l'avait assis sur une chaise, dans la cuisine, et l'avait solidement attaché : une corde s'enroulait autour de sa poitrine pour le retenir au dossier, une autre autour de ses cuisses pour le visser au siège, quatre autres autour de ses chevilles et poignets, chacune reliée aux pieds de la table de manière qu'il se retrouve les bras tendus devant lui et qu'il ne puisse repousser, ne serait-ce que d'un centimètre, sa chaise vers l'arrière.

Alexandra se versa une tasse du café qu'elle venait de se préparer et s'installa à table pour la boire, face à son prisonnier.

Il était là... Sous ses yeux, se disait-elle. Et elle n'arrivait pas à y croire. Toutes ces semaines, tous ces mois à attendre, à imaginer ce moment, à se demander comment les choses se passeraient, à essayer de prévoir ce qu'elle ferait ou ne ferait pas.

Elle secoua doucement la tête de gauche à droite.

Non, soupira-t-elle en silence, elle n'arrivait pas à croire qu'il soit là, et à sa merci encore.

Mue par un subit et impérieux besoin de mieux voir son visage, elle se leva d'un bond, marcha vers Louis, lui arracha sa casquette qu'elle lança à terre, puis retourna s'asseoir.

Dieu qu'il est laid ! pensa-t-elle en l'examinant tout son saoul.

Était-ce vraiment lui, son voleur ?

Cette tronche qu'il a... Seigneur ! c'est pas possible d'être aussi moche. On dirait une pigne. Non, pas une pigne. Une... oui, une morille.

Louis ouvrit les yeux, regarda autour de lui et, s'apercevant soudain qu'il ne pouvait pas bouger parce qu'il était ficelé comme un saucisson, marmonna :

— On peut savoir ce que tu comptes faire...

— Je vous interdis de me tutoyer, grogna Alexandra. Je ne vous connais pas. Je n'ai aucune envie de vous connaître d'ailleurs, et je ne permets pas aux étrangers de me tutoyer, c'est clair ?

318

— Très clair. Bon, on peut savoir ce que *vous* comptez faire de moi ? Appeler la police, sans doute ?

Le regard d'Alexandra se fit distant.

Appeler la police ? se demandait-elle. Pourquoi ? Pour qu'on le mette en prison un mois ou deux et qu'à peine ressorti il ne pense qu'à une seule chose : recommencer ? Cambrioler à nouveau sa maison, celle de ses voisins, celle de John, peut-être ? Et puis quoi encore ?

Comme elle ramenait son regard vers Louis Talbot, ses pupilles se mirent à briller d'un sombre éclat.

Alexandra toisa son prisonnier une seconde ou deux.

J'ai un scoop pour toi, mon vieux. Tu sais quoi ? Eh bien, je vais t'aider à le régler, ton problème, moi. À le régler une fois pour toutes ! Quand j'en aurai fini avec toi, tu n'auras plus ni le goût ni les moyens de voler quoi que ce soit à qui que ce soit, ça, tu peux me croire.

— Oui, répondit-elle enfin, je compte en effet appeler la police. Mais rien ne presse, hein ? Surtout qu'il y a quelques détails que j'aimerais bien éclaircir avant.

— Ah, oui ? Quels détails ? s'enquit Louis d'un ton plus surpris que réellement curieux.

Alexandra se releva, alla récupérer le lycaon qu'elle gardait dans un des tiroirs de la cuisine et le lui mit sous le nez.

— Est-ce que vous reconnaissez cet objet ?

— Vous l'avez trouvé ? Génial ! J'étais sûr que je l'avais perdu ici. C'est une pièce unique, ça, vous savez... Sûrement une des plus belles figurines que j'aie jamais sculptées.

— Bien, murmura-t-elle. Parfait.

Parce qu'il lui importait de ne pas se tromper de personne, elle avait pris la peine de vérifier qu'il s'agissait bien de « son » voleur. Et maintenant qu'elle s'était acquittée de cette tâche, il ne lui restait plus qu'à passer aux actes...

Elle se dirigea vers la porte-patio.

— Pendant que j'y pense... ajouta-t-elle en se tournant légèrement vers lui. La phrase sur le tableau, le « Ce n'est qu'un au revoir, beauté », j'imagine que...

— Ouais, la coupa-t-il, une idée, comme ça, qui m'a pris... Pour rire.

— Pour rire, répéta-t-elle.

Elle hocha la tête, l'air de se dire qu'il ne pouvait pas y avoir de réponse plus logique que celle-là finalement, puis elle repoussa le panneau et sortit en lui jetant par-dessus son épaule :

— Bon, ne bougez pas de là, monsieur le farceur, je reviens tout de suite.

Louis eut un grand sourire... Elle lui plaisait, cette nana. Belle, drôle, forte. Oui, songeait-il, elle avait vraiment tout pour lui plaire. Dommage que les choses ne se soient pas déroulées comme il le prévoyait. C'était de sa faute, aussi. Parce qu'il n'avait trouvé aucun vêtement d'homme dans sa penderie le jour où il l'avait cambriolée, il en avait conclu qu'elle vivait seule. Quel idiot... ! Vivre seule, ça ne signifiait pas être seule tout le temps, hein ? Ça, il avait eu l'occasion de s'en rendre compte. Putain ! qu'est-ce qu'il lui avait fait peur l'autre con, là, sur la terrasse. La trouille de sa vie qu'il avait eue. En tout cas, ce type, ben c'était pas demain la veille qu'il pourrait venir l'emmerder. Quant à elle... suffisait d'être un peu patient, non ? S'il n'arrivait pas à se détacher avant l'arrivée des flics, sûr qu'il ne pourrait pas s'occuper d'elle aujourd'hui, seulement, elle ne perdait rien pour attendre. Ah, ça, oui... Aussi vrai qu'il s'appelait Louis, il aurait sa chance encore ! Et il ne la laisserait pas passer. La prochaine fois qu'il la tiendrait comme il l'avait tenue tout à l'heure, couchée sous lui, il la baiserait avant qu'elle ait eu le temps de s'apercevoir de ce qui lui arrivait. Enfin, pas trop vite quand même... Sûr qu'elle aimerait ça, hein ?

— Oh oui ! Oh oui ! Oh oui ! s'exclama-t-il à mi-voix, si amusé par sa plaisanterie qu'il pouffa de rire... Un rire étouffé, étrange, oscillant entre le gloussement d'une poule et le sourd rugissement d'une hyène.

Il ricanait encore au retour d'Alexandra. Mais en la voyant s'encadrer dans la porte, tenant d'une main un seau en plastique et de l'autre une hache qu'elle avait appuyée sur son épaule, il se sentit pris de panique. Son rire se mua brusquement en une sorte de hoquet.

— Non, mais... Qu'est-ce que tu... Qu'est-ce que vous voulez faire avec ça, hein ?

Elle éluda sa question par une autre question.

— Vous êtes droitier, n'est-ce pas ?

— Ouais, et alors ? C'est quoi, le problème ?

— Il n'y a aucun problème. Je tenais juste à m'en assurer. Pour ne pas commettre d'erreur, vous comprenez ? répondit tranquillement Alexandra.

— Si je comprends ? Ben non, justement. J'y pige rien du tout.

— Ce n'est pas grave... Ça viendra. Tout vient à point à qui sait attendre.

Elle posa son seau sur le sol, à côté de lui, la hache sur la table, sous ses yeux, puis alla fouiller dans un placard. Quand elle revint vers la table, elle tenait à la main une planche en bois. Une planche à pain. Épaisse, solide, en érable ou en merisier. En la regardant avec attention, Louis, qui s'y connaissait en bois, estima que ce devait être de l'érable.

— C'est pour quoi, ce truc-là ? s'enquit-il, innocemment.

— Pour ne pas abîmer ma table.

Ce ne fut que quelques secondes après qu'elle eut glissé la planche sous sa main droite que Louis commença à se faire une idée un peu plus précise de la raison pour laquelle elle lui avait demandé s'il était droitier. Et son idée, d'un peu plus précise qu'elle était, se fit claire et nette quand il la vit se saisir de la hache et l'élever rapidement vers le plafond.

Alexandra fixa les doigts qui se crispaient sous ses yeux, la main qui cherchait à se libérer...

Vas-y, Alex. Vas-y... Tu peux le faire. Oui, tu peux le faire. Allez !

— Non ! s'écria Louis. Hé, non, attendez... Vous n'avez pas le droit de... Nooon...

La lame d'acier tomba en sifflant, s'abattit avec une violence inouïe sur son poignet qu'elle trancha d'un coup sec. L'explosion de douleur qui traversa son bras lui arracha un hurlement inhumain, et Louis sombra dans l'inconscience.

Alexandra posa sa hache, dégagea la main de la corde qui l'avait maintenue et la jeta dans le seau en plastique.

Ayant récupéré la bouteille de scotch que John avait laissé traîner sur l'un des comptoirs et un briquet qu'elle gardait dans une coupelle au-dessus du réfrigérateur, elle versa ce qui restait d'alcool sur le moignon ensanglanté et, le tenant dans les airs, le fit flamber, après quoi elle l'enveloppa dans une serviette propre... Elle ne voulait pas que l'homme meure. Elle voulait juste l'empêcher de nuire à nouveau.

Laissant Louis Talbot profiter de son bienheureux évanouissement, Alexandra s'attela à quelques tâches ménagères. Elle nettoya sa planche à pain, la table, le sol et, pour terminer, la hache qu'elle alla aussitôt après remettre dans le garage.

Au bout d'un quart d'heure, Louis n'étant pas encore revenu à lui, elle le réveilla en lui vidant un bol d'eau froide sur la tête. Quand elle fut certaine qu'il avait suffisamment repris ses esprits pour répondre à une simple question, elle lança :

— Bon, maintenant qu'on a réglé nos comptes, vous préférez que j'appelle la police ou l'ambulance ?

— Vous êtes dingue... Complètement marteau, articula Louis d'une voix entrecoupée de halètements et de gémissements. C'est l'asile d'aliénés que vous devriez appeler.

L'air hagard, incrédule, Louis regardait son bras enveloppé d'une serviette ensanglantée et ne pouvait se pénétrer de l'idée que sous ce chiffon rougi par son sang, il n'y avait plus en lieu et place de sa main qu'un ignoble moignon. Oui, se répétait-il, elle était folle, cette fille-là. Vraiment folle. Fallait qu'elle le soit pour être capable de le mutiler comme ça, non ?

— Dans une camisole de force qu'on devrait vous mettre, vous et toutes vos pareilles, marmonna-t-il. Toutes des salopes ! Toutes des sales garces !

Alexandra poussa un soupir ennuyé, un rien impatient, avant de lui rétorquer :

— N'aggravez pas votre cas. Ce ne serait pas intelligent de votre part.

— Ouais, parlons-en de mon cas... Appelle-la, ta putain d'ambulance, cria Louis, fou de douleur et de colère, repassant, par défi sans doute, aussitôt au tutoiement. Plus vite je serai sorti d'ici, plus vite, toi, tu te retrouveras en tôle. Et pour longtemps, ça, je peux te le jurer... Un meurtre, ça va chercher pas mal loin, ma p'tite.

— Un meurtre. Tout de suite les grands mots... Me semble qu'il y a une assez grande différence entre une main coupée et un meurtre, non ?

— Je ne parlais pas de moi, connasse ! Je parlais de cette espèce de grand con qui m'a sauté dessus quand je suis arrivé. Comment tu vas leur expliquer, aux flics, que tu l'as zigouillé, hein ? Même si tu leur disais que c'est moi, y te croiraient pas. Un type avec juste une main ? Ben voyons... Comment que j'aurais fait pour lui régler son compte, hein ? Comment ? Ça t'en bouche un coin, ça, non ?

Alexandra cilla, aspira l'air rapidement, à petits coups saccadés.

— Où est-ce qu'il est ? demanda-t-elle d'une voix blanche.

— Dans ton lac, ma vieille. Dans ta putain de chaloupe à la con. Même s'il coule au fond, il finira bien par remonter un de ces jours. Et là, tu pourras pas le cacher, pauvre cloche... Va falloir que tu l'expliques, ce cadavre sur ton terrain.

Elle le considéra un long moment en silence, puis, brusquement, elle tourna les talons.

— Hé ! cria Louis. Où est-ce que tu vas encore comme ça ? Détache-moi, tu entends ? Détache-moi tout de suite !

Elle ne fut pas absente très longtemps. Trente à quarante secondes, pas plus. Juste le temps d'aller chercher sa Winchester qu'elle avait rangée dans le coffre de l'entrée en début de soirée, un peu avant de dîner avec John.

Louis la regarda contourner la table, s'arrêter, pile devant lui, et le fixer. Froidement.

Elle ne va pas faire ça, songea-t-il, incrédule, en la voyant lever la carabine et viser sa tête.

— C'est quoi, ce putain de cinéma à la con ?

Alexandra actionna le levier pour armer.

— Hé... Je vous ai tout dit, non ? enchaîna-t-il rapidement, repassant au vouvoiement sans s'en apercevoir tant il avait peur. J'aurais pu ne rien vous dire du tout. Vous devriez m'être reconnaissante...

— Merci pour les renseignements. Et bon voyage !

Elle tira, arma, tira, arma de nouveau...

Les trois balles se logèrent toutes les trois exactement là où elle voulait qu'elles soient... Une dans chaque œil, et la dernière, dans la bouche.

Trente minutes plus tard, Alexandra était dehors, en train de creuser une fosse dans la partie de son jardin où, s'il y avait eu du soleil ces derniers jours, il aurait fallu déterrer quelques pommiers...

Elle avait détaché Louis de sa chaise, glissé sa casquette ainsi que la main coupée à l'intérieur de sa veste, l'avait enveloppé dans de grands sacs en plastique pour ne pas mettre de sang dans toute la maison, puis l'avait transporté de la maison jusqu'au jardin à bord de sa brouette, afin de pas s'épuiser inutilement.

C'était un soir de pleine lune, mais, à cause des nuages, la lumière dont elle aurait pu bénéficier n'était pas au rendez-vous. Aussi lui avait-il fallu se munir d'une lampe de poche. En revanche, la pluie avait cessé de tomber et elle appréciait... La tâche était déjà bien assez pénible comme ça, estimait-elle. Plus long et plus dur de creuser une tombe que de creuser un simple trou pour un arbre.

Elle travailla sans relâche, priant sans cesse pour ne pas rencontrer dans le sol de pierres trop lourdes pour qu'elle pût les sortir par ses propres moyens.

À cette heure de la nuit, il n'y avait pas beaucoup de circulation sur la route. Une seule voiture était passée depuis qu'elle travaillait à cette fosse. En l'entendant arriver, Alexandra avait éteint sa lampe et s'était accroupie jusqu'à ce qu'elle dépassât son terrain.

Quelque chose à propos de ce véhicule avait éveillé comme un écho dans son subconscient, mais elle ne s'y était pas attardée. Elle était trop fatiguée pour réfléchir.

Quand elle jugea la profondeur adéquate, elle posa sa pelle et tira le cadavre de Louis au bord du trou.

Elle venait de l'y faire basculer lorsqu'elle entendit arriver un autre véhicule. Elle ferma à nouveau sa lampe, s'accroupit.

L'écho dans son subconscient se fit plus fort.

Le voleur n'était pas venu ici à pied. Il avait sûrement une voiture, quelque part... Sur le bord de la route ? Non. S'il l'avait garée dans le bois, derrière, lors de sa première visite, il y avait de grandes chances qu'il l'y eût laissée cette fois encore. Et les clés... Où étaient-elles, ces maudites clés ? Dans ses poches, probablement.

Oh, mon Dieu, non !...

Alexandra étouffa un gémissement, submergée tout à coup par sa fatigue et par le découragement.

Elle n'avait pas le choix, se disait-elle. Il fallait qu'elle les récupère.

S'étant glissée à l'intérieur du trou après avoir tourné le cadavre sur le côté avec sa pelle pour ne pas avoir à marcher dessus, elle déchira le plastique dont elle avait enveloppé le corps et commença à fouiller les poches de la veste. Elle avait les mains engourdies et glacées, et avait l'impression que même si elle touchait les clés, elle ne les sentirait pas et passerait la nuit à les chercher. Ce fut dans l'une des poches du jean qu'elle les trouva. Elle les rangea dans celle de son propre jean et s'empressa de sortir du trou.

Quand elle eut fini de combler la fosse, elle retourna à la maison, prit une douche en vitesse, s'habilla chaudement, enfila une paire de gants en cuir souple, puis, à travers bois, en s'éclairant de sa lampe de poche, elle marcha jusqu'au chemin de terre.

La voiture était là. Une vieille camionnette Ford toute cabossée.

Elle s'installa au volant, mit le contact et démarra. Trois kilomètres plus loin, elle s'arrêta au bord de la route, éteignit tout, et ferma la portière, mais sans se donner la peine de la verrouiller.

Elle reprit le chemin du retour en se disant, pour s'armer de courage face à la longue marche qui l'attendait, qu'il s'agissait tout au plus d'une petite promenade de santé.

À l'arrivée, elle était fourbue.

Elle repassa par-dessus la clôture en fil de fer. Jeta les clés dans le lac. Rentra dans la maison, s'écroula sur le canapé, tout habillée, et sombra dans un sommeil comateux. Un sommeil sur lequel la pleine lune ne devait — ne pouvait ? —, pour une fois, avoir aucun effet...

CHAPITRE XXVII

Le mercredi, à trois heures de l'après-midi, Alexandra quitta la maison avec deux couvertures sur les bras et se dirigea vers le bord de l'eau.

Elle espérait que l'un des arbres tombés dans le lac aurait retenu la barque près de la rive, mais elle déchanta très vite. Qu'elle le veuille ou non, il allait lui falloir se mettre à l'eau pour la récupérer. Elle enleva ses chaussures et le gros pull qu'elle avait enfilé, ne gardant sur elle que ses chaussettes et les sous-vêtements en laine qui la couvraient du cou aux chevilles. Et elle plongea.

L'eau était si froide qu'elle en eut le souffle coupé et elle pria pour ne pas être victime d'une crampe avant d'avoir atteint l'embarcation. Une douzaine de mètres ne représente pas une distance bien longue — et elle avait de la chance parce qu'elle aurait pu être obligée de nager beaucoup plus loin —, mais quand la température de l'eau ne dépasse pas neuf ou dix degrés, cela vous paraît énorme.

À l'aller comme au retour, elle s'obligea à ne pas regarder le visage de John.

Ayant repris pied sur la plage, elle y tira la barque. Elle étendit ensuite sur le corps de John l'une des couvertures qu'elle avait apportées, s'enveloppa dans l'autre et courut jusqu'à la maison.

Elle resta au moins une heure dans le bain presque bouillant qu'elle s'était fait couler, en ayant l'impression qu'elle n'arriverait plus jamais à se réchauffer.

Quand elle en sortit, ce fut pour aller se coucher, après avoir pris la précaution de mettre son réveil afin de ne pas dormir jusqu'au lendemain matin... Il fallait qu'elle enterre John pendant la nuit.

Ivre de fatigue, percluse de courbatures et de douleurs, elle commença à creuser la fosse. Elle y passa, comme pour celle de Louis, une bonne partie de la nuit.

Lorsqu'elle eut fini de creuser, elle ne bascula pas le corps de John dans le trou. Elle l'aida à glisser, doucement.

La dernière pelletée de terre jetée, elle s'agenouilla. Posa sa main sur la tombe.

— Au revoir, John, murmura-t-elle. Repose en paix.

Il n'y avait en elle aucune pensée, aucune émotion. Juste de la lassitude. Une grande, une indicible lassitude.

Le lendemain, jour de son anniversaire, elle n'alla pas boire sa deuxième tasse de café, comme elle se l'était promis, en contemplant son verger. Elle ne sortit que pour libérer la grille de la chaîne et du cadenas, puis laver la terrasse où la pluie n'avait pas réussi à effacer complètement les taches de sang laissées par John.

De retour à l'intérieur, elle ouvrit les rideaux et les stores partout, nettoya sa Winchester, la rangea dans sa housse et la replaça au-dessus de l'armoire de la buanderie. Elle monta ensuite dans son atelier et n'en redescendit que tard le soir. Elle dîna rapidement d'un maigre sandwich et alla se coucher.

Le vendredi, il faisait beau. Elle planta les quatre pommiers qui lui restaient et répandit la terre qu'elle avait en trop — principalement celle des deux fosses — sur tout le verger.

Le dimanche, jour de repos, elle constata que les irritations sur sa peau avaient presque totalement disparu... Il n'en restait plus que de vagues taches brunâtres. Ainsi, pensa-t-elle, ce n'était pas simplement une drôle de coïncidence... John était réellement son demi-frère ?

Pour étrange qu'elle fût, cette réflexion ne la troubla qu'une minute. Le temps, en réalité, qu'il lui fallait pour prendre une longue respiration et chasser cette pensée de son esprit. À quoi aurait-il servi de s'attarder sur ce fait ? s'était-elle demandé. Elle ne pouvait rien y changer. Ne pouvait modifier ni ce qui avait été, ni ce qui était, alors...

Dans le courant de la semaine suivante, elle reçut la visite du sergent détective Clément. Ils étaient à la recherche d'un certain John Kennedy, vétérinaire de son état, qui avait disparu depuis le mardi précédent. Ils avaient une déposition contenant la description de la jeep de madame Harris et son signalement. Ces deux éléments leur avait été fournis par l'aimable voisine d'en face, une certaine Martha Meyer. Elle la connaissait ?

Non, elle ne connaissait pas Martha Meyer, et oui, elle avait vu John Kennedy le mardi soir en question. Elle était venue le chercher parce que sa voiture était en panne. Ils avaient dîné ensemble. Comment ? [...] Oui, elle l'avait ramené chez lui, tard dans la soirée. [...] Non, elle ne se rappelait pas à quelle heure exactement. [...] Non, personne ne pouvait confirmer ses dires... Elle vivait seule ici.

Un joli verger que vous avez là... Un peu grand pour une femme seule. Faut aimer les pommes, non ? Quoi ? [...] Oui, c'est vrai que c'est magique, les pommiers.

Les questions du policier ne l'avaient pas plus troublée que la réflexion qu'elle s'était faite sur John, ce lien froid et dénué de toute émotion qu'elle avait établi entre celui qu'elle croyait maintenant être son demi-frère et le début, de même que la fin, de son problème de santé. Alexandra avait su dès le départ qu'elle guérirait seulement le jour où elle perdrait un proche. Quelqu'un qui était lié à elle par le sang. Et si elle déplorait la mort de John, elle était heureuse que cette mort annoncée six mois auparavant ne fût pas celle de Vicky.

Il y avait deux hommes d'enterrés dans ce verger, pensait-elle en raccompagnant Richard Clément au bout de l'allée, dont un qu'elle avait aimé, et elle n'éprouvait rien, ne ressentait rien.

Était-elle devenue totalement insensible ?

Avait-elle dépassé ce point de non-retour, ce degré de saturation que peut atteindre le cerveau humain lorsqu'il est soumis à une forte tension ou à une extrême frayeur pendant une période prolongée ?... Cette limite où la conscience, incapable d'en supporter davantage, décroche à jamais, s'enfonce dans le chaos, ou, ce qui était peut-être son cas, dans une profonde et confortable léthargie ?

Tandis qu'elle regardait, l'air absent, le sergent détective remonter dans sa voiture, la question lui effleura l'esprit, et sachant qu'elle ne pouvait y trouver de réponse, elle s'empressa de l'éluder.

* *
*

Deux jours après la visite du sergent détective, elle trouva dans son courrier une grande enveloppe qu'elle tourna et retourna longtemps avant de se décider à l'ouvrir. Si elle ne lui avait pas été envoyée par Vicky, sans doute l'aurait-elle décachetée sans attendre, mais en voyant dans l'espace réservé à l'expéditeur le nom et l'adresse de sa sœur, elle avait senti une sorte de réticence s'installer en elle.

Brusquement, elle déchira le rabat de l'enveloppe. D'une main légèrement tremblante, elle en retira le contenu : une lettre et... une photo.

Pendant un moment, elle regarda la photo, les yeux écarquillés de surprise, les traits tendus, ne pouvant ni détourner son regard ni aligner une pensée derrière l'autre, à la fois trop hébétée et trop secouée pour comprendre ce qu'elle venait de découvrir.

Submergée par une soudaine vague de nausées, elle se leva d'un bond et courut à la salle de bains.

Assise sur le haut tabouret devant son chevalet où reposait sa scène de chasse, Alexandra contemplait le visage dont elle avait, le soir de son anniversaire, achevé les traits... Un visage maigre, allongé, aux pommettes saillantes et au front fuyant. Un visage d'homme, sans âge et sans âme, apposé sur une tête à l'aspect toujours aussi singulier. Un visage où les yeux et la bouche ne

329

ressemblaient toutefois plus à de gros clous profondément enfoncés dans la chair. L'expression qu'elle avait tant cherchée, et l'expression qu'elle leur avait donnée finalement, n'était nulle autre que celle de « son » voleur. Oui, celle-là même qu'il avait eue au moment où elle avait pointé sa Winchester sur lui.

Avec lenteur, son regard se détacha du tableau pour se poser sur la photo qu'elle tenait à la main.

La photo d'un homme : un visage sans âge et sans âme, une figure maigre, allongée, extraordinairement laide, sur laquelle elle ne pouvait mettre, bien qu'elle ne lui fût pas étrangère, ni un nom ni un prénom. Seulement un surnom : La Morille.

Le voleur... Le chasseur... La Morille !

Laissant la photo tomber sur ses genoux, Alexandra plongea la main dans sa poche et en retira la lettre de Vicky qu'elle n'avait pas encore eu le courage de lire.

C'était un mot bref, laconique : « C'est la tête qu'il a, notre demi-frère... Qu'est-ce que tu en penses ? »

Alexandra cilla, aspira l'air qui siffla imperceptiblement entre ses lèvres.

Elle regarda à nouveau le visage sur le tableau, et sur la photo, en essayant de se pénétrer de l'idée qu'il s'agissait là d'une seule et même personne... Son frère !

Ainsi, ce frère qu'elle ne voulait pas connaître, qu'elle craignait tant que Vicky recherche, ce n'était pas John... C'était « son » voleur !

Au fond des prunelles dorées brilla bientôt une étrange lueur. De regret ? Non. D'ironie, de dérision, plutôt... Pendant des années, songeait Alexandra, elle s'était culpabilisée de la mort d'un frère dont elle n'était aucunement responsable. De la mort de cet autre frère dont elle était, pénalement, responsable, elle était convaincue que jamais elle n'arriverait à se culpabiliser. Devait-elle voir dans cette double équation une manière de justice, l'une compensant, devant compenser l'autre ? Oui. Sans doute que oui.

Elle reprit la photo et la déchira en quatre, tranquillement, comme on déchire une note qui, nous ayant révélé tout ce qu'il nous fallait savoir, ou tout ce qu'il nous fallait nous rappeler, n'a plus aucune raison d'être...

Cet ouvrage a été réalisé par la
SOCIÉTÉ NOUVELLE FIRMIN-DIDOT
Mesnil-sur-l'Estrée
pour le compte des Éditions du Rocher
en mai 1995

Éditions du Rocher
28, rue Comte-Félix-Gastaldi
Monaco

Imprimé en France
Dépôt légal : mai 1995
CNE section commerce et industrie Monaco : 19023
N° d'impression : 30644